鏡花と妖怪

清水潤

怪異怪談研究会 編

青弓社

鏡花と妖怪　目次

第2部　水木しげると妖怪文化

第3部　幻想・怪異・文学

第4部　鏡花を読む

装丁――神田昇和

［凡例］

本書刊行にあたって、文章表現は原則的に原文を尊重しているが、以下の点は本書の編集委員や青弓社編集部が校正・校閲して修正した。

［1］本文の数字表記や漢字・平仮名表記は全体で適宜統一した。

［2］本文・注・付記などの書誌表記の形式は統一せずに原文のままとし、書誌の数字表記は漢数字に統一した。

［3］本文の明らかな誤字・誤植は修正した。

青弓社編集部

はじめに

東 雅夫

清水潤氏と初めて親しく言葉を交わしたのは、二〇〇九年の十一月二十三日、処は金沢市の郊外――泉鏡花研究会の諸賢とともに、鏡花所縁の地を巡るバス・ツアーの途次であった。同会の中心メンバーのひとりである同志社大学の田中励儀氏の慫慂により末席に加えていただいたものの、なかなか研究会に出席するチャンスがなく幽霊会員と化していた私だったが、このときは鏡花の故郷・金沢で、鏡花記念館との共催により没後七十年の記念大会が開かれると知って、千載一遇の機会と駆けつけた。

昼餉時だったと記憶する。大半が初対面の方々、しかも卒論の際などに学恩を忝くした研究書の著者のお顔も散見されるという状況下で大いに緊張していた私に、含羞の笑みを浮かべつつ話しかけてくれたのが、清水氏であった。

「先日、明大の講演会で……」と云われて思い出した。その前月、明治大学でアンソロジストの仕事について講演をした際、清水氏はわざわざ聴講にいらしたばかりか、御自身の論考が掲載された「昭和文学研究」第五十九号を、名刺替りに御恵与くださったのだった。たいそう遠慮がちに、そそくさと。

後で拝読して、愕然とした。清水氏が執筆を担当された「研究動向」の「ホラー」欄には、冒頭いきなり「ホラー小説のブーム的様相を牽引する存在」として、あろうことか私の名前が挙げられていたのだ。

ブームを牽引などとんでもない、雑誌編集者、アンソロジストとして、自分が好きな分野を好きなように編纂して食いつないでいるだけですよ……と、北國空《ほっこくぞら》どころか清々しく晴れわたる金沢の冬天を眺めながら談笑したことが、昨日のことのように想い出される。

ちなみに清水氏のホラー研究展望には他にも、一柳廣孝氏が主導した〈ナイトメア叢書〉の功績や谷口基氏の批評活動についてなど、現在の怪異怪談研究会へとつながる一連の動き――当時の国文学界におけるホラーや怪談文芸ジャンルへの関心の高まりが、抜かりなく紹介・分析されており、いま更めて読みかえすに、その濃やかな目配りと確かな洞察には頭が下がる。

とはいえ、そうした流れの延長線上に、このたびの早すぎる遺稿集刊行が、はからずも待ち受けていようとは……なんと苦々しく残酷な運命のいたずらであろうか。

私が編集長を務めていた研究誌「幻想文学」の終刊号（二〇〇三年七月発行）の読者欄に、清水氏（当時三十二歳）の投稿が掲載されていたことに気づいたのは、いつだったか。万事にひかえめな氏は、知り合って後も、みずからそのことに言及されたりはしなかった。そこには次の一節が見いだされる。

「終刊は残念ですが、本誌の歴史的な役割は十分に全うしたと考えています。お疲れ様でした。個人的には35号の鏡花特集が最も印象深いです。アレがなければ、良くも悪くも現在の自分はなかったと思います」

雑誌づくりに携わる者にとって、これほど嬉しいねぎらいの言葉はない。そもそも「幻想文学」創刊の動機は、この分野の研究批評のさらなる活性化にあったのだから。

本書に収められた諸論考にも明らかなとおり、清水氏は怪奇幻想文学の視点に立脚した鏡花研究の急先鋒として、意欲的な取り組みを続けていた。

とりわけ、これまで考究の立ちおくれていた大正～昭和期の鏡花作品について、丁寧な読解・考証にもとづく論考の数々を、着実に積み重ねていたのである。

地に足の着いた論述の背後には、古今の文学のみならず、映画・演劇・美術から漫画やアニメにまでおよぶ博識ぶりが窺われた。その趣味嗜好を一言で申せば、無類の「おばけずき」ということになろうか。鏡花の談話

「おばけずきの謂れ少々と処女作」でもっぱら世に広まったこの言葉を用いることを、泉下の清水氏はきっと赦してくださるだろう。本書に収められた水木しげる関連の論考には、そうした「おばけずき」学究の本領が遺憾なく発揮されているように思う。
「鏡花」と「妖怪」を両輪とする研究批評活動を、いよいよ本格的に展開しようとした矢先のこのたびの奇禍は悔やみても余りあるが、虎は死して皮を留め、学究は死して著作を遺す。清水氏が掲げた探究の篝火が、本書によって、後から来るものたちに受け継がれてゆくことを、私はいま、深く瞑目しつつ確信している。

二〇一七年十二月

第1部　鏡花と妖怪

解題

泉鏡花作品の「妖怪」と聞いて多くの人が思い出すのは、『天守物語』で生首の血を舐める舌長姥や、『夜叉ヶ池』で池の主・白雪姫を守る眷属、または『草迷宮』で「人間の瞬く間を世界とする」と語る悪左衛門などだろうか。それらは不気味ながらどこかユーモラスで、本書第3部「幻想・怪異・文学」でも扱われる水木しげるが描く、数々の愛すべきキャラクターに通じるイメージを持つ。だが第1部第1章「鏡花が描く妖怪像」で、清水潤氏は右記の鏡花作品を「分かり易い妖怪存在」の登場するものとし、この部の各章ではそうした「妖怪」をほぼ扱っていない。

小松和彦氏は「「妖怪」という言葉は、一般の人びとにとっても、研究者にとってさえも、意味があやふやである」(『妖怪文化入門』せりか書房、二〇〇六年)と述べ、「もっとも広い意味での定義」として「神秘的な、奇妙な、不思議な、薄気味悪い、といった形容詞がつくような現象や存在、生き物」を挙げた。清水氏もあえて、こうした広い定義を採用し、「妖怪」という語のもとに多様な存在を置く。『高野聖』の山中の女、『眉かくしの霊』の「桔梗ヶ池の奥様」、『飛剣幻なり』で存在が示唆されるだけの「大魔神」、『古狢』で理由なく怪異を引き起こしたと推定できる「椎の樹婆叉《ばばしゃ》」など、一見「妖怪」の範疇に入るか定かでないものにも目を向けたこれらの論考は、私たちの「妖怪」概念を揺さぶりながら更新していく。

その手法は鏡花小説のなかに、単なる怨恨譚に回収されない「幽霊」が登場することを指摘した第4章「怨まない幽霊たち——後期鏡花小説の幽霊像」にも共通している。そして、その第4章に色濃く表れた問い——同時代、特に関東大震災(一九二三年)後の鏡花の現実認識はどのようなものかという問い——もまた、この部の各章に通底するものである。理不尽かつ甚大な崩壊を経験した後の時代に「妖怪」や「幽霊」は何を表現し、どのような意味を持つかという問いは、東日本大震災（二〇一一年）を経験した私たちにとっても切実である。その意味でもこれらの論考は、すぐれた今日性を有している。

（鈴木 彩）

第1章　鏡花が描く妖怪像

はじめに

故・宮田登や小松和彦氏といった民俗学者の活躍が契機となり、怪異や妖怪が学術的な場で真摯に論じられる対象と化して久しい。そうした動向を受け、日本の近現代文学研究でも怪異や妖怪に対する注目度は高まりつつある。網羅的に触れる余裕はないので、私自身が直接的に関わってきた範囲から紹介すると、例えば、国際日本文化センターの共同研究「怪異・妖怪文化の伝統と創造――前近代から近現代まで――」(二〇〇六・四～二〇一〇・三)に基づく報告論集『妖怪文化の伝統と創造――絵巻・草双紙からマンガ・ラノベまで』は、近現代文学を対象とした論考として、一柳廣孝「学校の異界／妖怪の学校――峰守ひろかず『ほうかご百物語』を中心に」、横山泰子「女の敵は、アマノジャク――昔話「瓜子織姫」系絵本における妖怪」、そして、拙論「恋愛劇と「大魔神」――泉鏡花「飛剣幻なり」の妖怪像」を収める[小松編 二〇一〇]。また、一柳氏が中心となって二〇一二年八月から活動中の「怪異怪談研究会」では、明治期の雑誌の妖怪・怪談特集に関する発表に始まり、江戸川乱歩や三島由紀夫、三枝和子や川上弘美といった近現代の作家を対象とした発表が相次ぐなか、私自身も「後期鏡花小説が描き出す怪異――「半島一奇抄」を中心に」と題した発表をおこなった(法政大学市ヶ谷キャンパス、二〇一三年六月一日)。無論、これらは怪異や妖怪をめぐる近年の活発な研究動向の一端にすぎない。

とはいえ、妖怪に対する厳密な定義は十分に浸透していないのが現状だろう。ここまで怪異と妖怪とをあえて区別しないで述べてきたが、現時点では怪異と妖怪は必ずしも同一の概念とは言えない。例えば、小松氏は妖怪を「出来事としての妖怪（現象―妖怪）」、「超自然的存在としての妖怪（存在―妖怪）」、そして、「造形化された妖怪（造形―妖怪）」の三つの意味領域に分けている［小松 二〇〇六：一〇］。これらのなかで、「出来事としての妖怪（現象―妖怪）」は怪異とほぼ同一視しうるだろうが、「超自然的存在としての妖怪（存在―妖怪）」や「造形化された妖怪（造形―妖怪）」は、現象としての怪異とは異なり、より具象的な妖怪存在としての性格を帯びていると考えられる。したがって、日本の近現代文学に描かれてきた妖怪を検討する際にも、厳密な意味では怪異と妖怪存在とを区別するべきだろうし、少なくとも、そのほうが妖怪という概念の独自性の明確化のためには有効なはずである。実際、現象としての怪異（例えば、自己像幻視や予知夢）を描いただけの文学作品については、「怪奇小説」や「怪談」といった枠組みに回収することも可能であり、妖怪という概念に特化して論ずる必然性は弱いと考えられる。

だが、現象としての怪異を妖怪から除外して捉えようとすると、妖怪存在を描いた近現代文学の作品は意外と少ないことに気付かされる。東雅夫氏が編んだアンソロジー『妖怪文藝』全三巻［東編 二〇〇五ａ：二〇〇五ｂ：二〇〇五ｃ］は、谷崎潤一郎や芥川龍之介、石川淳や火野葦平といった近現代の代表的な作家の諸作品を収め、それらはいずれも確かに天狗や鬼、狐や河童といったお馴染みの妖怪存在を生き生きと描いているが、東氏自身も京極夏彦氏との対談で、「本格的な妖怪小説は意外に少ないというか、散発的にしか書かれていなくて、これまで系統立てて顧みられるということがほとんどなかった分野だと思うんですよ」と述懐する［東編 二〇〇五ａ：二五］ように、近現代の文学作品のなかで妖怪は正面切った題材にはなり難かった。それゆえに、日本の近現代文学の妖怪像に対する包括的な研究も進んではいない。先に挙げた一柳氏や横山氏の論考も、ライトノベルや絵本といった周縁的なジャンルを対象としたものである。同報告論集のなかで近世文学については、上田秋成や山東京伝、十返舎一九の諸作品が真っ向から論じられているのを顧みれば、近現代文学のなかで妖怪の占める位置が、近世文学のなかでのそれと比してやや軽んじられている気味があり[1]、少なくとも、メイン・ストリームの研究対象として扱われてはいないのは明白だろう。

そうしたなかで妖怪を主要な題材とし続けてきた稀有な近代作家が、一八九三年にデビューして一九三九年に没するまで活躍した泉鏡花である。もっとも、そのことは鏡花が妖怪の実在を肯定していたことに直結するわけではない。廣田龍平氏は「江戸期から大正昭和期にいたる思想史的な展開のなかで、妖怪に非実在性や超自然性が付与されていった」と指摘し、そうしたプロセスの総体を「「妖怪の近代」と呼ぶ」ことを提唱している〔廣田二〇一四：一一五―一二二〕が、「妖怪の近代」を生きた鏡花が妖怪をどのように認識し、その作中で実際にどのような存在として描き出したのかという問題は、個別の作品の具体的な分析を通して検証される必要がある。

以下、本論では妖怪のような超自然的領域に対する鏡花の姿勢を概観したうえで、代表作として世評の高い「高野聖《こうやひじり》」(一九〇〇年)と「眉かくしの霊」(一九二四年)を対象に、妖怪がそれぞれの作中でどのように描き出されているのかを分析したい。鏡花文学ではこの二作以外にも「草迷宮」(一九〇八年)や「夜叉ヶ池」(一九一三年)、「天守物語」(一九一七年)などによりわかりやすい妖怪存在が登場する。だが、本論の目的は鏡花の作品にわかりやすい妖怪存在を見いだすことではない。むしろ、妖怪存在を描いた作品としては議論の余地がある二作の検討を通じ、妖怪とはどのような存在なのかを照射することこそが、鏡花文学を起点として妖怪という概念を問い直す本論の目的となる[2]。

1　超自然的領域と鏡花

妖怪を題材とする作品を発表し続けた鏡花は、自身が迷信深い性格であることを日頃から公言していたことで名高い。代表的な例を挙げれば、談話「おばけずきのいはれ少々と処女作」(一九〇七年)では「僕は随分な迷信家だ」と前置きしたうえで、続けて以下のように語っている。


僕は明かに世に二つの大なる超自然力のあることを信ずる。これを強ひて一纏めに命名すると、一を観音力、他を鬼神力とでも呼ばうか、共に人間はこれに対して到底不可抗力のものである。

鬼神力が具体的に吾人の前に現顕する時は、三つ目小僧ともなり、大入道ともなり、一本脚傘の化物ともなる。世に所謂妖怪変化の類は、すべてこれ鬼神力の具体的現前に外ならぬ。

鬼神力が三つ目小僧となり、大入道となるやうに、亦観音力の微妙なる影向《やうがう》のあるを見ることを疑はぬ。僕は人の手に作られた石の地蔵に、かしこくも自在の力ましますし、観世音に無量無辺の福徳ましまして、其功力《くりき》測るべからずと信ずるのである。乃至一草一木の裡、或は鬼神力宿り、或は観音力宿る。（中略）。我が心の照応する所境によつて変幻極りない。僕が御幣を担ぎ、其《そ》を信ずるものは実にこの故である［泉一九七六c：六七七―六七八］。


上記のような発言は、鏡花が自己の世界観を率直に語ったものとして受け止められ、その作家像を決定付けるのに大きな役割を果たしてきた。この談話のとおりならば、「随分な迷信家」であることを自認する鏡花は、「観音力」と「鬼神力」という「二つの大なる超自然力」の存在を信じ、その強固な信仰ゆえに、「世に所謂妖怪変化の類」が登場する作品を発表し続けたことになる。鏡花の逝去直後に小林秀雄が「鏡花の死其他」（一九三九年）で、「鏡花はお化けの存在を確信してゐるから、お化けが在りさうなものか、在りさうもないものか、といふ様な問題は、作者にはてんで起らない。泉氏はほん物の神秘家の魂を持つてゐる」と評した［小林秀 二〇〇一：五二三］のは、超自然的領域を無批判に信じる（ように振る舞う）鏡花の作家像を踏まえてのことだろう。

もっとも、念のために付言すれば、小林はこの引用に先立って「文章の力といふものに関する信仰が殆ど完全であるところが、泉鏡花氏の最大の特色を成す。文章は、この作家の唯一の神であつた」とも述べている［小林秀二〇〇一：五一七」。したがって、「お化けの存在を確信してゐる」「ほん物の神秘家の魂を持ってゐる」といった小林の評言は、まったく字義どおりに受け止めるのではなく、鏡花が自己の「文章の力」で創り出す世界を確信していたという、作家としての真率な姿勢を称揚するための修辞と見なすべきである。同様に、「おばけずきのいはれ少々と処女作」での鏡花の近代人としては特異な発言も、まったく素直に受け止めてしまうのみならば、あまりにもナイーブに過ぎて作家像の本質を取り逃がす危険が生じる。無論、鏡花の発言が当人の実態とは乖離した単なる演技と主張したいのではない。ただし、あたかも超自然的領域を無批判に肯定するように語っていた鏡花が、一方では、ときとして合理的な批判精神を示してもいることは踏まえるべきだろう。鏡花の作家像をより総合的に捉えるためには、この「おばけずき」の作家が、いつも「随分な迷信家」であったとは限らないことにも留意したい。

例えば、関東大震災後の鏡花が自己の被災生活を描いた「間引菜《まびきな》」（一九二三年）という随筆がある。[3] 本作では「流言蜚語とかを逞しうして、女小児《こども》を脅かす輩《ともがら》の憎さ」の例として、「私」の近所のある屋敷が井戸の水を分けるのを断ったところ、「釣瓶に一杯、汚い獣の毛が浮いて上る……三毛猫の死骸が投込んであつた」という噂が広まり、さらには、「此の近所では、三人死にましたさうですね、毒の入つた井戸水を飲んで」と発言する「若い人」まで現れたことを挙げている。それに対して「私」は、「いや何《ど》うして、生れかゝつた嬰児《あかんぼ》はあるかも知らんが、死んだらしいのは一人もない」、「実の処は、単に其の猫の死体と云ふのさへ、自分で見たものはなかつたのである」ときわめて冷静に応じる［泉 一九七六b：二六六―二六七］。また、「男女の死体が伏重なつた」「被服廠あと」で、「やみの夜は、わあツと言ふ泣声、たすけて――と言ふ悲鳴が、地の底からきこえて、幽霊が顕はれる」、「黒髪を乱した、若い女の、白い姿で。……見るまに影になつて、フツと消える」という挿話を語った後、「その混乱のあとには、持出した家財金目のものが少なからず紛失した」と、この幽霊騒動が、実は「家財金目のもの」の窃盗を目的とした捏造である可能性を指摘する［泉 一九七六b：二七〇］。

さらに、「再び幾日の何時ごろに、第一震以上の揺かへしが来る、その時は大海嘯《つなみ》がともなふと、何処《どこ》かの預言者が話したとか。何の祠の巫女は、焼のこつた町家が、火に成つたまゝ、あとからあとからスケートのように駆廻る夢を見たなぞと、声を密《ひそ》め、小鼻を動かし、眉毛をびりゝと舌なめずりをして言ふのがある」と、荒唐無稽な「流言蜚語」の流布に加担してしまう人々を辛辣に描いたうえで、魏の周南が鼠から自己の死を予言されても動じなかったところ、予言の時刻に周南ではなくて鼠が死んだという挿話[4]を紹介し、「流言の蝿、蜚語の鼠、そこらの予言者に対するには、周南先生の流儀に限る」と述べている［泉 一九七六ｂ：二七一―二七五］。こうした「流言蜚語」に対する「私」の合理的かつ現実的な態度は、「超自然力のあることを信ずる」「随分な迷信家」と同一人物とは思えない。鏡花当人も含めた多くの人々が生死に直面した震災後という特殊な状況が、用心深い生活者としての姿勢をあえて取らせたと捉えられるにしても、超自然的領域を無批判に肯定する作家としてのみ鏡花を位置付け、また、それゆえに、近代化のなかでも妖怪を題材とする作品を発表し続けたなどと短絡化するならば、作家像の把握としてかなり皮相であることは否めないだろう。

　こうした一般的に流布する鏡花像とは相反する合理的な批判精神は、震災から遥かにさかのぼる初期の小説「妖怪《ばけもの》年代記」（一八九五年）にも既に読み取れる。「邸内に三件の不思議あり、血天井、不開室《あかずのま》、庭の竹藪是なり」という奇怪な噂がある私塾の寄宿生となった「予」（山田）は、竹藪のなかで目撃した「婦人」から「こや人に説《い》ふ勿《なか》れ、妾《わらは》が此処《ここ》にあることを」と口止めされ、また、就寝中に「雪もて築ける裸体の婦人《をんな》」の来訪を受けて慄く［泉 一九七六ａ：六―一六］。その翌晩、「予」は塾長・松川の寝室に女性の泣き声を聞いて近づいた結果、松川が「汝《おのれ》、苟《いやし》くも諸生を教へる松川の妹でありながら、十二にもなつて何の事だ、（中略）、此頃は庭の竹藪に隠れて居る」、「昨夜《ゆうべ》だつて左様《さう》だ、一晩裸にして夜着も被《き》せずに打棄《うつちや》つて置いたのだ。（中略）、いくら寒いたつて余《あんま》りな、山田の寝床へ潜込みに行きをつた。彼《あれ》が妖怪《ばけもの》と思違ひをして居るのも否《いや》とは謂はれぬ。妖怪より余程怖い馬鹿だもの」と言い、「白痴《たはけ》」の妹を折檻している一幕に出くわす［泉 一九七六ａ：一八―二〇］。竹藪のなかで「予」に口止めして就寝中に来訪した「妖怪」の正体は、松川家で外聞を憚って存在を秘されていた「白痴」の少女にすぎなかった。題名に「妖怪」とあるのとは裏腹に、本作は「妖怪」が存在することをアイロニックに否定する結末になっている。

無論、妖怪や怪異を否定することが「近代的」とばかりも断じられない。堤邦彦氏は本作について、「十七世紀以降の怪異文芸史の水脈に照らし見た場合、怪異を人の狂気のなせるわざとする結末に近代的な「時代精神」の発露を読むことは、やや違和感を覚えざるをえない」と述べたうえで、「妖怪の素性を、それを思い描く人間の心象に求める〈江戸怪談の時代精神〉」に言及しつつ、「江戸怪談の以上のような水脈を承知したうえで、再び「妖怪年代記」の結末を読み解くなら、（中略）十八・九世紀の奇談文芸に拡散した〈人妖論〉の流れが、次世代の明治文学に、融化するさまを遠望することになる」と説く［堤 二〇〇四：六八―七二］。すなわち、「予」が「白痴」の少女を妖怪と錯視する「妖怪年代記」は、妖怪や怪異を否定する近世以来の「水脈」に位置付けられる。だが、「妖怪年代記」はあくまでも鏡花の作家としての出発期の作品にすぎない。小林輝冶氏が本作を「様々な怪異への関心をもって生まれた、恐らくは最初の作品」（傍点ママ）と捉え、さらに、「「高野聖」の原型もここに端を発するだろうという、そういう所に「妖怪年代記」のすぐれた評価がある」と論ずる［小林輝二〇一三（一九七七）：一六三―一七四］ように、出発期に影響を受けていた近世の「〈人妖論〉の流れ」を踏まえつつ、新時代にふさわしい妖怪像を模索していった点にこそ、「妖怪の近代」を生き抜いて作家活動を続けた鏡花の真骨頂がある。

ここまでに紹介した鏡花の言説を改めて整理すれば、一八九五年の「妖怪年代記」では「妖怪」を合理的に否定していたが、一九〇七年の「おばけずきのいはれ少々と処女作」では「超自然力」の実在を主張し、さらに、一九二三年の「間引菜」では（超自然的な要素も含む）「流言蜚語」を合理的に否定するという、妖怪や怪異に対する姿勢のかなり大きな変移が捉えられる。鏡花は一般的に流布する作家像としては、同時代を超越して自己の世界を守り続けたと錯覚されがちである。だが、実際には鏡花も同時代と並走するなかで、妖怪のような超自然的領域に対する姿勢も変移し続けたと考えられる。少なくとも、単なる時代錯誤にも映る「おばけずきのいはれ少々と処女作」の発表が、怪異に対する関心が高まっていた時期であったことは考慮するべきだろう。当時

（一九〇七年＝明治四十年）の時代性について一柳廣孝氏は、「明治二十年代の怪談会は世の動きに逆行するものと見なされていた。（中略）。しかし明治四十年前後から、文壇を中心に催された多くの怪談会は、少々ニュアンスが異なる。これらの会では事実としての怪異譚が珍重され、そこでは霊異の実在が、前提とされてさえいた」と述べている［一柳 二〇一四：二二］。そして、鏡花もまた当時の怪談会の中心人物の一人であった(5)ことから明白なように、妖怪や怪異が新たな観点から見直される同時代と並走していた。

2　「高野聖」の「婦人」は妖怪か？

前節で概観したように、妖怪のような超自然的領域に対する鏡花の姿勢は意外と変移があり、その作品に描き出された妖怪像を安易に概括することはできない。本節では、鏡花が妖怪をどのように描き出したのかという問題の具体的な手掛かりとして、鏡花の代表作として有名な「高野聖」の妖怪像について検討したい。既成の文学史では、明治中期の浪漫主義の代表作として位置付けられることの多い本作だが、本作の発表当時は一方で、一柳廣孝氏が「明治四十年前後における怪談の復権、怪談会の復活」を指摘する［一柳 二〇一四：二三］時期の前夜にもあたる。明治二十年前後に始まる井上円了の啓蒙主義的な活動の下、怪異が否定的に捉えられがちであった時期の作品であり、そうした時代性のなかで作中の怪異に説得力を持たせるためもあってか、本作では帰省中の「私」が汽車のなかで中年の旅僧と知り合い、旅僧の若い頃の体験を聞かされるという枠物語の形式が用いられている。そして、その枠物語のなかで旅僧が山中で体験した怪異が語られるのである。以下では特に、旅僧の体験談のなかで怪異がどのように語られているのか、また、本作に妖怪存在は描かれているのかということに焦点を当てたい。

山道で蛇や蛭に脅かされて一軒家に辿り着いた旅僧は、一軒家で「白痴《ばか》」の青年とともに暮らす美しい突然、「婦人《をんな》」に導かれ、谷川で水浴びをすることになる。傷ついた身体を「婦人」にさすられて陶然となる旅僧だが、突然、「鳥ほどもあらうといふ大蝙蝠」や「子犬ほどな鼠色の小坊主」（実は猿）が出現し、「婦人」につきまとい始める。「婦人」はそれらの獣に対して「畜生、お客様が見えないかい」「お前達は生意気だよ」と、あたかも人間に対するかのように呼びかける［泉 一九七四ａ：六一五―六一六］。さらに、夜が更けてから旅僧が寝付こうとすると、一軒家の周囲に「ものの気勢《けはひ》」がして「二十三十のものの鼻息、羽音」が感じられる。「婦人」の「今夜はお客様があるよ」「お客様があるぢやないか」「お客様があるよ」という声が別室から聞こえるなか、旅僧は一心不乱に陀羅尼を唱える［泉一九七四ａ：六三五―六三六］。翌日、旅僧は「婦人」と別れて里に下りる途中、一軒家に出入りする「親仁《おやぢ》」と出会って「婦人」の素性を教えられる。旅僧は「婦人」を案じて一緒に暮らそうかと迷っていたが、「親仁」はほくそ笑んで「己《おら》が嬢様に念《おもひ》が懸つて煩悩が起きたのぢやの。うんにや、秘《かく》さつしやるな」と言い［泉一九七四ａ：六四二］、「婦人」の恐るべき素性を以下のように語る。

地体並のものならば、嬢様の手が触つて那《あ》の水を振舞はれて、今まで人間で居よう筈はない。牛か馬か、猿か、蟇《ひき》か、蝙蝠か、何にせい飛んだか跳ねたかせねばならぬ。谷川から上つて来さしつた時、手足も顔も人ぢやから、おらあ魂消《たまげ》た位、お前様それでも感心に志が堅固ぢやから助かつたやうなものよ［泉一九七四ａ：六四二］。

然もうまれつきの色好み、殊に又若いのが好ぢやで、何か御坊にいうたであらうが、其を実《まこと》とした処で、軈《やが》て飽かれると尾が出来る、耳が動く、足がのびる、忽ち形が変ずるばかりぢや［泉一九七四ａ：六四八―六四九］。

「親仁」の説明によると、「婦人」は近づく男性を谷川の水によって獣に変える能力を持っている。谷川で「婦人」につきまとっていた蝙蝠や猿、そして、深夜に「婦人」の眠る一軒家を取り囲んでいたとおぼしい獣たちは、「婦人」によって獣に変えられてしまった男性であった。旅僧が獣に変えられずに人間の姿のままで谷川から戻れたことについて、「親仁」は「嬢様、別してのお情け」と解釈している(6)［泉一九七四a：六四九］。なお、「婦人」がこうした超自然的能力を持ちうることの合理的な理由は、作中で特に触れられてはいない。医師の娘として生まれた「婦人」には、少女の頃から、患者に触れて痛みを和らげるという能力があったと語られたうえで、「其の頃からいつとなく感得したものと見えて、仔細あつて、那の白痴に身を任せて山に籠つてからは神変不思議、年を経るに従うて神通自在ぢや、はじめは体を押つけたのが、足ばかりとなり、手さきとなり、果は間を隔てて居ても、道を迷うた旅人は嬢様が思ふまゝはツといふ呼吸《いき》で変ずるわ」と説明される［泉一九七四a：六四四］のみである。「婦人」の近代小説的なリアリズムを逸脱した人物像は、「高野聖」の要点の一つとしてこれまでにも盛んに論じられてきた。そして、本論で問題としたいのは、「婦人」は妖怪存在と捉えるのが妥当なのかということである。

念のために確認すれば、作中で「婦人」が「妖怪」などと形容される箇所は存在せず、「親仁」が「大胡坐《あぐら》で飲む時の魔神《ましん》の姿が見せたいな」と語る［泉一九七四a：六四九］だけだが、この台詞にしても、「親仁」が「婦人」を「魔神」という存在として認識していると言うよりは、比喩的に形容している気味が強いと見なされる。先行研究の例としては、吉田精一が鏡花生前に発表した「「高野聖」研究」（一九三五年）のなかで、「婦人」は「鏡花に本来の妖怪実在の信仰に基づくもの」と見なしつつ、「婦人」に対しては「女怪」という表現を用いる［吉田一九八一：九六―九七］。一方、鏡花研究の第一人者であった村松定孝は「婦人」を「魔女」と呼ぶ［村松一九六六：一四六―一四七］が、同じく鏡花研究を先導してきた笠原伸夫の場合、「魔性の女」「魔的女」「化性の者」などと表現している［笠原一九七六：一九四―二〇〇］。「婦人」を「妖怪」と形容する例としては、野間宏が「「高野聖」のなかのこの美女、妖怪は、日本資本主義の勃興期に、すでにその社会の裏面にあっておしつぶされて行った多くの敗残者の目の見た妖怪であるが、鏡花はその妖怪を見る目を備えていたのである」と論ずる

［野間 一九八〇：二五七］。[7] 要するに、人間を獣に変えるという超自然的能力を持つ「婦人」を形容する表現は、これまで必ずしも明確に定まってはいなかった。

そうした経緯を踏まえたうえで、次に、「序」でも紹介した小松和彦氏の妖怪論に照らし合わせて考察したい。小松氏は妖怪を「出来事としての妖怪（現象―妖怪）」、「超自然的存在としての妖怪（存在―妖怪）」、「造形化された妖怪（造形―妖怪）」に三分していたが、ここで参照するべきは「超自然的存在としての妖怪（存在―妖怪）（妖怪存在）」である。[8] 小松氏によれば、「妖怪という語は怪異現象だけではなく、このような現象を引き起こした神秘的な存在（生き物）も意味」する。そして、「人間が制御していない、それゆえに人間にとって好ましくない、しかも変身する能力を持っている霊的存在、に言及するとき」に、「「妖怪」という語が用いられる」ことが多い［小松 二〇〇六：一二―一三］。「高野聖」の「婦人」は自身が「変身する能力」を持ってはいないが、むしろ、人間を獣に変えるという「怪異現象」を起こすことを重視するべきだろう。しかも、かつては患者たちの痛みを和らげて「薬師様が人助けに先生様の内へ生れてござつた」と慕われていた「婦人」は、いまや「如意自在、男はより取つて、飽けば、息をかけて獣にするわ」という人倫を逸した生活を送っている［泉 一九七四ａ：六四三―六四八］。まさに「人間が制御していない、それゆえに人間にとって好ましくない」存在であり、その意味では、「超自然的存在としての妖怪（存在―妖怪）」に妥当すると捉えられる。

にもかかわらず、これまで「婦人」に対して「妖怪」という表現は定着してこなかった。その理由としては、「婦人」は死後に「霊的存在」として生まれ変わったりしたのでなく、あくまでも人間としての生の延長上に、超自然的能力を得て行使しているということが挙げられるだろう。「婦人」は単に超自然的能力を持つだけの人間であるとも見なされ、そうした人間としての生身の肉体を持った（超自然的能力は持っていても超自然的存在とは言い難い）存在を「妖怪」と形容することには、違和感が伴わざるをえないということである。無論、ここでは「婦人」の妖怪存在としての造型の不徹底を論うつもりはない。先に触れたように、作中でも「婦人」に対して「妖怪」などという形容はなされていないので、むしろ、「妖怪」という語の定義に重なる超自然的側面を持ちつつ、必ずしもそこに合致しない人間性も色濃い点に、「高野聖」の「婦人」の人物像の戦略性は託されていたとも捉えられる。本作の発表当時は、怪異や妖怪が特に否定的に捉えられがちな時期であったことは先にも述べた。「婦人」を明確な妖怪存在としては描かないことが、当時の鏡花にとっては新時代の怪異を描くための手続きであったかもしれない。

それかあらぬか、明治後期に至って怪談会が復活して怪異に対する関心が高まると、「おばけずきのいわれ少々と処女作」の翌年の「草迷宮」には、「人間の瞬く間を世界とする」と称する［泉 一九七四b：三一四］妖怪存在が堂々と登場する。そうした妖怪存在を臆することなく描き出す傾向は、大正期の「夜叉ヶ池」や「天守物語」にも受け継がれていく。ことに「夜叉ヶ池」の白雪姫や「天守物語」の富姫は、人間の女性が死後に生まれ変わった存在であることが示唆されている(9)ので、生身の人間との区別が曖昧であった「高野聖」の「婦人」とは異なり、小松氏の言う「霊的存在」としての造型に意識的であることが、明確に見て取れるだろう。その意味では、こと妖怪像に関する限りでは、「高野聖」は同時代に配慮した過渡期の作品であったとも位置付けられる。もっとも、「草迷宮」や「夜叉ヶ池」、「天守物語」の本格的な再評価が一九七〇年代以降まで下るのに比べ、「高野聖」が鏡花生前から高い評価を得ていたのは、妖怪存在を描くことへの慎重な配慮の賜物であったかもしれない。いずれにしても、鏡花文学の妖怪像は柳田國男も巻き込んだ怪談ブーム(10)とも呼応しつつ、明治後期から大正期にかけて確立されたと言えそうだが、そうした従前の妖怪像とも異質な妖怪存在を登場させた作品が、関東大震災の翌年（「間引菜」発表の翌年でもある）に発表された後期の代表作「眉かくしの霊」である。

3　妖怪存在としての「桔梗ヶ池の奥様」

「眉かくしの霊」は一九三六年に「高野聖」と併せて岩波文庫に入るなど、鏡花の後期の小説のなかでも早くから名作として遇されていた。ただし、その「高野聖」と比較しても作品解釈が十分に定まっているとは言い難く、様々な読解の可能性が議論されるべき問題作である。本論では妖怪像に着目する観点から、作中に登場する「桔梗ヶ池の奥様」に焦点を当てて分析を試みたい。木曾奈良井の旅館に泊まった境は次々と奇怪な出来事を体験し、また、料理人の伊作から、お艶という芸妓がある目的で一年前に当地を訪れてこの旅館に泊まり、誤って鉄砲で撃たれて絶命した事件について聞かされる。お艶の目的とは、馴染みの画家が巻き込まれた姦通騒動の疑惑を晴らすことであったが、鎮守の山王の社に参詣したお艶は、「山王《さんわう》様の奥が深い森で、其の奥に桔梗ヶ原と言ふのがあつて、その池に、一方《ひとり》、お美しい奥様が在《い》らつしやる」と聞かされ、挨拶に出てきた伊作に『真個《ほんとう》ですか』と尋ねた［泉一九七五a：四八〇—四八一］。それに対して伊作は四年前に火事が起きた際、自身が「奥様」を目撃した体験を以下のように語ったというのである。

二百十日の荒れ前で、残暑の激しい時でございましたから、つい〳〵少しづゝお社の森の中へ火を見ながら入りましたにつけて、不断は、しつかり行くまじきとしてある処ではございますが、此の火の陽気で、人の気の湧いて居る場所から、深いと言つても半町とはない。(中略)。……白い桔梗でへりを取つた百畳敷ばかりの真青《まつさを》な池が、と見ますと、その汀、ものの二……三……十間とはない処に……お一人、何ともおうつくしい御婦人が、鏡台を置いて、斜に向つて、お化粧をなさつて在らつしやいました［泉一九七五a：四八一—四八二］。

この「おうつくしい御婦人」について、伊作は「お髪《ぐし》が何《ど》うやら、お召ものが何やら、一目見ました、其の時の凄さ、可恐《おそろし》さと言つてはございません。（中略）。慄然《ぞつと》します。……それで居てそのお美しさが忘れられません」と付け加えたうえで、お艶から「然《さ》うしたお方を、何うして、女神《をんながみ》様とも、お姫様とも言はないで、奥さまと言ふんでせう」と尋ねられると、「私は唯目が暗んで了《しま》ひましたが、前々より、ふとお見上げ申しましたものの言ふのでは、桔梗の池のお姿は、眉をおとして在らつしやりまするさうで……」、「誰方の奥方とも存ぜずに、いつとなく然う申すのでございまして」と説明している［泉一九七五a：四八二―四八三］。ここで問題となるのが、「桔梗ヶ池の奥様」を妖怪存在と捉えるのは妥当なのかということである。結論をやや先取りして言えば、「眉かくしの霊」のなかで「奥様」の詳細な素性が明らかにされることはない。「夜叉ヶ池」の白雪姫や「天守物語」の富姫のように、人間の女性から生まれ変わった存在であるという可能性についても、作中から具体的な根拠を読み取ることは困難である。だが、伊作を含めた現地の人々が、「奥様」をどのような存在として認識していたのかについては、やや踏み込んで検討するべきだろう。

伊作の体験談などを整理すると、「奥様」は奈良井の山王の社の奥にある「桔梗ヶ池」に棲み続け、しかも、そのことは現地の人々の間で既に周知の事実と化している。伊作自身は確認していなかったが、「眉をおとして在らつしや」る姿であることも以前からよく知られ、現地の人々から「奥様」と呼ばれるのはそのためであるらしい。ただし、「奥様」はいつ頃から「桔梗ヶ池」に棲んでいるのかということや、夫に該当するような存在がいるのかということは定かでない。その姿は「桔梗ヶ池」でしか目撃されないのかと言えば、必ずしもそうではなく、お艶から「その奥さまのお姿は、ほかにも見た方がありますか」と問われた伊作は、「月の山の端、花の麓路、蛍の影、時雨の提灯、雪の川べりなど、随分村方でも、ちらりと拝んだものはございます」と答えている［泉一九七五a：四八三］。お艶が射殺されてしまったのは、谷川を渡ろうとして猟師から「奥様」と見誤られたからなので、「桔梗ヶ池」という特定の場所以外にも出現する可能性があることは、現地の人々の間でも認識されていると見なされる。そして、怪異現象を引き起こす超自然的能力を持っているのかということも、作中で定かにされてはいない。「奥様」がどのような存在なのかは現地の人々からも棚上げされたままに、「桔梗ヶ池」に棲むこととその美貌のみが一帯に知れ渡っていたのである。

本作の研究史から「桔梗ヶ池の奥様」を形容する表現の例を挙げると、例えば、村松定孝とともに鏡花研究の先駆を成した三田英彬は、「山姫的ないし水の精的存在」と表現していた［三田 一九七六（一九七四）：一九二］。以降の例としては、笠原伸夫が「妖怪」「霊怪」「幻妖」といった表現を用い［笠原 一九九一：七二］、鈴木啓子氏は「山の神、もしくは池の女主」と［鈴木 一九九一：七二］、東郷克美氏は「土俗的な山姫」とそれぞれに形容している［東郷 一九九四（一九八三）：一五三］が、これらのなかには「奥様」の存在性を実体的に掘り下げていると言うより、修辞的な表現として用いたと目されるものも含まれる。それに対して石塚陽子氏は「桔梗ヶ池」が山王の社の奥にあることに注目し、「「奥様」こそ泉の神とされた玉依姫にあたる存在、すなわち山王の男神の妻であると言えるのではないだろうか」という仮説を示す［石塚 一九九六：六八］。興味深い見解だが、作中で伊作が「誰方の奥方とも存ぜず」と語っている以上、現地の人々は必ずしも「山王の男神の妻」と認識してはいないことになり、神の妻として確然と描かれているとは判断し難い。このように、「桔梗ヶ池の奥様」を形容する表現も、「高野聖」の「婦人」の場合と同じく明確に定まってはいない。ただし、通常の人間と異質の「妖怪」や「神」といった超自然的存在と捉えることでは、いずれの見解も一致している。[11]

素材論的な観点で言えば、「眉かくしの霊」に登場する「奥様」の人物（？）造型は、三坂春編選の奇談集「老媼茶話」（一七四二年序）所収の「沼沢の怪」に基づくことが、[12]須田千里氏によって指摘されている［須田 一九九〇］。「沼沢の怪」では「会津金山谷沼沢の沼」という大沼について、「此沼に沼御前とて主《ぬし》有りと云伝へり」と述べたうえで、鴨撃ちに来た猟師が、沼で腰まで水に浸かって鉄漿を付けている「二十許《ばかり》の女」を鉄砲で撃つと、女は沼に沈んで「大雷大風大雨」が三日三晩も続いたとする。[13]「桔梗ヶ池の奥様」に相当する「沼御前」は「主」と明記され、鉄砲で撃たれた際は怪異現象も起こしているので、小松氏の言う「超自然的存在としての妖怪（存在―妖怪）」に妥当するだろう。ちなみに、小松氏の監修した『日本怪異妖怪大事典』の「ぬし（主）」の項目（担当は伊藤龍平氏）では、「同じ場所に長い年月棲みつづけ、巨大な体と、特殊な能力を持つようになった生物を言う」、「ぬしの多くは池や沼、淵、堀、滝壺など、流れの淀んだ水中を棲みかとしている」、「ぬしは人間に変身することもあり、その場合は、若い女性や老僧の姿をとることが多い」などと定義されている［小松監修二〇一三：四二八］。「沼沢の怪」の「主」は「二十許の女」の姿しか見せていないので、「巨大な体」という真の姿を持っているのかについては不明だが、上記の定義にもほぼ妥当する存在である。

一方、この「沼御前」に基づいて造型された「桔梗ヶ池の奥様」の場合、具体的にどのような怪異現象を起こせるのかということも曖昧であり、また、「奥様」自身は人間によって鉄砲で撃たれることもない。小松氏は「超自然的存在としての妖怪（存在―妖怪）」の特性として、「人間が制御していない、それゆえに人間にとって好ましくない」ことを挙げていたが、そもそも、「奥様」が人間にとって善悪いずれの存在なのかの判断は難しい。伊作を含めた現地の人々の畏怖の対象にはなっていても、「神」として人々から積極的に祀られていたという形跡は読み取れない。とはいえ、「人間に好ましくない」と認識されていたのでもなさそうである。これらのことから、「眉かくしの霊」の「奥様」も「高野聖」の「婦人」とは別の意味で、わかりやすい妖怪存在とは一線が画され、ある種の不可解さを付与することが意識されていたと考えられる。実際、作中で「奥様」が超自然的能力をあからさまに行使することはなく、「草迷宮」や「夜叉ヶ池」、「天守物語」といった従前の諸作品で、様々な妖怪存在が人間に対して超自然的能力を見せつけたのとは異なる。

ただし、そうした傾向を震災後の近代化のなかで妖怪や怪異の介在する余地がなくなり、さしもの鏡花も現実との妥協を余儀なくされたと見なすのは早計である。鈴木氏が本作について、「桔梗ヶ池の女主交代のドラマ」「桔梗ヶ池の新しい女主に選ばれた女が、見事に新奥様として変身を遂げる「代替わり物語」」を想定した［鈴木一九九一：七〇―七一］ように、むしろ、「奥様」は木曾奈良井の「桔梗ヶ池」を拠点としつつ、遠く離れた東京にいたお艶や境に対しても、超自然的能力を及ぼしていたという解釈も成り立たなくはない。その意味では、

「奥様」と見誤られて射殺されたお艶の幽霊が出現する本作の末尾で、「座敷は一面の水に見えて、雪の気はひが、白い桔梗の汀に咲いたやうに畳に乱れ敷いた」と、境たちの座敷と「桔梗ヶ池」との夢幻的な同化が語られる［泉一九七五a：四九六］のは、境の幻視の産物ではなく、「奥様」の超自然的能力が起こした怪異現象とも読み取れるし、さらに言えば、この鮮烈な結末に至るまでの境が筆者に語ったというすべての出来事は、「奥様」が境に見させた幻影であったとも解釈できるだろう。少なくとも、「奥様」に倣って眉を落としたお艶が殺害されてしまうのは、（お艶自身は目撃することのなかった）「奥様」の「お美しさ」の超自然的にも等しい呪縛力の結果にほかならない。

「1」で触れたように、鏡花は「眉かくしの霊」の前年の随筆「間引菜」では被災体験に基づき、「流言蜚語」を合理的かつ現実的に否定する姿勢を貫いていた。「眉かくしの霊」で登場人物たちが、超自然的存在である「桔梗ヶ池の奥様」の「お美しさ」に魅せられていき、さらには、お艶の幽霊の出現といった一連の怪異現象の発生が描かれるのは、随筆と小説という相違があるにしても、一人の作家のほぼ同時期の言説として相矛盾しているように見える。だが、「奥様」の超自然的能力をあからさまに行使しないにもかかわらず、作中で起きるすべての怪異現象の遠因であるようにも見える不気味な存在感は、震災という人間の制御をまったく超越した現象が日常生活を唐突に崩壊させ、混迷のなかで「流言蜚語」が人々を翻弄するという事態に直面するなか、人知が及ばない超自然的領域が存在することについて、単純な肯定も否定もできないという現実認識の下に生み出されただろう。「眉かくしの霊」の翌年に発表された「甲乙」（一九二五年）について、種田和加子氏は主人公・秋庭が幼少期から何度も目撃する「二人の婦《をんな》」に着目し、「世界に激しい軋みをもたらす「魔」の振幅をかね備えた存在」と説いている［種田 二〇一二：一四］。「奥様」もまたこの「二人の婦」と同様に、境たちが生きてきた世界を軋ませる可能性を潜めた「魔」的存在と言える。

「眉かくしの霊」の「奥様」は近世の奇談に基づいている一方で、関東大震災直後の不安の時代ならではの妖怪存在でもあり、それゆえに、従前の鏡花の作品に登場したような妖怪存在の枠には収まりきらなかった。無論、ここで重要なのは、「奥様」の妖怪存在としての特異性を指摘することだけでなく、むしろ、ポスト関東大震災の妖怪存在としての「奥様」を視野に入れたうえで、「妖怪の近代」が生み出した妖怪像の可能性を再考することである。廣田龍平氏は「妖怪の近代」に「それ以前の世界を理解することを妨げる「認識論的切断」という特性」を指摘しつつ、さらに、「人々が自らの生きる世界を把握するための存在論は、変化する。（中略）存在論は、そして世界も、非常に移ろいやすいものなのである」と論ずる［廣田 二〇一四：一二五］。「妖怪の近代」がもたらした「切断」を重視する廣田氏の見解に対しては、基本的に賛同したいが、私見を付け加えるならば、「妖怪の近代」も決して単線的な経路で成立したのではなく、「非常に移ろいやすい」「変化」のなかを揺れ動いてきたことは見落とせない。本論では「妖怪の近代」を生きた作家・泉鏡花の作品の一部を取り上げ、妖怪が同時代を踏まえてどのような存在として描き出されたのかを検討した。だが、「妖怪の近代」の内実は、他の近代作家たちが果たした役割も含めて今後も論証されていく必要がある。

註

（1）同報告論集の「序」で小松和彦氏は、「近世の怪異・妖怪文化に関する研究が急速に深化している」と指摘するとともに、「怪異・妖怪文化研究では、近代の研究が大幅に遅れていた」とも述べている［小松編 二〇一〇：八］。

（2）したがって、本論は作家論や作品論としての十全性は必ずしも志向していない。

（3）「間引菜」については、穴倉玉日氏が泉鏡花研究会第五八回研究会で、「「露宿」の後――「十六夜」「間引菜」を読む」と題した詳細な発表をおこなっている（石川近代文学館　二〇一二年十一月十八日）。

（4）周南の挿話は明末の随筆集「五雑組」に基づくことが、須田千里氏によって指摘されている［須田 一九九一（一九八六）］。

（5）例えば、一九〇八年七月十一日に向島有馬温泉で開催された「化物会」や、一九〇九年八月二十三日に吉原で開催された「怪談会」には鏡花も参加している。

（6）これはあくまでも「親仁」の解釈であり、極論すれば、「親仁」が語った「婦人」の素性はまったくの虚言という読解も成り立つが、本論は「高野聖」自体の読解の可能性を論ずる試みではないので、「親仁」が旅僧に対して事実を語っているという前提で論を進める。

（7）ここで野間が言う「妖怪」とは、「婦人」によって獣に変えられた男性を指している可能性もあるが、引用部に先立って「私は、いまこそ、このような「高野聖」の美女の放つ光によって日本の近代小説のさまざまな人物の存在を見直す必要があると考えている」とも述べている［野間 一九八〇：二五六］ことから、「鏡花はその妖怪を見る目を備えていた」と述べられる際の「妖怪」とは、「婦人」を指すと考えられる。

（8）無論、「高野聖」の挿絵などで描かれた「婦人」については、「造形化された妖怪（造形―妖怪）」として論ずる必要がある。

（9）「夜叉ヶ池」の白雪姫については、以前に白雪という里の娘が生贄にされて池に身を沈めたことが作中で語られ、「天守物語」の富姫については、大名に強姦されそうになって自害した女性との関係が作中でほのめかされている。

（10）明治後期の怪談ブームと鏡花や柳田との関わりについては、東雅夫『遠野物語と怪談の時代』［東 二〇一〇］が詳細に論じている。

（11）「奥様」が超自然的能力をあからさまに行使する場面などがない以上、単なる変わり者の女性に関する風聞と見なす読解も成り立たなくはないが、そうした読解はこれまでに試みられていないようである。

（12）「老媼茶話」は『近世奇談全集（続帝国文庫四七）』（一九〇三年）にも収められ（この際、柳田國男と田山花袋が編校訂を担当している）、「天守物語」の典拠となっていることでも名高い。

（13）水木しげる『決定版　日本妖怪大全――妖怪・あの世・神様』［水木二〇一四］の「沼御前」の項目には、「老媼茶話」のこの奇談が紹介されている。近い将来、「桔梗ヶ池の奥様」も妖怪事典の類いで項目が立つこともあるかもしれない。

文献
石塚陽子　一九九六「泉鏡花『眉かくしの霊』論――深層構造としての山王の神々の物語――」『国文』八五

泉鏡花　一九七四ａ（一九〇〇）「高野聖」『鏡花全集五』　岩波書店
泉鏡花　一九七四ｂ（一九〇八）「草迷宮」『鏡花全集一一』　岩波書店
泉鏡花　一九七五ａ（一九二四）「眉かくしの霊」『鏡花全集二二』　岩波書店
泉鏡花　一九七五ｂ（一九一三）「夜叉ヶ池」『鏡花全集二五』　岩波書店
泉鏡花　一九七五ｃ（一九一七）「天守物語」『鏡花全集二六』　岩波書店
泉鏡花　一九七六ａ（一八九五）「妖怪年代記」『鏡花全集二七』　岩波書店
泉鏡花　一九七六ｂ（一九二三）「間引菜」『鏡花全集二七』　岩波書店
泉鏡花　一九七六ｃ（一九〇七）「おばけずきのいはれ少々と処女作」『鏡花全集二八』　岩波書店
一柳廣孝　二〇一四「怪談の近代」『文学』一五（四）
笠原伸夫　一九七六『泉鏡花――美とエロスの構造』至文堂
笠原伸夫　一九九一「鏡花幻想文学誌　幽霊／妖怪／魑魅魍魎」『国文学　解釈と教材の研究』三六（九）
小林輝冶　二〇一三（一九七七）「「妖怪年代記」論――「高野聖」の系譜――」『水辺彷徨　鏡花「迷宮」への旅――小林輝冶・泉鏡花研究論考集成』梧桐書院
小林秀雄　二〇〇一（一九三九）「鏡花の死其他」『小林秀雄全集六』新潮社
小松和彦　二〇〇六『妖怪文化入門』せりか書房
小松和彦編　二〇一〇『妖怪文化の伝統と創造――絵巻・草紙からマンガ・ラノベまで――』せりか書房
小松和彦監修　二〇一三『日本怪異妖怪大事典』東京堂出版
鈴木啓子　一九九一「泉鏡花『眉かくしの霊』――暗在する物語――」『解釈と鑑賞』五六（四）
須田千里　一九九一（一九八六）「泉鏡花と中国文学」東郷克美編『泉鏡花・美と幻想（日本文学研究資料新集一二）』有精堂
須田千里　一九九〇「鏡花文学における前近代的素材（上）」『国語国文』五九（四）
種田和加子　二〇一二『泉鏡花論　到来する「魔」』立教大学出版会
田山花袋・柳田國男編校訂　一九〇三『近世奇談全集（続帝国文庫四七）』博文館

堤邦彦　二〇〇四「説話・伝承史のなかの鏡花――『妖怪年代記』『龍潭譚』の原風景――」『文学』五（四）
東郷克美　一九九四（一九八三）「「眉かくしの霊」の顕現」『異界の方へ――鏡花の水脈』有精堂
野間宏　一九八〇「泉鏡花『高野聖』を中心に――日本近代文学の二つの領域――」、猪野謙二編『小説の読みかた――日本の近代小説から』岩波書店
東雅夫　二〇一〇『遠野物語と怪談の時代』角川学芸出版
東雅夫編　二〇〇五a『モノノケ大合戦（妖怪文藝一）』小学館
東雅夫編　二〇〇五b『響き交わす鬼（妖怪文藝二）』小学館
東雅夫編　二〇〇五c『魑魅魍魎列島（妖怪文藝三）』小学館
廣田龍平　二〇一四「妖怪の、一つではない複数の存在論――妖怪研究における存在論的前提についての批判的検討――」『現代民俗学研究』六
水木しげる　二〇一四『決定版　日本妖怪大全――妖怪・あの世・神様』講談社
三田英彬　一九七六（一九七四）「「眉かくしの霊」考――想像力と表現――」『泉鏡花の文学（近代の文学三）』桜楓社
村松定孝　一九六六『泉鏡花』寧楽書房
吉田精一　一九八一（一九三五）「「高野聖」研究」『吉田精一著作集一〇』桜楓社

付記

引用に際して漢字は基本的に新字体に改め、不必要なルビは省略してある。

第2章　恋愛劇と「大魔神」――「飛剣幻なり」の妖怪像

はじめに

明治中期から昭和初期にかけて多くの小説・戯曲を発表した泉鏡花は、自作に幾度も「妖怪」を登場させた作家として認知されている。戦後派作家の代表・野間宏は鏡花の「高野聖」（『新小説』明治三三・二）について、『高野聖』のなかのこの美女、妖怪は、日本資本主義の勃興期に、すでにその社会の裏面にあっておしつぶされて行った多くの敗残者の目の見た妖怪であるが、鏡花はその妖怪を見る目を備えていたのである」と説いたし、(1)一九九〇年代以降のホラー小説の活況を牽引する評論家・東雅夫氏は、「こと妖怪小説の観点から眺めたとき、鏡花は断然、「日本近代文学史上の群鶏の一鶴」であるのだ」、「鏡花の描き出す妖怪たちの存在感はひときわ鮮烈で、早い話が「キャラ立ちまくり」なのである」と称賛する。(2)代表的な鏡花研究者の笠原伸夫氏が「天守物語」（『新小説』大正六・九）を論じた一書は、『評釈「天守物語」　妖怪のコスモロジー』（国文社　平成三・五）と題されている。『妖怪談義』（修道社　昭和三一・一二）を著した民俗学者・柳田國男との長年の交友関係も作用し、鏡花が「妖怪」を好んで描いた作家であることは半ば自明視されてきた。だが、世代や立場を異にする野間や東氏や笠原氏、そして、柳田がそれぞれに指し示す「妖怪」が同一であったとは限らない。

近年では京極夏彦氏が「「妖怪」とは何なのかと問うた時、万人が納得できるだろう回答を得ることは容易でない。例えば「妖怪」なる言葉——概念を、積極的に学究の場に持ち込んだと思われる学問——民俗学ですら、「妖怪」を明確には定義し得ていない」と述べるように[3]、「妖怪」の定義をめぐって活発な議論が生じていることは周知のとおりである。実際、田中貴子氏は京極氏の問題提起なども踏まえたうえで、「鏡花は「えうくわい」という漢語訓みよりも、「ばけもの」、「おばけ」という和語訓みを優先的に使っている」と指摘し、「鏡花の描く「あやしいもの・こと」に対して、笠原のように近代語である「妖怪」を用いることは安易にすぎる」と批判する[4]。ただし、『評釈「天守物語」妖怪のコスモロジー』の巻頭で笠原氏は、「妖怪とは説明しえぬものの名」「妖怪とは説明しえぬなにか」などと、端から「妖怪」を「説明しえぬ」存在と規定しているので、むしろ、「妖怪」という言葉の曖昧性については自覚的であったとも見なされる。一方で鏡花の小説・戯曲に描かれた「あやしいもの・こと」のなかには、従来の「ばけもの」「おばけ」などでは捉えきれない要素もあり、その意味では、笠原氏が「近代語である「妖怪」」を用いたことは一概に「安易」とも断じられない。「ばけもののコスモロジー」や「おばけのコスモロジー」では、近世の奇談を耽美的に劇化した「天守物語」の戦略性が見失われるだろう。

本論でもまた、鏡花自身は「妖怪」という言葉の語義に対して自覚的とは限らず、生前の鏡花にとっての妖怪像が、現代の一般的に流布する妖怪像と必ずしも合致しない(かもしれない)ことは承知のうえで、あえて「妖怪」という、鏡花自身は特に意識しなかった可能性もある枠組の下に論じたい。その検討を経たうえでこそ、鏡花文学に登場する「妖怪」の特質もより明確になると思われる。本論で具体的な研究対象として取り上げるのは、鏡花が昭和三年八月に『改造』に発表した「飛剣幻《ひけんげん》なり」である。後に作品集『斧琴菊《よきこときく》』(昭和書房 昭和九・三)の巻頭に収録されたが、同書には「飛剣幻なり」以外にも伊豆浄蓮の滝の伝説に材を得た表題作(『中央公論』昭和九・一)や、ユーモラスな河童が活躍する「貝の穴に河童の居る事」(『古東多万《ことたま》』昭和六・九)、奥州片原の「白鷺明神」の霊威を描いた連作である「燈明之巻」(『文藝春秋』昭和八・一)と「神鷺《しんろ》之巻」(『改造』昭和八・一)など、土俗的なモチーフを扱った作品が並んでいる。これらの作品からは、現代では「妖怪」と概括されそうな「あやしいもの・こと」が、昭和初期の鏡花の持続的な関心対象であったことが見て取れる。

1　虚構と現実との狭間

「飛剣幻なり」は鏡花の作品のなかでもあまり論じられていない部類に属するが、「幼少期の思い出の人と、帰省して再会するという構想は、作者が繰返し用いているもの」と指摘され[5]、また、「『道陸神の戯』他と素材を同じくする金沢帰省物の一篇」と位置付けられるように[6]、一般的には作者の金沢帰省を題材とした作品として捉えられている。ただし、厳密には作中で、鏡花の現実の故郷である「金沢」という地名が出ることはない。さらに、主人公・相沢蕭吉《しょうきち》の「東京の――大学の先生で、歌よみ」という設定も鏡花自身とは異なる。とはいえ、鏡花は自伝色が濃厚な大正期の代表作「由縁《ゆかり》の女」（『婦人画報』大正八・一～一〇・二）をはじめ、「道陸神《どうろくじん》の戯《たわむれ》」（『サンデー毎日』大正一四・一・一）や「卵塔場の天女」（『改造』昭和二・四）といった多くの作品で金沢帰省を題材化している。それらのなかのいくつかには蕭吉の従姉・お律や、蕭吉が恋慕する女性・お須賀《すが》に相当する設定の人物も登場する。したがって、鏡花の作品に親しんでいてある程度の予備知識を持つ読者には、本作はある程度までお馴染みの世界として享受されただろう。本作と同じく単行本『斧琴菊』に収録された作品でも、「古狢《ふるむじな》」（『文藝春秋オール読物号』昭和六・七）と「菊あはせ」（『文藝春秋』昭和七・一）の二作が金沢帰省を題材としているので、単行本『斧琴菊』の読者は、それらと重ねて「飛剣幻なり」を読み返すこともできたはずである。

「由縁の女」では詩人・麻川礼吉が父母の墓地の改葬のために帰省し、お律に相当するお光《こう》の一家の世話になったうえで、作品後半では恋慕していたお楊との再会のために秘境・白菊谷へと踏み込み、お楊との再会を果たした次の瞬間に狂人の襲撃を受けて絶命する。また、「道陸神の戯」では作中で仮に「権九郎」と呼ばれる劇作家が帰省し、お須賀に相当する初恋の女性・お美根への思慕を吐露しようとするが、果たせなくてお美根の妹（主人公との関係は異なるが、勝気な人物像はお律やお光に類似する）に発破をかけられる顚末が描かれる。お須賀やお楊やお美根のモデルは鏡花の近所の時計商の娘・湯浅しげであり、お律やお光のモデルは鏡花の又従姉・目細てるであると目されている。その意味では、「飛剣幻なり」は過去に作品化されていた題材の焼き直しという側面もはらむ。とはいえ、本作最大の特色である「大魔神」の使者は先行作品には登場しないし、〈礼吉＝「権九郎」＝蕭吉＝鏡花〉や〈お楊＝お美根＝お須賀＝湯浅しげ〉などと単純に断じてしまっては、モデルに引きずられ過ぎて個別の人物像を見失うことにもなる。

したがって、「飛剣幻なり」を「構想は、作者が繰返し用いているもの」、「金沢帰省物の一篇」として捉えることは、作品の位置付けの重要な指標にはなるとしても、それだけでは必ずしも有効な作品読解の視座にはなりえないだろう。金沢帰省に限らず、鏡花の後期の小説では同じ題材が幾度も反復して用いられるようになるが、そのことを単なるマンネリ化として遇するのは早計であり、むしろ、自己の作品世界を再構築するための戦略であったとも考えられる。「飛剣幻なり」の場合も先行作品の題材を反復的に用いることで、主人公の恋慕の極点での死によって一つの完成を迎えた「由縁の女」や、第三者が主人公の行動を煽り立てる（逆に言えば、主人公の主体的な行動としての性格が弱められる）「道陸神の戯」の作品世界を更新し、それらで描き出した男女の恋愛劇を改めて構築し直そうと試みたのである。そうした反復性のなかの一回性を積極的に見据える視座を持たなくては、単なるマンネリ化とも見える鏡花の後期の小説は正当に評価できない。「飛剣幻なり」が先行作品の反復的な側面を持つことを前提としたうえで、そこに展開される恋愛劇の先行作品との相違、そして、「大魔神」の使者の登場という本作固有の要素について検討する必要がある。

本作は冒頭に「此の篇の読みはじめに、五百羅漢堂の一條を出したいと思ふにつけて、何処《どこ》か、近郊の寺院に其の堂があるまいか、と心当りを聞合せた」とあり、まずは、「筆者」が「目黒の羅漢寺」を訪れた体験が語られる。この導入部では「これからお話をしようとする、本篇の主人に当る男が、其の仲よしの、「お律姉さん。」と言へば、「蕭吉兄さん。」……で、従姉と連立つて参詣した、渠が故郷の五百羅漢」、「その堂の裡を筆者は見な

図1　天恩山五百羅漢寺のパンフレットから、本堂に並ぶ羅漢たちの像

い。が、床板を段々のぼりに、螺旋にめぐる、輪なりに五百羅漢を安置す、と言ふのである」と述べられ、「故郷の五百羅漢」（金沢市寺町の天祥山桂岩寺がモデル）に参詣した「本篇の主人に当る男」蕭吉と、「その堂の裡」を見ていない「筆者」とは、別個の存在として明確に区別されていることが読み取れる。さらに、蕭吉がお須賀を訪ねた先でやはり旧知の女性・牧子と出会う場面でも、「歌人《うたよみ》はこれには見惚れた――実は……作者も大好である。此姿態は我が好む処、読者のためにも描写を委細にと思ふ」とあることから、「読者」のために「描写」する「作者」と蕭吉（「歌人」）との区別化は明白である。

「筆者」「作者」の作中への介入は「眉かくしの霊」（『苦楽』大正一三・五）や「河伯《かはく》令嬢」（『婦人倶楽部』昭和二・四、五）、「山海評判記」（『時事新報』昭和四・七・二〜同・一一・二六）といった鏡花の後期の小説にはしばしば生じる。こうした奇妙な反復的事態について、越野格氏は「単に私小説的な物語ばかりでなく、様々な物語の型、様々な語りの様式化が試みられたのも、大正中・後期、昭和期の特色なのであった」と説き[7]、安部亜由美氏も「作品の中核となる物語の前置きとして、虚構の「筆者」による随筆風な語りが展開されるのは大正末期から昭和期の一つの特徴である」と指摘しているが[8]、これらの作品のなかには、「筆者」「作者」の介入の必然性が捉え難いことも少なくない。ただし、「飛剣幻なり」に関する限りでは、「筆者」「作者」をあえて作中に介入させて蕭吉と区別化することは、蕭吉とお須賀との恋愛劇を掘り下げるために必然的であっただろう。「筆者」「作者」とは明確に区別される虚構性も強調することで、鏡花は自己の分身的な側面をはらむ蕭吉をあくまでも作中人物として描きうる。そうした虚構と現実との狭間を際どくかいくぐる操作のうえに、「飛剣幻なり」固有のエキセントリックで反社会的な恋愛劇は展開される。

なお、「御存じの行人坂を下りて、川筋を左へ、野道少しばかり横ぎつて新開地を行くと、町家続きの右側の石段を上つた奥に、伽藍の棟が聳えて居る」と「筆者」が説明する「目黒の羅漢寺」は、目黒区下目黒の天恩山五百羅漢寺として説明どおりの場所に現存する。現在では昭和五六年完成の近代的な堂宇も配して整然としているが、本作発表当時は「震災のあとを、未だ其のまゝの大破らしい」、「掲示によれば、堂を修すべき檀越が今ないらしい」などと、荒廃した様子が描かれるとおりの状況であったとおぼしく、(9)同時代の読者にとっては「筆者」の慨嘆も共有しやすかっただろう。もっとも、「大正七年の大暴風雨ともろともに、凄じい海嘯《つなみ》の時、ノアの船に乗るやうに、虚空の濤に盪々《たう》として此処に漂着された、前記、本所栄螺堂の羅漢たちであるのを知つた」という作中の記述は事実に反する。五百羅漢寺がもともとは本所に存在したのは事実だが、「大正七年の大暴風雨」とは、大正六年九月三〇日の台風上陸に伴う大水害を指すはずであるし、そもそも、五百羅漢寺の下目黒への移転はそれ以前の明治四一年のことである。(10)とはいえ、これは「ノアの船に乗るやうに、虚空の濤に盪々として此処に漂着された」という神話的な属性を優先させるために、やはり虚構と現実との狭間をかいくぐる操作(「大正七年」も錯誤ではなくて意識的な虚構化?)が施されたと見るべきだろう。

2　引き裂かれる主人公

「由縁の女」の麻川礼吉は故郷を呪詛する詩を発表していたことから、帰省中に旧士族の大郷子《だいごうじ》たちから追い回される羽目に陥るが、蕭吉の帰省の場合、歌人としての名声が広まっているためもあって途中までは平穏である。寺の住職の姪は「写真でも知つてますわ。写真より少々何だけれど……あの方の名刺を胸へ受けとつてから、急に私いゝ歌が出来さう」と、初めて実見した名士に対する無邪気な崇拝の念をあらわにし、お律の知り合いの魚問屋の主人も「……お歌の先生、承つて存じて居ります」、「東京からおいでは可懐《なつかし》い。是非一献」と、東京にいる娘婿の劇作家から「予て様子を聞い」ていた蕭吉を歓迎する。そして、夫と別居中のお須賀との再会も決して後ろ暗くはないはずであった。お律は蕭吉からお須賀に贈る進物を見立てるために魚問屋を紹介し、蕭吉を送る途次でも「誰が岡惚に逢ひに行く世話なんかするもんですか。……尤もこれから先きは頼まれたつて一所には行つて遣りやしない」と冷やかす（ただし、この台詞からは、蕭吉とお須賀との関係から疎外されたお律の屈託も読み取れなくはない）。魚問屋の小僧を通じてお須賀が進物を受け取ったことが伝えられた際も、主人は「さあ、泊りは知れました、御緩《ごゆつく》り」とからかうものの、この気が良さそうな人物は、蕭吉がお須賀と一夜を過ごすなどと本気で勘繰ったわけではないだろう。

実際、再会した蕭吉とお須賀との間で交わされる話題も最初のうちは、蕭吉の摩耶夫人への参詣を中心とした無難なものであり、地の文では「いや、たあいがない」と呆れぎみに評されてもいる。だが、お須賀の「おめくら、と言へば、脂貞《やにさだ》さんでございますね。あなたの仲の悪かつた」という台詞から不穏な色調が漂い始める。蕭吉と同様にお須賀に恋慕していた盲目の相場師・脂丸貞治《やにまるさだじ》は、没落したお須賀の旧宅を買い戻すために無理を重ねて破産し、二年前に毒を呷って自殺したというのだが、それを聞いた蕭吉は「ハツと恋に負けたやうな気がして、……急に得も言はれぬ寂しさを感じた。とともに、脂貞を侮り卑んだ己を恥ぢた。「偉い、」と言はうとした声を呑み」という動揺した反応を示す。鏡花の作品で盲目の人物が恋敵として登場するという設定自体は、初期の「黒猫」（『北国新聞』明治二八・六・二二～同・七・二三）に始まって本作以外にも類例が見られる。ただし、他作品での盲目の恋敵は主人公から徹底的に嫌悪されて排除されがちなので、本作のような恋敵に対する共感や敗北意識が示されることはない。

さらに、蕭吉の人物像を考察するうえで見逃すことができないのが、続いて登場する牧子の息子・弥一に対する突発的かつ暴力的な言動である。前夫が病臥している間にデパートの支店長の後妻になるという、お須賀とは対極的な生を選んだ女性として造形されている牧子は、幼い弥一を伴った帰省の最中にお須賀の間借り先で休息していた。弥一がお須賀の作ったお萩を踏んでつかむのを見た蕭吉は、牧子やお須賀の目前で弥一を殴ってねじ伏せて「「生首を引抜くんだ。」／と、昂然として言」い、再び殴り付けたあげく、「小僧、泣くと片耳引断《ひつちぎ》るぞ。可《よし》、何《ど》うだ。吃逆《しやつくり》も留つたらう。泣く子も黙ると言ふのは此の事だ。しつけ方を覚えて置け」、「ろくでもない歌なんぞ、……世間に何の益《やく》たゝず、御奉公の真似も出来ないが、其奴《そいつ》の横ぞつぽを撲つたばかりは国家のおためだ」と壮語する。鏡花の小説では、作者がモデルと目される男性がこの種の荒々しい言動を見せることはなく、鏡花文学の男性像をほとんど根幹から覆すまでの衝撃的な一幕である。妖怪像という問題からはやや離れるが、蕭吉のエキセントリックな言動が生じる淵源についてしばし考察したい。

　鏡花の後期の小説の男性像に従来と異質の要素が見られることについては、つとに野口武彦氏が注目を促している。野口氏によれば、「昭和初年代に入ってからの鏡花は、作中主人公にようやく自己の「男性」性を認知させはじめているように目測される」とのことだが[11]、その具体例として挙げられるのは最晩年の「雪柳」（『中央公論』昭和一二・一二）、そして、「飛剣幻なり」とともに『斧琴菊』に収録されていた「菊あはせ」である。主人公がそれと知らずに母娘二代と交わろうとする前者については、「かつての鏡花だったら、こんなにあからさまに男の性的欲求を描くことはなかった。以前の主人公たちは、いつもどこか少年じみていて、つねに無性的にしか「女」と接触したことはなかったはずである」（傍点ママ）と指摘し、謎の女性が背負う赤子の顔が中年の主人公であった（「負《おぶ》はれて出た子供の顔が、無精髯を生《はや》した、まづい、おやぢの私の面《つら》です」）後者については、「この主人公は甘美な幼児退行の夢想からも疎外されているのであって、そのことはおそらく「雪柳」に見たむくつけき「男性」性の露呈と表裏一体の関係にあるだろう。いまや鏡花は、作中の自己の分身に、あえて汚れ役を演じさせることを辞さない」（傍点ママ）と論ずる[12]。

　蕭吉に「あからさま」な「男の性的欲求」を当てはめるのは、お須賀をあくまでも恭しく奉ろうとする態度に対して的外れとも見える。弥一を殴り付けた直後の蕭吉は「東京へお出でなさいませんか」とお須賀を誘うが、その際、「決して、御心配なく——申しては如何ですが……間違つた了簡は出しません——実は家内も存じて居ります」とも誓言しているのであり、お須賀を「性的欲求」の対象として捉える意識は希薄であっただろう。ただし、これは「無性的にしか「女」と接触したことはな」い少年が発する台詞でもない。お須賀を誘うに際して蕭吉は、「間違つた了簡」への気遣いや「家内」の存在を意識せざるをえないのであり、例えば、「由縁の女」で礼吉がお榻に向かって発した「私は女房を持ちました。しかし女房は世の一切ではありません」、「女房のほかに、貴女《あなた》をお慕ひ申すのは、女房と二人して、月を見ますのも同じです」などという台詞の現実感を欠いた野放図さ(13)と比較すれば、齢を重ねた妻帯者としての世俗的な分別をわきまえた台詞と言える。その意味で、蕭吉は既に「甘美な幼児退行の夢想からも疎外されている」存在であり（これに対して礼吉は、半ば強引に「甘美な幼児退行の夢想」への突入を試みていたと捉えられる）、だからこそ、脂貞のお須賀に対する自己破壊的なまでに一途な恋慕への敗北意識を抱く。

蕭吉の弥一に対する言動は一見、弥一の幼児的な言動に誘発された自己の幼児性の露呈のようだが、お須賀の前で単純に大人げない暴力を振るったというわけではない。弥一を殴り付ける蕭吉は「国家のおため」という父性的（?）な論理を振りかざし、あまつさえ、「色つぽい年増の母親の見て居る前で、これが打《ぶ》てるものなら打つて見ろ。其処《そこ》をのし切つたんだ。（中略）。——尤も、おいらに、一度、口の端《はた》でも舐めさしとけば、そんな小児《こども》は生みやしない！」などと露骨に性的な嫌がらせをはらんだ罵言を牧子に向かって叩き付ける。自分が牧子と性関係を結んでいた可能性にも言及する蕭吉は、女性に対する性的欲求を持つ成人男性としての自己を明白に意識している。お須賀の前でそうした成人男性としての自己を（「汚れ役」的に）さらして見せることは、まさに野口氏の言う「むくつけき「男性」性の露呈」にほかならない。蕭吉はお須賀に対する少年時代以来の恋慕を再確認する一方で、自分が社会的にも身体的にも既に少年でないことを認識させられ、いわば、純情な少年と世俗にまみれた成人男性との狭間で引き裂かれてしまう。

もっとも、蕭吉の「いまの暴力に愛想を尽かして、退散せしめらるゝ、と思つた」という懸念に反し、お須賀は「ありがたうございました、蕭さん。私は生れましてから此方《このかた》、（中略）、いま貴方《あなた》が、あの児になすつたり、おつしやつたりした事を、……為《し》ては成らないばかりではありません、出来るものとは思はなかつたのでございます。（中略）。身を投げます処を助けられましたより、どんなに嬉しいか知れません」と感謝の念をあらわにする。そこには、夫の愛人にも気遣わざるをえなかったお須賀の積年の鬱屈が見て取れる。そして、お須賀は「大切な貴方のお身体、蔭口がないとも限りません。いまこゝへ名をかいて、きつぱりと別れます。離縁をされます」と言い、「夫より、妻に離婚の承引を求めた証券」に署名捺印することになる。蕭吉の恋慕があっさりと報われる格好のこうした物語展開は、不幸であった夫婦生活を引きずるお須賀の事情が示唆されているにしても、男性の身勝手な恋慕に対してあまりにも寛容な通俗ドラマとも捉えられる。しかも、読み方によっては蕭吉のモデルが作者・鏡花であることは明白であり、ここまでの物語展開に関しては、作者の自己愛の安易な垂れ流しと批判されてもやむをえない。だが、「不意に裏窓の四枚の障子が、音もなしに、真中から両方へすつと開《あ》」き、「対の麻裃、二人」の怪人物が登場することで、蕭吉とお須賀との恋愛劇はやや唐突な新展開を迎えるのである。

3 「大魔神」の使者の登場

麻裃姿の二人の怪人物のうちの一方は蕭吉とお須賀に対し、「妖怪変化……魑魅も同然、隠すも詮ない。此の老の身は、椎の下闇に底暗く、藻を被《かつ》いで生を続くる、河童、人とりがめの一類、だつぢや、獺でござる。――又これなるは、其の椎の根より池のあたり、館の庭に経立《ふッた》つた蝦蟆《がま》どのでござつての」（傍点ママ）、「いづれ日蔭のものにはござれど、八千坊内に於ては、蝦蟆どの、老獺《それがし》。おの〳〵槍一條《すぢ》は立てさせます、伴も少々召連れをります」と自己紹介する。「皺びた長い顔」とされる「獺」がこの台詞のように、お須賀や蕭吉に対して自分たちが来訪した理由を饒舌に語る一方で、「角面《かくづら》の肥つた」とされる「蝦蟆」の方は専ら「とう、とう、とう、とう」、「が、が、がががががッ」などと奇声を発し続ける。そのユニークなキャラクターは現代の一般的に流布する妖怪像に近く、水木しげるのマンガに登場しても違和感はなさそうだが、彼らについても先行研究では十分に論じられていなかった。その一因としては、赤尾勝子氏が「作中では、主人公（鏡花の分身）と離縁した人妻（茂《ママ》がモデル）とのしみじみとした語らいが描かれる。しかし、その彼らの前に突然火事を報せに対の麻裃を着た二人の魔神の使い（獺と蝦蟆）が降り立ち、（中略）奇妙な言葉を操って会話をする荒唐無稽な場面も描き出される」と論ずるように(14)、「獺」と「蝦蟆」の登場があまりに「荒唐無稽」なことも挙げられるだろう。

だが、「荒唐無稽」な物語展開の意味についても一考する必要はある。念のために確認すれば、「獺」と「蝦蟆」は蕭吉とお須賀を前にしてまったく初めて登場するのではない。羅漢堂（栄螺堂）に詣でていた蕭吉とお律が壊れた三味線を持ち去った直後、外回りから帰った住職は「黒樹山の方から、二人、汚れて、ぐなりとした虚無僧と、肩も肱もごわ〱突張つた山伏と、連立つて来る」のを目撃したと語る。「虚無僧は笠を仰向け、山伏は金剛杖を脇へそばめて、一度栄螺堂の擬宝珠を仰ぐやうにして、すツ、と入つた」が、住職が「ようないぞ。あの人たちの来《わ》せた方角が、六方壁、八千坊、熊堂《くまン》（また九万堂と云ふ）、坊主火山と累《かさな》つて、名代の、おもしろうない所、とぎよツと気を打つ」ていると、二人が入ったはずの堂内には「何処を覗いても、形も見えぬ」という奇異な事態になる。この虚無僧と山伏は、後に蕭吉たちの前に現れる「獺」と「蝦蟆」と同一存在と解される。「六方壁、八千坊、熊堂」については、これに先立って蕭吉とお律が羅漢堂に詣でている場面でも、「此処から近い黒樹山、六方壁、八千坊、熊堂、累々たる峰谷に、鬱林の暗闇《やみ》を鎖して、天狗魔神、眷属もおびたゞしく、殆ど異境と称して可《よ》い」と説明されていた。こうした伏線も周到にしつらえられている以上、本作の物語展開は「荒唐無稽」ではあっても単なる支離滅裂ではない。

蕭吉たちに告げられる台詞によれば、「当夜。正……九つ時を前後に、当町中は一大事、（中略）、一面の火の海ぢや」という大火事が起こるのであり、「獺」はまた、その大火事について「魔火でござる。魔縁、魔性のなす処、千年百年、修羅の炎、瞋恚《しんい》の焔《ほむら》。虚空三界に燃えに燃ゆる、祭らざる悪霊、虐げられたる怨念、侮られ嘲けらる丶、天狗、鬼、水なき亡者、飢ゑたる幽霊。尽く、悪執を八千坊、九万堂の大魔神。――われら魔縁の頭目《おかしら》に托《ことよ》せて、即ち暴威《あらび》を働き申す」とも説明する。これに続けて「無礼、暴慢、余りに驕横なる時は、人間とても忍ばれまい」とあるように、大火事は人間の「無礼、暴慢、余りに驕横なる」所業に対する懲罰の意味も含む。ただし、本作の世界観で人間を罰するのは必ずしも「大魔神」の一党のみではない。「彼処《かしこ》に、天高く、雲遥に、峰白き処にまします、姫神。……其の言葉《ことだま》の声なきまでも、幽黙暗示の御許容なうては、（中略）、時節到来いたしたりとて、卒塔婆一基灰にならず、炭俵も焼け申さぬ」、「此を熊川の水源《みなもと》の清水に翳す、火の卜《うらなひ》、火の象《かたち》でござつての、お丶、影が鮮明《あざやか》に燃えました。さては姫神も御承引な」と述べられるように、白山を彷彿させる「峰白き処」の「姫神」も大火事を容認するとおぼしく、いわば、善悪二元論を突き抜けたアナーキーな終末が到来することが予告される。

「獺」たちが「大魔神」の使者としてお須賀と蕭吉の前に現れたのは、没落前のお須賀の旧居「椎の木御殿」をこの大火事から守るために、お須賀を現在は競売中の旧居へと連れ戻すことが目的であった。すなわち、「われら九万堂に窺へば、お丶、火焔の只真中ぢやと、一口に告《の》るでござる。其処をば、何とぞ、何とかいたして、と縋り申すと、うむ、美しく、優しく、神もおん慈《いつくし》みの、あの奥方、貴女にして、館に返住まうならば、毛を捌いて煙を分け、焔を攫んで投げ散らし、風を乗挫《ひし》いで、一棟ありのまゝに助けうと、大魔神の内意」、「そのうちに時刻近づく。取るものも取りあへずお迎へのため罷出ました。」というのだが、夫との離婚届に署名捺印したばかりのお須賀は、「此のお客様。――此のお方と、屹としたお約束申しました。つい今しがたまでは、あの、名ばかりも椎の樹に縁があつたのでございますけれど」と言い、蕭吉との「お約束」を理由にして旧居へと戻ることを拒絶する。人間に対する懲罰として「大魔神」が一方的に起こすはずの大火事は、ここに至ってお須賀や蕭吉の個人的な意志とも無関係でなくなる。お須賀が仮に「大魔神」の使者の勧めに従うならば、「椎の木御殿」の豪奢を極めた建物や美術品は火難を免れるのであり、お須賀の決断には、文化的な価値を持つそれらの事物の存否への責任も伴わざるをえない。

だが、旧居の「御主、女君の座」に返り咲けると「獺」が説得しても、お須賀の拒絶の姿勢は変わらない。さらに、蕭吉とともに戻ることを提案されたのに対して「いまはいかに他人とは申しても、旧《もと》の夫の住居《すまひ》の家へ、此のお客様御一所は――私から申します、此の方も、嘘にも御承知はなさいません」、「無情《つれな》いと申しても――夫が彼処《あすこ》にをりますれば、火の中も厭ひません、髪も煙に包みませう。――何の、家、邸、庭などに」とも断言する。お須賀の決然とした態度に接した「獺」は、「貴女仰せらるゝ処も一理ある。名画、名器。立処に灰に成らば、皆それぐ〵身の上の不祥なのぢや」という判断を示し、「あゝ、幽冥と人界は、近う見えても霧が遠い。又の御見《ごげん》も如何ござらう。……」などと別れの挨拶を告げたうえで、「蝦蟆」とともに「屋根を四五尺あとじさりに退《しさ》ると思ふと、すつと空へ縮んで」去っていく。蕭吉とお須賀が「摩耶夫人の御像《おすがた》を守護しよう」と庵室に向かうと、「羅漢堂と思ふあたりに、むく〳〵むく〳〵と、仏手柑《ぶしゆかん》の形の雲が、湧並び、立重つて、拳《こぶし》を合せ、頭《かうべ》を揃へ」、「大魔神」の使者たちが予告したとおりの大火事が生じて本作は終わる。

4　登場しない「大魔神」

前節で「大魔神」の使者たちの作中での役回りを概観したが、彼らが単に「荒唐無稽」なだけの存在ではなく、蕭吉とお須賀との恋愛劇を照射する存在でもあることは明白だろう。すなわち、使者たちがお須賀に「椎の木御殿」へ戻るようにと要請することで、お須賀の蕭吉に対する恋慕が力強く表明されることになる。この場面の直前までのお須賀は、蕭吉から贈られた歌集を手に取ることも控え続けてきたのだから、その思い切った変心には、蕭吉の積年の恋慕に応えるのみでない主体的な意志が捉えられる。しかも、お須賀は建造物や美術品を重んじる「獺」の提案にも頑なな拒否を続ける。松村友視氏は「鏡花文学を貫く論理の基本構造」について、「境界領域にいる女の情の論理が、社会秩序と衝突し合いながら、社会制度に根ざす男の規範の論理を突き動かし、解体させ、社会的破滅と引きかえに男を他界に取り込んで行くという構造をもっている」と概括しているが[15]、名画名器の保存より蕭吉との関係を優先するお須賀の姿勢にも、鏡花文学一流の反社会的かつ反文化的な「女の情の論理」は見て取れる。ただし、「獺」たちが蕭吉やお須賀の恋愛劇の単なる引き立て役とも断じられない。

なぜならば、「大魔神」の一党が大火事を生じさせるのは先にも確認したように、蕭吉やお須賀は無論のこと、人間界の事情とは断絶した「魔縁、魔性」独自の論理に基づくからである。「大魔神」の使者たちについて、「蕭吉とお須賀との恋愛劇を照射する存在」といったんは規定したが、市街を焼き払おうとする彼らの暴力的な行為自体は、蕭吉やお須賀の恋愛劇から基本的に独立していることにも注目したい。「大魔神」の使者たちは蕭吉やお須賀の心象の具現化などではないし、そもそも、作中に登場して蕭吉たちと対面するのはあくまでも使者だけであり、「大魔神」の存在自体は「獺」の台詞によって示唆されるにとどまる。鏡花はかつて『怪談会』(柏舎書楼　明治四二・一〇)所収の「一寸怪《ちよいとあやし》」と題した一文で、「この現世以外に、一つの別世界といふやうなものがあつて、其処には例の魔だの天狗などといふのが居る」などと、自己の「別世界」観を披歴していたが、「大魔神」の一党はあくまでも人間界と別個に存在し、蕭吉やお須賀の恋愛劇とはたまさか交錯したにすぎないという点に、近代的な内面化には還元されない本作の妖怪像の独自性がある[16]。「大魔神」の一党は蕭吉とお須賀との恋愛劇を強化する役割を果たす一方で、人間界とは異なる「魔縁、魔性」の視座から恋愛劇を相対化してもいる。

「大魔神」の設定自体は、金沢城下近辺で流布していた黒壁山(作中では「黒樹山」)の天狗伝説に由来すると目される。宮田登が「以前は黒壁山に勝手に出入りすることは禁じられており、もしあやまって入り込んだならば、いろいろな異変が起こったといわれている」、「金沢市街と川で区切った向う岸の奥に黒壁山があり、魔所として代々伝承されてきており、そこには淫祠邪教の類が集結しているということになる」と論じたように[17]、黒壁山は地元の人々から独自の空間として認識されていたらしい。当の鏡花も「飛剣幻なり」以前に、「黒壁」(『詞海』明治二七・一〇・二二、同・一二・二〇)や「妖僧記」(『九州日日新聞』明治三五・一・一)で黒壁山をまがまがしい「魔境」として描き出した。また、鏡花と同郷の作家・室生犀星は「天狗」(『現代』大正一一・一二)で、作中の「私」に「今でもその黒壁には、権現堂があつて天狗がまつつてあるのだ」と語らせている。(18)「飛剣幻なり」でも、作中で「天狗魔神」といった類いの表現があることは先の引用のとおりだが、「大魔神」の存在自体は示唆されるのみであり、「獺」たちに見られるユーモラスな描写をまったく欠くことには留意したい。「大魔神」を直接的には描かないことこそが、金沢土着の天狗伝説を「飛剣幻なり」という小説固有の虚構へと昇華し、「一つの別世界といふやうなもの」を表現するための手法であった。

しかも、作中では「大魔神」の一党と区別されるような「あやしいもの・こと」も描かれる。脂丸貞治の自殺から半年後に洪水が起きた際、兄の形見の屏風を二階に引き上げようとしたお須賀は、「屏風の裏に、黒い大きな袋蜘蛛のやうなものが附着いて居て、あゝ、吃驚《びつくり》しますと、何《ど》うでございませう、其が脂貞さんの、黒い、血だらけな顔で、手足がずる〱と伸びました」という不気味な事態に遭遇する。お須賀自身が「気の所為《せゐ》だと思ひますし、……それに知つた方は、さうした洪水や、暴風雨《あらし》には、急にかはりがあるから、相場を聞きに耳を突出したに違ひない、相場の亡者は、場所へ行けば、ぞろ〱して居る、と笑つて下さいます」と語るように、この「袋蜘蛛のやうなもの」は脂丸のお須賀に対する執着心の具現化、または、脂丸の執着心に脅えるお須賀の強迫観念の具現化と見なされる。その意味では、きわめて近代的で心理学の見地からも解釈しやすい「妖怪」である。(19)だが、「飛剣幻なり」はそうした近代的な妖怪像もいったんは提示したうえで、さらに、それを覆すような独自の論理を持つ「大魔神」の一党を登場させる。そこには、土着の伝説や近世的な「ばけもの」「おばけ」とは一線を画し、近代的な内面化にも還元されない「妖怪」の暴力性を描き出そう（ただし、「大魔神」自体に関してはあえて直接的に描こうとしない）という、「妖怪小説」作家としての意志的でラディカルな戦略性が捉えられる。

付言すれば、鏡花自身がモデルであることが読み取れる人物・蕭吉を主人公に据え、彼に対するヒロインの態度が豪邸の焼失と直結するという物語展開は、関東大震災から五年後の当時にあってかなり大胆な試みであっただろう。作品の末尾では市街を焼き払う大火事の様子が、「町の中心に火の柱が立つて、五つに折れて落ちて七つに裂けた。／暁かけて家数凡《およ》そ三千軒余、実《げ》に土地としては明暦にありし大火以来と云ふ。十万石邸の落つるとともに、飛火は卯川を越した」などと生々しく描かれるが(20)、この臨場感にあふれたダイナミックな筆致は、鏡花の被災記録「露宿」（『女性』大正一二・一〇）で火災の様子が「斜の空はるかに、一柱の炎が火を捲いて真直に立つた。続いて、地軸も砕くるかと思ふ凄じい爆音が聞えた」、「北東の一天が一寸を余さず真暗に代ると、忽ち、どゞどゞどゞどゞどゞと言ふ、陰々たる律を帯びた重く凄い、殆ど形容の出来ない音が響いて、炎の筋を蜿《うね》らした可恐《おそろし》い黒雲が、更に煙の中を波がしらの立つ如く、烈風に駈廻る！」などと述べられるのに近似する。その意味で、本作が描くカタストロフィーの光景は関東大震災の再来的な要素も多分に含む。

したがって、先述したように、「筆者」が被災の痕跡が残る五百羅漢寺を訪問した体験が語られ、あまつさえ、その惨状が「見るからに、扉は傾き、軒は頽れ、棟には、ぐわら〳〵と瓦の落込んだ、猛獣の噛合つたやうな穴がある」と詳述されるのも、震災後の東京と作中世界とを連繋させるための戦略と捉えられる。鏡花は良くも悪くも時代から隔絶した作家と見なされがちだが、「飛剣幻なり」というこれまであまり論じられなかった作品からは、昭和三年当時の鏡花なりのアクチュアリティーを読み取ることが可能であり、作中の舞台が架空の地方都市に設定されているとはいえ、カタストロフィーの再来への予感を活写する鋭利な感性は際立っている。昭和期に入ってからの鏡花は「古狢」や「雪柳」といった複数の作品で、人間をほとんど理不尽に懲罰する魔性の存在たち（読み方によっては、「山海評判記」に登場するオシラ神を信奉する一党もそれらに含められる）を執拗に描き続ける。そこには、初老に達して自己の生と性を検証する作家の個人的な不安感とともに、モダニズム時代に潜在する前近代以来の恐怖を抉る批評性も捉えられるが、「飛剣幻なり」もまた、鏡花自身やその周囲の人々をモデルとした人物を登場させつつ、震災後ならではの終末幻想のなかに、同時代を不気味に切り裂くラディカルな妖怪像を提示している。

注

（1）野間宏「泉鏡花『高野聖』を中心に――日本近代小説の二つの領域――」（猪野謙二編『小説の読みかた』、岩波ジュニア新書　昭和五五・九）。
（2）東雅夫「魔界瞥見　伝奇と怪異をめぐる鏡花幻想文学案内」（『ユリイカ』三二・一三　平成一二・一〇）。
（3）京極夏彦「通俗的「妖怪」概念の成立に関する一考察」（小松和彦編『日本妖怪学大全』、小学館　平成一五・四）。
（4）田中貴子『鏡花と怪異』（平凡社　平成一八・五）。
（5）「鏡花小説・戯曲解題」（村松定孝編著『泉鏡花事典』、有精堂　昭和五七・三）。
（6）須永朝彦監修「鏡花曼陀羅――全作品ガイド」（『幻想文学』三五　平成四・七）。
（7）越野格「鏡花における語りの形式――その一人称小説の構造について（1）――」（『国語と国文学』三九　平成一二・三）。
（8）安部亜由美「泉鏡花「河伯令嬢」論」（『国語国文』七二・八　平成一五・八）。
（9）五百羅漢寺の歴史については、高橋勉著・天恩山五百羅漢寺編『甦える羅漢たち　東京の五百羅漢』（東洋文化出版　昭和五六・一〇）が詳しい。
（10）注（9）の『甦える羅漢たち　東京の五百羅漢』は、大正六年移転説や明治四十二年移転説があることも紹介したうえで、最終的に明治四十一年移転説を採用している。
（11）野口武彦「泉鏡花の人と作品」（同編『鑑賞日本現代文学・泉鏡花』、角川書店　昭和五七・二）。
（12）注（11）に同じ。
（13）アダム・カバット「泉鏡花と「甘え」――『由縁の女』を中心に」（平川祐弘・鶴田欣也編『「甘え」で文学を解く』、新曜社　平成八・一二）は、お楊に対する礼吉の台詞について、「甘えている男のとんでもない身勝手な都合のいい理屈」、「礼吉の精神状態はむしろ無邪気な子供と同じ」と論じている。
（14）赤尾勝子「『卯辰新地』論――「由縁の女」序曲」（『泉鏡花論　心境小説的特質をめぐって』、西田書店　平成一七・一二）。

（15）松村友視「鏡花文学の基本構造」（『文学』五五・三　昭和六二・三）。
（16）中条省平「泉鏡花――内面を拒む神秘神学」（『反＝近代文学史』、文藝春秋　平成一四・九）は鏡花の「草迷宮」（春陽堂　明治四一・一）について、「『草迷宮』の魔ものは、明の自我や内面を補完するための道具だてなどでは断じてなく、ひたすら外に実在する驚異、純粋にして無意味な驚異であ」ると指摘する。ただし、この指摘に付け加えるならば、「飛剣幻なり」で「大魔神」自体が直接的に登場しないのと同様に、「草迷宮」でも、魔界の住人たちが一端しか姿を見せないことには留意するべきだろう。
（17）宮田登『妖怪の民俗学　日本の見えない空間』（岩波書店　昭和六〇・二）。
（18）「天狗」の引用は『室生犀星未刊行作品集』第一巻（三弥井書店　昭和六一・一二）に拠る。
（19）「由縁の女」でもお楊との再会に向かう礼吉が抱く心理的な動揺は、「黒くぼと〳〵と蠢《うごめ》き出《い》づる」「大きな蜘蛛」として具現化されている。
（20）「卯川」は鏡花の生家近くを流れる浅野川を踏まえ、また、「明暦にありし大火」は宝暦年間の金沢の大火事に基づくと推測される。
※鏡花作品の引用は『鏡花全集』全二十九巻（岩波書店　昭和四八・一一～五一・三）に拠る。その他の文献からの引用も含めて漢字は基本的に新字体に改め、不必要なルビは省略してある。

第3章　顔を奪うむじな——「古狢《ふるむじな》」の妖怪像

ラフカディオ・ハーンの作品集『怪談』（ホートン・ミフリン社、一九〇四）の収録作のなかでも、「むじな」は特に有名な怪談として多くの人々に親しまれてきた。池田雅之氏が「〈あるべきものがそこにない〉、〈のっぺらぼう〉状況という人間の根源的な恐怖心や不安感に訴えるところがある」(1)と指摘するように、作中で二度も出現するのっぺらぼうは強烈な恐怖感をもたらす。現代日本の妖怪文化に多大な影響を与えたマンガ家・水木しげるも、この怪談に魅せられた一人であったらしく、貸本マンガ家時代に参加したアンソロジー『墓場鬼太郎』第二集（兎月書房、一九六〇）には、「鬼太郎」シリーズの四話目にあたる「墓場鬼太郎夜話・下宿屋」とともに、「怪奇名作劇場「むじな」」を本名の武良茂名義で発表している。(2)原作を全四ページの絵物語に仕立てたもので、特に独自の脚色は加えないままのきわめて簡潔な物語展開だが、そのことは単なる脚色の省略ではなく、むしろ、様々な伝承を巧みに再構築して後に「妖怪ブーム」を巻き起こすこの偉才が、ハーンの「名作」に率直な敬意を払っていたことの証左と捉えられる。

むじなはまた、古い時代から記録が残っている由緒正しい（？）妖怪としても名高く、「日本書紀」（七二〇年成立）巻第二二には、推古天皇三四年の蘇我馬子の死に続く事跡の一つとして、「三十五年の春二月に、陸奥国《みちのくのくに》に狢《むじな》有りて人に化《な》りて歌うたふ」との記事がある。芥川龍之介は「貉《むじな》」（『読売新聞』一九一七・三・一一）でこの記事を紹介し、「勿論貉は、神武《じんむ》東征の昔から、日本の山野に棲んでゐた。さうして、それが、紀元千二百八十八年になつて、始めて人を化かすやうになつた」と述べたうえで、「それは恐らく、こんな事から始まつたのであらう」と、むじなが化けるという伝承の生まれた背景を推理する。芥川（より厳密に言えば、「貉」の語り手）によれば、「陸奥の汐汲みの娘が、同じ村の汐焼きの男と恋をした」が、娘を待ち焦がれる男の歌声を聞いた娘の母親が不審に思った際、娘が咄嗟の機転で「貉かも知れぬ」と答えたことから、むじなが歌うという噂が村人たちの間に広まってしまう。当の娘自身もある夜に歌声を聞いて家の外を見回すと、「戸の前の砂の上に、点々として貉の足跡のついてゐる」のを目撃する始末になる。「この話は、忽ち幾百里の山河を隔てた、京畿の地まで喧伝された」というのが、「日本書紀」記載のむじなの伝承の隠された真相ではなかったかと、「貉」の語り手は想像をめぐらしていく。

　語り手はさらに、「化かすやうになつたのではない。化かすと信ぜられるやうになつたのである――かう諸君は、云ふかも知れない。しかし、化かすと云ふ事と、化かすと信ぜられると云ふ事との間に、果してどれ程の相違があるのであらう」と述べつつ、「我々は、我々の祖先が、貉の人を化かす事を信じた如く、我々の内部に生きるものを信じようではないか。さうして、その信ずるものゝ命ずるまゝに、我々の生き方を生きやうではないか」と力強く宣言する。作中には「遂には同属の狸までも化け始めて」ともあることから、語り手がむじなのことを、基本的には（通説のように）狸と「同属」の生物と捉えていることは明白である。元来は「日本の山野に棲」む生物にすぎなかったはずのむじなは、必ずしも実際に「化かすやうになつた」のではないが、「汐汲みの娘」の発言が契機で「化かすと信ぜられるやうになつたのであ」り、そうした「我々の祖先」の心性をないがしろにしないで尊重するのが、「我々の生き方」であるという主張は、近代的な合理主義の立場を堅持しつつ、過去より続く伝統的文化も肯定するという点で巧妙な折衷案と言える。こうした割り切り方は怪異に対して強い関心を示す一方で、近代知識人としての姿勢も貫こうとした芥川にふさわしいだろう。

　この芥川も敬愛していた一九歳上の先輩作家・泉鏡花には、むじな（とおぼしい妖怪）がもたらす怪異を描いた「古狢」（『文藝春秋・オール読物号』一九三一・七）という作品がある。本作は作中で「外套氏」と呼ばれる帰省中の脚本家が、従姉の娘・お町を伴って「北国《ほくこく》」の新開地の市場を訪ねる場面から始まる。「狢の湯」という温泉の傍らを通り過ぎた後、「外套氏」が前夜の宿泊先で便所の戸を伝う女性の手を見たと話すと、お町は「をぢさんは、幽霊を、見たんですね」と言い、五年前、お藻代という女性が名古屋から訪れた客とともに待合に泊った際、客の過ちのために熱湯を顔面に浴びてしまったことを語る。以来、火傷を気にして人目を避けていたお藻代は療養に赴いたところ、宿の便所で夜中に（「外套氏」が女性の手を見た）眼鏡やマスクを外した顔を見られて大騒動になり、恥辱のあまりに鉄道線路へ身を投じて死んだというのである。お藻代の悲劇を聞き終えた「外套氏」がお町とともに湯葉屋に入ると、「外套氏」の幼馴染みが居合わせ、この幼馴染みこそがお藻代に火傷を負わせた名古屋の客であったとわかる。そこへ「脊の低い、小さな媼《ばあ》さん」が現れて湯葉の鍋に顔を突っ込み、湯葉の付着した顔を擡げた後に、顔面の湯葉を舌で舐めて「ぐしや〳〵と顔一面、山女《あけび》を潰して真赤になつた」容貌を見せつける。これに驚いた名古屋の客はよろけて近くの鍋に顔を突っ込んでしまい、かつてのお藻代と同様の激しい火傷を負うことになる。

　お町の説明によれば、市場の近くには「年数を知らない椎の古木」があり、「大昔から、其の根に椎の樹婆叉《ばばしや》といふのが居て、事々に異霊妖変を顕はす。徒然《とぜん》な時はいつも糸車を廻はして居る」とされている。この「椎の樹婆叉」の正体について、お町は「城のお殿様の御寵愛の、その姉さんだつたと言ひましてね。むかし、魔法を使ふやうに、よく祈りのきいた、美しい巫女が其処《そこ》に居て、それが使つた狢だとも言ふんですがね」と語る。この台詞を参照する限りでは、「椎の樹婆叉」の正体がむじなかどうかは必ずしも定かでないが、作中には「――町の湯の名もそれから起つた。――然《さ》うか、椎の木の大狢、経立《ふつた》ち狢、化婆々」とあることから、少なくとも、「椎の樹婆叉」がむじなと深く結び付いた存在として、近辺の人々から認識されていたことは確かと見なされる。したがって、「外套氏」たちの前に現れて怪異を起こす「脊の低い、小さな媼さん」は、「異霊妖変」を起こすとされてきた「椎の樹婆叉」、および、その正体とおぼしいむじなの化身であることが示唆されているだろう。そもそも、題名にも「古狢」とあるの[3]だから、本作は「外套氏」一行がむじなの起こした怪異に遭遇するのを描いていると、ひとまずは要約することが可能である。

ただし、「古狢」でのむじなは、芥川の「貉」で人間の勝手の都合から化かすことにさせられた生物と、必ずしも同質の存在として描かれてはいない。本作の場合、むじなは超自然的な存在であるらしいという以外はまったく定かでなく、むしろ、「異霊妖変」を起こすとされる超自然的存在が、仮初めに「椎の木の大狢、経立ち狢、化婆々」と呼ばれていると解される。牧野陽子氏はハーン「むじな」について、「日本語の読者は貉が狸と同類の、つまり、人をかついで喜ぶとされ、滑稽な容姿で描かれる小動物だと知っている。しかし、ハーンはこの〝むじな〟をそのまま題名に取り上げながら、その説明をしていない。（中略）ここではもはや〝貉〟から元の実体はすっかり剝奪され、ただその不可解な音の響きだけが作品を包みこんでいる」と指摘しているが[4]、「古狢」でもむじなは、「狸と同類」の「小動物」からはかけ離れた「不可解な」存在として描かれる。そして、ハーンが描くむじなが何のために人々を脅かすのかが定かでないのと同様に、鏡花の「古狢」でも、むじなが怪異を起こした理由は作中で定かにされているとは言い難い。

無論、お藻代がかつて名古屋の客のせいで顔面に火傷を負う羽目になり、それが痛ましい自殺の遠因になったことを考慮すれば、三品理絵氏が「この小説の藻代は狢の化身ではないけれども」と前置きしたうえで、「彼女の、いわば肩代わりに「狢」の婆が登場し、彼女に湯をかけた男（中略）に報復することになる因縁」という読解を提示するように[5]、むじながお藻代の火傷の「報復」として、怪異を起こして名古屋の客に火傷を負わせたとも受け止められる。お町によれば、「お藻代の遺書《かきおき》にさへ、黒髪のおくれ毛ばかりも、怨恨《うらみ》は水茎のあとに留めなかつた」とのことだが、お藻代と名古屋の客は料理屋の女中とその馴染みという関係であり、お藻代が火傷を負った後も金銭的な償いはなされていたことから、お藻代とすれば、名古屋の客に対する経済的な負い目のために、「怨恨」を向けたくても向けられなかったと捉えるのがより正しいだろう[6]。その意味では、むじながお藻代のやり場のない「怨恨」を代行したという解釈は成り立つ。とはいえ、お藻代の火傷自体が既に単なる突発的な事故ではなかったかもしれない。

実際、三品氏は「「狢婆」は、相対的な位相で、生と死を、解体と再生を、その糸を繰っているにすぎない存在、決して藻代の心情を肩代わりしているのではなく、むしろ、この怪異自体を、何の感興もなく統率しているのにすぎないのではないか。藻代の側に立っているように見えて、本当はこれらの怪異それ自体をはじめから終わりまで裏で統べているのは、糸を引いていたのは、彼女ではなかったのか[7]」という疑問も呈している。それでは、仮にお藻代の火傷から既にむじなの怪異が始まっていたとして、むじなは何のためにお藻代と名古屋の客に相次いで顔面の火傷を負わせ、あまつさえ、お藻代の命を奪うことになったのかが問題になるが、その理由もやはり作中から読み取ることは困難である。名古屋の客は市場の場所に建っていた邸の御曹司であったのが、現在は名古屋の資産家の婿に入ったという設定なので、生まれ育った郷里を見捨てたとして、場所に根付く地霊的存在であるむじなから怨まれたとも想定される。だが、お町からも「しとやかな、優しい人」と生前の人となりを偲ばれるお藻代は、名古屋の客の単なる交際相手であったにすぎない。むじなが名古屋の客を苦しめていくための一手段として、お藻代に顔面の火傷を負わせて死に追い込んだとすれば、特に非のなかったお藻代に対してあまりにも残酷な仕打ちである。

　ハーン「むじな」では二度に及ぶのっぺらぼうの出現が描かれたが、「古狢」でもお藻代と名古屋の客の二度に及ぶ顔面の火傷が描かれる。端的に言えば、ハーンが顔の不在の怪異を描いたのに対して鏡花は顔の剝奪の怪異を描く。芥川と同じく鏡花を敬愛していた谷崎潤一郎の代表作「春琴抄」（『中央公論』一九三三・六）に先立ち、本作では火傷によって顔を奪われることが物語展開の重要な転換点となる。特に、お藻代の場合はお町の「美しい、鼻も口も、其《それ》ツ切、人には見せず……私たちも見られません」という台詞から、接客業の女性が「美しい」容貌を火傷によって奪われ、ほとんど社会的にも抹殺されてしまうことの悲哀の深さが読み取れる。一方、名古屋の客については「生命《いのち》に仔細はない。／男だ。容色なんぞは何でもあるまい」と、資産家の男性にとっては、顔の剝奪が必ずしも社会的な抹殺に直結しないことが念押しされる。お藻代の顔面の火傷までがむじなの仕業であったかどうかは定かでないが、少なくとも、むじなが直接的に手を下した名古屋の客の顔面の火傷は、彼の生の決定的な破滅にはなりえないという点で、変貌した素顔を見られて命を絶ったお藻代の悲劇を逆説的に浮き立たせる。

この名古屋の客の顚末が語られた後、作中に「魔は――鬼神は――あると見える」という一節が差し挟まれることには注目したい。無論、ここでの「魔」「鬼神」とは、名古屋の客の顔面に（そして、お藻代の顔面にも？）火傷を負わせたむじなを指しているはずである。「魔」「鬼神」が鏡花にとってどのような含意の表現であったのかについて、本稿では立ち入って論証する余裕はない。[8]ただし、水木しげるがバブル期前夜の（「ゲゲゲの鬼太郎」の三度目のアニメ化の前年にもあたる）一九八四年に小松和彦氏と対談した際、「魔と称されるような恐ろしいものがありますよね」、「これから、魔のほうに行こうと思っているんですけどね」と「魔」に対する強い関心を示し、それを受けた小松氏が「水木先生の妖怪マンガについていえば僕なんかは、妖怪を愛らしいものとして描かれたところに興味を魅かれたわけですが、そうではない恐ろしい面を描くとなると、今の時代において死が排除されているのと同様に、現代社会で排除されてしまうんじゃないかと思うんです」[9]と分析しているのは興味深い。例えば、水木の「ゲゲゲの鬼太郎」のエピソードの一つ「おりたたみ入道」（『週刊少年マガジン』一九六八・一・二二）には、むじなが登場して悪事をはたらくが、その悪事は子どもたちからお年玉を巻き上げるという程度であり、確かに大した悪意のない「愛らしいもの」として描かれているだろう。

一方、「古狢」のむじなは、人間に対する自覚的な悪意の有無はともかく、ほとんど理不尽な恐怖を前触れもなくもたらす存在として描かれる。作中でのむじなが何らかの信条に基づいて怪異を起こしているのか、単なる愉快犯的に人々の生を弄んでいるのかは定かでないが、だからこそ、むじなは誰に対しても牙を向ける可能性を持つ「恐ろしいもの」である。見方を変えれば、作中の「外套氏」やお町を含めた誰しもがお藻代や名古屋の客のように、突如としてむじなによって顔を奪われる危険があるだろう。新開地の市場が怪異の舞台になっていることにも明白だが、「古狢」が描くのは既成の民俗社会が無効化した後に、不特定多数の人々が脅かされていく都市社会の妖怪像にほかならない。「日本書紀」にも記載されていた古代以来の妖怪であるむじなは、こうして昭和初頭のモダニズム時代の妖怪として生まれ変わる。人間を唐突に脅かす「恐ろしいもの」として妖怪を描ききった「古狢」は、発表から約半世紀後のバブル期前夜の水木の「魔」に対する関心[10]に呼応し、さらには、妖怪が「愛らしいもの」として認知されて久しい二〇一〇年代に対しても、現代社会の安寧に揺さぶりをかけるテロル的な妖怪像を突き付けている。

註

(1) 池田雅之『ラフカディオ・ハーンの日本』角川選書、二〇〇九。
(2) 「怪奇名作劇場「むじな」」は『水木しげる漫画大全集』二二(講談社、二〇一四)に再録されている。余談だが、「墓場鬼太郎夜話・下宿屋」はねずみ男の記念すべきデビュー作でもある。
(3) 「古狢」の初出時の題名はやはり「狢」が入っている「狢市場」であった。
(4) 牧野陽子『〈時〉をつなぐ言葉　ラフカディオ・ハーンの再話文学』新曜社、二〇一一。
(5) 三品理絵『草叢の迷宮　泉鏡花の文様的想像力』ナカニシヤ出版、二〇一四。
(6) 作中でお町も「客の方で約束は違へないんですが、一生飼殺し、といつた様子でせう」と評している。
(7) 註(5)に同じ。
(8) 鏡花文学に描かれた「魔」の問題については、例えば、種田和加子『泉鏡花論　到来する「魔」』(立教大学出版会、二〇一二)が、「「魔」と怪異性の複合作用が作り出す亀裂や断層を徹底して意識化すること」を目指した試みとして示唆に富む。
(9) 水木しげる・小松和彦「妖怪談義――あるいは他界への眼差し」(『ユリイカ』一六・八　一九八四・八)。
(10) この対談後の水木が、「魔」をどのように描くことになったのかという問題があるが、例えば、日本政府の闇を暴く(?)怪作「悪魔くん世紀末大戦」(『コミックBE!』一九八七・一〇―八八・一〇)に、その一端が捉えられるだろう。
※「日本書紀」の引用は『新編日本古典文学全集　日本書紀②』(小学館、一九九六)、「貉」の引用は『芥川龍之介全

集』第二巻（岩波書店、一九九五）、「古狢」の引用は『鏡花全集』巻二三（岩波書店、一九七五）に拠る。引用に際しては、いずれも漢字を基本的に新字体に改めて不必要なルビは省略してある。

コラム1　「語られ／騙られ」る怪異と向き合うために

清水潤氏は映画を愛していた。怪異・怪談に関する映画を鑑賞した際は、必ずその感想を研究会のメーリングリストに投稿してくれた。それは決して趣味の延長ではなかったはずだ。映画は本当ではない真実の愛を交わし、誰も死んでいない殺人事件を解決し、作りものでしかない怪異が真実には恐怖していない者の恐怖と破滅を映し出す。それは虚と実が交錯した彼岸に真実がある世界である。そうした世界は泉鏡花の作品世界と根底で響き合うはずだ。

第１部「鏡花と妖怪」収載論文で清水氏は、『高野聖』の「婦人」や『眉かくしの霊』の「奥様」の超自然的な能力や存在について「作中では定かにはされていない」とし、『古貉』では「椎の樹婆叉」の正体が本当に貉なのか、貉がなぜ怪異を起こしたのかについて「作中から読み取ることは困難である」と、鏡花が怪異の振る舞いを一つの原因に収斂させず、「棚上げ」していることを指摘する。そうして『露萩』では、憑依によって生者と死者の「断絶」が「劇的に突き崩」されていることに注目する。清水氏は鏡花作品の怪異が常に読者が認識する現実と虚構との境を揺さぶり、無化していることを的確に指摘している。

深山の怪女、沼の主や霊、貉や山の神の眷属など、鏡花が描く怪異は民俗文化を背景とすることは疑いえない。しかしそれは不思議なモノゴトに明確な原因を与えて説明し、生活の現実を守ろうとする民間伝承の怪異譚とはまったく異なり、現実と虚構との境を曖昧にし、確かだった生活世界を解体する役割を果たす。現実と虚構が交じり合い二重に存在する構図は、真実の肉体と風景を使って虚構の役柄と物語を演じ、スクリーンという何もない場所に華やかな映像が投影される映画という芸術と共振し合うはずである。さらに重なり合う現実／虚構は「善悪二元論を突き抜けたアナーキーな」状態なはずだ。そのなかで「〈美〉に対する強い執着」が唯一の価値として機能することも、映画と重なってくる。

鏡花の現実／虚構のない交ぜを作る怪異の語り／騙りに向き合うためには、背景となる現実の語り（民間伝承）が、どのように虚構の騙りに創られたかを解きほぐさなければならない。清水氏にとって映画は、そのための一つの方法だったのではないだろうか。

（飯倉義之）

第4章　怨まない幽霊たち——後期鏡花小説の幽霊像

序

一九世紀末から二十世紀前半にかけて活躍した作家・泉鏡花は、妖怪や幽霊を題材とした数多くの小説や戯曲を発表し続けたことで名高い。だが、国文学者・池田彌三郎が師の折口信夫から聞いた「むだ話」によれば、鏡花は逝去の「一月程前」に折口と会った際、「私は長い間お化けを書いて来たが、恨みを持たぬお化け、怨霊でないお化けを書こうとして来たが、それが書けなかった」と語り、さらに、折口が鏡花に向かって「泉さんの書かれたものには、深い恨みを持ったお化けは、案外に少ないのではないか」と応じると、「言下にそれを否定された」とのことである。[1] 妖怪や幽霊を描いてきた作家としてはいささか衝撃的なこの告白について、池田は「一生かかって書いて来たお化けが、どうも日本の本来のお化けではないのではないか、と言うことを感じているらしい」と受け止め、さらに、「われわれの考えている常識的な幽霊は、昔の日本人の実際生活において見聞したものとはだいぶへだたりがあって、ある傾きを生じたものが、その方向に向かって、民俗生活を置き去りにして独走してしまったのだ。そしてその独走のコースは、歌舞伎芝居が最も有力であった」と説いている。[2]

無論、鏡花は「歌舞伎芝居」に代表される数多の近世文芸にも精通し、それらを踏まえたうえで、独自の耽美的な脚色を施した妖怪や幽霊を描いてきた作家である。そうした意味では、近代日本の怪異・妖怪文化を担ってきた第一人者とも言えるだろう。その鏡花が晩年、「一生かかって書いて来たお化け」を否定するような告白をしたというこの証言は、鏡花個人の単なる謙遜と見なすべき余地はあるにしても、妖怪や幽霊が日本文化のなかできわめて複雑な位置付けにあることを物語る。そして、池田が指摘するように、「われわれの考えている常識的な幽霊」の再検討を迫りもするだろう。日本の幽霊像全般について考察するのは容易なことではないが、鏡花が実際に作中でどのような幽霊を描いてきたのかという問題は、日本の怪異・妖怪文化を検討し、池田の言う「われわれの考えている常識的な幽霊」を照射するうえでも、欠かせない観点になるはずである。本論では特に鏡花が関東大震災以降に発表した後期の小説のなかから、幽霊が登場する作品を取り上げ、鏡花自身も晩年に拘泥していたとおぼしい怨恨（「恨み」）の有無に論の主眼を置きつつ、後期鏡花小説で描かれてきた幽霊像を分析したい。

関東大震災が起きた一九二三年当時に五一歳であった鏡花は、一九三九年に六七歳で逝去するまでの二十年近くの間、発表作品数を次第に減少させていくものの、作家としての目立った不調とは無縁に見える堅実な活動を続けている。「高野聖」（『新小説』、一九〇〇年二月）や「草迷宮」（春陽堂、一九〇八年一月）、「天守物語」（『新小説』、一九一七年九月）といった震災以前に発表されていた諸作品と比較すると、震災以降の後期の作品はあまり論じられておらず、一般的な知名度もやや低い。とはいえ、種田和加子氏が「関東大震災後の鏡花作品には晩年に至るまで震災の記憶が影を落とす」と指摘するように(3)、後期鏡花小説は若年時の作品とは異質の要素もはらんで同時代と並走し続ける。本論では鏡花の後期の小説のなかでも、震災から半年強の後の一九二四年五月に『苦楽』に発表された「眉かくしの霊」、その五ヵ月後（すなわち、震災からはほぼ一年後）の一九二四年十月に『女性』に発表された「露萩《つゆはぎ》」、そして、これら二作から十五年後、鏡花逝去直前の一九三九年七月に『中央公論』に発表された「縷紅新草《るこうしんそう》」という、いずれも女性の幽霊が登場する三作について論じることとする。これら三作はこれまで個別に論じられることしかなかったが、幽霊の描き方に着目して縦断的に分析することを通じ、後期鏡花小説が描き出す幽霊像を見極めることが本論の目的である。

1　「美しさ」にとらわれた幽霊

後期鏡花小説があまり論じられていないなかで、「眉かくしの霊」はほとんど例外的にしばしば論じられている。一般的な知名度も、関東大震災以降に発表された鏡花の小説としては最も高いと目される。ただし、本作のなかで起きている出来事を把握するのは決して容易ではない。主人公は信州旅行の途中で奈良井に泊る境贊吉という中年の男性だが、行きずりの旅人のはずの境は旅館で奇妙な出来事に巻き込まれ、料理人の伊作から一年前に奈良井で起きた事件について聞かされる。伊作によれば、一年前に東京から来た画家が奈良井の旧家で姦通騒動を起こした際、お艶《つや》という柳橋の芸妓が馴染みの画家を擁護するために奈良井を訪れ、境が滞在しているのと同じ座敷に泊った。奈良井ではかねてから鎮守の森の奥の「桔梗ヶ池」に、「奥様」と呼ばれる正体不明の妖しい存在が棲むと伝えられていたが、伊作たちから「奥様」について聞かされたお艶は、あたかも自己を「奥様」になぞらえるかのように眉を剃り落とす。その直後、お艶は姦通騒動のあった旧家を訪ねる途中で、「奥様」と見誤られて射殺される。以上の顚末が伊作によって語り終えられた際、境と伊作の眼差しには一年前のお艶と付き添っていた伊作の姿が映り、さらに、境たちの座敷が「桔梗ヶ池」と同化する幻想的な場面で本作は終わる。

お艶の霊が出現する末尾で、境は伊作に対して「確乎《しっかり》しろ、可恐《おそろし》くはない、可恐くはない。……怨まれるわけはない」という台詞を発する。実際、お艶が境に対して怨恨を抱く理由はないはずであり、それどころか、境とお艶との接点は、事件の一年後に同じ座敷を使ったというだけである。一方の伊作は、姦通騒動が起きた旧家を訪ねるお艶に途中まで付き添い、提灯の蠟燭を取りに戻る間にお艶は射殺されてしまうのだが、無論、故意にお艶を死なせたわけではないので、伊作もやはり「怨まれるわけはない」と解釈するのが妥当だろう。お艶の霊は、境や伊作の前に出現するくらいなら、むしろ姦通騒動を煽って画家を追い詰めた旧家の老女の前に姿を現し、怨念の限りを叩き付けるべきである。かつて伊藤整は「泉鏡花という作家の小説は、その設定やその筋を確かめて読むべきでなく、歌舞伎や文楽のように、その場面の一つ一つを味い楽しむべきものと思う」と説いたが[4]、お艶の霊の出現をあくまでも怨恨で解釈しようとするならば、「眉かくしの霊」の物語展開は確かに支離滅裂であり、「その設定やその筋を確かめて読むべきでな」いという評価も当てはまる。

もっとも、お艶の霊が境や伊作を怨んで彼らの前に出現したとは限らない。境や伊作とお艶との間に怨恨をめぐる関係は成立しなくても、この三者には〈美〉に対する強い執着という接点が見て取れる。四年前に「奥様」の姿を垣間見た伊作は、「慄然《ぞっと》します。……それで居てそのお美しさが忘れられません。（中略）一日でも、此の池の水を視《なが》めまして、その面影を思はずには居られませんのでございます」と告白するように、「奥様」の「お美しさ」に対する強い執着を示し続けている。また、お艶は本来、旧家の老女に向かって「私ほどのいろがついて居ます。田舎で意地ぎたなをするもんですか」と主張する目的で奈良井を訪れたのだが、「奥様」のことを聞いて「自分の容色《きりやう》の見劣りがする段《ひ》には、美しさで勝つことは出来ない」と考え、「奥様」に倣って眉を剃り落とした姿を伊作に見せていた。お艶が「似合ひますか」「桔梗ヶ池の奥様とは？」と尋ねると、伊作は「えゝ、勿体ないほどお似合で」「お姉妹《きやうだい》……いや一倍お綺麗で」と応じる。お艶が（馴染みの画家の擁護という当初の目的をほとんど忘却した様子で）美しい「奥様」に憧れて同化することを切望するように振る舞い、それを見た伊作がお艶の「美しさ」を受け合うというこのやりとりは、伊作が「奥様」の「お美しさ」に執着するあまりに、お艶の身体を媒体として「奥様」を擬似的に召喚する儀式とも見なされる。

そして、境も宿泊した初日に、伊作たちを相手に木曾山中で鶫《つぐみ》を食べた芸妓の体験談を語る際、「これは凄かつたらう、（中略）霧の中から綺麗な首が」「その芸妓《げいしや》のやうな、凄く美しく、山の神の化身のやうには見えまいがね」などと、芸妓の口が血まみれになる凄絶な光景に〈美〉を見いだす台詞を発していた。すなわち、境も伊作もお艶も、〈美〉に対する強い執着を抱いた人物にほかならない。境と伊作が「怨まれるわけはない」にもかかわらず、彼らの前にお艶の霊が出現するのは、境や伊作が〈美〉にとらわれているという点では〈見る〉側と

〈見られる〉側という相違はあっても）お艶と同類だからであり、それゆえに、お艶が彼らに対して発するのは間違っても怨み言ではなく、生前のお艶が伊作に眉を剃り落とした姿を見せたときと同じく、「似合ひますか」という自己の「美しさ」を問いかける台詞なのである。富永絵美氏が「『眉かくしの霊』で鏡花は、明確な遺恨を持たず、憤怒による復讐を目的としない幽霊を描き、江戸幕末的な遺恨と憤怨による復讐からより離れた幽霊像を造形している」と論じるように[5]、本作には、旧来の怨恨にのっとって出現する幽霊ではなく、死後もなお「奥様」の「美しさ」にとらわれて出現する幽霊が描かれている。

「眉かくしの霊」がこうした異色の幽霊像を提示しえた背景としては、鏡花という作家個人の耽美趣味だけでなく、関東大震災以降のモダニズムの時代性との関連も考慮するべきだろう。本作の初出誌『苦楽』はプラトン社から刊行されていた文芸雑誌だが、プラトン社の母体は、「クラブ洗粉」で知られた大阪の化粧品会社・中山太陽堂（現在のクラブコスメチックス）であり、『苦楽』発表時の本作にビアズレー調の挿絵を描いた山六郎は、同僚の山名文夫[6]とともに、『苦楽』『女性』のモダニズム路線を方向付けた名デザイナーとして名高い。『苦楽』には毎号、女性をさらなる〈美〉へと誘う中山太陽堂の化粧品の広告は無論のこと、国内外の女優の写真や美人画も口絵として掲載され、なかでも、「眉かくしの霊」が発表されたの同じ一九二四年五月号の巻頭には、創刊号（一九二四年一月）で募集していた「懸賞美人写真」の当選作の数々が掲載された。募集告知文には、「何《ど》ういふ女の方の写真でも、それが芸術的であつて、美しい人の姿ならば……。題『美人』」とあったが、実際に掲載された「美人写真」には題名以外にモデルの人物に関する説明はなく、従来の婦人雑誌などに掲載されていた名家の夫人や令嬢の肖像写真とは、一線を画する企画であったことも見逃せない。

このように、「眉かくしの霊」発表当時の『苦楽』誌上からは、〈美〉に固有の価値が見いだされる時代を迎えていたことが見て取れる。本作は東京から離れた木曾路が舞台であり、同時代の世相から遊離した古風な怪談としても読まれかねないが、冒頭近くで、「三階に此の火の勢は、大地震のあとでは、些《ち》と申すのも憚りあるばかりである」と、「大地震」のことがことさらに言及され、また、鎮守を訪ねたお艶の身なりが必ずしも純和風ではなく、「ほんの出来あひの黒い目金を買はせて、掛けて、洋傘《かうもり》を杖のやうにしてお出掛けで」と意外にハイカラであったことが語られるように、震災以降の西洋化が進展する同時代を意識した作品でもある。「美しさ」にとらわれてしまうお艶の霊の造型には、東京から来た女性が地方古来の伝承に取り込まれるという反近代性の一方で、モダニズム時代ならではの幽霊像を模索する姿勢も作用していただろう。(7) ただし、「眉かくしの霊」の幽霊像の特性をより明確に見極めるためには、やはりプラトン社刊行の総合雑誌『女性』に発表された「露萩」も視野に入れ、両作品の比較からも考察を深めていかなければならない。

2 震災によって見いだされた幽霊

「眉かくしの霊」は後期鏡花小説のなかでも例外的に有名な作品であったが、「露萩」は、他の後期鏡花小説と同様に一般的な知名度は低い作品である。ただし、百物語の怪談会という異色の題材を扱っていることから、近年、東雅夫氏は『闇夜に怪を語れば 百物語ホラー傑作選』(角川ホラー文庫、二〇〇五年)や『文豪怪談傑作選・特別編 鏡花百物語集』(ちくま文庫、二〇〇九年)に本作を収録し、さらに、百物語の歴史を概観した『百物語の怪談史』(角川ソフィア文庫、二〇〇七年)のなかでは、「しっとりとして優婉哀切な怪談情緒ただよう佳品」と称賛したうえで、「享楽と頽廃の極みというべき凝りに凝った百物語の趣向には、エロ・グロ・ナンセンスという言葉に象徴される、大正から昭和初頭にかけての精神風土が如実に反映されているように感じられてならない」とも述べている。(8) また、田中貴子氏も本作が「百物語小説」であることに注目しつつ、「成立しなかった百物語を描くもの」と捉え、「(引用者注・鏡花は)不可能性・不成立性を充分知りながら、あえて百物語の怪異を語るという確信犯的所行に出たのではないかと思われる」という見解を示す。(9) 既に東氏が指摘しているように、本作は発表の約一年前、一九二三年八月十九日に井の頭翠紅亭《すいこうてい》で開催された怪談会がモデルであり、(10) 当時の怪談会の様子が小道具なども含めて詳細に描かれた点でも貴重だが、作中の幽霊像について十分な議論が尽くされてきたとは言い難い。

本作の主人公・槇真三は百物語の怪談会に招かれた際、離れ座敷に小道具として置かれていた女性の戒名の卒塔婆を気にかけ、また、やはり小道具のお歯黒壺の周囲をオハグロトンボが飛び交うのを見る。怪談会には新興宗教「梶元教」(11)の先達と自称する僧・伝沢《でんたく》も来ていたが、伝沢は妖怪や幽霊が出現しても自らの行力で退治して済度すると豪語し、他の出席者たちから顰蹙《ひんしゅく》を買う。怪談会の途中で真三は「坊主が可厭《いや》で……可厭で……私……」と訴える女性の声を聞き、会場に姿が見えない伝沢を探すと、伝沢は離れ座敷で酒に酔って先程の卒塔婆を抱いて寝ようとしていた。真三はその卒塔婆にまつわる自己との因縁を打ち明け、卒塔婆を嬲《なぶ》らないようにと伝沢に懇願するが、横暴な対応を続ける伝沢との間に諍いが生じて両者ともに負傷する。翌朝、怪談会から帰る人々はオハグロトンボの群れに遭遇して病気になる。その群れが出現したのは、卒塔婆の主の女性が身投げした池の畔であったことが末尾で明かされる。

この末尾について田中氏は「因縁話で説明してしまう結末」と評価し、「因果因縁からの離脱をもくろんだはずの鏡花であったが、(中略)結局因果因縁で結末をつけざるを得なかったのである」と説いている。(12)死後も自己の卒塔婆を冒瀆された女性がオハグロトンボの怪異という形で、怪談会に参加した呑気な人々への怨念を作動させたと読むならば、本作は確かに「因果因縁」に束縛された古風な怪談ということになるだろう。伝沢が真三との対決によって指を切り落とされるのは、卒塔婆の主の女性が真三に手を貸すことで、自己を辱めようとした伝沢に対する怨みを見事に晴らしたとも読める。そもそも、百物語の怪談会という本作の題材は、作品発表の約一年前の現実の催しを直接的なモデルとしているにしても、一方では、近世から受け継がれてきた伝統を踏襲したものでもあることは否めない。本作の五ヵ月前に発表された「眉かくしの霊」は、前節で述べたように、怨恨とは異質の行動原理に基づく斬新な(?)幽霊像を提示していたのだから、「露萩」は「眉かくしの霊」からの後退とも位置付けられる。だが、「露萩」が同時代性を欠落させた懐古趣味の作品とばかりも言いきれない。

「眉かくしの霊」で「大地震のあと」と明記されていたことは先述したが、「露萩」は関東大震災以降が舞台であることをより前面に押し出している。真三と問題の卒塔婆との出会いは、「去年あの震災のあと」に師の墓を[13]心配して訪ねたことに遠因がある。震災後の墓地の惨状は作中で「たゞもう一なだれです、立派な燈龍は砕けて転がる、石の鳥居は三つぐらゐに折れて飛んで居る中ですから、口惜《くやし》いが、石碑は台の上から、隣の墓へ俯向《うつむ》けに落ちて、橋に成つて居たんです」と事細かに述べられ、さらに、管理所に石碑を起こすように頼んだ際の返答も「墓どころぢやないでせう、雨露を凌がないのがどのくらゐあるか知れませんや」と冷淡なのが生々しい。結局、同門の弟子たちに石屋の親方も加えて石碑を起こそうとするのだが、石屋は石碑が作業中に欠けないようにとの配慮から、近くの墓に倒れていた卒塔婆を折って持ってきて石碑の下に敷く。後日、真三は卒塔婆の主の菩提寺を探し当てて古い卒塔婆を預け、墓地には改めて新しい卒塔婆を手向ける。菩提寺の墓地から持ってこられたその古い卒塔婆が、怪談会の小道具として置かれて伝沢に嬲《なぶ》られようとしていたのである。いわば、震災こそが、真三と赤の他人の卒塔婆との間に奇妙な因縁をもたらしたことになる。モデルとなった怪談会は震災の約半月前に開催されているにもかかわらず、本作が震災以降を舞台としているのは意図的な脚色と考えられる。

　さらに「露萩」に描き出された幽霊像で注目するべき点としては、真三が伝沢と対決する際、「姿見に映った不思議は、わが膚の恁《か》くまで白く滑らかだつた覚えはない。見る〳〵乳もふつくりと滑らかに、色を変へた面《おもて》もさながらの女である」、さらに、「姿見の裡《うち》なる、我にまがふ婦《をんな》の顔にぢつと見惚《みと》れて、乱れた髪の水に雫するのさへ確《しか》と見た」と述べられるように、鏡に映し出された真三の姿が女体化して見えたことが挙げられる。無論、これは卒塔婆の主の女性が真三に憑依していたことを示唆するだろう。「眉かくしの霊」では、お艶の幽霊を〈見る〉側である境や伊作と、幽霊と化して〈見られる〉側であるお艶（そして、やはり〈見られる〉側である「桔梗ヶ池」の「奥様」）とは男女の性差によって截然《せつぜん》と分かたれ、伊作がお艶に付き添っていた当時の自己の姿を見るにとどまっていた。いわんや、境とお艶の霊との間は幾重もの断絶によって隔てられている。だからこそ、それらの断絶が瞬時に融解する末尾の場面は鮮烈極まりない。だが、「露萩」の真三は、幽霊に憑依されて女体化した自己の姿を目撃するのであり、それはまた、真三が自己の身体に卒塔婆の主の女性の霊を受け入れることを意味する。伝沢に切りかかる真三が発する「無礼だ、奴入道《づくにふ》」という台詞は、真三一人のみならず、半ば卒塔婆の主の女性が発するように仕向けた台詞でもあったはずである。

そこには、死後も伝沢から辱められようとする女性の怨恨を描くにとどまらず、男性である真三がその怨恨を身体的に共有する瞬間を描くことで、男女の性差を越境した幽霊像を提示しようとする意欲がうかがえる。モデルとなった翠紅亭の怪談会の中心人物であったのは、鏡花の親友としても知られる新派の名女形・喜多村緑郎《ろくろう》だが、喜多村がモデルと目される「当夜の人気だつた一俳優《あるやくしや》」が作中で、「此の会は、妖怪を退治たり幽霊を済度するのが趣意ではありません」「こゝへ顕はれるのを迎へたいと思ふんです」と発言しているのは、幽霊という〈他者〉を積極的に迎え入れようとする意思の表れであり、女性という〈他者〉を演じ続けた（いわば、男性である自己の身体に女性を迎え入れてきた）喜多村がモデルの人物の台詞としてふさわしい。ただし、本作では、幽霊を「迎へたい」と宣言した「俳優」が憑依されるのではなく、「洋画かき」という〈見る〉ことが職業の存在として設定されている真三が、「俳優」に代わって卒塔婆の主の女性の霊に憑依されて女形的な役割を演じ、生者として幽霊を〈見る〉側と、死者の霊に憑依されて〈見られる〉側との断絶をより劇的に突き崩す。

そして、何よりも重要なのは、「露萩」では辱められた卒塔婆の主の女性の怨恨の発露を描くとともに、それ以上の比重で、忘却されていた卒塔婆の主の発見も描いていることである。この女性の素性については末尾で、「縁類は皆遠く他国した」「仔細あつて、此の大池に投身したのださうである」と説明されるにすぎない。だが、死後も寂しく葬られていた卒塔婆の主は震災が契機となり、真三によってその存在を見いだされて新しい卒塔婆を手向けられる。怪談会の最中に真三は暗闇のなかで、「……あなたには、まことにお心づけを頂きまして、一度、しみ〴〵お礼を申したう存じました」という声を聞くが、これは無論、新しい卒塔婆を手向けられたことに対する謝辞であるのみならず、忘却されていた自己の存在が見いだされたことに対する謝辞でもある。

多くの生命を奪い去った関東大震災は、一方で、震災前に亡くなって忘却されていた一人の女性の発見の契機となった。少なくとも真三に対する限り、卒塔婆の主の女性の幽霊は怨恨で出現するのではない。怪談会の出席者たちが病気になる本作の末尾にしても、確かに「因縁話で説明してしまう結末」と言えなくはないが、伝沢以外の出席者は卒塔婆の主の女性に積極的な非道をはたらいたわけではなく、そうした観点では、「怨まれるわけはない」境や伊作の前にお艶の幽霊が出現するのと同様に、理不尽極まりない怨恨を向けられているとも見なされる。ただ、怪談会の出席者たちが卒塔婆の主の女性から怨まれる理由があるとすれば、それはおそらく彼らが一人残らず、自殺に追い込まれた女性の存在についてまったく無知であったことである。無論、不遇の生を終えた一人の女性の存在が人々に知られていなかったとしても、知らなかった側に非を求めるのは理不尽なことと判断される。とはいえ、卒塔婆の主の女性の立場から見ると、亡くなった自己の存在に一瞥もしないで怪談会を娯楽として楽しむ人々は、生を謳歌していること自体が、怨恨を向けられるべき決定的な理由になるし、だからこそ、忘却されていた自己を見いだした真三には格別の思いを寄せることになる。「露萩」はその意味で、世間から存在を忘却されていた一人の女性が幽霊という形を取りつつ、かりそめの生を回復する様相を描いてもいる。

死者・行方不明者が十万人以上に達したとされる関東大震災の記憶は、ともすれば、震災以前も震災以降も失われたはずの個々の生の重みを軽んじかねない。だが、「露萩」は震災によってこそ見いだされた一人の女性の幽霊を描くことで、震災時もその前後も個々の生が失われてきたという記憶を呼び覚ます。東雅夫氏が「『露萩』の破れ卒塔婆をめぐる無惨な趣向と余情纏綿たる幕切れは、震災の犠牲となった夥しい新仏たちに鏡花が捧げた一篇の鎮魂曲《レクイエム》ではなかったか……」と説く(14)のは、その意味で適評であり、オハグロトンボの怪異として発露された怨念は、単に怪談会の出席者に向けられたのみならず、震災の記憶を忘却しようとする社会全般に向けられてもいたはずである。そうした文脈を重視すれば、震災の記憶が「露萩」程は明確に刻まれていない「眉かくしの霊」も、東京を離れた地方で起きたお艶という一人の女性の生の喪失が、事件から一年後に東京から来た境によって見いだされる物語とも捉えられる。

先に「眉かくしの霊」とモダニズムの時代性との関連を指摘したが、「露萩」以上に幽霊が前面に出て活躍するこの著名作には、一方で、伊作のような現地の人々はともかく、東京の人々からは忘却されていたかもしれないお艶に対する「鎮魂曲《レクイエム》」として、個々の生の重みを問い直す震災以降ならではの問題意識が表れてもいる。「眉かくしの霊」や「露萩」にやや遅れて発表された「甲乙《きのえきのと》」（『女性』、一九二五年一月）について、近年、金子亜由美氏は「鏡花はこの未曾有の災厄にあっても変っていなかった」という従来の通説に疑問を呈し、「鏡花の念頭には、一年半前の震災時に引き起こされた「虐殺」があったのではないか」と指摘する。[15]「眉かくしの霊」でお艶がまったくの誤解によって非業の死を遂げたあげく、その死が現地で禁忌として隠蔽されていたとおぼしい節があることや、「露萩」でも卒塔婆の主の女性の自殺の「仔細」があえて説明されず、真三によって見いだされるまで死後も忘却されていたことを考慮すると、震災後に発表されたこれらの作品では、（必ずしも震災を直接的な題材にはしていなくても）関東大震災とその後の社会の反応を踏まえて個々の生死を凝視する観点が、怪異小説の枠組みを借りて真摯に追究されてもいるだろう。一般的な知名度では隔たりがある「眉かくしの霊」と「露萩」は、ポスト関東大震災の幽霊小説として併せて論じられる必要もある。

3　三十年目に誤解も放たれる幽霊

「眉かくしの霊」「露萩」の発表から十五年後の一九三九年、鏡花は、本稿冒頭で触れた折口との会話とほぼ同時期と目される逝去の直前に、最後の作品となる「縷紅新草」を発表する。無論、この間にも幽霊が登場する小説が発表されていなかったわけではなく、例えば、「絵本の春」（『文藝春秋』、一九二六年一月）や「白花《しろばな》の朝顔」（『週刊朝日』、一九三二年四月一日）などが挙げられる。[16]とはいえ、後期鏡花小説の幽霊像について考察するうえで、「縷紅新草」が逸することのできない重要な作品であることは間違いない。本作の主人公は、辻町糸七という鏡花自身を彷彿とさせる帰郷中の作家である。糸七は、親しかった従姉のお京の墓にお京の娘・お米の案内で詣でる途中、青年時代に自殺しようとして一人の娘とすれ違った体験を回想する。糸七が自殺を思いとどまったのに対して初路《はつじ》というその娘は入水し、お京の墓と同じ寺内に葬られていた。初路がスキャンダルに巻き込まれていたことをお米の説明で知った糸七は、スキャンダルを煽り立てた郷里の人々を批判して初路の無辜《むこ》を保証する。さらに、初路の墓石を移動させるために人夫が荒々しく縛り付けた縄を断ち切り、お米の羽織に蔽われた墓石が改めて運ばれていく様子を見届ける。糸七たちが初路の墓に提灯を手向けて帰ると、寺の門には「女の影が……二人見え」るというのが本作の結末である。

「露萩」ではオハグロトンボが不気味な活躍を見せたが、「縷紅新草」でも糸七たちは墓場で、寺男や人夫らが「蜻蛉だあ」「幽霊蜻蛉ですだアい」と叫んで飛び出すのに出くわす。ここで糸七が「おはぐろとんぼ、黒とんぼ。また、何とかいつたつけ。漆のやうな真黒な羽のひら〱する、繊《ほそ》く青い、たしか河原蜻蛉とも云つたと思ふが、あの事ぢやないかね」と語る場面は、主人公の墓参という設定とも相まって「露萩」を想起させる。ただし、「縷紅新草」の場合、人夫たちが初路の墓石を荒縄で縛って担ぎ出そうとすると、彼らの前に「羽さ弾《はじ》いて、赤蜻蛉が二つ出た」という。また、初路を入水に追い込んだスキャンダルとは、初路が輸出用のハンカチに二匹の赤トンボを刺繡して評判になったところ、それを妬んだ女工仲間たちが、二匹の赤トンボを密会する男女に見立てた唄を歌って騒いだことであった。そうした初路の生前をめぐる経緯から人夫たちは赤トンボに怯えたのだが、「一体また二つの蜻蛉が何故《なぜ》変だらう」「残らず、二つだよ、比翼なんだよ」と道すがら語っていた糸七は、むしろ初路の無辜の証として二匹の赤トンボが描かれた提灯を手向ける。末尾では、この提灯に寄り添うように初路とお京とおぼしい霊が姿を現し、本作の赤トンボは最終的に、「露萩」のまがまがしいオハグロトンボとは正反対の清浄な印象をもたらす。無論、初路やお京の霊は糸七を怨んで出現したのではないだろう。

このように、「縷紅新草」は十五年前の「露萩」からモチーフの連続性を持つ。その一方、時代をよりさかのぼった鏡花の初期作品「鐘声夜半録」(『四の緒』春陽堂、一八九五年)と題材を共有し、いわば、「鐘声夜半録」の四十四年ぶりのリメイク的な側面も持つことが、以前から多くの研究者によって論じられている。(17) 登場人物たちが相次いで自殺を遂げていく「鐘声夜半録」で、入水する女工・幸《さち》が宣教師に命じられてハンカチに刺繍するのは、「縷紅新草」で初路が刺繍した二匹の赤トンボではなく、単に「怪《け》しからない絵」としか語られていない。また、「そんな穢らはしい註文は受けるような方ではなかつたのですが、何だか御金子《おかね》にお逼《つか》へなすつた様で」とあるので、幸は貧困から脱するために、ある程度のリスクは覚悟のうえで刺繍を引き受けていたと判断される。(18)それに対して「縷紅新草」では、初路がハンカチをひたすら美しく彩ろうとした赤トンボの意匠が、その意図に反して「みだらだの、風儀を乱すの、恥を曝すの」と誤解されてしまう。そして、約三十年前に入水直前の初路とすれ違った体験を持つ糸七がその誤解を解く。

秋山稔氏が「三十年の時を隔てて、初めて糸七が初路の真意を理解したといえよう」と捉え(19)、また、種田和加子氏が、「初路の力では乗り越えられなかった現実的な矛盾は記念の糸塚を建てることで解消するのではなく糸七が「赤蜻蛉」を装飾の次元に移し替えてはじめて解決をみる」と論じるように(20)、世間の誤解を受けて命を絶った初路は、糸七の再解釈によって三十年目に恥辱をそそがれて誤解から解き放たれる。作者・鏡花にとって本作で初路の解放を描き上げることは、登場人物たちが偏狭な国粋主義にとらわれて（見方によってはまったく愚劣な）破滅を迎える「鐘声夜半録」に対し、四十四年ぶりに異なる結末を与えることにほかならなかった。「鐘声夜半録」の発表が日清戦争開戦の翌年であり、一方の「縷紅新草」の発表が日中戦争開戦の翌々年、そして、第二次世界大戦勃発と同年でもあることを顧みれば、最晩年の鏡花が体調の悪化するなかで、かつての排外的な時流に乗じて世に出た「鐘声夜半録」を作り替え、異なる結末を与えようとして最後の精力を注ぎ込んだことは、単に老境の一作家の感傷の発現にとどまらなかったはずである。再び対外戦争の時代を迎えつつあったなかだからこそ、社会的弱者が国粋主義的な暗い精念に巻き込まれる「鐘声夜半録」は、不幸な誤解を受けた女性の生が肯定される「縷紅新草」へと作り替えられ、輸出用のハンカチに打ち込んだ女性のひたむきな姿が前面化された。「露萩」で卒塔婆の主の女性の霊が真三に謝辞を述べに現れたのと同じく、初路の霊もまた、糸七によって誤解を解かれた感謝の気持ちから出現したと捉えられる。二年前に亡くなったばかりのお京の霊がその初路の霊に付き添うのは、確かにいささか場違いにも見える。だが、初路が入水した当時のお京が「兄さんを誘ひに来ると悪いから」と、初路のことは糸七の耳に入れず、上京直前の糸七がこっそり初路の墓に詣でようとした際も、寺の前で待ち構えていて「身投げに逢ひに来ましたね」と釘を刺すように、生前のお京は、糸七が亡くなった初路の霊に誘われることを案じ続けていた。あえて図式化すれば、糸七にとって自身の身代わりに命を絶ったかのような初路は、生き延びている自己の後ろめたさを省みさせる存在であり、一方のお京は、糸七を死への誘惑から生の側へ引き留める存在であったと大別される。そうした対照的な両者の霊が相並んで下界を見下ろす本作の末尾は、生死をめぐる二極的な対立が糸七の心中で昇華されたことを示すだろう。

秋山氏が「お京・初路との再会を描く末尾には、他界と現世の閾はすでに無い。現世を超える世界を希求してきた鏡花の境涯、到達点を示したものとして、いかにもふさわしい作品といえよう」と説く(21)ように、本作からは、自己の末期を意識した鏡花の澄明な心境を見て取ることも可能である。その意味では、冒頭で触れた折口との会話とほぼ同時期の「縷紅新草」に至り、鏡花は初めて「恨みを持たぬお化け、怨霊でないお化け」を書きえたかもしれない。だが、初路の霊が三十年目にようやく糸七によって誤解から解き放たれたのは、逆に言えば、糸七が初路の墓に詣でるまでの三十年間は怨恨を抱えていたことを意味し、実際、初路の墓で赤トンボを目撃した人夫たちの過剰な反応は、初路の霊が無念の死を遂げた怨霊として畏れられていたことを物語る。そして、末尾の浄化に至るまでの初路の恥辱にまみれた三十年間に目を向けるとき、先に概観した「眉かくしの霊」や「露萩」が、それぞれ一人の女性の生の喪失の記憶を呼び覚ます小説であったように、「縷紅新草」もまた、一人の女性の生が断ち切られた記憶を呼び覚ます小説であったことがわかる。したがって、鏡花は最後まで「恨みを持たぬお化け、怨霊でないお化け」を書けなかったとも言えるが、「恨みを持たぬお化け、怨霊でないお化け」を書く代わりに、幽霊という題材を通して個々の生の重みを最後まで追求し続けたのである。

「鐘声夜半録」の発表は、近代日本初の対外戦争となる日清戦争が始まった翌年にあたり、「縷紅新草」の発表が、日中戦争開戦の翌々年にあたっていることは先にも触れた。作家デビュー直後の日清戦争と最晩年の日中戦争（鏡花の逝去は、第二次世界大戦の発端となるドイツのポーランド侵攻とほぼ同時期）との間に挟まれ、鏡花は当然、日露戦争や関東大震災でも多くの人々の生の喪失を体験している。そのことを顧みれば、同時代に対して超然と振る舞っていたようにも見えるこの作家は、戦争や震災によって多くの生命が失われる時代を生きつつ、幽霊を描くことによって生の喪失の記憶を呼び覚ましていたと捉えられる。特に、自身も不如意な被災生活を余儀なくされた関東大震災以降、一方では友人や肉親を次々に失って自己の老いも自覚せざるをえないなかで、そうした生に対する鋭敏な意識がより研ぎ澄まされていったことが、本論で取り上げたような後期鏡花小説からは読み取れるだろう。まだ壮年期であった頃の鏡花が、談話「予の態度」（『新声』、一九〇八年七月）で「お化は私の感情の具体化だ」と語ったことは有名だが、この発言は必ずしも特異な個人の嗜好のみに矮小化されるべきではない。(22)

注

(1) 池田彌三郎『日本の幽霊――身辺の民俗と文学――』中央公論社、一九五九年、四七ページ。
(2) 同上、四八ページ。
(3) 種田和加子『泉鏡花論――到来する「魔」』立教大学出版会、二〇一二年、二六五ページ。
(4)『伊藤整全集』第十九巻、新潮社、一九七三年、八八ページ。
(5) 富永絵美「泉鏡花の幽霊譚――「憤怒」からの脱出――」『東アジア日本語教育・日本文化研究』第七輯（二〇〇四年三月）、四三八ページ。
(6) 後に資生堂でデザイナーとしての手腕を全面的に開花させる山名は、プラトン社時代、本論で取り上げた「露萩」といった鏡花の作品のカットも手がけている。
(7)「眉かくしの霊」とモダニズムの時代性との関連については、拙論「模倣される「美」――泉鏡花「眉かくしの霊」とその周辺」（『論樹』第十四号［二〇〇〇年十二月］）で詳説した。なお、プラトン社については、小野高裕・西村美香・明尾圭造『モダニズム出版社の光芒　プラトン社の一九二〇年代』（淡交社、二〇〇〇年）に詳しい。

（8）東雅夫『百物語の怪談史』角川ソフィア文庫、二〇〇七年、一八〇―一八二ページ。

（9）田中貴子『鏡花と怪異』平凡社、二〇〇六年、七一―七六ページ。

（10）東雅夫編『文豪怪談傑作選・特別編　鏡花百物語集』（ちくま文庫、二〇〇九年）の「解説」参照。モデルとなった会場を反映するかのように、本作の末尾は「――場所は、たいがい、井の頭のやうな処だと思っていたゞければ可《ぃ》い」と結ばれている。

（11）「棍元教」について出崎哲也氏は、大本教のことを「鏡花が意図的にもじった」と捉えている（出崎哲也『鏡花利生記――泉鏡花と関東大震災』山越、二〇一三年、一一六―一一七ページ）。

（12）注（9）に同じ、七七ページ。

（13）真三の師の墓は「青山」にあるという設定だが、鏡花自身の師・尾崎紅葉の墓もやはり青山霊園にある。

（14）東雅夫編『文豪怪談傑作選・特別編　鏡花百物語集』ちくま文庫、二〇〇九年、三七六ページ。

（15）金子亜由美「夢の転機――「甲乙」における関東大震災の影響――」『文藝と批評』十一（四）（二〇一一年十一月）、十四―二〇ページ。鏡花の震災体験に注目した最近の論文には、茂木謙之介「東京・怪異・モノガタリ――泉鏡花「二三羽――十二三羽」を中心に――」（『日本文学』、二〇一四年九月）もある。このように、鏡花の震災体験の再検証は（ポスト東日本大震災の）研究者の間で重要な課題となっている。

（16）この時期の幽霊が登場する小説以外の作品としては、戯曲「お忍び」（『中央公論』、一九三六年一月）も挙げられる。

（17）例えば、高桑法子『幻想のオイフォリー　泉鏡花を起点として』（小沢書店、一九九七年）や注（3）の著書など。

（18）ただし、新聞が「国辱」と報じて予想外の騒動になったために幸は追い詰められる。

（19）秋山稔『泉鏡花 転成する物語』梧桐書院、二〇一四年、六五二ページ。

（20）注（3）に同じ、二五四ページ。

（21）注（19）に同じ、六五八ページ。

（22）例えば、一九二七年には鏡花の年下の友人・芥川龍之介が亡くなり、一九三三年には鏡花の実弟・斜亭が亡くなっている。「縷紅新草」のお京のモデルである鏡花の又従妹・目細てるも、一九三五年に没している。

※鏡花作品の引用は、『鏡花全集』全二十九巻（岩波書店、一九七三―一九七六年）に拠る。ただし、漢字は基本的に新字体に改めて不必要なルビは省略してある。

コラム2　器怪が躍る昭和モダニズム――関東大震災後の妖怪文芸

清水潤氏は本書に収録された第4章「怨まない幽霊たち」のなかで、関東大震災後に到来した昭和モダニズム文化と泉鏡花の幽霊小説との関係を論じている。震災は十万五千余人の命を奪い、江戸との緩やかな連続性のなかにあった東京の風景を灰燼に帰した。失われた者／モノたちを追悼するかのように、大正末期から昭和期にかけての巷では怪談会や交霊会が流行する。出版界でも、怪談の特集記事が各誌で組まれ、震災を契機に怪談を数多く書き始めた岡本綺堂や、古典や漢籍の翻案怪談を得意とした田中貢太郎、西欧の心霊科学《スピリチュアリズム》の影響下に『慰霊歌』『抒情歌』（一九三二年）などを書いた川端康成らが、怪談文芸の新たな牽引役となっていく。未曾有の大量死の後に、霊的な領域に対する社会的な関心が高まっていく状況は、東日本大震災を体験した現代の我々にとっても見覚えがある光景だろう。

文士による関東大震災の体験記は少なくないが、泉鏡花『露宿』（一九二三年）は、そのなかでも際立って異色である。避難所に差し置かれた荷物が深夜に「鵺」を思わせる「異類異形の相」と化して作者をあざ笑う一方で、「四谷見附の火の見櫓」や土手の松が「火を防がんがために粉骨したまふ、焦身の仁王の像」に変じるのだ。鏡花はアニミズム的な感性でもって、震災の最中に鬼神力と観音力の具現化を幻視したものとおぼしい。この随筆がさらに興味深いのは、無機物が器怪と化す、震災後の怪談文芸の流行を先取りしている点である。

牧逸馬『第七の天』（一九二八年）では「機械と建築はわれわれのまわりに現実に生きている怪異なのだ」

という言葉に続いて、ビルの窓や階段の数が増えたり減ったりする、無人電車が軌道のないところを走る、といった都会の神秘がつづられていく。深夜の都市を徘徊する器怪のイメージは、夢野久作「怪夢」（一九三一―三二年）、大下宇陀児『魔法街』（一九三二年）、内田百閒『東京日記』（一九三八年）などにも繰り返し描かれ、昭和モダニズム期の百鬼夜行絵巻さながらである。また、江戸川乱歩『押絵と旅する男』（一九二九年）には、画中の女性と添い遂げるために、生物と無機物の境界線を自ら越える人物が登場する。

関東大震災は生と死の境界線を綻ばせて幽霊譚を世にあふれさせたが、同時に生物と無生物の境界をも取り払ったものと見える。戦前期のこうした感性の延長線上に、戦後の水木しげるの妖怪漫画を位置づけてみるのも一興かもしれない。

（乾　英治郎）

第2部　水木しげると妖怪文化

解題

小説作品と妖怪は似ている。常に言葉が先行するもの、「目に見える」ことが必ずしも前提とならない点で、小説と妖怪とはやはり似ている。ある意味純粋に言葉の世界の住人であるはずのそれらを、マンガというメディアによって表現した水木しげると、その作品に関わる論考を第2部に配した。

最初に清水潤氏の鏡花研究とマンガ研究の結節点として、第5章「マンガ化される「高野聖」――『水木しげるの泉鏡花伝』を読む」を掲げた。論中の、ある意外な作品との関連についての指摘には、水木の作品とキャリアへの、氏の理解と目配りに驚嘆させられる。一方でそれは、鏡花・水木をあわせて論じる可能性についての手応えを裏づけるものともなっている。

第6章「「妖怪ブーム」前夜の水木しげる」では、一九六五年前後に「メジャー媒体に初登場した」水木作品の、同時代での位置づけと、いわゆる「妖怪ブーム」との関わりを精緻に追う。メディア側の事情と文脈とが優先したコンテンツとして出版市場に投げ出されていく水木作品を横目に、ありえただろう水木の葛藤に寄せた氏のまなざしが優しい。

第7章「一九七〇年代の「妖怪革命」――水木しげる『妖怪なんでも入門』」では、水木による「妖怪」像が前景化されたものとして『妖怪なんでも入門』（小学館、一九七四年）を読む。そもそも定まった姿形どころか、その存在の定義さえも曖昧なままだった妖怪たちが、水木によって「再現」「創出」されたという事態が「戦略的」な「革命」だったという指摘は、水木しげるという作家に対する氏の評価とも重なっているだろう。第6章にもあるとおり、水木が試行錯誤の人だったということ、つまり、水木が常に「革命」のその先に取り憑かれた作家だったということでもある。

第8章「地方を旅する鬼太郎――怪異が生じる場

所を求めて」は、水木の代表作「鬼太郎」シリーズに焦点を当てる。異界と地続きである郊外の舞台に始まりながらも、次第に「地方」へと足を向けるシリーズの変遷をたどりながら、やがて「都市化」によって疎外されていたはずの「地方」さえも解体していく同時代的な状況と、それに並行する物語の変質を見る。水木妖怪の基盤が「伝統」と非「都市」だったという第7章の指摘との関連のなかで、なお検討したい。

清水氏は水木作品を同時代の文脈のなかで読む。そこには、水木しげるという幻視者には、本来何人も見通すことができないはずの時代の「相」が見えていたという半ば確信めいたものがある。「テレビくん」という作品でメジャーデビューを果たした水木は、紛れもなく目に見えない何かを描出する媒介者《メディア》そのものだった。

（小林　敦）

第5章　マンガ化される「高野聖」――『水木しげるの泉鏡花伝』を読む

はじめに

泉鏡花の代表作として定評がある「高野聖」（『新小説』明治三三・二）は演劇や映画、TVドラマ、アニメーション、マンガといった様々なメディアによって作品化されてきた。「高野聖」という小説自体は読んだことがないが、メディア展開のなかで派生した「高野聖」には接したことがあるという人々も、決して少なくはないはずである。無論、それらのなかには原作にはない独自の脚色を施してしまったせいで、原作の本来の魅力を損ねたと見なされるものも含まれている。だが、一方では原作にはない（または、原作では表面化していない）新たな魅力を引き出しているものもある。例えば、「高野聖」を滝沢英輔の演出で映画化した「白夜の妖女」（日活　昭和三二・八・一三）は、同時代評で主演の月丘夢路の演技が[1]「激しい女の情熱が、ギラギラと画面から出ている。月丘の独演映画ともいえる迫力である」と称賛されているように、原作では十分に描き込まれているとは言えない「婦人《をんな》」の葛藤が、かなり強烈に前面化された内容であり、原作の「婦人」と旅僧（宗朝《しゅうちょう》）との淡い交流に物足りなさを覚えた読者に対しては、一定のカタルシスを味わわせそうな力作に仕上がっている。

　また、原作とは異なる脚色が施された作品を参照することでこそ、原作の小説という表現固有の特質が明確に浮かび上がるという一面もある。原作で「婦人」の葛藤が十分に描き込まれることがないのは、旅僧が車中で知り合った「私」を相手取り、若い頃の体験を回想するという形式に由来する部分が大きい。当然、視点は旅僧の側からだけに限定されてしまうので、「婦人」が旅僧に対してどのような感情を抱いたのかは描かれず、あくまでも旅僧の視点を通した「婦人」が描かれるのみである。それに対して「白夜の妖女」は、冒頭と末尾で登場する老いた旅僧の回顧談という形式を用いるが、作品の大半を占める回想場面では通常の多くの劇映画がそうであるように、三人称的なカメラの視点で捉えられていて旅僧の視点に限定されない。それゆえに、旅僧がいない場面での「婦人」の葛藤も描き出すことが可能となり、さらには、主演女優のスター性という商業映画ならではの特質も加わることで、「婦人」の人物像には原作以上の濃密な存在感が生じるのである。その反面、原作の特質である旅僧の一人称の語りの生々しさはいささか後退せざるをえない。逆に言えば、旅僧が蛭に襲われて感じる恐怖や「婦人」とともに水浴する最中の恍惚、滝を見てその水浴を想起して心中に抱く苦悩など、原作の「高野聖」で印象的ないくつかの要素は、旅僧の一人称の語りを用いた小説という表現に由来すると判断される。

　そうした意味では、「高野聖」の多様なメディア展開を捉えることは、「高野聖」という一編の小説の特質を考察するうえで重要のみならず、小説という表現の一般的な可能性や限界を見極めるためにも、重要な問題提起となりうるかもしれない。本論では「高野聖」のメディア展開の一例として、水木しげるのマンガ『水木しげるの泉鏡花伝』（小学館　平成二七・四）収録の「高野聖」を取り上げたい。本作には、妖怪マンガの第一人者として長年のキャリアを誇る水木にふさわしく、独自の脚色を積極的に施した場面がいくつか含まれている。その一方、マンガという小説とは異質の表現のなかで原作の忠実な再現を試みているが、マンガと小説との表現の差異から、結果的に原作にはない要素を導き出すことになっている場面もある。それらについて分析することは、鏡花と水木という二人の優れた表現者の作風の相違を捉えるだけでなく、マンガと小説という二つの表現の可能性と限界を見据えるうえでも、きわめて有益な視座となるはずである。

1　鏡花の生涯と作品のマンガ化

水木版「高野聖」の内容に立ち入る前に、まず、『水木しげるの泉鏡花伝』の全体的な内容について触れておきたい。本書は鏡花の生誕から逝去までの六十六年の生涯を全十一章で描いているが、そのうちの第四章は「黒猫」(『北國新聞』明治二八・六・二二〜同・七・二三)のマンガ化、第六章は「高野聖」のマンガ化という構成になっている。巻末には、本書の監修を務める秋山稔氏の解説「美と幻想の作家、泉鏡花の世界――『黒猫』・『高野聖』、理由のある怪談と理由のない怪談――」、作家・角田光代のエッセイ「異界の住人」などを配する。秋山氏が「鏡花文学には、金や地位に執着する俗物になってはならない、純粋無垢であることが何よりも大切だというメッセージがあります。鏡花は、現世と他界を結ぶ不可思議な、妖しく美しい作品を通じて、同じメッセージを訴え続けました。こうした点は、水木しげるさんと共通しているのではないでしょうか」と説き、角田も「この二人の作家にはいくつかの共通点がある。(中略)。それぞれまったく異なる人生ではあるが、その波乱に満ちた人生をなんとか乗り切りつつ、やがて自分のスタイル、方法論を見つけてそれを守り抜く」と述べるように、各自の観点から、鏡花と水木という二人の表現者の共通点を挙げているのは興味深い。

水木は本書以前にも近藤勇やアドルフ・ヒトラー、南方熊楠といった歴史上の人物を扱った伝記マンガを数多く発表しているが、鏡花の生涯をマンガ化するのも今回が初めてではない。既に古今東西の「神秘家」を扱った連作「神秘家列伝」(『怪』平成九・一〇〜一七・七)のなかの一編として、「泉鏡花」(平成一五・八)を発表している。ただし、「神秘家列伝」版が五十五ページしかなかったのに対し、『水木しげるの泉鏡花伝』は「黒猫」「高野聖」のマンガ化(それぞれ七十二ページと七十六ページ)を除いても、百三十七ページもの分量があるので、鏡花の生涯はよりゆったりとしたペースでたどられることになる。例えば、「神秘家列伝」版では鏡花の師・尾崎紅葉の死は、「この年の十月三十日　紅葉は永眠した」とわずか一コマで処理されているが、『水木しげるの泉鏡花伝』では「その日は、朝からしきりに雨が降っていた」というコマに始まり、「鏡花は紅葉の死を待つかのようにして、すずを妻として迎え入れた」というコマに至るまで、三ページ十五コマを費やしてかなり精緻に描かれている。紅葉の直接的な臨終場面だけでも十一コマが用いられているので、鏡花の生涯のなかでも重要な出来事であったことが強く印象付けられる。また、関東大震災や芥川龍之介の自殺は『水木しげるの泉鏡花伝』でしか描かれない。もっとも、鏡花の死の当日の場面は意外なことにどちらも二十コマと同数である。

「黒猫」は鏡花の作品のなかで知名度が高いとは必ずしも言えないが、水木が「ネコ忍《にん》」（『ガロ』昭和三九・一二）や「猫又」（『少年キング』昭和四一・三・一三）、「猫楠」（『ミスターマガジン』平成三・五・八～四・一・八）など、猫を題材にした作品をかねてから得意としていた[2]ことから、題名どおりに黒猫が活躍する作品が選ばれたものと推察される。原作をかなり忠実にマンガ化しているなかで、黒猫のクロ（原作の九郎）が前半の愛らしさから後半の不気味さに転じる過程が、クロの表情も豊かに生き生きと描かれている。それは、鳥獣にも擬人化した感情表現を付与しうるマンガという表現の特質だろう。そして、原作以上に陰影の深い人物として描かれているのが、クロの飼い主・お小夜に対して一方的な恋慕を抱く按摩の富の市である。例えば、富の市が仲間であった髪結・お島からお小夜を諦めるように説得され、お小夜の代わりに自分が妻になることを提案される場面で、原作は富の市の冷淡な反応を描くのみだが、水木版は「そんなのもっと嫌だッ!!」という台詞を発し、顔中に汗を流して鼻息を荒々しく噴き出す富の市の姿を描き出す。富の市の切羽詰まった感情が直接的に表されているのみならず、マンガならではのデフォルメのために、富の市自身の真摯な心情に相反するグロテスクなユーモアが生じている。そして、傍からは滑稽と見られる恋慕に溺れる富の市の哀感も原作以上に色濃く漂う。

なお、『水木しげるの泉鏡花伝』の巻末には作画アシスタントとして、水木プロダクションの村澤昌夫、森下きよみ、松久保頼子の名前が記載されている。商業媒体で発表されるストーリー・マンガの多くは、アシスタントとの分担によって作画されていくことが通例であり、水木作品の場合もつげ義春や池上遼一といった大物マンガ家が、一時はアシスタントとして作画を任されていた[3]ことは有名である。本書収録の「高野聖」での作画の分担の詳細は不明だが、例えば、村澤は四十年近くも水木のアシスタントを務めたベテラン[4]なので、場面によっては水木が指示を出すことなく、アシスタント個人の裁量に委ねられることもあったかもしれない。さらには、脚色に際して編集者などから出た意見が取り入れられた可能性も想定される。そうした意味では、本論で論じる水木版「高野聖」でどの要素が水木本人の作家性に由来し、どの要素がそうでないかという区分も厳密には見極め難い。そもそも、ときにはアシスタントに作画の裁量を委ねる大胆な割り切り方こそが、商業媒体で長く活躍してきた水木の偉大な作家性とも捉えられる。それゆえに、本論では水木本人の直接的な関与の度合いについては詮索の対象にしない。ただし、作品全体としてはあくまでも水木作品である（読者も水木作品として読む）という前提に立ったうえで、水木版「高野聖」の精細な読解を試みていきたい。

2　ねずみ男と妖怪たち

水木版「高野聖」の特色の一つは、旅僧が道中で出会う富山の薬売りのキャラクターデザインが、水木作品の人気キャラクター・ねずみ男になっていることである。原作では「けたいの悪い、ねぢ〳〵した厭《いや》な壮佼《わかいもの》」、「泊《とまり》に着くと、大形の浴衣に変つて、帯広解《ひろげ》で焼酎をちびり〳〵遣《や》りながら、旅籠屋の女のふとつた膝へ脛を上げようといふ輩《やから》」などと徹底的な俗物として描かれる人物なので、「鬼太郎」シリーズに代表される多くの水木作品に登場し、見事な俗物性を発揮し続けてきたねずみ男が配されているのは、まさに適材適所と言うべきだろう。水木作品のなかでも特に魅力的なこのキャラクターについては、石子順造が早くから「人物形象をいうなら、今日のあらゆるマンガのなかで抜群の存在である」と絶賛しつつ、「鬼太郎などという主役の子どもが、日本的庶民の肯定的人物像だとすれば、ねずみ男は鬱屈したその否定的な側面の形象化である」と位置付けていた[5]。原作での薬売りは旅僧が山道に迷い込む契機をもたらす人物であり、その俗物性は純粋で潔癖な旅僧と対照的だが、際立って明確な個性を持った存在として描かれているとは言い難い。「日本的庶民」の「否定的な側面の形象化」としてお馴染みのねずみ男が、薬売りの役回りを演じることで、原作では旅僧の視点からもっぱら敵役的に語られるのみのこの人物には、戯画化された俗物性ゆえのユーモラスな親近感も生じている。

原作での薬売りは、山道に入る前に旅僧と別れて以降は直接的に描き出されることはない。山中の一軒家で旅僧が出会った「鬣《たてがみ》の薄い牡《おす》」の馬の正体が、「婦人」によって変身させられた薬売りであるとほのめかされるのみだが、水木版「高野聖」では旅僧と別れてから馬になるまでの薬売りについて、原作を離れて直接的に描き出している場面がある。旅僧に先立って一軒家に着いた薬売りは「婦人」と出会い、「こんな山奥でこのような美人に出会えるとは」とほくそ笑む。ページが変わると、裸体の薬売りが「婦人」と同じ布団でキセルを吸っている場面になり、薬売りが「どれ、ここで、この女と暮らすというのも悪くないね」と脂下がるのに対し、「婦人」は「さあ、もう出ていってくださいまし」と突き放す。服を着た薬売りが「オカチイナ……なんだかフラフラする」、「ちょっと張り切りすぎたかナ」とぼやいて姿を消すと、ページが変わった一コマ目では「ヒヒィーン」という鳴き声が響き、それに続くコマでは「婦人」が布団のなかで「バカな男だよ」と呟いている。後半で「婦人」に仕える「親仁《おやぢ》」が旅僧に馬の正体を説明するのは、水木版も原作も同じだが、水木版では薬売りが俗情を抱いて「婦人」と同衾したせいで、馬に変身させられたという経緯が早くも前半で明確に提示される。

水木版「高野聖」での原作とは異なる脚色は、旅僧が薬売りと別れてから一軒家に辿り着くまでの場面でも施されている。原作の旅僧は「恐しいのは、蛇で。両方の叢《くさむら》に尾と頭とを突込んで、のたりと橋を渡して居る」という状況に出くわすなど、何度も蛇に脅かされたあげく、路上を塞ぐ蛇に対して「誠に済みませぬがお通しなすつて下さりまし、成たけお午睡《ひるね》の邪魔になりませぬやうに密《そつ》と通行いたしまする」と懇願するに至る。さらに、森に入って「樹の枝から、ぼたりと笠の上へ落ち留まつたものがある」ことから、「濁つた黒い滑らかな肌に茶褐色の縞をもつた、疣胡瓜《いぼきうり》のやうな血を取る動物、此奴《こいつ》は蛭ぢやよ」と気付き、「凡《およ》そ人間が滅びるのは、（中略）、飛驒国《ひだのくに》の樹林《きばやし》が蛭になるのが最初で、しまひには皆《みんな》血と泥の中に筋の黒い虫が泳ぐ、其《それ》が代がはりの世界であらう」と壮絶な終末幻想を抱く。これらは原作では前半の重要な山場となる場面であり、その意味では、マンガ化に際しても決して削除することのできないはずである。(6)だが、水木版「高野聖」の作中に蛇が登場するのは一回のみであり、蛭に至っては直接的に登場して旅僧を脅かす場面はまったく存在しない。

代わって一連の場面で登場するのは、水木が自作を通じて世上に流布させた数々のユニークな妖怪たちである。(7)まず、旅僧が山中に消えた薬売りに向かって「おーい」と呼びかけると、妖怪・呼ぶ子が「呼んだかい？」と言って登場して旅僧を驚かせる。(8)さらに、「山の中には何が潜んでいるのか分からん」と覚悟した旅僧が進むうちに、「鬼太郎」シリーズでも屈指の人気妖怪・一反もめんが「すーっ」と現れ、旅僧に巻き付いて締め上げた後に「はははは」と笑って飛び去る。旅僧は「ああ苦しかった、ひょっとすると山の霊のお怒りか……」と悟り、「誠にすみませんがどうぞお通しなすってくださいまし、なるたけお昼寝の邪魔になりませぬようにそっと通行いたしまする」とほぼ原作どおりの台詞で懇願すると、初めて蛇が「ザザッ」と登場し、旅僧は「おお、やはり山の霊はおいでになったか」と驚嘆する。原作ではこの直後の場面で蛭が降ってきて旅僧を苦しめるはずだが、水木版では旅僧の背中に妖怪・ぬるぬる坊主が「ズルッ」と入ってから、「ケケケケケ」と笑って抜け出ていく。(9)旅僧は「何だか山の霊にもて遊ばれているようだ」、「ああ、背中がぬるぬるして気持ちが悪い」などと嘆いて山道を歩む。妖怪たちの相次ぐ登場はアトラクションのようで楽しいが、原作での蛇や蛭に襲われた旅僧の生々しい一人称の語りからは程遠く、原作を忠実に再現しているとは言い難い。

もっとも、マンガと小説とが表現として異質である以上、原作をすべてにわたって忠実に再現する必要がないことは言うまでもない。本作は浪漫主義の作家の代表作のマンガ化であるとともに、妖怪マンガの第一人者として活躍してきたマンガ家の作品でもあるので、ねずみ男が演じる薬売りに原作にはない濡れ場（？）が追加されることや、蛇や蛭に代えてやはり原作にはない妖怪たちの活躍が描かれることは、水木作品のファンに対するサービスとも捉えられる。そもそも、水木はアジア・太平洋戦争の際に一兵卒として南方の密林に赴き、蛇や蛭に脅かされるどころか、ワニやサメ、野ブタや敵兵に怯えて死線をさまよい続けた経験があるのだから、一般読者には凄惨無比に感じられる原作の蛇や蛭の描写についても、実体験者として物足りなさを抱いたという可能性はあるだろう。ことの真偽はともかく、水木版「高野聖」は原作に対して積極的に独自の脚色を施している。あるいは、そのことによって原作の美点が損なわれたという側面はあるかもしれない。だが、そうした脚色も原作に対する一つの解釈であることには留意するべきである。旅僧の一人称の語りの生々しい臨場感を極めた原作に対し、水木版は妖怪たちを登場させて旅僧の視点をややユーモラスに相対化する。そこには、マンガという視覚的にデフォルメ化された表現に対する方法的な自覚がある。[10]

3　クトゥルー神話としての「高野聖」?

水木版「高野聖」では、原作の富山の薬売りがねずみ男になっていることは先述のとおりだが、そうした観点で言えば、一軒家で「婦人」と同居する「小男」（原作の次郎）のキャラクターデザインも興味深い。作中の役回りとしては薬売りより重要なこの人物は、水木がまだ貸本マンガ界で活躍していた時期の「地底の足音」（文華書房・曙出版　昭和三七）に登場する、蛇助という怪人物をそのまま小柄にしたような容姿で描かれている。ねずみ男や一反もめんのような人気キャラクターとは異なり、蛇助は水木作品のキャラクターのなかでも決して知名度が高くはないことから、偶然に似ているだけとも見なされるが、少なくとも、「地底の足音」を一読したことのある読者にとっては、水木版「高野聖」の「小男」が蛇助に結び付くのは不自然でない（水木の貸本マンガ時代の作品は大半が復刻済みであり、現代の一般読者も「地底の足音」を手軽に読めるようになっている）。水木本人の意図はともあれ、この「小男」と蛇助との相似性は、「高野聖」という作品の解釈に新たな観点をもたらすのみならず、比較文化論的にも未開拓の可能性を示唆する。

「地底の足音」での設定によれば、蛇助は八つ目村の足立家の娘が生んだ「山羊のような顔した子ども」であり、発育が速くて「三年しかたたないのに大人の大きさ」にまで成長する。「生まれて一年目にはもう和書の妖術書は全部読破し」、さらには、「ペルシャの狂人ガラパゴロスが八百年前に書いた『死霊回帰』」にも関心を示す。姿の見えない何物かを育てて「怪異にして不吉な行事」をおこなう蛇助は、「横綱の柏戸ぐらいの大きさ」から「牛ぐらいの大きさ」へと成長を遂げ、祖父・文造の死後、「鳥取大学の民俗学研究室の金庫の奥」にある『死霊回帰』の写しを狙うが、犬に咬まれて下半身から溶解し始め、「液体になり／やがて／気体になり／いずこかへ消えて行った」という奇怪な最期を迎える。白井博士が蛇助の日記を解読すると、蛇助が育てていたのは、「億兆の昔　一度この地球に降りてきたことのある　あるもの（古きもの）を手引きする」怪物・ヨーグルトであることが判明する。村を襲うヨーグルトを呪文によって消滅させた白井博士は、村人たちに対して「妖怪（ヨーグルト）は蛇助の双生児　兄弟なのです」と告げ、「蛇助は母方の血を多く受け継ぎ人間に似ていた」が、ヨーグルトは父親である「あるもの（古きもの）」に似ていたと説明する。つまり、蛇助は地球のかつての支配者であった異次元の「あるもの（古きもの）」が、人間の女性に産ませた双生児のうちの一人として設定されている。[11]

蛇助をめぐる以上の設定からも明白なように、「地底の足音」はH・P・ラヴクラフトの代表作「ダンウィッチの怪」（『ウィアード・テイルズ』一九二九・四）に基づき、舞台を作品発表当時の日本に移し替えた巧みな翻案である。蛇助は「ダンウィッチの怪」に登場するウィルバー・ウェイトリー、白井博士はアーミティッジ博士、ヨーグルトはヨグ＝ソトホースにそれぞれ相当する。東雅夫氏は「地底の足音」について、「まさに怪獣と怪物と妖怪が渾然一体となった独自の境地を、ブームにはるか先駆けて実現させた逸品」と高く評価したうえで、次のように論じる。[12]

今でこそ、ラヴクラフトが創始したクトゥルー神話を代表する傑作として名高い同篇（引用者注・「ダンウィッチの怪」）だが、「地底の足音」が書かれた当時は、江戸川乱歩や都筑道夫ら具眼の作家たちが注目していたものの一般にはほとんど知られておらず、一九五六年にようやく本邦初訳（ハヤカワ・ポケット・ミステリ版『幻想と怪奇２』所収）が実現したところだった。

そうした作家と作品に、いち早く着目していたこと自体にまず驚かされるが、その真髄を的確に捉え（なにしろラヴクラフトの邦訳作品が十指に満たない時期である。解説書の類も皆無）、卓越した想像力と天与の画力と巧まざるユーモアを駆使して、異次元の妖異を描いた物語を日本固有の風土に違和感なく馴染ませ、鮮やかに自家薬籠中のものとしていることに讃歎を禁じえない。

東氏が挙げる『幻想と怪奇―英米怪談集―』２は、「世界探偵小説全集」の一冊として、早川書房編集部編で早川書房から昭和三十一年八月に刊行され、「ダンウィッチの怪」は塩田武訳で収録されている。[13]現代では日本でも高い人気を得ているラヴクラフトだが、昭和三十七年の時点で日本を舞台とした翻案を試みた水木の先駆性は、東氏が称賛するとおりである。この水木版「ダンウィッチの怪」の蛇助のキャラクターデザインが、水木版「高野聖」の「小男」に用いられているのは、仮に水木本人がまったく意図していなかったとしても、両作品に接したことのある読者の脳裏では、ラヴクラフトと鏡花という東西の二大怪奇作家の邂逅として結び付く。周知のように、「ダンウィッチの怪」を含むラヴクラフトの諸作品はクトゥルー神話と呼ばれ、その特異な世界観はラヴクラフト以外の作家たちにも共有されてきた。Ｊ・Ｌ・ボルヘスやＣ・ウィルスン、Ｓ・キングもクトゥルー神話を意識的に踏まえた作品を発表しているし、日本でも朝松健や菊地秀行、黒史郎といった作家が新たなクトゥルー神話の増殖にいそしんでいる。[14]「地底の足音」にはクトゥルー神話独特の固有名詞は用いられていないが、日本を舞台としたクトゥルー神話の翻案には相違ないから、その意味では、蛇助にそっくりな容姿の「小男」が登場する水木版「高野聖」も、クトゥルー神話の遠い末端に連なっていると位置付けられるだろう。

無論、原作の「高野聖」とクトゥルー神話との間には直接的な関係はない。「高野聖」はラヴクラフトが作家活動を始めるより前の作品であるし、鏡花とラヴクラフトの活動期間には約二十年間の重複もあるとはいえ、太平洋を隔てた両者が互いの存在を認識していた可能性は皆無に等しい。だが、「高野聖」をあたかもクトゥルー神話の一編であるかのように読み、次郎をあたかも（ウィルバー・ウェイトリーと同種の）半異次元の存在であるかのように考えてみることは、「高野聖」を既成の読解から解き放ち、思いがけない新たな読解へと導いていく手掛かりとなるかもしれない。水木版の「小男」こと原作の次郎については、これまでの「高野聖」研究でも様々な観点からの解釈がなされている。例えば、本作の再評価の先駆を成した前田愛は、「山中の一つ家で宗朝は、未生以前の自分の姿に再会する。美女と同棲している白痴がそれである」（傍点ママ）と説き[15]、次郎を旅僧の「未生以前」の姿と位置付けた。近年では小平麻衣子氏が次郎を「欲情しない男性としての「白痴」の青年」と捉え、「徴兵をのがれようとしていた次郎は、もはや兵役に耐えられる身体ではない。性的不能は、国家のために戦えないのと同じ男らしさの欠如なのである」として、「男らしくあらねばならぬ近代」に対置させる[16]。

「高野聖」という作品を読解するうえで、前田や小平氏のように、作中の論理の精緻な言語化を試みていくことは当然ながら重要である。ただし、文学作品を読み解く面白さは論理的な言語化では捉えきれない要素にも潜む。水木版「高野聖」でクトゥルー神話に結び付く容姿の「小男」が、焦点の定まらない表情を旅僧に向けて「ケケケケ」と笑い声を挙げ、旅僧が目を見開いて「ゾーッ」と顔一面に汗を流す場面には、原作の次郎の安易な言語化に回収されない異様な存在感が視覚化されている。その異様な存在感は確かに、「ダンウィッチの怪」に描かれたウィルバー・ウェイトリーに通じる。「高野聖」が文学史に反して実は、クトゥルー神話の一編ではなかったかとあえて妄想してみることは、作品読解上の意外と真っ当なヒントになるかもしれないし、少なくとも、比較文化論の一環として、鏡花とラヴクラフトとを同時代の作家として論ずる視座はありうるだろう[17]。あるいは、それは「高野聖」の解釈としてはまったくの的外れであるかもしれないが、クトゥルー神話に劣らない神話的な広がりと深みを有する「高野聖」には、その種の妄想的な比較文化論を誘発する側面もあることは事実である。そうした文脈に即して言えば、水木版の「小男」のキャラクターデザインは必ずしも偶然ではなく、むしろ、原作の神話的な広がりと深みを的確に受け止めた視覚化にほかならない。

4　「浄化」されない旅僧

水木版「高野聖」には、原作を離れた独自の脚色が施されている場面が見られる一方で、マンガという表現の特色を生かしつつ、原作のかなり忠実な再現が試みられている場面も随所に見られる。例えば、原作では旅僧が就寝しようとすると、「忽ち戸の外にものの気勢《けはひ》がして来」て「二十三十のものの鼻息、羽音」が聞こえ、別室から「婦人」の「今夜はお客様があるよ」「お客様があるぢやないか」という声が聞こえる場面がある。旅僧は室外の物音や気配を察するのみで具体的な状況は謎のままだが、水木版でもこの場面は、「バタバタバタ」「ゲロゲロゲロ」「モガーッ」「チュバチュバチューッ」といった擬音語・擬態語を各コマに被せるように描き込み、さらに、旅僧の「外で何者か達が騒ぎ廻っている…?」という心中の台詞や、「わしは恐ろしくなって、陀羅尼を呪した」という語りなども交えることで、原作と同様に室外の様子を直接的に描くことなく、一軒家が異様な「何者か達」に取り巻かれていることを表現する。無論、ここでも水木作品のファンに対するサービスを兼ね、お馴染みの妖怪たちが一軒家を取り巻く様子を描くことも可能であっただろう。だが、水木版はこの場面で室内の旅僧の表情のアップを捉えたコマを基調とし、「婦人」の様子を描いたコマもまったく挿入しないことで、原作の旅僧の一人称の語りに匹敵する迫真的な効果をもたらしている。

旅僧が「婦人」の境遇をめぐる「親仁」の談話を聞き終えた場面でも、やはり基本的には原作にかなり忠実な描き方がなされる。ただし、マンガと小説との表現の差異もあり、同一のはずの場面でもやや異質な印象がもたらされることに注目したい。原作では、「婦人」が次郎と二人だけで暮らすことになった由来を語った「親仁」は、「気味の悪い北叟笑《ほくそゑみ》」の後、旅僧に対して全集版にして十三行分にも及ぶ忠告の台詞を発し続ける。その台詞を聞く間の旅僧の反応はまったく語られず、「親仁」の立ち去る様子が「見送ると小さくなつて、一座のお山の背後《うしろ》へかくれた」などと語られた後、ようやく「藻抜《もぬ》けのやうに立つて居た、私《わし》が魂は身に戻つた」と語られるが、「魂」が「身に戻つ」てから、旅僧が「婦人」に対してどのような心情を抱いたのかは語られない。現在の旅僧が「婦人」との邂逅をどのように位置付けているのかについても、作中の末尾に至るまでまったく語られず、旅僧は「此のことについて、敢《あへ》て別に註して教を与へはしな」いままに「私」と別れる。

水木版もまた、旅僧が語りの末尾で自己の心情を語らなくなる点では原作と変わりない。「親仁」の忠告の台詞が始まった箇所で、「いっそ山へ帰りたい、なんて思ったらいけんぞ」と言う「親仁」に対し、旅僧は「い、いや……」と返答するが、その後は、回想が終わるまでの四ページ十七コマのなかで旅僧が台詞を発する場面はまったくなく、ほぼ原作どおりの「わしは魂が身体に戻った気分じゃった」という語りが（「ハッ」という擬音を伴って）入るのみである。さらに、語り終えた旅僧と「私」との会話が描かれないで二人が別れる点でも、原作の結末がかなり忠実に再現されている。とはいえ、水木版「高野聖」の終盤の印象がまったく原作と同一であるとも言い難い。なぜならば、水木版の旅僧は原作と同様に台詞を発しないにしても、原作にはない旅僧の表情や身振りの変化が描き出されるからである。「親仁」の忠告を聞く旅僧は「ドキン」と目を見開き、顔中に汗を流した後に目を瞑って「…………」とうつむいていく。確かに旅僧の台詞はないが、驚愕や断念といった旅僧の心情は表情や身振りから読み取れるだろうし、少なくとも、何らかの決定的な内面の変容が生じたらしいということは、旅僧の反応がまったく語られることのない原作より明白に表れている。台詞だけでなく、表情や身振りによっても登場人物の心情を描き出しうることは、マンガという表現の特質として挙げられる。

「高野聖」のマンガ化作品のなかには、水木版以上にはっきりと旅僧の内面の変容を描き出した例もある。杲栄順『コミック版　高野聖』（ホーム社　平成二二・八）では、「山家の老人」（「親仁」）が立ち去って滝の傍らにたたずむ旅僧の遠景が描かれた後、ページが変わると、山道を歩いていく旅僧の姿が見開きの二ページにわたって描かれ、「爺様の言った通り戻ったとしても／彼女を助ける事はできないだろう」という心中の台詞や、「彼女の考えや彼女の考えるものが／今の私には理解できない」、「さらに精進を積み仏道に邁進すれば／あるいは――／いつか」という語りも交えられている。しかも、独自の脚色として、作品の最後に老いた旅僧が山中の一軒家を再び訪ねる場面が配されている。荒廃した一軒家を見た老僧の「ふむ／まあ／しょうがないか」という台詞があり、「あれからもう何十年も経ったんだ」、「ただ　あの時の不思議な体験が／私をこうして成長させてくれた」、「その事に／感謝を――」という語りが入った後、一軒家を立ち去る老僧の後ろ姿が描かれることで、杲版「高野聖」は、「山家の女」（「婦人」）との邂逅が旅僧の「成長」の契機となったことを強く印象付ける。

　かつて前田愛は「『高野聖』の旅のもっとも深い意味は、主人公の宗朝が山中の美女を祭司として「俗」から「聖」に浄化されるところにある」と説き[18]、以降の「高野聖」研究に大きな影響を与えたが、旅僧の「成長」を前面化する杲版の解釈も方向性としては、「俗」から「聖」への「浄化」という前田の読解に近いと捉えられる。ただし、大野隆之は「自分の内面に饒舌だった」旅僧が作品の終盤で、「語られる内容＝作品世界の性質を一義的に決定する権利と義務」を放棄していると指摘したうえで、「このことにより「高野聖」はスタティックな諸要素に還元しきれない、多様な意味を生産するテクストとして、鏡花の代表作のひとつとしての地位を勝ちえている」と論じている[19]。原作の作中で旅僧が、自己の体験を「浄化」や「成長」などと意味付けていないことは確かであり、そのことが「高野聖」の「多様な意味」を生み出すと捉える大野の観点は、作品を読解するうえで一定の妥当性があるだろう。

　そうした観点に即すれば、水木版「高野聖」も旅僧の何らかの内面の変容を描いてはいるが、その変容の実態が具体的に意味付けられることはない。原作の末尾は「ちら〳〵と雪の降るなかを次第に高く坂道を上る聖の姿、恰《あたか》も雲に駕《が》して行くやうに見えたのである」と結ばれ、前田もこの表現から「俗」から「聖」への「浄化」を読み取っている。だが、水木版の末尾で旅僧は（坂道ではなくて）平坦な道にたたずむ後ろ姿を見せるのみであり、決して「雲に駕して行くやう」な「浄化」として描かれてはいない[20]。「私」と別れるコマでの旅僧の表情も、作品冒頭の「私」と初めて出会ったコマと同様に無表情であり、原作以上に素っ気なくて乾いた印象すらもたらす末尾である。もっとも、水木の作品ではしばしの時間を共有してきた登場人物たちの別離が、素っ気ないまでに淡々と描かれるのみという場面が頻出する。その代表的な一例が、ラストの一ページでは無表情な登場人物たちの会話が描かれ、最後の二コマでは登場人物すら描かれない貸本マンガ版「河童の三平」(兎月書房　昭和三六〜三七)だが、その末尾は表面的な素っ気なさとは裏腹の静謐な余情にあふれている。[21]旅僧や「私」の心情が直接的には描かれない水木版「高野聖」の末尾は、そうした水木作品ならではの作家性の発露であり、また、原作以上に「多様な意味」の生産を喚起する結末になっていると言える。

注

(1)純「新映画　迫力だす月丘夢路　『白夜の妖女』(日活)」(『朝日新聞(夕刊)』昭和三二・八・一三)。「純」は『朝日新聞』学芸部記者の井沢淳の筆名。

(2)『水木サンの猫』(講談社漫画文庫　平成二〇・五)という猫が題材のマンガに特化した作品集もある。

(3)水木のアシスタントを務めていた山口芳則は、「〆切が二本あった時などは、一本はつげさんが人物を全部ペン入れした」と証言し、つげが作画を担当した作品名も具体的に挙げている(「水木プロ　アシスタント列伝1964〜1984」、『まんだらけ』九、平成七・六)。

(4)注(3)の山口の文章に付された「年代別水木プロ　アシスタント一覧'64〜'84」によれば、村澤は昭和五十二年三月から水木のアシスタントを務めている。

(5)石子順造『マンガ芸術論――現代日本人のセンスとユーモアの功罪――』(富士新書　昭和四二・三)

(6)ドリヤス工場『有名すぎる文学作品をだいたい10ページくらいの漫画で読む。』(リイド社　平成二七・九)所収の「泉鏡花　高野聖」は、水木の画風を巧みに模倣しつつ、「高野聖」をわずか八ページ五十五コマでマンガ化するという試みだが、旅僧が森で蛭に襲われる場面にも三コマが用いられている。

(7)妖怪が水木の作品を通じて流布した経緯については、京極夏彦『文庫版　妖怪の理《ことわり》　妖怪の檻』(角川文庫　平成二三・七）が詳しい。また、拙論「一九七〇年代の「妖怪革命」――水木しげる『妖怪なんでも入門』」（一柳廣孝編著『オカルトの帝国　1970年代の日本を読む』、青弓社　平成一八・一一）でもその経緯の一端を論じている。

（8）水木しげる『決定版　日本妖怪大全　妖怪・あの世・神様』（講談社文庫　平成二六・二）の「呼子」の項目では、「山に登って、「ヤッホー」というと、それが山々にこだまして反響する。これが山彦だが、昔はこれを妖怪の仕業だと考えていたのである」、「山陰地方では、山彦のことを呼子または呼子鳥という。そういった動物のようなものがいて、声を出すと考えられていたわけである」と述べられている。原作にも「此の折から聞えはじめたのは哄《どっ》といふ山彦《こだま》に伝はる響」という表現はあり、呼ぶ子の起用はこれに基づくと見なされる。

（9）注（8）の水木の著書の「ぬるぬる坊主」の項目には、「胴のまわり二尺（約六十センチ）あまりの杭のような形をしたものに、目のようなものがついているという、何とも不思議なもの」、「全体がぬるぬるでつかみどころがない」とあり、さらに、これを目撃した「ある老人」の「海坊主の一種だろう」という発言が紹介されている。作中の「山の霊」と「海坊主の一種」では別物だが、旅僧を「ぬるぬる」した感触で気味悪がらせる（そして、旅僧と「婦人」との水浴の場面に結び付ける）ための起用と見なされる。

（10）水木の過酷な戦争体験は、水木しげる『水木しげるの娘に語るお父さんの戦記』（河出文庫　平成七・六）などに述べられている。

（11）ヨーグルトは作中で「妖怪」と呼ばれているが、水木が後に流布させた民俗学的な妖怪とは出自がまったく異なる。

（12）東雅夫「怪獣と怪物と妖怪の王、そして怪奇・幻想文学の伝導者」（『水木しげる漫画大全集』6、講談社　平成二六・三）

（13）同書の「編集部M」の解説「幽霊たちの舞踏会――『幻想と怪奇』について（2）――」では、「ダンウィッチの怪」について、「《四次元テーマ》とでも呼ぶべきだろうか。アメリカで今流行の科学怪談の先駆作品である」と紹介している。

（14）日本国内も含めたクトゥルー神話の展開については、東雅夫『クトゥルー神話事典　第四版』（学研M文庫　平成二五・四）が詳しい。

（15）前田愛「『高野聖』旅人のものがたり」（『前田愛著作集』第六巻、筑摩書房　平成二・四　昭和四八・七初出）

（16）小平麻衣子「ニンフォマニア――泉鏡花『高野聖』」（『国文学（臨時増刊号）』平成一三・二）
（17）例えば、「ダンウィッチの怪」の発表と同じ年には、鏡花の後期の代表作「山海評判記」（『時事新報』昭和四・七・二～同・一一・二六）が発表されている。
（18）注（15）に同じ。
（19）大野隆之「「高野聖」論――構造と〈侵害〉――」（『語文論叢』一五　昭和六二・九）
（20）最後から二コマ目のこの場面で、旅僧の後頭部と見送る「私」の目はまったく同じ高さで描かれている。さらに、最後の一コマでは、雪が降る山々の情景の上部に「あとで聞けば、この上人は宗内名誉の説教師で、六明寺《りくみんじ》の宗朝という大和尚であったそうな」という、原作で冒頭近くの場面に相当する語りが入っていることからも、原作の結末との差別化の意図は明白である。
（21）池澤春菜「水木さんはいつも軽々と境を超えていく」（『水木しげる漫画大全集』54、講談社　平成二五・八）は、貸本マンガ版「河童の三平」を「子どもだった自分に戻って世界を見直す物語」と捉えたうえで、その結末について「生と死の境を乗り越えて、それでもなお続いていく物語。既にそこに主人公である三平はいない。終わりのような、終わりでないような最後」と評している。

※「高野聖」の引用は『鏡花全集』巻五（岩波書店　昭和四九・三）に拠る。また、「神秘家列伝・泉鏡花」の引用は『水木しげる漫画大全集』87（講談社　平成二六・六）、「地底の足音」の引用は『水木しげる漫画大全集』6（講談社　平成二六・三）に拠る。なお、本論での引用に際しては、いずれも漢字を基本的に新字体に改めて不必要なルビは省略してある。
※平成二十七年三月三十日に大野隆之氏が逝去され、同年十一月三十日に水木しげる氏が逝去されました。東京都立大学の大学院でお世話になりました大野さんと、小学生時代から愛読してきました水木先生……、私にとって大切な方々であったお二人のご冥福を心よりお祈り申し上げます。

第6章　「妖怪ブーム」前夜の水木しげる

はじめに

京極夏彦氏が「妖怪は昔から在るものではないのである。昔から在るものを組み合わせ、水木しげるが独創的かつ先鋭的なテクニックを駆使して「創り出した」ものなのだ」と指摘するように[1]、水木しげるは現代社会に流布する妖怪像を決定付けた人物である。この水木が紙芝居界などで長い下積み時代を経験した苦労人であり、売れっ子になった頃には既に不惑を過ぎていたことはよく知られている。水木より六歳下の手塚治虫は、十代にして酒井七馬と共作した『新宝島』（育英出版　昭和二二・一）の作画で注目されているし、横山光輝や石ノ森章太郎、赤塚不二夫やつげ義春といった手塚に続く世代のマンガ家たちも、二十歳前後の若さで一九五〇年代からメジャーな月刊誌を活躍の場とする。水木より十歳下でやはり当初は紙芝居界から出発した白土三平も、『こがらし剣士』（巴出版　昭和三二・八）で貸本マンガ界に転じた三年後には二十八歳で、創刊二年目の大手雑誌『週刊少年マガジン』に「風の石丸」（昭和三五・七・一七—同・一二・二五）を連載した。それらと比較すると、「テレビくん」（『別冊少年マガジン』昭和四〇・八・一五）と「墓場の鬼太郎・手」（『週刊少年マガジン』昭和四〇・八・一）でメジャー媒体に初登場した際、既に四十三歳に達していた水木しげるはかなり遅咲きということになる。

だが、この遅咲きの苦労人は「テレビくん」で講談社児童まんが賞を受賞すると、やがて「墓場の鬼太郎（ゲゲゲの鬼太郎)」などを通して「妖怪ブーム」を巻き起こす。しかも、六〇年代後半の一過的な現象としての「妖怪ブーム」が終わった後も、そのユニークな妖怪像は世代を乗り越えて長らく親しまれている。現在も貸本マンガ時代の作品を含めた旧作のリバイバル出版は続いているし、水木自身も一種のタレント文化人として様々なメディアで活躍してきた。「妖怪マンガ」の第一人者としての水木の評価は、必ずしもマンガに造詣が深くない一般層にまで幅広く浸透して久しい。特に、平成二十二年にはNHKで三月二十九日から九月二十五日までの半年間、水木とその妻をモデルとしたTVドラマ「ゲゲゲの女房」が放映され、「失われつつある親子、夫婦の絆《きずな》、古里の温かさ、近隣との付き合いなど、皆が求めているものがドラマにあった」という投稿(2)が新聞に掲載されるなど、多くの視聴者の共感を呼んだ。

ただし、こうした半永久的とも見える息の長い人気のために、水木がメジャー媒体に初登場した際の衝撃が捉え難くもなっている。「妖怪マンガ家」としての水木の存在は、現代の私たちにとって半世紀近くも前からお馴染みのものとなっているが、メジャー媒体に登場した当座は、多くの読者にとってあまり馴染みのない未知の作家であったはずである(貸本マンガ時代から愛読していた水木ファンも存在しただろうが、貸本マンガ家としての水木は必ずしも売れっ子ではなかった)。当時の一般読者や批評家は、水木のメジャー媒体への進出をどのように受け止めたのだろうか。また、水木をメジャー・デビューさせた側にはどのような戦略があったのだろうか。そもそも、水木の「妖怪マンガ」にはどのような文化史的な意義が見いだせるのだろうか。これらの問題を検証することは、ほとんど「国民的マンガ家」と化した感のある水木の本質を再考察し、水木が浸透させた妖怪像を改めて見据えるためにも必要な営為である。本論では水木のメジャー登場時の周辺の状況を具体的に掘り起こすことで、「妖怪ブーム」前夜の水木の作家としての立脚点をたどり直し、「妖怪マンガ」の第一人者という水木に対する定説化した評価を再検討したい。

1 「大人にも読めるマンガ」への挑戦

水木しげるは昭和三十二年から貸本マンガ界で活躍していたが、注目を浴びるようになった契機の一つは、青林堂刊行の月刊マンガ誌『ガロ』に作品を発表し始めたことにある。昭和三十九年九月に創刊された同誌は、白土三平が代表作「カムイ伝（第一部）」（昭和三九・一二―四六・七）を連載していたことで名高い。さらに、昭和四十年代に入ってからはつげ義春や永島慎二、林静一や佐々木マキといった個性的なマンガ家たちも活躍の場とするが、水木も創刊号に「不老不死の術」を発表し、以降も短篇を発表し続けて白土とともに『ガロ』を支える柱となる。水木と青林堂社長・長井勝一とは貸本マンガ「鬼太郎夜話」（三洋社 昭和三五―三六）以来の交流があり、『ガロ』創刊当時も水木は、青林堂刊行の貸本マンガ『忍法秘話』シリーズに短篇を発表していた。後年、水木は長井との当時の関わりについて以下のように回想している(3)。

昭和三十八年夏、青林堂の長井勝一氏がセンベを持って家へ来た。三洋社をやっていたが病気になってやめてしまい、病気が治ったので、今度は、青林堂を作ったのだ。


「『忍法秘話』ての出すから、あんたも描いてよ。三平さん（白土三平氏）も描くし。一頁三百円出すよ」

「うわっ、三百円も」

「うん。それからな、ゆくゆくは『ガロ』というのも出す。これは、一枚五百円」

「五百円！ そりゃ雑誌クラスですな」

五百円なんていうのは、大手の月刊誌の原稿料（但、最低ランク）なのだ。

一方、長井も『ガロ』創刊当時の水木について以下のように回想する。(4)

水木さんとは、むろん、三洋社をやっていたときに「鬼太郎夜話」を出していたから、そのころからの知り合いだったが、『ガロ』を創刊するときにも、まず、お願いした。ただ、わたしとしては、水木さんは、貸本では長篇を描いているが、本質的には短篇作家ではないかという思いがあった。

(中略)。

それで、『ガロ』を始めるときに、調布のお宅にうかがって、わたしは、水木さんに短篇を描いてもらえないだろうかと頼んだ。

そうしたら、ぜひ描いてみたいけれど、どう描いていいかわからないというのである。それと、短篇に限らず、いまの自分は、何を描いたらいいのか、何が描きたいのか、よくわからないというのである。貸本マンガがダメになってきていて、経済的にも苦しく、水木さんも、相当に追いつめられた気分だったのだろう。

長井はまた、「一九六四年の『ガロ』の創刊から一、二年の間に描かれた水木さんの作品は、いま見ても大変すぐれたものだった」とも述べるが、(5)初期の『ガロ』に発表された作品は最長でも二十ページ強の短篇ばかりとはいえ、「ねこ忍《にん》」(昭和三九・一二)や「神変方丈記」(昭和四〇・一)など、確かに水木の代表作として定評を得ることになる秀作が多い。ただし、念のために注記すれば、これらの初期『ガロ』作品は「妖怪マンガ」という枠では括れない。「不老不死の術」ではねずみ男が「仙術」によって人々の生気を吸い取るなど、大半の作品は不可思議な事件を題材とし、イボ状の生物や天女、人語を解する猫や閻魔といった非現実的な存在も活躍するものの、バラエティーに富んだ妖怪が次々に登場するという内容ではなく、後年のような(例えば、「少年マガジン」版「鬼太郎」に代表される)「妖怪マンガ」として描かれていたとは見なし難い。むしろ、『忍法秘話』シリーズに発表された諸作品と同様に、白土のリアルな「忍者マンガ」のパロディー的な色調が強く表れている。したがって、『ガロ』『忍法秘話』に発表された作品に関して言えば、当時の水木は異色の「忍者マンガ家」であったと規定しても、あながち大きな間違いではないだろう。[6]

加えて初期の『ガロ』で注目したいのは、水木が別のペンネームも用いて何役分もの活躍をしていることである。十一月号から三月号にかけて武良茂名義で全五回の「マンガの書き方」を連載し、四月号では水木しげる名義で「劇画講談・剣豪とぼたもち」を発表している他に、武良茂名義で「イソップ式漫画講座」二編と「劇画小史」、そして、東真一郎名義でイラスト入りのエッセー「ロータリー」も発表している。[7] 特に「マンガの書き方」や「劇画小史」は、当時の水木のマンガに対する姿勢が端的に提示されているのが興味深い。

例えば、「マンガの書き方」五回目の「プロになる三つの道の巻」では、「いわゆる雑誌のマンガから、劇画という少し高学年も読めるマンガが登場したのは最近だ。この劇画はいわゆる低学年向の雑誌マンガとは区別すべきものだ。劇画は大人の方向に向っていま進みつつある、即ち目でみる小説として登場しようとしているわけだ。いわば新しいジャンルだ」と、「目でみる小説」としての劇画の可能性を高らかに謳っている。また、「劇画小史」では「これから劇画をかく人でも又読む人でも劇画という新しい分野がどうしておこったかという過去を知っておくこともムダではない」として、さいとう・たかをや辰巳ヨシヒロを主体とする「劇画工房」の登場が、「全く当時としてはザンシンなもので大騒ぎになった」ことなどに触れたうえで、「十年前をふり返ってみれば分るように絵もストーリーもずいぶん変ってきている。十年前のマンガはおそらく批評しようにも批評の対象にならなかった。マンガ評論家も生れ批評されるようになったということはそれだけ内容が良くなったからだ」と誇らしげに宣言する。その一方で「ただ目先で売れるということだけを目標にしてそれを唯一の価値としてこの劇画をかく作家の多い現状では真の劇画の発展はないだろう」と、商業主義への安易な迎合を憂慮してもいる。

こうしたマンガの可能性に対する意外と（？）真摯で情熱的な姿勢は、断続連載されていた軽妙な筆致の「ロータリー」からも読み取れる。例えば、昭和四十年四月号では「漫画劇画」と題して「僕の分類によればですナ、雑誌のベビーむきのものを漫画と呼び貸本屋の高学年向きを劇画と呼ぶ（中略）大人が読んでもイケルのがある。

ホントだまされたと思って貸本屋に行ってみて下さい」、「マンガが低俗というなら日本全体が低俗ではないか（ホントヨ）」と述べているし、同年六月号では「マンガとガム」と題して「ガムが終戦後、急にさかんになったように、マンガも終戦後から少年雑誌に貸本屋にと発展をとげた」と指摘したうえで、以下のようにかなり挑発的な主張を展開する（傍点ママ）。

ガムの方は、ヤングガムだとか、アマゾンに実る貴重な果実入りのガムなども登場したり、ウィスキー入りなどと、大人の世界にも大いに進出している。ところがマンガはいけません。（私のマンガと言うのは、ストーリーマンガ「劇画」のことですよ。）相変らずジャリを主力にして「まるでダメ」な作品になんとか賞なんてのをやっている（引用者注・水木の前年に講談社児童まんが賞を受賞したのは森田拳次「丸出だめ夫」）。そんなことよりどうして大人にも読めるマンガを開発しようとしないのだろう。たとえば〝ガロ〟のようにですヨ。（ここんところが書きたかったのよユルシテネ）ガロの中には文学作品の香り高い作品だってあるじゃアりませんか。（ホント）

これからのマンガは一つくらい大人にも楽しめるものが登場しなければいけません。いつまでもジャリに読みすてられるだけでは本当のマンガの発展はないでしょう。私が発展というのは、このストーリーマンガという表現形式がもっと大人の世界にはびこっていいと思うのです。

水木がこの数年後「妖怪ブーム」を巻き起こして「ジャリ」からの高い人気を獲得し、逆に、「丸出だめ夫」（『週刊少年マガジン』昭和三九・一・一―四二・六・二五）の作者・森田は海外に進出した後、（「ストーリーマンガ」ではないが）「大人にも楽しめる」ひとコマ・マンガで評価されたことを考慮すると、皮肉めいた因縁も感じざるをえない。とはいえ、当時の水木の「本当のマンガの発展」の可能性を探ろうとする意欲は、照れ隠しとおぼしいユーモラスな文体からも明確に伝わる。やがて昭和四十一年頃からは、つげ義春が水木のアシスタント業の傍らで『ガロ』に発表した諸作品が、「文学作品の香り高い作品」のように遇されて話題になる[8]一方、昭和四十二年には双葉社が青年層対象の『週刊漫画アクション』を創刊し[9]、その翌年には小学館がやはり青年層対象の『ビッグコミック』を創刊するなど[10]、「大人にも読めるマンガ」が台頭して「ストーリーマンガという表現形式がもっと大人の世界にはびこ」ることになるが、そうした意味では、水木の主張には時流を先取りする予見性もはらまれていたと言える。なお、ここで水木の提唱する「大人にも読めるマンガ」が、単なる成人向けのマンガという意味でないことは言うまでもない。

このように、当時の水木はマンガの新たな可能性に向けてかなり意識的であったが、次に、『ガロ』誌上での読者や批評家の水木に対する反応を紹介したい。まず、昭和四〇年一月号の「読者コーナー」には「ぼくはとくに水木しげる先生の漫画が好きです。ストーリーが良い。又絵はほかの先生とちがった感じがでています。日本古来の伝説を思わせるような、まんがです」という感想が掲載されている。同号にはまた、評論家・野村重男が「水木しげるのまんが」と題した評論を発表し、「水木しげるのマンガの生命は、語りくちのたくみさにある。この語りくちのうまさは、人情話や古典落語のなかに流れている、語りくちのうまさである」、「水木しげるのマンガは、いわゆる当世風ではない。画は動きがすくなく、モダンでもなく、テレビ向きでもない。水木マンガの形式は、古い時代のものだといえる。ところが、この古い時代の形式と語りくちのうまさとが一致すると、不思議な世界が出現する」と指摘したうえで、「新しがりやの、モノマネ好きな若いマンガ家がわれさきにと、世の中の先端に立とうとしているとき、水木しげるは、みんなの一番ビリッケツを歩きながら、時代の、もうひとつ向う側をみているようである」と結論付ける。水木の作品に一種の古めかしさと、それゆえの独自性を捉えることではどちらの観点も一致している。

さらに、同年五月号には映画評論家・大森晪児が「敗北の群像――水木しげるのグロテスクな世界――」と題した評論を発表している。同論は「かれの漫画の主人公は、ほとんどが善良な愛すべき庶民である」と規定し、「最後にはつねにかれらは決定的に敗北する。「だましたつもり」の主人公たちが、次第次第に死に至るカタストローフに陥ちこんでいくときの、滑稽ととなりあわせたグロテスクな恐怖感のもりあがりはまさに水木しげるの独壇場といえよう」と論ずる。さらに、「かれらは、今日の機構や体制、広くいえば現代の時代そのものに根深くゆ着している《状況の悪》の、デモーニッシュなおそろしいメカニズムに敗北したのである」（傍点ママ）とも述べている。言い回しがやや大仰な感もあるが、水木が「十年前のマンガはおそらく批評しようにも批評の対象にならなかった。マンガ評論家も生れ批評されるようになったということはそれだけ内容が良くなったからだ」と自負するように、この種の社会論的な批評の対象となったこと自体が、「大人にも読めるマンガ」としての当時の水木マンガの到達度を示すだろう。既に白土のマンガは知識人から高い評価を得ていたが[11]、白土の活躍の場である『ガロ』誌上で水木もまた、「今日の機構や体制、広くいえば現代の時代そのもの」を抉り、同時代の社会状況と対峙する作家として論じられたのである。

2 「怪奇まんが」から「妖怪まんが」へ

創刊されたばかりの『ガロ』誌上で旺盛な活躍を続ける水木しげるは、その一方で、従来どおりの貸本マンガも長短を問わずに発表していたが、やがて大手雑誌「少年マガジン」に作品を発表する機会が到来する。まず、水木側の回想から紹介すると、『ガロ』創刊前後の時期に「「少年マガジン」の編集者がやってきて、宇宙ものを描いてくれという」が、水木は「宇宙ものは得意ではな」く、さらに、「貸本マンガの連中で、雑誌から注文が来たのはいいが、不得手な分野なのに引き受けて、後で苦労した人が何人もいた」ことからいったんはこの依頼を断る[12]。そして、昭和四十年に至って以下のような成り行きになったと述べている[13]。

夏の暑い日のことだった。また「少年マガジン」からやってきた。暑そうだったので、コップに水を入れ

て出すと（ただの水）、ぐぐっと飲んで、

「編集方針が変わりましたので、自由に三十二ページやってください」

と言った。僕は、ひきうけた。

作品が掲載されたのは、昭和四十年八月の「別冊少年マガジン」だった。「テレビくん」という幻想マンガだった。

これを機会に、雑誌の注文がどんどん来はじめるようになった。


水木に突然の僥倖をもたらした「少年マガジン」側の事情としては、「W3《ワンダースリー》事件」の影響が挙げられることが多い。(14)『週刊少年マガジン』に連載されていた手塚治虫「W3」（昭和四〇・三・二一―同・四・二五）が、連載六回にしてライバル誌『週刊少年サンデー』に移ったことから、「少年マガジン」側はアンチ手塚的な劇画路線を導入したというのだが、水木が回想するように、『ガロ』創刊前後の時期にも既に「宇宙もの」の依頼があったとすれば、「W3事件」は水木起用のきっかけの一つとなったにすぎないだろう。実際、『週刊少年マガジン』の編集者であった宮原照夫（後に同誌の編集長）によれば、「一九六四年（昭和三九年）のことである。この前年、編集部員（当時）の伊藤均と菅原靖雄だったと思うが、貸本屋から借りてきた「鬼太郎夜話」を俎上に、水木しげるを起用するかどうかで編集会議は真っ二つに割れ議論が戦わされていた。結論は、『別冊少年マガジン』で「テレビくん」というオリジナル作品を、『マガジン』の方で「墓場の鬼太郎」の読み切りを三編、テスト的に載せてみることになった」とのことである。(15)「編集方針が変わ」ったことは「W3事件」の影響であったと目されるが、水木を売り出す布石は「W3事件」以前から打たれていたことになる。

「墓場の鬼太郎・手」と「テレビくん」は掲載誌の発行月日で言えば、前者が昭和四十年八月一日で後者が八月十五日になるが、『週刊少年マガジン』七月二十五日号の広告（一九〇―一九一ページ）によれば、「墓場の鬼太郎・手」掲載の『週刊少年マガジン』は七月十七日発売で、「テレビくん」掲載の『別冊少年マガジン』は七月十五日発売なので、一般読者が早く目にしたという意味では「テレビくん」がデビュー作になる。この七月二十五日号の広告は「テレビくん」にはまったく触れていないが、「墓場の鬼太郎」については「読み切り怪奇マンガ」という肩書きを付け、「夜読むと、いくら元気なきみだって、ひとりで便所にいけなくなるほどのこわいまんが！　水木しげる先生のけっさくだ！」と紹介している。また、同号の各ページ欄外の広告でも四カ所で「墓場の鬼太郎」に触れているので、以下にそのすべてを列挙する。

これはこわい！　来週の第三十二号には、水木しげる先生の怪奇まんが「墓場の鬼太郎」がのるぞ！（一九ページ）

来週の第三十二号には、こわくてこわくてたまらない、水木しげる先生の怪奇まんが「墓場の鬼太郎」がのるぞ。（一二四ページ）

身の毛もよだつスリラーまんが、水木しげる先生の「墓場の鬼太郎」が、来週の第三十二号にのるぞ！（一四四ページ）

来週の第三十二号には、水木しげる先生の怪奇まんが「墓場の鬼太郎」がのるぞ！　こわくなることうけあい！（一七八ページ）

これらの広告ではすべて「こわい」ということが執拗に強調され、肩書きも「怪奇まんが」または「スリラーまんが」だが、次号に掲載された「手」の扉絵の謳い文句にも、「けむしとあそび、ミイラと語る、なぞの少年墓場の鬼太郎！　ほかでは、ぜったい、見られない怪奇まんがの決定版！」とある。つまり、『週刊少年マガジン』登場時の「墓場の鬼太郎」は「妖怪マンガ」ではなく、「怪奇まんが」として売り出されていた。

その後、「墓場の鬼太郎」は九月十二日号に「夜叉」、十月十日号に「地獄流し」が掲載されることになるが、それぞれの前号に掲載された広告を紹介すると、まず、「夜叉」の場合は「大評判をよんだ、第三十二号の

「手」にひきつづいておくる、怪奇まんがの決定版！ これを読めば、暑い夏もすずしくすごせるという力作だ。さあ、お友だちにも知らせよう！」である。「手」と同様に「怪奇まんが」と形容されているし、「暑い夏もすずしくすごせる」という言い回しは恐怖感を意図しているだろう。これに対して「地獄流し」の場合は、「ぶきみだが、したしみのもてる鬼太郎！ 好評の第三回め！」となり、「したしみのもてる」という新たな要素が加えられている。ただし、扉絵の謳い文句は「夜叉」の場合が「けむしとあそび、ミイラと語る、なぞの少年墓場の鬼太郎！ ほかでは見られない怪奇まんがの決定版！」、「地獄流し」の場合が「けむしとあそび、ミイラと語る、なぞの少年墓場の鬼太郎！ 日本じゅうで、人気爆発の怪奇まんが！」という具合に、いずれも「手」が掲載された際の謳い文句の延長線上にある。

「W3事件」直後から『週刊少年マガジン』の編集長を務め、同誌の黄金時代を築いた内田勝は後年、「墓場の鬼太郎」連載当時について以下のように回想している。[16]

少年誌の場合、連載マンガは、野球マンガとか学園マンガとか、ジャンルの呼称をつけるのが習慣化しているが、「鬼太郎」をどうジャンルづけるか、編集会議でちょっともめる一幕があった。〝怪奇マンガ〟ではちょっと一般的過ぎるし、〝おばけマンガ〟もどこか拍子抜けした感じである。ぼくは〝怪獣〟と対置させて、「〝妖怪マンガ〟ではどうだろうか」と提案したが（貸本の「鬼太郎」では〝妖怪〟の語は使われていなかった）、「古臭いのではないか」「今の子供たちは妖怪といっても意味が通じない」「何か新造語を考えてみるべきだ」など、おおむね反対意見が多かった。「子供たちになじみの薄い言葉だからこそ、逆に新鮮に受け取られるのではないか」と、ぼくは自説を押し通して、これが結局、のちに〝水木・妖怪ブーム〟と呼ばれ、妖怪という言葉はすっかり定着し、ポピュラーなものとなった。

ただし、内田の提案した「妖怪マンガ」という肩書きが実際に定着するまでには、かなりの時日を要したとおぼしい。各エピソードの扉絵の謳い文句を参照する限りでは、初期の「墓場の鬼太郎」の肩書きはあくまでも「怪奇まんが」（または、「怪奇まんがの決定版！」）である。昭和四十二年五月十四号「吸血鬼エリートの巻（第二回）」から、「怪奇まんが」に代わって「怪奇と幻想の異色まんが」という肩書きになり、さらに、同年の七月三十日号「妖怪獣の巻（第五回）」から、「妖怪の世界を怪奇と幻想でえがく異色まんが」という肩書きになる。だが、九月十七日号「見上げ入道の巻（中編）」からは「異色怪奇まんが」となり、十一月十九日号「峠の妖怪」からは、再び「妖怪の世界を怪奇と幻想でえがく異色まんが」が用いられる。扉絵の謳い文句で「妖怪まんが」という肩書きが用いられるのは、昭和四十三年三月十日号「朝鮮魔法（後編）」以降だが、これに先立って昭和四十三年一月三日からはTVアニメ版の放映も始まり、作品名も昭和四十二年十一月十二日号「妖怪毛羽毛現《けうけげん》の巻」からは、「ゲゲゲの鬼太郎」に改題されていた。

このように、『週刊少年マガジン』誌上での「鬼太郎」の肩書き（ジャンル）は、「怪奇まんが」→「怪奇と幻想の異色まんが」→「妖怪の世界を怪奇と幻想でえがく異色まんが」→「異色怪奇まんが」→「妖怪の世界を怪奇と幻想でえがく異色まんが」→「妖怪まんが」と一年半にわたって変遷し続けたのだが、こうした目まぐるしい肩書きの変遷は、「妖怪マンガ」という表現がまだ一般的に浸透していなかったこと、そして、「墓場の鬼太郎（ゲゲゲの鬼太郎）」という作品自体が、良くも悪くも既成のジャンルの枠内に収まり難かったことを示すだろう。実際、昭和四十年十一月七日号に掲載された読者の感想には、「「墓場の鬼太郎」は、かわっていますが、すごくおもしろい。水木先生、もっともっとこわくしてください」とある。「かわっていますが、すごくおもしろい」という好意的な受け止め方は、水木を起用した「少年マガジン」側のもくろみのとおりと推測される。ただし、こうした水木の支持者は当初、同誌の読者のなかでも決して多数派ではなかったらしく、内田によれば、「「鬼太郎」は、その特異な画風と物語構成が、それまでストーリーまんがを読み慣れていた読者には戸惑いがあったようで、アンケート調査の結果はずっとドン尻続きであった」とのことである。[18] 宮原照夫もまた、初期の「墓場の鬼太郎」が置かれていた状況について以下のように回想する。[19]

この三作（引用者注・「手」「夜叉」「地獄流し」）は、まったくと言っていいほど人気がなかった。貸本の「鬼太郎夜話」をそのまま引きずっていて、期待した柔らかさ、ユーモアが全然出ていなかった。この内容は少年誌には合わない、と打ち切りの意見が多く出された。読者アンケートを詳しく見てみると、全体ではビリだったが、年齢が高校生から大学生（数は少なかったが）へ上がると、人気順位が上位になっているのがわかった。当時の読者層は圧倒的に小・中学生が多かったので、この層の支持が得られなければ、全体の人気アンケートの結果は低くなってしまうのである。

漫画の持つ特性の一つは、多少難しいテーマであってもわかりやすく描きさえすれば、小・中学生でも理解できるところにある。年齢の低い方に受けたものを、上の年齢層にまで上げることははなはだ難しいが、この「墓場の鬼太郎」の場合は逆だから下げられる可能性があると踏んで、粘ってみるべきだと主張した。

内田や宮原の回想に従えば、メジャー媒体である「少年マガジン」への進出をようやく果たした後も、水木の作家としての地位はいまだに不安定であった。現在では国民的ヒーローとして親しまれている「鬼太郎」も、「少年マガジン」側の判断次第では打ち切られていたかもしれないし、メジャー・デビューの時点でそうした事態に至っていた場合には、数年後の「鬼太郎」を基点とした「妖怪ブーム」も生じなかっただろう。無論、現代社会での妖怪の位置付けもまったく変わっていたと考えられる。

3 「商品」と「自分のもの」との狭間

水木しげるは『週刊少年マガジン』に「墓場の鬼太郎」が掲載され始めても、読者たちから即座に高い人気を得るには至らなかった。その水木の評価が定まるための決定的な要因になったと目される出来事が、「テレビくん」を対象作品とした第六回講談社児童まんが賞の受賞である。同賞は後に水木をライバル視する手塚治虫や教育評論家・阿部進、劇作家・飯沢匡といった顔触れが選考委員を務め、水木と同年には、水木より十三歳下の今村洋子が「ハッスルゆうちゃん」(『週刊マーガレット』昭和三九・一・五―四二・一・二九)で受賞している他に、水木以前には、ちばてつや白土三平といった花形作家たちも受賞している。水木の妻・武良布枝氏が後年、「「ついに来るべきときが来た!」」[20]/私は心の中で、思わずそう叫びました」、「あの瞬間に、水木は大逆転を果たしたのです」と熱っぽく回想するように、同賞の受賞は貧窮に喘いでいた水木の人生を大きく変えることになった。そして、この異色のマンガ家に対する社会的な注目度も一気に高まるのである。

例えば、『日本読書新聞』昭和四十年十一月十五日号は水木の受賞を報じる記事とともに、「講談社児童マンガ賞を受賞した水木しげるインタビュー 精神的奇形児を描く幻想的リアリズム」と題した水木に対するインタビューを掲載している。このインタビューは水木について、「氏は今まで、二百冊以上の単行本を書いているが、全部貸本屋専門である。「テレビくん」が、いわゆるはじめて世に出た作品ということになる」、「商業雑誌には「テレビくん」以後、四、五回載せただけ。水木しげるは知る人ぞ知る存在なのだ」、「すべての本に共通するのは、「死」や「異次元」の観念世界をテーマにしていることだろう。グロテスクの恐怖以上のものが横たわっている」などと紹介する。インタビューのなかでは、『ガロ』での主張とも重なる以下のようなマンガ論も語られる。

「近頃のマンガは砂糖の多すぎるお菓子みたいなものばかりだ。読者ばかりを気にして、こびへつらっている。だから単に商品として画いているだけなんだ。自分のものがぜんぜんないんですね。自分でこれは絶対におもしろいと思って画いたものは、読者にも絶対におもしろいはずなんですよ。ただ、笑わせようとして、画いたのではもうだめですね。三平さん(白土三平)なんか自分の考えていることをそのまま出すから、やはりおもしろいんですよね」。

当時の同僚・山根貞男（現在は映画評論家として活躍）とともにこのインタビューを担当し、後には『ガロ』編集部に入って活躍する権藤晋によれば、インタビュー自体は講談社児童まんが賞の受賞以前におこなわれたが、数日後、水木は印刷工場を訪ねて記事を見せるようにと詰め寄ったそうである。その際の水木の様子について権藤は、「理由をたずねると、「テレビくん」が講談社の児童漫画賞の候補にのぼったという。万が一、私たちの書いた記事が講談社を刺激し、候補からはずされたらどうしようかと気が気でないようだ。私たちは、水木さんのそのオーバーとも思える不安な表情にこんども笑いころげてしまった」と回想している。[21]『ガロ』昭和三十九年十一月号掲載の「勲章」には、「勲章だとか名士だとかなんだか肩書さえついてれば世間のやつは／中身も調べないで信用しちゃうんだからたまんないよ」という台詞があったが、権藤がユーモラスに紹介している水木の言動には、「肩書」が人生に及ぼす影響の大きさを知り抜くがゆえの切迫感もうかがえる。

さらに、『週刊朝日』昭和四十年十二月十七日号は「片腕に生きぬく人生／南の島を懐しむ幻想家／怪奇漫画の水木しげるさん」と題し、「数奇な運命そのままの怪奇まんがをかきつづけ、このほど「児童まんが賞」をモノにした」水木を取り上げている。この記事は「なんだか奇妙な感じがする漫画である。なにが奇妙かというと、この漫画には笑いがない。笑いのかわりに、いっぷう変った妖気みたいなものが漂っているからだ」という水木の作品の印象から始まり、阿部進の「漫画ファンの間では、おなじみの作家のひとり。白土三平の忍者ものに学生のファンが多いのに対し、水木しげるの怪奇ものは勤労青少年に人気がある」という解説や、飯沢匡の「むつかしくいえば、アラン・ポーの短編小説を思わせるような怪奇的な絵。しかもそのなかに、一種の批判がある。苦労したひとだけに、甘っちょろい漫画ではない」という賛辞も紹介しつつ、「テレビくん」を「テレビコマーシャリズムのはんらんにむけられた、水木さん流の批判の目が光っている」と評し、『ガロ』昭和四十年十一月号掲載の「マンモス・フラワー」について、「東京都政の腐敗を風刺した、現代の〝おとぎばなし〟」と捉える（文中にはまた、水木の作品を「怪奇と幻想の〝妖怪漫画〟」と形容した箇所もある）。

講談社児童まんが賞受賞には言及していないものの、当時の水木の評価を高めたと見なされる批評としては、『展望』昭和四十一年一月号の鶴見俊輔「『ガロ』の世界」も挙げられる。同論のなかで鶴見は白土三平「カムイ伝」について、「過去のいかなる集団、いかなる個人をも完全に理想化しようとしない、おどろくべくさめた考えかたがここにあり、その点では、敗戦直後から血のメーデーのころまでの日本の進歩的歴史学者たちをはるかにしのぐ客観的な精神をそなえている」、「ここには、たやすくは転回の方法のない現代の状況に対して、自己ぎまんなくこれと対決する姿勢がみられる。吉本隆明の詩論と白土三平の漫画、それらの発表の舞台となる『試行』と『ガロ』とは、大学生の現代の総合雑誌によって与えられることのない本格的な精神の糧を与える」などと高く評価したうえで、水木についても以下のように論ずる。

『ガロ』の漫画家は、白土三平ひとりではない。この雑誌を代表するもう一人の作家に水木しげるがいる。『ガロ』の漫画家の多くが白土のスタイルをうけついで、紙芝居ふうの作劇術にのっとっているなかにあって、水木の作風はむしろナンセンス劇ふうである。白土の絵が三、四歳の子供にでもわかる紙芝居の絵のようにふとい線で描きこまれているのに対して、水木しげるの絵は、子供がたいくつな時に自分でかく落書きのようにたよりない不安定な線をとおして、夢のような世界をつくり出す。

当時の代表的な進歩派知識人・鶴見から、『ガロ』を代表する「もう一人の作家」として認められたことは、「大人にも読めるマンガ」を提唱していた水木にとって励みとなっただろう。鶴見はその後も『猫又』（朝日ソノラマ　昭和四一・一二）の解説「水木しげるの漫画」で、「おばけこそは、日本人が、今生きている人々以外の眼から今の生活を見るための精神の道具だった。（中略）こういう事情を背景にして、水木しげるの漫画は、日本の伝統を独自の仕方で今日にいかしている」と論じ、『現代漫画5・水木しげる集』（筑摩書房　昭和四四・七）の解説「紙芝居と貸本の世界から」では、「水木しげるの思想は、明治以前からの日本の庶民の生活思想の伝統に根ざす虚無主義である」、「文人の消極的虚無主義のわくをはみだすところに、水木が戦後の大衆芸術家としてもつ独自性がある」と捉えるなど、この異色のマンガ家を思想史のなかに位置付けて積極的に評価する。

こうして水木が多方面から脚光を浴びるなか、『週刊少年マガジン』では新たに「悪魔くん」（昭和四一・一・一―同・二・六）の連載が始まる。「悪魔くん」の連載開始より二号前の十二月十九日号には早くも、「新年第1号からはじまる／2大連載まんがのおしらせ」と題し、川内康範・桑田次郎「黄色い手袋X」（昭和四一・一・一―同・一二・二五）と並べた一ページの広告が掲載される。「悪魔くん」の扱いはやや小さめだが、「黄色い手袋X」が「月光仮面」（『少年クラブ』昭和三三・五―三六・一〇）の名コンビの期待作であることを考えれば、むしろ、メジャー・デビューから数ヶ月で「2大連載まんが」の一作を託されるのは、破格の厚遇とも見なされる。同様の広告は十二月二十六日号にも掲載され、「悪魔くん」は「墓場の鬼太郎」の場合と同様に、「怪奇まんがの決定版」という肩書きが冠せられている。そして、連載の始まった「悪魔くん」第一回の扉絵には、「「墓場の鬼太郎」の水木しげる先生がおくる異色怪奇まんがが！」とあり「講談社児童まんが賞受賞第一作」という謳い文句も入る。[22]「悪魔くん」の連載開始と同時期には、講談社の月刊誌『ぼくら』に「カッパの三平」（昭和四一・一―同・七）の連載も始まるので、「墓場の鬼太郎（ゲゲゲの鬼太郎）」「悪魔くん」「カッパの三平（河童の三平）」の三大キャラクターは、半年足らずの間にそろって講談社の少年雑誌に進出したことになる。

この第一期連載の「悪魔くん」は、呪文によって呼び出した悪魔との間に契約を結ぶ時点でいったんは終わる。貸本マンガ版「悪魔くん」（東考社　昭和三八・三九）とは設定がかなり異なるうえに、元来はまったく別の作品である『墓の町』（曙出版　昭和三六）や「草」（『砂の巨人』、東考社　昭和三八）から、一部のアイデアを流用しているためもあり、大手雑誌への初の連載作品にしてはあっけないという印象も残る。だが、この第一期「悪魔くん」のいささか奇妙な幕切れには注意したい。悪魔くんが仲間たちに向かって「前途は多難だよ」と言った後、ページの下半分を費やした最後の一コマでは、仲間たちが「でもぼくらが団結すればだいじょうぶだよ」と励ますのに対し、悪魔くんは「ははは……そうだといいのだが……」と応じる。通常のマンガならば、台詞を交わす悪魔くんたちの力強い表情がアップで描かれるだろうが、コマ全体の約四分の三を占めるのは悪魔くんたちの傍らの大木であり、悪魔くんたちは左下の真ん中寄りにポツンと描かれている。無論、悪魔くんたちの顔も小さく描かれるのみでほとんど無表情に等しい。定式を故意にずらした感があるこの一コマからは、大手雑誌に活躍の場を移す作者・水木の「だいじょうぶだよ」と自己を励ましつつ、「そうだといいのだが……」と一抹の不安を抱かざるをえない複雑な心境、そして、そうした葛藤を抱いた人間の卑小さに対する達観までも読み取れるだろう。

悪魔くんが世界平和のためにあえて悪魔と契約を結んだのと同様に、メジャー媒体に進出した水木も商業主義という悪魔との関わりを深め、多忙のなかで『少年マガジン』以外の大手雑誌にも作品を発表していく。少し前までの水木は「ただ目先で売れるということだけを目標にしてそれを唯一の価値としてこの劇画をかく作家の多い現状では真の劇画の発展はないだろう」、「単に商品として画いているだけなんだ」などと、他のマンガ家たちの商業主義への安易な迎合を厳しく批判していたのだから、メジャー媒体の単なる売れっ子作家に収まってしまっては、言行の不一致を糾弾されることになりかねないし、また、そうした地位に甘んじることは、「幻想的なリアリズム」「現代の〝おとぎばなし〟」などと称賛したジャーナリズムに対しても、背信的な態度となるだろう。とはいえ、従来の活躍の場としていた貸本マンガ界は既に壊滅しつつあり、不惑を過ぎて妻子も抱えていた当時の水木は、商業主義に呑み込まれることの危うさを承知のうえで、自己の新たな活躍の場をメジャー媒体に求めていくしかなかった。それは「商品」と「自分のもの」との狭間に、表現者として生き抜く可能性を切り開くことであったと捉えられる。もっとも、現実問題としては、急激に多忙化した水木には自己を省みる余裕すらなかったかもしれない。

4　巻き起こる「妖怪ブーム」

「悪魔くん」の第一期連載終了後の水木しげるは、『週刊少年マガジン』昭和四十一年三月二十日号で画報「日本の大妖怪」を担当し、そのなかのイラストでは、柳田國男『妖怪談義』（修道社　昭和三一・一二）巻末の「妖怪名彙」に名前が挙がった妖怪である、「一反もめん」「子なきじじい」「すなかけばばあ」を描くなど、柳田民俗学に基づく妖怪像を積極的に提示するようになる。断続的に掲載されていた「墓場の鬼太郎」は、「妖怪大戦争」（昭和四一・四・一七―同・五・八）や「大海獣」（昭和四一・五・二二―同・七・三）などのエピソードで活劇色を強め、その一方で『週刊少年マガジン』のライバル誌『週刊少年サンデー』では、妖怪を題材とした絵物語「ふしぎなふしぎなふしぎな話」（昭和四一・六・五―四二・三・二六）が連載され始める。この年の秋からは東映制作のTVドラマ「悪魔くん」（昭和四一・一〇・六―四二・三・三〇）の放送が始まり、それと連動して娯楽性を増した第二期「悪魔くん」（『週刊少年マガジン』昭和四一・一一・一三―四二・四・一六）も連載される。このメディア・ミックスに基づく「悪魔くん」のヒットが、やがて東映動画制作のTVアニメ「ゲゲゲの鬼太郎」（昭和四三・一・三―四四・三・三〇）につながるのである。周知のように、「ゲゲゲの鬼太郎」は大ヒットして「妖怪ブーム」が巻き起こるなかで、[23]水木も「妖怪マンガ」の第一人者として知れ渡っていくことになる。

講談社児童まんが賞を受賞した後の水木が、「妖怪マンガ家」として高い人気を得てブームの中核となる過程は、久しく続いた雌伏の日々を補う華々しい快進撃のようにも映る。だが、「大人にも読めるマンガ」の可能性に挑戦しようとしていた水木にとっては、ユニークな妖怪たちを創出する「妖怪マンガ家」として評価されることが、必ずしも自己の意欲を充分に満たすものではなかった節もある。実際、「妖怪ブーム」の最中の水木は福田義之・佐々木守を脚本協力者として迎え、総合雑誌『宝石』に、鬼太郎がベトコンを助けて米軍と戦う「ドキ

ュメント劇画　鬼太郎のベトナム戦記」（昭和四三・七―同・一二）を連載する。この「妖怪ブーム」を内側から食い破るような異色の試みは、掲載誌側の依頼に応じたというだけでなく、メジャー・デビュー前後の時期の挑発的な主張の継承でもあっただろう。荒唐無稽とも見える試みだが、『宝石』昭和四十三年九月号の「宝石らうんじ――読者の声――」には、政治問題や社会問題を扱った記事に対する反響に交じり、三十三歳の自由業の男性の「こうしたドキュメント劇画によって、戦争の無気味さ、むごさを改めて思い出し、あるいは知ることは大切である」という意見が掲載されている。「妖怪ブーム」のただなかであえてベトナム戦争を題材とした水木の挑戦は、総合雑誌の「大人」の読者からも肯定的に受け止められていたようである。

水木が「創り出した」妖怪たちは不気味ななかにも親しみやすく形象化され、ときとして心地良いノスタルジーをもたらす存在でもあるが、かつて「妖怪ブーム」前夜の水木が同時代の社会状況と対峙するなかで、マンガというジャンルの可能性を追求して試行錯誤を重ね、おそらくはそうした同時代を捉える真摯な姿勢ゆえにこそ、メジャー媒体への進出が社会的な注目も得たことは見落とせない。水木の「妖怪マンガ」は時代を乗り越えて享受される魅力を宿す一方で、同時代との相関を踏まえて読解されるべき側面も大きいのである。「妖怪ブーム」前夜の水木をめぐる状況をたどり直すと、「妖怪マンガ」の第一人者がブーム以前に目指し、また、ブームのなかで見え難くなってしまった別の可能性が浮かび上がる。その可能性を受け止めることは、水木の「妖怪マンガ」の本質を考察して文化史的な意義を見極めるためにも、重要な手続きの一つとなるだろう。

注

（1）京極夏彦「妖怪という発明――水木しげるの妖怪画」（『水木しげる記念館　公式ガイドブック』、朝日新聞社　平成一五・三）

（2）『読売新聞』「放送塔から」（平成二二・一〇・三）に紹介された「千葉県の主婦、蓮実潤子さん（五六）」の投稿。

（3）水木しげる『ねぼけ人生〈新装版〉』（ちくま文庫　平成一一・七）
（4）長井勝一『ガロ編集長』（ちくま文庫　昭和六二・九）
（5）注（4）に同じ
（6）もっとも、『ガロ』創刊当時に水木が発表していた作品全般を見渡すと、量的には「怪奇マンガ」や「戦記マンガ」も多いので、『ガロ』『忍法秘話』に「忍者マンガ」が集中しているのは、発表媒体を意識したうえでの戦略と考えられる。
（7）「東真一郎」は水木が貸本マンガ時代から用いていたペンネームであり、例えば、『怪奇猫娘』（緑書房　昭和三三）や『地獄の水』（暁星書房　昭和三三）が東名義である。水木の本名の「武良茂」も貸本マンガ時代から用いられている。
（8）例えば、『漫画主義』創刊号（昭和四二・三）は「つげ義春特集」を組んでいるが、そのなかで梶井純「子どもマンガにおける〈生〉の論理――つげ義春の場合――」は、つげが『ガロ』昭和四十一年二月号に発表した「沼」について、「これはもうマンガあるいは劇画の範疇からは大きくはみ出ている」などと高く評価している。
（9）水木は『週刊漫画アクション』創刊号（昭和四二・八・一〇）には、「日本の民話シリーズ①・役の行者」を発表している。
（10）水木は『ビッグコミック』創刊号（昭和四三・四）には、「世界怪奇シリーズ・妖花アラウネ」を発表している。
（11）例えば、山口昌男「子どものためのマンガから――独断的俗悪マンガ論――」（『日本文学』昭和三五・六）は、白土のマンガの特色を詳細に論じ、「評者の如きナイーブな感覚の《（ママ）》持ったオトナをも惹きつけるところがある事は確かである」と述べている。
（12）注（3）に同じ
（13）注（3）に同じ
（14）「W3事件」については当事者の証言である注（15）（16）の著書の他、大野茂『サンデーとマガジン　創刊と死闘の15年』（光文社新書　平成二一・四）、足立倫行『妖怪と歩く――ドキュメント・水木しげる――』（新潮文庫　平成二二・四）でも言及されている。

（15）宮原照夫『実録！少年マガジン名作漫画編集奮闘記』（講談社　平成一七・一二）
（16）内田勝『「奇」の発想　みんな『少年マガジン』が教えてくれた』（三五館　平成一〇・六）
（17）『別冊少年マガジン』に発表されたエピソードの肩書きも、同時期の『週刊少年マガジン』に発表されたエピソードの肩書きに準じている。
（18）注（16）に同じ
（19）注（15）に同じ
（20）武良布枝『ゲゲゲの女房』（実業之日本社　平成二〇・三）
（21）権藤晋『ガロを築いた人々　マンガ30年私史』（ほるぷ出版　平成五・四）
（22）第二回でも「講談社児童まんが賞受賞第一作の異色怪奇まんが」と謳われるなど、全五回の連載を通して「講談社児童まんが賞受賞第一作」であることは強調され続ける。
（23）六〇年代後半の「妖怪ブーム」については、高橋明彦「猫目小僧と妖怪ブーム　一九六八年の『少年キング』と少年的知識」（小松和彦編『妖怪文化の伝統と創造――絵巻・草紙からマンガ・ラノベまで』、せりか書房　平成二二・九）や京極夏彦『妖怪の理　妖怪の檻』（角川文庫　平成二三・七）が、水木から離れた場での動向も視野に入れて詳細に論じている。

※本論は科学研究費補助金萌芽研究「現代日本における「オカルト」の浸透と海外への伝播に関する文化研究」（研究代表者・一柳廣孝　平成二〇―二二年度）での報告「「妖怪マンガ」以前？――水木しげるメジャー登場時の受容状況」（工学院大学　平成二一・四・五）に基づく。なお、文献の引用に際して不必要なルビは省略してある。

第7章　一九七〇年代の「妖怪革命」——水木しげる『妖怪なんでも入門』

1　「妖怪ブーム」と水木しげる

「世界で唯一の妖怪マガジン」を自称するムック「怪」（角川書店）が、一九九七年十月の創刊から順調に刊行され続け、二〇〇五年八月には、「怪」を製作母体とした映画『妖怪大戦争』（『妖怪大戦争』製作委員会）も公開されてヒットするなど、「妖怪ブーム」の盛り上がりは新世紀を迎えてもなお根強い。無論、ブームの中心人物は人気マンガ「ゲゲゲの鬼太郎」シリーズの作者として知られ、「怪」誌上でも「世界妖怪協会会長」として活躍する水木しげるである。小松和彦が「近年の妖怪への関心の高まりのきっかけになったのは、水木しげるの妖怪画の人気であった(1)」と捉えるように、昨今の「妖怪ブーム」は、水木の数十年来の画業が幅広い享受層に浸透した結果という側面が大きい。逆にいえば、現代人が抱く「妖怪」像は水木が提示してきたそれに等しいだろう。実際、小松は「おそらく、現在もっともわかりやすい説明は、妖怪とは水木しげるが妖怪と総称している絵画群に描かれているたくさんの異形の者たち、という説明かもしれない(2)」とも述べている。

水木の活動のなかで「妖怪」が登場するマンガや「妖怪」を題材とする画集、「妖怪」について語ったエッセーなどの数は膨大な量に達する。だが、水木「妖怪」の浸透という問題に論点を絞った場合、最も重要な著作として注目すべきは、一九七四年に小学館から刊行された『妖怪なんでも入門』（図1）である。「小学館入門百科

図1　『妖怪なんでも入門』
（国立国会図書館国際子ども図書館所蔵）

シリーズ」の一冊として刊行された同書は、多田克己が「数十万以上もの人びとに読まれた大ロングセラーです。この本によって初めて妖怪のことがわかった、妖怪のことが好きになった、という人は少なくありません[3]」と説くように、年少読者層には時代を超えて読み継がれ、一定の世代以下の現代人に対して「妖怪」像の一つの規範を提示してきた。二〇〇四年にやはり小学館から『水木しげる　妖怪大百科』（図2）として復刻されたことは、同書の根強い人気を物語っているだろう。一九七四年は新戸《しんど》雅章が「日本におけるオカルト元年[4]」と呼ぶように、七〇年代のオカルトブームの一つの頂点となった年だが、現代まで続く「妖怪ブーム」の重要な節目の年でもあったことになる。

本論では『妖怪なんでも入門』という書物の位置付けを見定め、そこに提示された「妖怪」像を検討することで、水木が主導し続けてきた「妖怪」文化の本質について考察したい。なお、最初に確認すれば、『妖怪なんでも入門』は水木しげるの著作物ではあるが、同書中の文章やイラストがすべて水木自身のものという保証はない。そもそも、水木は一九六〇年代半ばには既にプロダクション制を用いていた。例えば、つげ義春や池上遼一が初期の水木プロで働いていたことは有名である。とはいえ、同書巻頭（一〇ページ）に水木の写真が「まんが「ゲゲゲの鬼太郎」その他、戦記もの、妖怪ものに関する多数の著書がある[5]」という説明文を伴って掲載されているように、同書は「ゲゲゲの鬼太郎」の作者・水木の著作物として刊行され、それゆえにこそ、七〇年代以降の水木「妖怪」の浸透に際しては重要な役割を担ってきた。したがって、本論でも同書に対する水木の直接的な関与の問題については、当該個所の直接の担当が水木本人以外の可能性があっても特に詮索せず、同書が水木の著作物として（水木の名の下に）流布したことを重視して論を進めることにする。

2　水木「妖怪」のライバルたち

先に「現代人が抱く「妖怪」像は水木が提示してきたそれに等しいだろう」と述べたが、無論、「妖怪」は必ずしも水木しげるの専売特許であったわけではない。水木が雑誌マンガ界に登場して人気作家となった一九六〇年代後半には、「妖怪」が児童文化全般を通じて一大ブームとなるなかで、水木以外のマンガ家も相次いで「妖怪マンガ」を発表していた。水木「妖怪」が規範と化す以前のこの時期、「妖怪」像には作家によって若干の相違もあり、それらは現在浸透しているような水木「妖怪」と必ずしも合致してはいない。本節では、七〇年代以降に浸透する水木「妖怪」の特性を捉えるための前提作業として、六〇年代後半から七〇年代前半にかけての代表的な「妖怪マンガ」を概観し、水木のライバルたちが提示していた（そして、結果的には水木「妖怪」に敗北していった？）「妖怪」像の諸相を確認したい。誤解のな

図2『水木しげる　妖怪大百科』

いように注記すれば、以下の「妖怪」像の分析は各マンガの作品評価とはまったく別の問題である。

まずは、戦後マンガを牽引し続けた巨匠・手塚治虫の「どろろ」[6]から取り上げよう。同作は四十八匹の「妖怪」（作中では「魔神」「魔物」などの呼称も用いられる）によって身体部位を奪われた少年・百鬼丸が、「妖怪」を倒して自己の身体を回復するというストーリーであり、百鬼丸が旅先で出会った孤児・どろろに対して自己の境遇を語る場面で、どろろが「水木しげるにきかせたいな」（一九六七年十月八日号八二ページ）という台詞を発してもいるように、水木の「妖怪マンガ」が意識されていたことはかなり明白である。ただし、夏目房之介は「水木マンガの妖怪と『どろろ』の妖怪をくらべてみると、水木マンガの妖怪は本当に妖怪で、人間とは切れた異界のものですが、手塚の妖怪は人間的です。（略）怨念とか、思い残しとか、人間の要素の変形したものが、手塚の妖怪なんです[7]」と指摘している。また、京極夏彦も「妖怪マンガ」としての「どろろ」の異質性について、『『どろろ』がどこか妖怪漫画らしくない佇まいなのは、やはり作者である手塚の顔が透けてしまうこと――テーマ性、ドラマ性が前面に押し出されていること――手塚作品として完結してしまっていることに由来するのでしょう[8]」と説く。

実際に作品に即するならば、「人間の要素の変形したものが、手塚の妖怪」という夏目の規定は極論にすぎる。「どろろ」には確かに、女性の身体に「妖怪」が憑いて下半身が怪物化した「万代《ばんだい》」や、生き埋めにされた僧の化身である「四化《しけ》入道」も登場するが、例えば、貴婦人の姿をした「まいまいおんば」の正体は巨大な蛾であり、そのほかカビや鮫や刀が「妖怪」化した例もある（「四化入道」も厳密には僧の「魂魄」と四種の動物の「精気」との混交体）。もっとも、「テーマ性、ドラマ性が前面に押し出されている」という京極の作品評は、これらの非人間系の「妖怪」が登場するエピソードにも該当する。「まいまいおんば」が登場する「地獄変の巻」にしても、相手の正体が「妖怪」と知って愛し続ける郷士・鯖目《さばめ》の妄執や、百鬼丸と協力して「まいまいおんば」を倒した村人たちが翌日には、「あの百鬼丸ってこぞうは、人間じゃねえな」「あいつも妖怪だから、妖怪を退治できたんだろう」（六八年六月二日号一四九ページ）と変心するエゴイズムが前面化されている。あえて単純化するならば、

「どろろ」での「妖怪」は「テーマ性、ドラマ性」に従属する引き立て役である。手塚独特のグロテスク嗜好によって見事に視覚化された「妖怪」も、しょせんは人間の暗部を照射するための隠喩的な存在にすぎないという意味では、夏目の「手塚の妖怪は人間的」という規定は正鵠を射ている。

「恐怖マンガ」の大家・楳図かずおの「ねこ目小僧」(9)の場合も、「妖怪」が「人間的」ということでは「どろろ」の例に近い。同作は「猫又」の子として生まれたにもかかわらず、容貌が人間に似すぎた「かたわ」という理由で捨てられたねこ目小僧が、放浪先で奇怪な事件に巻き込まれるというストーリーである。作中の「妖怪」像に目を向けると、例えば、「みにくい悪魔」に登場する「妖怪博士」と名乗る怪人物は、生命の創造を夢みて脳の移植手術をするマッド・サイエンティスト（つまり、「妖怪博士」自身は普通の人間）だし、「妖怪肉玉《にくだま》」の「肉玉」と呼ばれる「妖怪」は、目撃者の体内にあったガンの一種の実体化であったとされる。そして、特に注目すべき設定をもつのが、「小人の呪い」に登場する異形の者たちの集団「妖怪百人会」である。すなわち、同会の「会長」である「小人様」は「世間のまともな人間からつまはじきされたものばかりがよりあつまってこしらえた会だ」（六八年八月四日号一一〇ページ）と言い、ねこ目小僧から「するとおまえらもふつうの人間だというのか」（同前、一一一ページ）と尋ねられると、「そうだ!!」「ただみにくく生まれたばかりに人々は妖怪あつかいするのだ！」（同前、一一一ページ）と応じる。さらには、「この世に妖怪なぞというのはいないのだ／いるのは人間だけだ」（同前、一一二ページ）とも主張する。

「妖怪」は存在しないという「小人様」の主張が正しいならば、「猫又」という「妖怪」の子であるねこ目小僧の存在自体に矛盾が生じるが、瑣末な（？）詮索はさておくとして、この台詞からは、「妖怪」より人間の暗部に興味をもつ楳図の立場が見て取れる。実際、楳図はのちに「『猫目《ママ》小僧』の時は、人間の生活の裏側を見ようというのがテーマだったから、妖怪マンガにはなっているけれど、あの頃、水木しげるさんなんか妖怪をかいてブームだったから、いくぶん、そのスタイルは入れたけれど、人間生活の裏側を見ようというのが目的だった」(10)とも語っている。この「小人の呪い」の後半では、「百人会」の「妖怪」たちは「小人の目の力でつくられた」

「まやかし」（六八年十月二十七日号一三二ページ）という正体が明かされ、当の「小人様」の正体は、「いつまでたっても知能が発達しない」（六八年十一月三日号九二ページ）少女の額に目が一つ生じたものとされる。少女には双子の姉がいたのだが、「じぶんのまともなふたごの姉妹を憎むあまりにあんなことをしていた」[11]（同前、一〇一ページ）というのである。やや強引とも見える結末だが、姉に対する一方的な憎悪（姉の方は不幸な妹をひたすら慈しみ続ける）が「妖怪」を生み出す起爆力になっていたという結末は、「人間生活の裏側」を見ることがテーマだったという構図にふさわしい。

　右のような人間の暗部を照射する存在としての「妖怪」像に対し、一九七〇年代に入って戦後生まれの諸星大二郎が発表した「妖怪ハンター」[12]では、神話や伝説を背景として「妖怪」の新たな解釈が試みられている。同作の主人公・稗田礼二郎は異端の考古学者という設定であり、民俗学の知識も取り込んだ作品世界は水木のマンガとも部分的に近似する。とはいえ、「妖怪ハンター」に登場する「妖怪」像も水木「妖怪」とはやはり異質である。例えば、最初のエピソード「異端の研究者」では「ヒルコ」と呼ばれる怪生物について、「あれは地球に最初の生命が生まれたのと同時に　あらわれたのだ」、「かれらは　古来いろいろな名前でよばれてきた　ヒルコ　悪魔　鬼　妖怪　もののけ　小人……と」（七四年九月九日号九八ページ）と説明されている。

　こうした擬似科学的な「妖怪」像は、「帰ってきた死人」というエピソードでより強く押し出されることになる。同エピソードでは「この世界へ侵入しようとたえず　ねらってる異生物たち」（七四年九月三十日号一六六ページ）が、「反魂の術」で再生された「魂のない死体」（同前、一六六ページ）に入り込む。この「異生物たち」は「妖怪とよばれている擬似生命」（七四年十月七日号一七九ページ）とされ、人間の属する生命系統も「疑似生命」のそれも、「地球の誕生とともに存在した巨大な超生命体」（同前、一七八ページ）から発生したという設定になっている。その世界観は壮大であり、人間と同一起源で進化系統は別の「擬似生命」という「妖怪」像も面白い。ただし、そうした大胆無比な「妖怪」像は独自の世界観を構築する一方で、「妖怪」像を一義的に狭めてしまいかねない危険も伴う。少なくとも、水木「妖怪」のようなバリエーションの魅力はそこでは排除されるだろう。

京極の「どろろ」評に倣うならば、「妖怪マンガ」としての「妖怪ハンター」は「諸星作品として完結してしまっている」のであり、それかあらぬか、諸星自身も「帰ってきた死人」を最後として「妖怪ハンター」の連載をいったんはやめて、のちにはこのエピソード自体を一時的に封印することになる。[13] そして、「妖怪ハンター」が登場して一時退場したのと同じ一九七四年に刊行され、以降の「妖怪」像を決定付けたのが『妖怪なんでも入門』である。

3　水木「妖怪」確定化への道

前節では「どろろ」「ねこ目小僧」「妖怪ハンター」という、一九六〇年代後半から七〇年代前半にかけての代表的な「妖怪マンガ」を概観し、各作品の「妖怪」像の特質を確認した。いずれも水木しげるの「妖怪」に慣れ親しんだ目から振り返ると、若干の違和感も抱かざるをえない「妖怪」像ではある。とはいえ、当の水木の「妖怪」像も決して最初から確固としていたわけではなかった。水木は六一年に貸本マンガ『鬼太郎夜話・地獄の散歩道』（三洋社）で、柳田國男『妖怪談義』（修道社、一九五六年）巻末の「妖怪名彙」に基づく「妖怪」を初登場させる。ただし、この貸本版「鬼太郎夜話」シリーズには、「夜叉」「吸血鬼」「物の怪《け》」「水神」「人狼《ひとおおかみ》」なども登場する。これらは確かに人間とは異なる怪物だが、「妖怪名彙」に基づく「妖怪」とも一線を画する存在として描かれている。しかも、「鬼太郎夜話」シリーズの第一作「幽霊一家」で語られる鬼太郎の素姓は、人類以前から地球上に住んでいた「幽霊族」の末裔なので、鬼太郎も「妖怪」とは異質の存在として設定されている（ただし、鬼太郎は「妖怪」たちのパーティーに招かれてはいる）と見なされる。すなわち、貸本版「鬼太郎夜話」シリーズの時点では明確に「妖怪」とされる存在は、「妖怪名彙」に基づく「妖怪」たち以外に登場してはいない。「鬼太郎」シリーズは一九六五年以降、「墓場の鬼太郎」として「週刊少年マガジン」（講談社）などに発表される（六七年途中に「ゲゲゲの鬼太郎」に改題。「鬼太郎」シリーズのなかで最もメジャーなのはこの時期のもの[14]）。だが、この時期に至ってもまだ作中で「妖怪」像が確定されているとは言い難い。それどころか、京極夏彦は「初期の鬼太郎の敵は所謂妖怪ではない[15]」、「初期の鬼太郎の敵は遍《あまね》く妖怪に似た〝特殊な生物〟という定義を大きく逸脱するものではない[16]」と指摘している。さらに、単発発表から連載に転じた中期以降（六七年五月七日号―）の敵についても、「どれも怪物ではあるが、厳密な意味で妖怪ではない。（略）せいぜい怪生物程度の呼び方が適当であろう[17]」と説く。無論、「厳密な意味」を追求するならば、どのエピソードに登場するのが「妖怪」にあたるかという区分けも困難だが、「週刊少年マガジン」から「週刊少年サンデー」（小学館）へと媒体を変えながら七一年まで発表され続けた「ゲゲゲの鬼太郎」のなかで、「妖怪」の定義が必ずしも明確でないのは京極の指摘するとおりである。その意味では、「妖怪マンガ」の代表作として定評のある「鬼太郎」シリーズでは、意外にも作中の「妖怪」像は確定されていなかったといえる。

　もっとも、水木は『妖怪なんでも入門』[18]刊行以前にも雑誌の画報などで「妖怪」を描き、そのつど自己の「妖怪」像を提示してきたので、水木「妖怪」の確定化をたどるにはそれらも視野に入れる必要がある。例えば、一九六六年に「週刊少年マガジン」三月二十日号に掲載された「日本の大妖怪」は、水木のその種の仕事のなかでも最も早いものと推測される。これには「日本のびっくり妖怪地図」という、『妖怪なんでも入門』やそのほかの類似書には定番の企画もある（ただし、この画報では一ページだけ）し、何より興味深いのは、「深夜の墓場にあつまる妖怪たち」と題したイラスト（図3）に、「妖怪名彙」にも名前などがあげられていた「一反《いったん》もめん」「ぬりかべ」「火取り魔」「そで引き小僧」「子なきじじい」「すなかけばばあ」「べとべとさん」「すねこすり」が描かれていることである。この直後から「墓場の鬼太郎」のエピソード「妖怪大戦争」（一九六六年四月十七日号―五月八日号）にも登場し、やがて「鬼太郎」シリーズのレギュラーとして高い知名度を得ていく「一反もめん」「ぬりかべ」「子なきじじい」「すなかけばばあ」は、ほとんど現行どおりの馴染み深いデザインだが、ほかの四体はのちの『妖怪なんでも入門』などのデザインとは大きく異なり、水木「妖怪」の視覚化に向けての

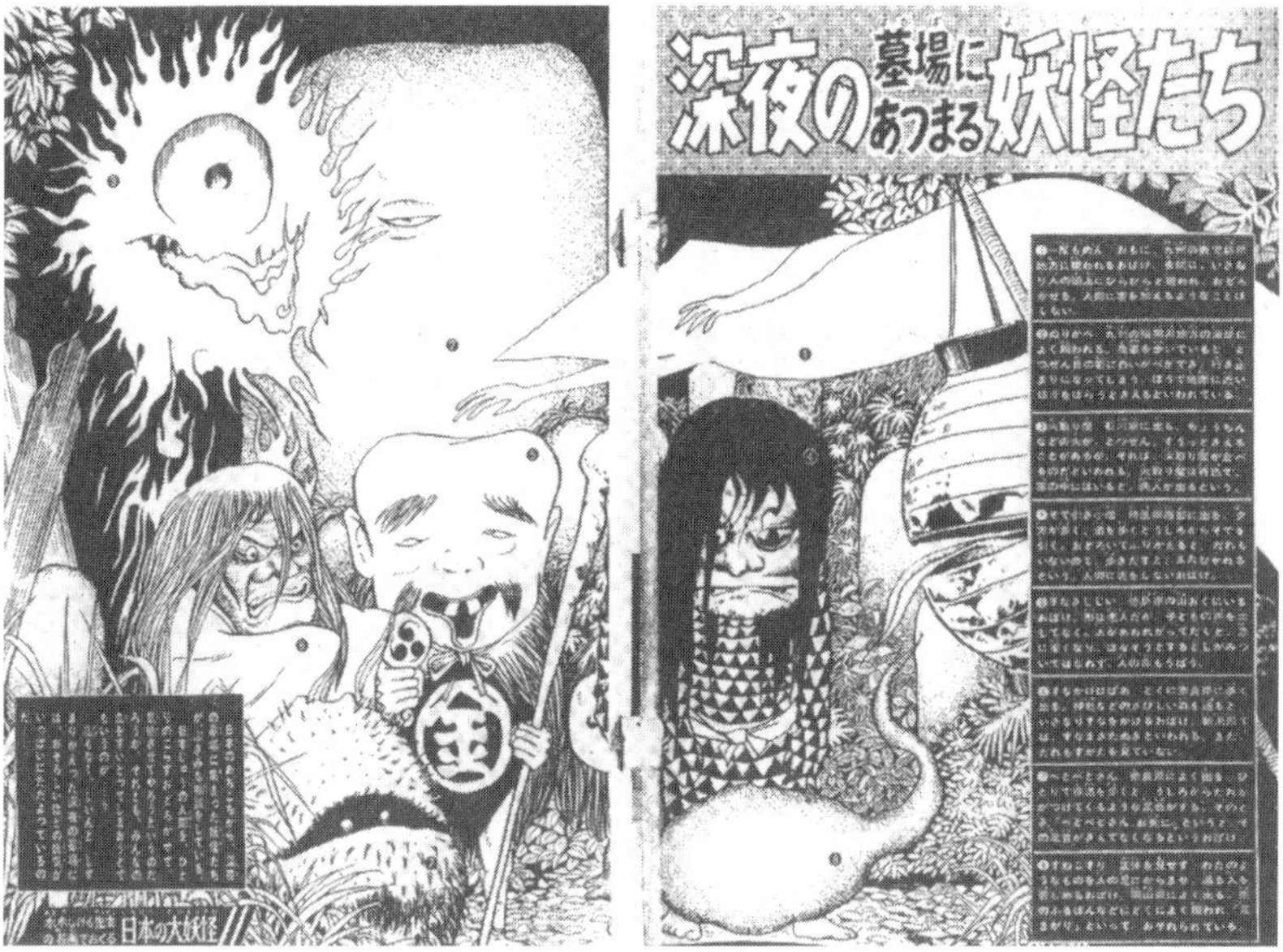

図3　「日本の大妖怪」（「週刊少年マガジン」1966年3月20日号）から。
「子なきじじい」の右隣の「そで引き小僧」や右下の「すねこすり」は後年のデザインと異なる

試行錯誤の跡が見て取れる。

これ以降も水木は、「世界の大妖怪」（「週刊少年マガジン」一九六六年五月一日号）や「墓場の鬼太郎・妖怪大作戦」（同誌一九六六年九月十八日号）などの画報で「妖怪」像を提示し続け、さらに、「週刊少年サンデー」では「ふしぎなふしぎなふしぎな話」と題した絵物語も連載する（一九六六年六月五日号―六七年三月二十六日号）[19]。これは「水木しげる先生が、長いあいだ研究してきた、世界じゅうの、ふしぎな話、ぶきみな話」という触れ込み（第一話「魚石《ぎょせき》」）だったが、実際には第三話「座敷童《わらし》」以降、基本的には日本の「妖怪」のイラストとその解説によって構成されていく。同連載での「妖怪」画には、『妖怪なんでも入門』などののちの水木の著作物の基になったものも多く、「妖怪」画家としての水木を捉えるうえでは重視されるべき仕事である。それらを経たのちの「墓場の鬼太郎・大妖怪ショッキング画報」（「週刊少年マガジン」一九六七年六月十八日号）は、水木「妖怪」の確定化に向けての一つの結節点と位置付けられる。すなわち、そこでは「鬼太郎の

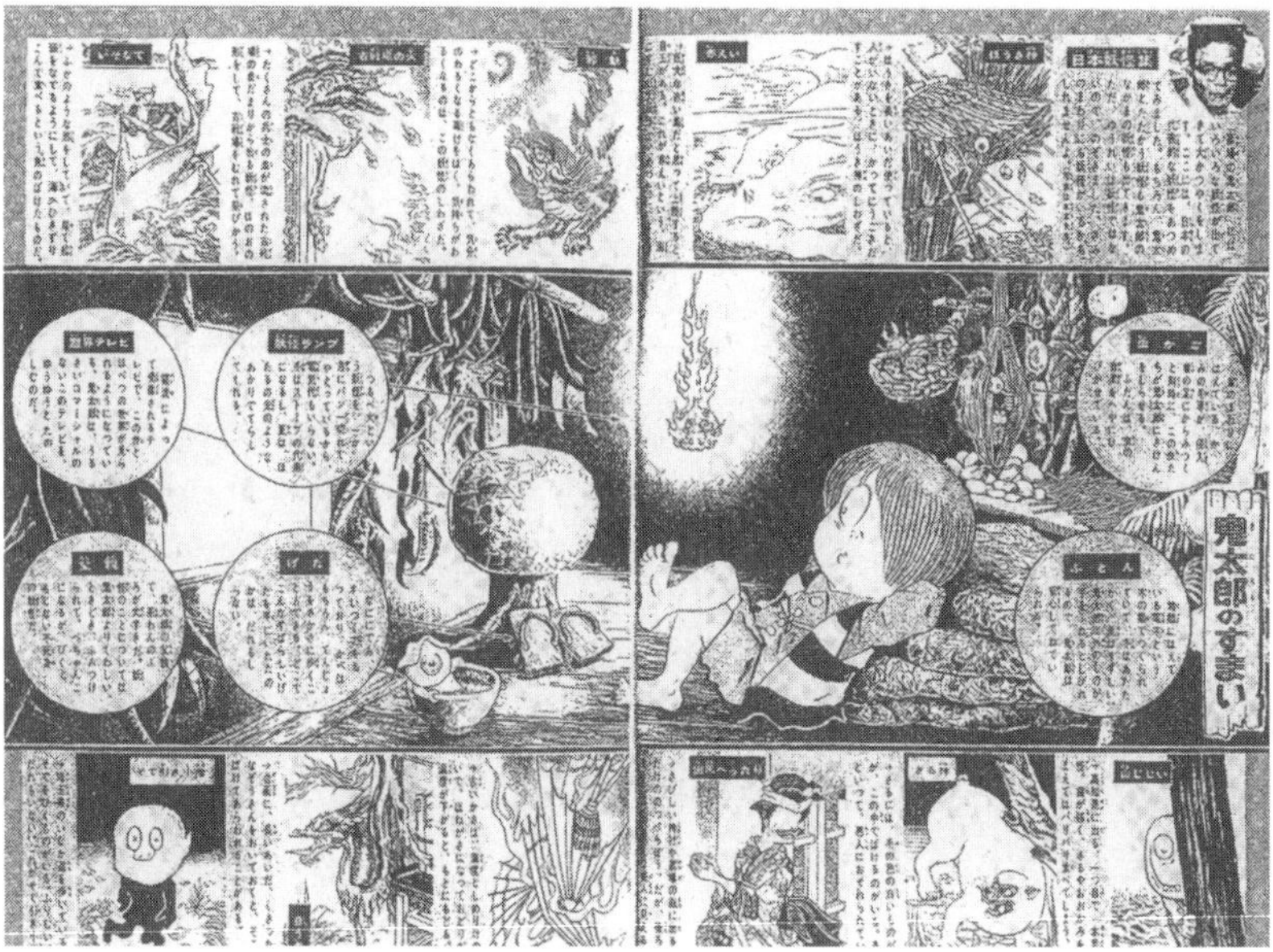

図4　「墓場の鬼太郎・大妖怪ショッキング画報」
（「週刊少年マガジン」1967年6月18日号から。下段左隅の「そで引き小僧」に注目）

よび出し方」「鬼太郎のすまい」などの図解とともに、「日本妖怪集」と題して「妖怪」画と解説が八十三点も掲載されている（図4）。「妖怪」画は簡略なタッチのものが多いが、各「妖怪」のデザインなどは『妖怪なんでも入門』収載のものにも近く、水木「妖怪」はこの時点でかなりの部分が確定されていたようである。

続いて一九六八年に入ると、水木は「週刊少年マガジン」九月十五日号に「五年間にわたって水木先生がかきあげた妖怪名画を特別大公開！」と謳われた画報「水木しげる日本妖怪大画集」を発表したうえで、「週刊少年マガジン」十二月八日臨時増刊号として『水木しげる日本妖怪大全』を刊行するに至る。京極が「この『日本妖怪大全』が「決定版」であったことは疑い得ない事実です。掲載された九十八種類（表紙を入れれば九十九種類）の「妖怪」はスタンダードとして大衆に受け入れられ、紛れもなく「定着」したのです」[20]と説くように、同書はこの時点での水木の「妖怪」画の集大成であり、水木「妖怪」が浸透するうえでの「スタンダード」の一つともなったはずだが、特に注目したいのは、同書巻頭（四ページ）の「妖怪画集について」という水木の文章である。ここで水木は、「妖怪」を描くに際して「江戸時代の絵かき」鳥山石燕《せきえん》の画業や、「民俗学の本」を参照したことなどにも触れながら、「どうしても形のわからない妖怪は、ぼくが創作し、形があるものでも、なにをする妖怪かわからないものは、ぼくが考えたりした。／しかし、なるべく、むかしの日本人が考えていたような妖怪を再現してみようというのが、ぼくの考えだった」と「妖怪」画家としての自己の姿勢を宣言し、さらに、「妖怪の中に、むかしの人々の気持ちが、いろいろこめられている気がしてならないからだ」と述べている。

こうした「むかしの人々の気持ち」の反映を志向した「妖怪」像こそ、水木「妖怪」の最大の特質であることはいうまでもない。無論、これは水木の提示する「妖怪」像が実際に、「むかしの人々の気持ち」を体現しているかどうかとは別問題である。だが、水木が日本古来の伝統的な感性のなかに「妖怪」を位置付けたことは、自己の描き出すキャラクターを流布させるための戦略として有効であり、その結果、水木「妖怪」はほかのマンガ家の「妖怪」にはない浸透力を獲得した。既に『鬼太郎夜話・地獄の散歩道』でも、「妖怪」たちは「日本に古来から我々人間に知られずにこうして生息している」[21]と説明されていたし、当然、水木が影響を受けた柳田國男の民俗学にまで遡行される問題だが、水木が一九六〇年代後半から特に「妖怪」の伝統的な側面を強調することで、自己の「妖怪」像を打ち出しているのは注目すべき事実といえる。[22]これが柳田の「ブーム」的な再評価と時期的に重なっていることは、決して単なる偶然ではないだろう。

一九七〇年代に入ってからの著作物である『妖怪なんでも入門』でも、巻頭（一〇―一一ページ）の「妖怪のあじわいかた」という文章には、「妖怪というのは昔の人がつくったお化けで、妖怪をみていると昔の人の気分とか気持ちがよくわかる」、「妖怪はおそろしいとともに、われわれのおじいさんのそのまたおじいさんの時代の気分とか、感じをよく出していると思う」、あるいは、「昔の人の気持ちがおそろしい妖怪をたくさん生ませたのである」などとある。ここでは「妖怪」は、「昔の人の気分とか気持ち」といった伝統的な意識と明確に結び付けられている。「入門百科シリーズ」という出版物の性格上、「妖怪」を通じての教育的配慮が意識された可能性もあるが、その場限りの方便ではなく、むしろ、水木「妖怪」の積極的な戦略概念にほかならなかったことは、『水木しげる日本妖怪大全』巻頭の「妖怪画集について」の例にも明白だろう。ちなみに、水木は『妖怪なんでも入門』刊行の前年には日本民俗学会に入会してもいる。

こうした水木「妖怪」の戦略的な特性は、一九七二年に刊行された佐藤有文『日本妖怪図鑑』(ジャガーバックス、立風書房)との対比からも捉えられる。京極が「各種「妖怪」画報・図鑑の成果を網羅的に吸収、整理し、けれん味たっぷりに纏めた」[23]と評する同書は、二年後の『妖怪なんでも入門』にも多大な影響を与えていると目される。[24]ただし、同書巻頭(二―三ページ)の文章「日本の妖怪について」には、例えば、「ふしぎな超能力や魔力、変身の術をもっている妖怪は、なんと千年以上も昔から日本にすんでいましたが、じつは、いま大流行しているSF小説やマンガの主人公たちの先祖にあたるのが妖怪なのです」とあった。「千年以上も昔から日本にすんでいました」という伝統的な側面も押さえられているとはいえ、ここでの主眼はむしろ、「ふしぎな超能力や魔力、変身の術をもっている」という、「いま大流行しているSF小説やマンガの主人公たち」に通じるキャラクターとしての面白さに置かれ、水木「妖怪」で力説されている「昔の人の気分とか気持ち」とのつながりなどは、ほとんど重視されることがない。実際、『日本妖怪図鑑』という書物は良くも悪くも、多彩なキャラクターとしての「妖怪」たちの紹介に徹している。逆にいえば、『妖怪なんでも入門』は「妖怪をみていると昔の人の気分とか気持ちがよくわかる」などと「妖怪」の民俗学的価値を声高に称揚することで、「妖怪」に単なるキャラクター以上の(学術的な?)権威を付与したのである。

4 「再現」された「妖怪」たち

『妖怪なんでも入門』は全七章によって構成されるが、「第1章」は「妖怪を知る7つのポイント」という総論になっている。京極夏彦はこの「第1章」について、「ここで、水木はほぼ初めて「妖怪」とは何かという問い掛けに、（ゲゲゲの鬼太郎の作者としてではなく）解答しているのです[25]」と指摘したうえで、特に、「第1のポイント　妖怪とはどんなものだろう!!」の「私は、昔の絵などを参考にしたり、創作したりして、「妖怪談義」のなかのものを絵にした。／「鬼太郎」のなかで妖怪を創作したのも三十ばかりあるが、妖怪は、ほんらい、怪獣なんかのように創作されるべきものではないと思う。／妖怪は、昔の人の残した遺産だから、その型を尊重し、後世に伝えるのがよい」（一七ページ）という記述（これは無論、『水木しげる日本妖怪大全』「妖怪画集について」の変奏である）に着目し、「通俗的「妖怪」の成り立ちは水木のこの文に集約されています[26]」と注意を促すが、京極が言及していない「第2のポイント」以降にも、水木「妖怪」の特質が表れた記述は随所に見られる。その例として注目したいのは、まず、「第3のポイント　妖怪はどこにすむのだろう!!」で「妖怪は妖怪的ふんいきのある場所ならどこにでもすむ。ただコンクリートとか電車のなかとか、人工のかぎりをつくした場所とか、現代科学のすいを集めたような場所には出ない」、「現代では、妖怪の味をあじわうなら、やはり山のなかだろう」（二〇ページ）と述べられていることである。

　これは一見、なんらの奇もない当然至極の「妖怪」像として受け取られるかもしれない。同様の記述として「第7のポイント　妖怪はいまもいるのだろうか!!」には、「都会のマンションでコンクリートばかりのところに住んでいる人は、妖怪を感じられない。（略）鉄筋コンクリートでは妖怪もにげだすだろう」（二九ページ）とある。だが、一九八〇年代以降の「妖怪研究」では、むしろ、「妖怪」は都市の産物でもあるという見解が前提とされつつある。例えば、宮田登は「妖怪は、山間部や人里離れた淋しい場所に限定して出現することになって」いるという通念を批判し、「民俗学が従来集めてきた農山漁村だけでなく、町場や都心部にも不思議な空間は発見できる[27]」と主張していた。その意味では、「妖怪」を自然と結び付けて人工（都市）と対比させる水木の図式は偏頗だが、こうした図式の背景には公害問題に代表される都市社会の弊害の表面化と、それに伴う自然回帰という七〇年代的な時代相が作用してもいただろう[28]。無論、木の葉の一枚ずつまで描かれた山野にたたずむことが多い水木「妖怪」たちは、そうした自然回帰の風潮のなかで社会批評的な役割も担うことになる。

また、「第4のポイント　妖怪はなぜこわいのだろう!!」の「妖怪は、ほんらい、幽霊と違って人にうらみは持っていないから、そんなにこわくない」（一二一ページ）という記述も、水木「妖怪」の特質を捉えるうえで見落とせない。類似する内容の記述として、「第1のポイント　妖怪とはどんなものだろう!!」には「妖怪は、恐怖もあるが、あいきょうもあり、うらみなどで出るのではなく、たとえば「ざしきわらし」のように前から住みついているのだ。人間の存在に関係なく、前からそこにいたのだという感じがある」（一七ページ）とあり、「第5のポイント　妖怪はどんな能力を持っているのだろう!!」にも「妖怪は、いっぱんにこちらがむかっていかなければ、むこうから、いっぽう的に攻撃してくることはない」（二五ページ）と述べられている。本章第2節で概観したほかのマンガ家たちの描いた「妖怪」が、人間の敵であることに存在理由を置いていたのに対し、「そんなにこわくな」くて「いっぽう的に攻撃してくることはない」うえに、「人間の存在に関係なく、前からそこにいたのだという感じがある」水木の「妖怪」像は異色である。

無論、「ゲゲゲの鬼太郎」には人間の敵となる「妖怪」が数多く登場していたし、『妖怪なんでも入門』でも「第2章」以降の個別の「妖怪」の紹介のなかには、一方的に人間を襲う例はいくつも見いだせる。「ゲゲゲの鬼太郎」では「良い妖怪」の「こなきじじい」と「一反もめん」でさえ、前者は「この妖怪をだきあげると、にわかに重くなり、離そうとしてもしがみついて離れず、しまいには、その人の命をうばってしまったという」（三四ページ）とされ、後者は「夜、人をおそって、その人をぐるぐるまきにしてしまう」（一二六ページ）とされていた。とはいえ、『妖怪なんでも入門』という文字どおりの「妖怪」の入門書の総論のなかで、「妖怪」は「そんなにこわくない」と端的に宣言されたことの意味は大きい。香川雅信が現在の遠野での河童のキャラクター化などにも言及しつつ、「現代のわれわれの周囲には、こうしたかわいらしいキャラクターとしての妖怪が満ち溢れている」[29]と指摘するように、近年の「妖怪ブーム」は、水木「妖怪」やそれを規範として創出された「妖怪」たちが、「そんなにこわくない」存在であることに支えられているだろう。

もっとも、こうした人間から愛しまれるキャラクター化した「妖怪」像は、現代社会特有の商業主義との妥協の産物とばかりもいえない。香川は「江戸時代、二百五十年にわたる太平の世となったこの時代に、現代につながるさまざまな社会史的転換が起こっている。（略）そしてこの時、妖怪もまた「商品化」されたのである。それも、人間の娯楽の材料として」[30]と指摘している。その意味では、『妖怪なんでも入門』の「そんなにこわくない」水木「妖怪」とは、「娯楽の材料」としての「妖怪」を一九七〇年代に蘇らせ、現代の読者に向かって再提示したものとも位置付けられる。ただし、本章第3節で触れた民俗学的な観点を積極的に導入した戦略にも明白なように、水木「妖怪」は近世の「妖怪」の単なる反復ではない（民俗学という学問は基本的に明治維新以降の近代化の産物である）。『妖怪なんでも入門』のなかには、「妖怪の型を定着させたのは、いまから二百年前の鳥山石燕という画家だ」（一七ページ）という記述もあるが、水木は石燕たちが近世に定着させた「妖怪の型」を生かしながら、「昔の人の気分とか気持ち」との結び付きなどを戦略概念として強調し、七〇年代の社会に浸透するにふさわしい「妖怪」像を構築したのである。

京極が「水木しげるは、新しい「妖怪」概念を世間に提示したのではなく「それまで醸造されてきた妖怪概念を察知し、利用した」のです」[31]と捉えるように、それは必ずしも独創的な営為ではなかっただろう。だが、当の水木自身が「なるべく、むかしの日本人が考えていたような妖怪を再現してみようというのが、ぼくの考えだった」、「妖怪は、昔の人の残した遺産だから、その型を尊重し、後世に伝えるのがよい」などと自己の独創性を否定しているからには、それは必ずしも批判されるべきものではない。問題視されるとすれば、「むかしの日本人」「昔の人」の「妖怪」像の再現と継承を主張する水木が、「妖怪」画家として誠実であることを心がけているにしても、その「妖怪」像はあくまでも水木しげるという作家を介した「再現」であり、水木「妖怪」たちは端的にいえば、一人のマンガ家が創出したキャラクターにすぎないということである。とはいえ、ここで水木「妖怪」たちが捏造された存在であるなどと糾弾するつもりはない。むしろ、自己の捏造した「妖怪」を、あたかも伝統的な規範であるかのように浸透し果たせたことにこそ、水木のアナーキーかつしたたかな反骨精神が捉えられる。近世後期の「妖怪」の「商品化」を「江戸の妖怪革命」と呼んだ香川に倣えば、それは水木が成し遂げた一九七〇年代の「妖怪革命」であった。(32)「革命」後の時代に生きる私たちが、水木の「そんなにこわくない」「妖怪」から本質的な意味で学び取るべきは、親しみやすさのなかに潜む反骨的な「革命」意識にほかならない。

注

(1) 小松和彦「妖怪と妖怪研究——序論に代えて」、小松和彦編『日本妖怪学大全』所収、小学館、二〇〇三年、二六ページ

(2) 同論文一四ページ

(3) 多田克巳「解説」、水木しげる『水木しげる妖怪大百科』所収、小学館、二〇〇四年。なお、「小学館入門百科シリーズ」の水木の著作は、『妖怪なんでも入門』以降も、『妖怪《世界篇》入門』(一九七八年)や『鬼太郎なんでも入門』(一九八〇年)などが刊行され、そのなかのいくつかは『妖怪なんでも入門』と同様に復刻されている。

(4) 新戸雅章『逆立ちしたフランケンシュタイン——科学仕掛けの神秘主義』筑摩書房、二〇〇〇年、六五ページ

(5) 本論での『妖怪なんでも入門』の引用は国立国会図書館国際子ども図書館所蔵の初版本に拠る。ただし、傍点はそのままにしてルビは省略してある。

(6) 「どろろ」は「週刊少年サンデー」に一九六七年八月二十七日号から六八年七月二十一日号まで、「冒険王」(秋田書店)に六九年七月号から十月号まで連載された。現在は秋田文庫版(一九九四年)が流布している。なお、「どろろ」「ねこ目小僧」「妖怪ハンター」ともに本論中での引用はすべて初出による。

(7) 夏目房之介『手塚治虫の冒険——戦後マンガの神々』筑摩書房、一九九五年、一五三ページ

(8) 京極夏彦 第七回「妖怪の理《ことわり》、妖怪の檻」「怪」vol.0017、角川書店、二〇〇四年十月、二八九ページ

(9) 「ねこ目小僧」は「少年画報」(少年画報社)に一九六七年十二月号から六八年五月号まで、「週刊少年キング」に六八年四月二十一日号から六九年三月二十三日号まで連載された。「ねこ目小僧」という題名表記は初出だけであり、六九年刊行の最初の単行本以降は「猫目小僧」となっている。七六年にも「週刊少年サンデー」に四つのエピソード

が発表されている。最近、全エピソードを収録した『猫目小僧』全二巻（小学館、二〇〇六年）も刊行された。
(10) 楳図かずお『恐怖への招待――世界の神秘と交信するホラー・オデッセイ』(COMIC PASS)、河出書房新社、一九八八年、三四ページ
(11) この部分は現行のテキストでは、「自分の美しい姉をにくむ心のすきに妖魔がとりついて、あんなことをしていた」（第二巻、九五ページ）と改変されている。「妖魔」についてそれ以上の説明はなくて「妖怪」との関係も不明だが、初出版のほうが「この世に妖怪なぞというのはいないのだ」という「小人様」の主張はより明確であっただろう。なお、現行のテキストでは「小人様」はすべて「孤童門様《こどもんさま》」となっている（エピソード名も「小人の呪い」ではなくて「妖怪百人会」）。
(12) 「妖怪ハンター」は「週刊少年ジャンプ」（集英社）に一九七四年九月九日号から十月七日号まで連載された。最初の連載の後も様々な媒体に発表され、現在はそれらを集成した集英社文庫版（二〇〇五年）が流布している。なお、七八年刊行の最初の単行本以降、「異端の研究者」は「黒い探究者」、「帰ってきた死人」は「死人帰り《しびとがえり》」と改題されている。
(13) 「死人帰り（帰ってきた死人）」は、一九八八年に刊行された『海竜祭の夜――妖怪ハンター』(JUMP SUPER ACE、創美社）には、「自分でも不満足なもの」（同書「あとがき」）との理由で収録されなかった。ただし、集英社文庫版には「幻のミッシング・ピース」（同書のカバーの謳い文句）として再び収録されている。
(14) 「週刊少年マガジン」一九六五年八月一日号に単発発表された「手」が、「墓場の鬼太郎」の雑誌掲載第一作である。
(15) 京極夏彦「地獄に行かぬ鬼太郎――鬼太郎サーガの巧緻な構造を探ってみる」、水木しげるほか『水木しげる80の秘密』所収、角川書店、二〇〇二年、四四ページ
(16) 同論文五〇ページ
(17) 同論文五一ページ
(18) 水木しげるが「週刊少年マガジン」に画報として発表した「妖怪」画は、『水木しげる妖怪大画報』（講談社、一九九七年）に主だったものが収録されている。なお、「週刊少年マガジン」の画報で有名なのは大伴昌司の活躍だが、大伴の（署名入りでの）同誌初登場は六六年七月十日号の「ウルトラマン決戦画報」であり、水木のほうが時期的に

はやや早い。

（19）「ふしぎなふしぎなふしぎな話」連載の経緯について、水木は京極夏彦との対談で、「「少年サンデー」がうるさくくるんです、うちでも描いてくれってね。（略）それで「アンタのとこは、妖怪の絵ではどうですか？」ってことになったんです」、「もともと好きではあったけども、これが形を得たのは「少年サンデー」のおかげなんですねえ」と語っている（『水木しげるの妖怪談義』ソフトガレージ、二〇〇〇年、五九―六〇ページ）。

（20）京極夏彦　第八回「妖怪の理、妖怪の檻」「怪」vol.0018、角川書店、二〇〇五年三月、三五六ページ

（21）『水木しげる貸本傑作大全・I』第三巻（人類文化社、一九九九年）三一四ページ

（22）例えば、『妖怪なんでも入門』と同年に刊行された『ふるさとの妖怪考――万物に魂あり。万物に怪あり。』（じゃこめてい出版、一九七四年）の巻頭（二―三ページ）の文章「自分を古代に復元したい」には、「古代人の奇妙な考えのカケラが妖怪の中にかくされているような気がしてならない。ぼくは古代にいたぼくを復元してみるような気持ちで妖怪を集めている」とある。また、『東西妖怪図絵』（読売新聞社、一九七五年）には、「ここに集めたのは、よく、おじいさんやおばあさんが語ったりする妖怪なのだが、これらの妖怪を見て、我々の祖先の見た世界を感じてもらえば面白いと思う」（七ページ）と述べられている。

（23）前掲第八回「妖怪の理、妖怪の檻」三五七ページ

（24）京極夏彦は前掲第八回「妖怪の理、妖怪の檻」で、『妖怪なんでも入門』と『日本妖怪図鑑』の章立てを比較しながら、「構成はほぼ同じです」（三六四ページ）と指摘している。

（25）前掲第八回「妖怪の理、妖怪の檻」三六四ページ

（26）同論文三六六ページ

（27）宮田登『妖怪の民俗学――日本の見えない空間』（旅とトポスの精神史）、岩波書店、一九八五年、二四一―二四二ページ

（28）一九七〇年代に「ディスカバージャパン」の時代相の下で、「日本の古くさいもの、伝統的なもの」が「再発見」されていった経緯については、野村典彦「ディスカバージャパンと横溝正史ブーム」（一柳廣孝編著『オカルトの帝国――1970年代の日本を読む』所収、青弓社、二〇〇六年）に詳しい。

(29) 香川雅信『江戸の妖怪革命』河出書房新社、二〇〇五年、一七ページ
(30) 前掲『江戸の妖怪革命』一〇ページ
(31) 前掲第八回「妖怪の理、妖怪の檻」三四一ページ
(32) かつて貸本版『悪魔くん』全三巻（東考社、一九六三年）が、現実に対する「革命」の敗北で終わらざるをえなかったことを顧みれば、水木にとってこの一九七〇年代の「妖怪革命」は、挫折した六〇年代の「革命」の再戦でもあったはずである。

［付記］棋図かずおに関しては、大学院時代の先輩であった高橋明彦氏から多くをご教示いただいた。ここに記して感謝の意を表したい。

コラム3 怪奇・妖怪・ホラー——「怪」なるものの消費と大衆文化

二〇一五年の水木しげるの死は、一つのエポックだった。今後、この巨人とどう向き合っていくかが重要なテーマになる。

清水潤氏の論に通底しているのは、水木を、メジャーデビューした当時（一九六〇年代）の文脈に戻し、その後の受容史と関連づけようという意思である。基礎作業は丁寧で、初出誌にあたり、また、同時代の漫画界の動向にもふれている。前提として、「妖怪」が水木の（広義の）創作物だったことや、作品がアシスタントを含めた共同制作で創られていたこと（西鶴工房説にならえば、水木工房説とでもいえるだろうか）があげられている。

こうした清水氏の手法と観察眼は、水木の作家論として卓越したもので、後学の規範となるものである。初期作品にさかのぼってラヴクラフトの影響を指摘したり、鬼太郎が地方や南方へと向かう理由を時代背景から読み解いたりする箇所は、水木の全業績を概観していなければできないものであり、見識の広さを感じさせる。

一方で、清水氏の論の強みは、水木論としてだけではなく、大衆文化論としても、さらには妖怪論としても読める点にある。

清水氏は、高度経済成長期を迎えて、日本の風景が変わりゆくなかで、水木が自覚的にノスタルジック、かつ日本人のアイデンティティーをはらんだ「妖怪」を作り上げていったことを指摘している。水木の言葉を借りれば、「むかしの日本人が考えていたような妖怪」（水木しげる『妖怪なんでも入門』小学館、一九七四年）たちである。それは反戦・反文明の思想を含んだものであり、エコロジーの観点とも結び付く。
　それはおそらく、水木の本心ではあったのだろう。しかし、そこには、戦後の日本的オカルティズムのなかで、コンテンツとしての「妖怪」を作って利用しようとするメディア側の思惑も透けて見える。そうした水木パラダイムの「妖怪」像は、現在、スタンダードなものとして定着している。研究対象として概念化された「妖怪」でさえ、このパラダイムに影響を受けていることが多いのである。そこからどうやって、どの程度、距離をとるべきかが、今後の課題になる。それは、清水氏がわれわれに残した大きな宿題だと思う。

（伊藤龍平）

第8章　地方を旅する鬼太郎——怪異が生じる場所を求めて

はじめに

人々を苦しめる悪辣な妖怪を退治するようにと依頼する手紙が、都市部を遠く離れた山村や漁村の少年たちから「妖怪ポスト」に届き、鬼太郎が烏のヘリコプターに乗って颯爽と妖怪退治に出動する……。アニメ版でも親しまれてきた水木しげるのマンガ「ゲゲゲの鬼太郎」で、何度も描かれてきたはずのお馴染みのパターンである。だが、「ゲゲゲの鬼太郎」は「鬼太郎夜話」などと題されていた貸本マンガ時代には、必ずしも妖怪退治をメインとした作品ではなく、作品の舞台も水木本人が住んでいた調布市などの東京近辺が多かった。冒頭で挙げたパターンが確立されるのは、「週刊少年マガジン」一九六五年八月一日号（講談社）から「墓場の鬼太郎」として断続的に発表され、同誌六七年十一月十二日号からは「ゲゲゲの鬼太郎」として連載されていく時期である。[1]無論、「ゲゲゲの鬼太郎」が幅広い人気を得ていくのはこの時期なので、逆にいえば、鬼太郎が地方を旅するというパターンの確立を抜きにしては、「ゲゲゲの鬼太郎」が幅広い人気を得ることはなかったとも考えられる。

そこで浮かび上がるのが、鬼太郎が地方を旅して妖怪を退治するというお馴染みのパターンには、どのような同時代的意義が潜んでいるのかという問題である。本章では、貸本マンガ時代から「少年マガジン」時代までの鬼太郎の旅の軌跡をたどりながら、鬼太郎の地方への旅が担っていた役割について考察する。貸本マンガ時代には一般的な認知度が高かったとは言い難い鬼太郎が、「ゲゲゲの鬼太郎」として人気マンガになっていくのは、一九六四年の東京五輪後の経済成長のなかで都市部への人口集中が進み、その反動として取り残される地方に対する関心も高まっていた時期である。また、第二次世界大戦後はアメリカに統治されていた小笠原諸島や沖縄が、ようやく日本に返還されようとしていたなかで、どこまでが日本の「地方」であるのかという問題が意識化されていたことが、鬼太郎の地方への旅に影響していた可能性も想定される。そうした同時代的背景も踏まえながら、地方への旅という観点から「鬼太郎」シリーズに着目していきたい。(2)

1　調布で生まれ育った鬼太郎

鬼太郎が生まれ育った場所は、作者・水木しげるが一九五九年から住んでいた東京都調布市とされている。ひとまず、鬼太郎が初めて登場したマンガである「幽霊一家」（『妖奇伝』第一集所収、兎月書房、一九六〇年）の設定を確認しよう。血液銀行に勤める秋山は、会社の製品に幽霊の血が混入していたという怪事件の解明を命じられ、供血者カードを調査すると、該当する供血者は秋山と同じ「東京都調布市下石原二三九」という住所であることがわかる。(3)秋山が隣の古寺に転居してきていた住人を訪ねたところ、彼らは幽霊族という地球の先住民族最後の生き残りの夫婦だった。既に不治の病に侵されていた夫婦はそろって病死するが、秋山は母親の墓から這い上がってきた鬼太郎を育てることにする（父親は目玉だけになって鬼太郎を見守り続ける）。六年後、小学校に通うようになった鬼太郎は夜中にこっそり外出するので、不審に思った秋山は鬼太郎の後をつける。だが、鬼太郎を追って地獄に迷い込んだ秋山は現世に戻れなくなってしまい、鬼太郎を追及して崖から突き落とした秋山の母親も狂人と化す。以上が「幽霊一家」から「幽霊一家・墓場の鬼太郎」（『妖奇伝』第二集所収、兎月書房、一九六〇年）を経た後、「墓場の鬼太郎夜話・地獄の片道切符」（『墓場鬼太郎』第一集所収、兎月書房、一九六〇年）に至る

図1　「墓場鬼太郎夜話・下宿屋」から
（出典：水木しげる『水木しげる漫画大全集』第22巻〔貸本版墓場鬼太郎1〕、講談社、2014年、212－213ページ）

までの物語展開である。

続く「墓場鬼太郎夜話・下宿屋」（『墓場鬼太郎』第二集所収、兎月書房、一九六〇年）には、「墓場で生まれた幽霊の子が、そしらぬ顔をして学校に行っている」、「場所は東京の／郊外　調布市下石原というさびしいところだ」[4]（図1）とあるので、鬼太郎はそのまま調布で育って小学校に通っていたと目される。秋山の家に住み着いていた鬼太郎は家賃滞納で追い出されるが、出版社が替わった『鬼太郎夜話 吸血鬼と猫娘』（三洋社、一九六〇年）では、地獄から連れ戻した育ての親の水木（設定上は秋山と同一人物）とともに、谷中初音町にある「ねこ屋」という三味線屋に下宿して近所の小学校に通う。以降の物語展開ではこの谷中初音町を舞台に、三味線屋の孫娘・寝子と鬼太郎との哀切な悲恋が繰り広げられる。したがって、「鬼太郎」シリーズで鬼太郎が調布の小学校に通っていた期間は必ずしも長くはないが、その後も『鬼太郎夜話 地獄の散歩道』（三洋社、一九六一年）では、調布市内の深大寺が妖怪たちの集うパーティーの会場となるなど、調布は「鬼太郎」シリーズで何度も重要な舞台となっていく。

その理由は、作者である水木本人が調布に住んでいたことが大きいだろう。だが、一方では調布という都心近郊の場所の独自性が、この時期の「鬼太郎」シリーズの性格を決定付けていたことも確かである。松村良は貸本マンガ時代の「鬼太郎」シリーズについて、「〈貸本版鬼太郎もの〉の世界では、〈都市〉と〈他界〉は平面的に連続するものとして描かれており、それはこの時期の水木しげるの世界観を提示したものなのである[5]」と指摘しているが、一九六〇年代当時の調布を〈都市〉として都心と同一視してしまっては、調布という場所の固有の位相が見失われかねない。先述のように、鬼太郎が生まれ育った「調布市下石原」は「さびしいところ」と表現されていた。水木の自伝マンガ『ゲゲゲの家計簿』には転居当時の自宅について、「まわりは畑だらけだなあ」、「のどかでエエ所だよ[6]」というやりとりがあるし、水木の妻・武良布枝も「調布の家のまわりは、本当に何にもありませんでした。がらーんと畑が広がっている場所でした[7]」と往時を回顧している。

「鬼太郎」シリーズが、都心の近郊の「さびしいところ」を舞台として始まったことは興味深い。都市部のにぎわいにはほど遠くても人跡未踏の秘境というわけではなく、都心まで電車でつながった近郊こそが怪異が生じる場所になっていたのである。そうした怪異への身近な感触が、この時期の「鬼太郎」シリーズの特色となっていたことはいうまでもない。調布という場所が端的に生かされた一例としては、『鬼太郎夜話 顔の中の敵』（三洋社、一九六一年）を挙げることができる。本作で鬼太郎抹殺をもくろむねずみ男と人狼は、鬼太郎の名刺にあった住所「調布市下石原二三九九」に赴くために、京王線新宿駅発の最終電車で西調布駅まで乗車しようとするが、最終電車が既になくなっていると告げられ、「多摩《ママ》霊園行の臨時」の不気味な電車に乗る羽目になってしまう。通過するのは「臨終」「火葬場」「骨壺」と通常の京王線には存在しない駅名であり、乗客たちも途中で骸骨と化していたことから、人狼はねずみ男の制止を振り切って電車から飛び降りて絶命し、電車の停止を求めるねずみ男は乗務員室に駆け込んで鬼太郎に降参する。ねずみ男たちの乗車後の一連の出来事は、実は鬼太郎の霊力が生み出した幻影であったことが明かされるが、都立霊園の名を冠した広大な多磨霊園駅が西調布駅の先に実在し、深夜まで新宿駅と電車でつながっているからこそ、一定のリアリティーを伴って成立しえた怪異である(8)。

ただし、一九六〇年代の調布がダイナミックな変容を迎えつつあったことは、付言しておくべきだろう。調布市の人口は六〇年には六万八千六百二十一人、世帯数は一万六千三百八十五世帯だったが、六五年には人口が十一万八千四人、世帯数は三万二千十九世帯に達している(9)。わずか五年間で人口は一・七倍強、世帯数は二倍近くも増加したのであり、当然、調布という場所も従来の「さびしいところ」から急変することになる。実際、貸本マンガ時代でも末期の『墓場鬼太郎・ボクは新入生』(佐藤プロダクション、一九六四年)は、そうした調布の急激な変化を婉曲的な題材とした作品である。本作では、調布市全域が異様なスモッグに包まれて「お化け」に支配され、スモッグ内に取り残されたマンガ家・水木は、「お化けがどんどん定着してお化けの社会ができつつある」、「いまにスーパーマーケットだってデパートだってできるゾ(10)」と予測する。作者・水木が自己の周囲の環境の変化を風刺したとも読める一作であり、貸本マンガ時代の初期作品の特色であった恐怖に代わり、ユーモラスな雰囲気が全編を貫いている。だが、鬼太郎が生まれ育った調布から「さびしいところ」が消失することは、調布を舞台にした怪異が成立しづらくなることを意味し、(風刺マンガとしてはともかく)怪奇マンガとしての「鬼太郎」シリーズにとっては重大な危機ともなる。

2　地方へと旅立つ鬼太郎

鬼太郎の「週刊少年マガジン」への初登場となるエピソード「手」は、鬼太郎とフランスから来た吸血鬼ラ＝セーヌ主従との死闘を描く。ただし、神社の境内でラ＝セーヌの前に姿を現す鬼太郎がどこから来たのかは、作中ではまったく触れられていないし、この神社やラ＝セーヌ主従が泊まるホテルなども具体的な場所は定かでない。貸本マンガ版が調布市下石原という具体的な場所から始まったのとは対照的に、「少年マガジン」版は作品の舞台が謎に包まれたままに始まる。続く「夜叉」（一九六五年九月十二日号。以下、特に注記がない場合は「週刊少年マガジン」掲載）と「地獄流し」（一九六五年十月十日号）では木の上に建つ鬼太郎の家が描かれるが、この家も「地獄流し」で山奥であることが明らかにされるだけで、相変わらず作品の舞台はいささか曖昧なままである。週刊誌ゆえのページ数の制約に加え、作者・水木も作中の設定を試行錯誤している最中だったと見なされる。

そうした試行錯誤に一定の方向性がもたらされたエピソードが、初の前後篇となった「猫仙人」（一九六五年十月二十四日号―三十一日号）である。本作は鬼太郎と目玉おやじとが「ここを高速道路が通るそうです」、「なんだ　たちのきか」と会話を交わして旅立つ場面から始まる。[11]猫に襲われた村から来たという少年と旅先で出会った鬼太郎は、猫を操って村を支配していた猫仙人と戦ってその魂を封印する。その後、道路工事の現場から猫仙人のミイラが発掘され、さらに、「鬼太郎は人々が原因のつかめない事件を人に知られずに解決して……／きょうもあてのない旅に出るのだった……[12]」という説明が入って本作は終わる。鬼太郎たちの最初の住み処と、猫仙人が支配していた村との位置関係などは必ずしも定かでないが、前者は高速道路が通るはずであり、後者も道路工事がおこなわれていることから、いずれも一般的な人間社会から隔絶した場所ではないことは確かである。ただし、警察などが村人たちの救出を試みた形跡はなく、あまつさえ、村から来た少年は鬼太郎から「村人はいないのか」と尋ねられ、「半分ぐらいはいったん逃げて／いくところがなくて帰ってきましただ[13]」と答えている。都市化のなかで住み処を失って旅立った鬼太郎が、旅先で中央から見捨てられていた地方の人々を怪異から救い、村に安定をもたらして立ち去る結末にはほろ苦いアイロニーが漂う。

こうした物語展開は、「墓場の鬼太郎（ゲゲゲの鬼太郎）」以降のエピソードで若干の変奏が加えられながら、何度も反復されていく。例えば、「水虎」（「別冊少年マガジン」一九六六年一月十五日号、講談社）では「山奥の小さな部落」の少年が水虎（水に似た生物）を誤って飲んだところへ、鬼太郎が現れて少年の身体から水虎を追い出して少年を救う。また、「吸血木」（一九六六年四月三日号）では「松代町の近くの奥山村」の老人が長屋で暮らす鬼太郎を訪ね、村人たちが次々に赤い木と化すという怪事件の解決を依頼する。鬼太郎がバスで三日かかって奥山村に到着すると、謎の地下生物が村人たちに吸血木の種を植え付けていたことがわかる。無論、鬼太郎はこの地下生物を退治するのだが、途中には村長が「全員、村をはなれるしか村人をすくう方法はないかもしれんな」、「いよいよ全員村をはなれるとするか[14]」という悲痛な台詞を発する場面もある。ここでも鬼太郎は「猫仙人」の場合と同様に、怪異に苦しむ地方の人々を村単位で救うという活躍を見せる。本章冒頭で述べた「ゲゲゲの鬼太郎」のお馴染みのパターンは、このあたりで原型が形作られていったといえるだろう。鬼太郎が生まれ育った調布が都市化していくなか、水木は鬼太郎を地方へと旅立たせて様々な怪異と遭遇させ、それを解決させることで、貸本マンガ時代から続く「鬼太郎」シリーズに新路線を切り開いたのである。

こうしたパターンをより大仕掛けにするとともに、そのパターンを食い破る過激な問題提起もはらんだ名エピソードが、一九六六年四月十七日号から同年五月八日号まで、全四回にわたって発表された「妖怪大戦争」である。本作は「沖縄の先の鬼界ヶ島」から来た少年が街角で、「日本のみなさん　おききください！　わたしたちの島がばけものに占領されてしまったのです！」、「政府や警察にもいきましたが　気ちがいだといってとりあってくれません[15]」と訴える場面から始まる。通行人たちは黙殺するが、通りがかった鬼太郎は島を襲ったのが西洋の妖怪であると推測し、日本の妖怪たちを集めて島の人々を救出しにいくことにする。その際、鬼太郎が出した募集広告を見て「多摩霊園（ママ）」に集ったのが、「鬼太郎」シリーズで人気妖怪となっていく子なきじじい、砂かけばばあ、一反もめん、ぬりかべだった。したがって、本作は「水木妖怪」の浸透という観点からも重要なエピソード[16]だが、本論の観点としてはとりあえず、鬼太郎を含む日本の妖怪たちが、怪異に襲われて中央から見捨てられた地方の人々の救出に旅立つ（図2）という、「猫仙人」以来の路線の拡大版になっていることに着目したい。なお、「鬼界ヶ島」が「沖縄の先」（八重山列島を想定？）である以上はアメリカの統治下のはずだが、本作ではアメリカの存在は完全に抹消されている。

西洋の妖怪から人々を救うために日本の妖怪が戦うという本作は、一見、西洋を排撃する日本という単純なナ

図2　「妖怪大戦争」から。鬼界ヶ島の人々を救うために旅立とうとする鬼太郎たち
（出典：水木しげる『水木しげる漫画大全集』第29巻〔ゲゲゲの鬼太郎1〕、講談社、2013年、176－177ページ）

ショナリズムに回収されそうである。だが、「日本の妖怪のうでの見せどころだ」[17]と魔女に挑んだ一反もめんがあっけなく敗れるように、日本の妖怪は鬼太郎親子とねずみ男を除いて前半で全滅してしまう。そして、本作で妖怪たちの戦闘以上に鮮烈なのが、凄惨な戦地と化した島で懸命に生き延びようとする人々の姿である。島にたどり着いた鬼太郎に対して少年は、「ぼくのるす中に半分以上やられてしまいました／ぼくの父も母も……」、「あそこの森のかげにある秘密の岩穴に村長をはじめ五、六十人かくれております[18]」と告げる。一方、西洋の妖怪は鬼太郎に偽りの休戦を持ちかける際、「われわれとしてもベトナムのような無意味な戦争はしたくないのだよ[19]」とうそぶく。「鬼界ヶ島」の惨状は、アジア・太平洋戦争末期の沖縄や南方の戦場を想起させるとともに、作品発表当時の戦地だったベトナムが重ね合わされてもいる。戦後日本の片隅の島で展開される「大戦争」の悲惨さを強く訴える本作は、傷痍軍人でもある水木の安寧な同時代に対する問題提起としても捉

えられる。

鬼太郎が巨大な怪物と化す異色の力作「大海獣」(一九六六年五月二十二日号―七月三日号)を挟んで、「妖怪大戦争」から約半年後に発表された「妖怪城」(一九六六年十月九日号―十六日号)は、敵を国内の妖怪に変更してよりコンパクトにまとめ上げており、鬼太郎の地方への旅のパターンを決定付けたエピソードと評しうる。本作の発端部では、四国の山中で妖怪から村人に対し、一カ月に一人ずつ子どもを差し出すようにという手紙が届く。警察への連絡が検討されるなか、村の長老は「警察などの手におえるしろものではないっ」[20]と一喝し、村のなかで立ち小便をしていた鬼太郎に妖怪退治を依頼することを提案する。鬼太郎がどうしてこの村に来ていたのかは定かでない(事前に妖怪の存在を察知していたのではなさそうである)が、妖怪たちが棲む妖怪城が村から三日も歩く山中にそびえているという設定は、都心を遠く離れた地方のへき地を怪異の舞台にすることで、妖怪の存在に少しでもリアリティーを持たせようという配慮が感じられる。加えて「妖怪城」の特色は、路傍の道祖神や稲田のなかの案山子《かかし》といった日本的情緒の漂う風物が、水木マンガ一流の細密な筆致で随所に描き込まれていることである。本作は「妖怪大戦争」の凄惨な迫真力を持たないかわりに、地方の鄙びた風情が醸し出すノスタルジックな寂寥感を印象付ける。

無論、「妖怪城」に示されたような鬼太郎の地方への旅のパターンは、以降のすべてのエピソードで実直に反復されていったのではない。例えば、「吸血鬼エリート」(一九六七年五月七日号―六月二十五日号)は貸本マンガ時代の『墓場鬼太郎・霧の中のジョニー』(兎月書房、一九六二年)に基づいていることもあり、無国籍的な雰囲気が漂うが、特に、エリートの別荘が、『墓場鬼太郎・霧の中のジョニー』のジョニーの別荘の設定とまったく同様に、自動車で「東京から五、六時間」の場所にあるというのは、「鬼太郎」シリーズの怪異の舞台が、まだ完全には地方へと移行しきっていないことを端的に示す。また、全十回にわたる大作「妖怪獣」(一九六七年七月二日号―九月三日号)では、八百八だぬきが操る妖怪獣や妖怪なまずによる東京破壊と、八百八だぬきの本拠地である四国の山中をめぐる攻防とが並行して描かれ、SFと民話が入り交じったような絶妙の味わいを見せる。ただし、鬼太郎が林間学校で蒸発した少年を救出する「見上げ入道」（一九六七年九月十日号―二十四日号）になると、鬼太郎を呼ぶ方法として「霊界ポスト」に手紙を入れることが示されるなど、鬼太郎の地方への旅のパターン化がかなり明確になる。そして、「墓場の鬼太郎」はテレビアニメ『ゲゲゲの鬼太郎』（東映動画、一九六八年一月三日―六九年三月三十日）の放映決定に伴い、一九六七年十一月十二日号からは「ゲゲゲの鬼太郎」として連載され始めることになる。[21]

3　紅衛兵に追われた妖怪たち

「墓場の鬼太郎」から題名を改めた「ゲゲゲの鬼太郎」では、一話完結のエピソードが基調になり、また、鬼太郎が地方を旅して妖怪を退治するという形式が反復されていく。「ゲゲゲの鬼太郎」になって一話目の「妖怪毛羽毛現の巻」の舞台は、「人跡未踏の山の中」と設定されているし、それ以降、作中で具体的な地名が明記されているだけでも、北陸、千葉海岸、和歌山県、北海道大雪山、軽井沢、佐渡、さらには、国外の韓国までが鬼太郎の妖怪退治の舞台になっている。無論、具体的な地名が明記されない漠然とした（ただし、都市部を遠く離れていることだけは確かな）山村や漁村が舞台になることも多く、鬼太郎は一九六九年三月二十三日号で連載が終了するまでの一年半近くにわたり、地方で次々に生じる怪異を解決する旅に出続けることになる。物語展開のパターン化が進む一方、毎回のエピソードで登場する妖怪たちと鬼太郎との奇想天外な対決こそが作品の最大の魅力となり、アニメ版との相乗効果などもあって「妖怪ブーム」を巻き起こしていく。[22]その意味では、鬼太郎がこの時期に人気を得たのは個性豊かな敵妖怪たちの存在感が大きく、旅先自体はあくまでも妖怪退治の舞台として、あたかも芝居の書き割りのような記号化された存在ともなりがちであった。だが、そうしたなかでも、鬼太郎が注目すべき旅に出るエピソードがいくつか挙げられる。

例えば、「妖花」（一九六八年三月三十一日号）は孤独な少女・花子の部屋で、例年のように、南方のジャングルの花が咲き乱れるという怪異が起きる場面から始まる。「妖怪ポスト」の手紙で呼ばれた鬼太郎は、花子やねずみ男とともに、妖花がもともと咲いていた場所を求めて南方の島々を転々と旅する。戦車の残骸が転がる島で鬼太郎一行は妖花の大木を発見するが、その木は二十三年前に戦死した花子の父親の遺骨から生えていた。花子の父親は妖花となって娘を見守り続けていたのであり、花子の父親を手厚く葬って島を去る鬼太郎たちの後ろ姿で本作は終わる。花子の父親が戦死した島は日本国内ではなく、南方にあるという設定なので、本章で「地方」として扱うのは妥当ではないかもしれない。そのモデルは水木が兵卒として死線をさまよったニューブリテン島とも、戦時中は日本の委任統治領だった（したがって、かつては日本の「地方」であったといえなくもない）パラオ諸島とも見なされる。いずれにしても、鬼太郎が妖怪と戦わない本作は、二十三年前には日本軍が南方の島を戦場とした事実を痛切に焼き付ける。この島を「地方」として扱うことの妥当性はともかく、日本兵が戦死した場所が鬼太郎の旅先となっていることは、終戦から二十三年後の読者に対し、アジア・太平洋戦争の記憶を伝達するという意味でも重要だっただろう。

また、「血戦小笠原」（一九六八年八月十八日号—九月一日号）は返還直前の小笠原諸島を舞台に、日本の妖怪たちが海外の妖怪たち（ドラキュラや中国・南方の吸血妖怪）と全面的に戦うという、かつての「妖怪大戦争」の第二弾的な物語展開になっている。作中では「小笠原には、まだ妖怪ポストがない(23)」と明記されるなど、返還前の小笠原諸島が日本本土と一線を画していたことが印象付けられる。日本の妖怪たちが苦戦するところは「妖怪大戦争」と同様だが、今回はそれぞれの長所を生かした活躍場面も多い一方、島の人々が海外の妖怪たちに苦しめられる描写が少ないため、「妖怪大戦争」と比較して明るい印象に仕上がっている。何よりも、最後の一コマで花が咲き誇る島の情景に「それからまもなくのことだった。アメリカから日本に小笠原が返還されたのは……(24)」という説明が添えられていることが、他国の統治下のはずの島が舞台だった「妖怪大戦争」にはない達成感をもたらす。作品発表に先立つ一九六八年六月二十六日に小笠原諸島が日本に返還され、晴れて日本の「地方」になったことを寿ぐエピソードだが、見方によっては「妖怪大戦争」の苦渋が失われたともいえるかもしれない。

もっとも、「妖花」にしても「血戦小笠原」にしても、鬼太郎がヒーロー然として活躍する娯楽マンガの枠組みのなかで、アジア・太平洋戦争の記憶を鋭く喚起していることは確かである。その文脈でいえば、「鬼太郎」シリーズでこの時期に地方への旅が反復的に繰り返されるのは、都市部を離れた地方には怪異を生じさせやすいからというだけではないだろう。アジア・太平洋戦争の記憶に限定されずとも、中央から見捨てられようとしていたへき地の山村や漁村など、都市化が進む同時代が忘却しようとしていた場所へと鬼太郎を赴かせ、鄙びた風情が残る場所や、そこで生きる人々の姿を描くことに同時代的意義があったからでもある。だが、中央から見捨てられていたかに見える地方も中央とまったく無縁とは限らない。それどころか国外の情勢が地方に影響を及ぼしてくることもあり、地方で生きる人々も国外からの影響に巻き込まれざるをえなくなるのである。西洋の妖怪が地方を占領する「妖怪大戦争」にも既に潜在していた観点だが、「週刊少年マガジン」連載時の最後のエピソードとなる「妖怪反物」(一九六九年二月二十三日号―三月二十三日号)は、そうした観点をより明確に現前化させている。

「妖怪反物」では、紅衛兵によって山西省の「妖怪パラダイス」から追われた中国の妖怪たちが、日本の山中に根拠地となる城を築く。頭目のチー(九尾の狐)は日本の妖怪を反物にして近隣の村人たちに売りさばき、その反物を着た村人たちはチーに操られることになる。作中でチーが最初に姿を現した場所は「おくふかい森林」という設定なので、チーに操られる村人たちが暮らしていたのも中央から遠い地方のはずだが、鬼太郎と村人たちとの間の「すぐその反物をぬぎ　子どもたちのまっている家にかえりなさい」、「だまれっ　あおにさい!」というやりとり(25)は、当時の都市部の大学などで展開されていた学園紛争の戯画のようである。無論、この村人たちは意に反して怪異に巻き込まれてしまう被害者にほかならない。とはいえ、いかにも朴訥そうな外見の地方の人々が鬼太郎たちに抗う場面や、中国での紅衛兵の妖怪襲撃が事件の端緒になっているという設定には、地方の人々も単なる同時代の被害者ではないこと、そして、地方もまた国外の情勢と実はつながっていることへの透徹した洞察がある。都市部を離れた地方で生きる無辜の人々という幻想を打ち砕く本作が、連載最後のエピソードになっているのは故のないことではない。[26]

おわりに

「週刊少年マガジン」での「ゲゲゲの鬼太郎」の連載が終了し、鬼太郎の地方への旅が小休止を迎えた後の一九七〇年、国鉄が「ディスカバー・ジャパン」のキャンペーンを始めたことを契機に、若い女性客も含めた国内旅行のブームが起きる。野村典彦はこの旅行ブームの特性について、「批判されるべきは「文明・経済・物質・機械化・醜さ」、大切なのは「人間性・心・美しさ」である」[27]と指摘しているが、都市化と相反する「人間性・心・美しさ」を地方に見いだそうとする点で、七〇年代の旅行ブームは、都市部を離れた地方に怪異を求めた鬼太郎の旅とある程度は近似する。ただし、六〇年代後半に鬼太郎が旅先で遭遇していた怪異は、地方が中央から見捨てられていたことへの警鐘的役割を帯びていたのであり、「ディスカバー・ジャパン」に代表される七〇年代の日本の美の再発見とは若干の齟齬があることは押さえておきたい。さらに、旅行ブームによって地方も怪異が容易には成立しづらい場所になったことは、以降の「鬼太郎」シリーズに大きな影響を与えることになる。実際、七〇年代に入ってからの鬼太郎は、二度目のテレビアニメ化に合わせて[28]「週刊少年サンデー」（小学館）に七一年九月二十六日号から連載されるが、わずか四カ月後の同年十二月二十六日号で連載は終了してしまう。

そして、鬼太郎は地方に代わる活躍の場を求めて果てしない旅を続けていく。既に一九六〇年代にも、鬼太郎たちがベトナム戦争に参戦する「ドキュメント劇画　鬼太郎のベトナム戦記」（「宝石」一九六八年七月号―十二月号、光文社）があり、また、「週刊少年マガジン」での連載終了の翌年には、鬼太郎が南方の島で現地の娘と結ばれる「その後のゲゲゲの鬼太郎」(「月刊別冊少年マガジン」一九七〇年七月号、講談社)もあったが、「鬼太郎の世界お化け旅行」(「週刊漫画アクション」一九七六年一月二十六日号―八月二十三日号、双葉社)で鬼太郎は海外の妖怪たちと戦うために、日本を本格的に飛び出して世界各地を旅し続けることになる。「日本の妖異」シリーズの一編として描き下ろされた『死神大戦記』(学習研究社、一九七四年)では、現世を離れて「死後の世界」を延々と旅している。このように、鬼太郎の旅自体は七〇年代に入ってからも続いていくが、「鬼太郎」シリーズで一般的な知名度が最も高いのは、やはり六〇年代後半の「週刊少年マガジン」に連載されたものだろう。[29] それは、この時期の鬼太郎の都市化の時代のなかでの地方への旅こそが、最も強い同時代的意義を担っていたからだと考えられる。

注

(1) ただし、この時期もマンガ版では、鬼太郎が実際に島のヘリコプターで妖怪退治に出動したことはほとんどない。
(2) 小笠原諸島は本文中でも触れたように、「ゲゲゲの鬼太郎」が「週刊少年マガジン」に連載されている最中、一九六八年六月二十六日に返還されたが、沖縄は連載終了後の七二年五月十五日になって返還された。ただし、六五年八月には佐藤栄作が戦後の首相としては初めて沖縄を訪れ、沖縄返還への決意を表明するなど、沖縄返還の機運は鬼太郎の地方への旅と同時期に高まっている。
(3) この町名番地に該当する場所は、現在では「調布市下石原」ではなくて「調布市富士見町」になっている。
(4) 水木しげる『水木しげる漫画大全集』第二十二巻(貸本版墓場鬼太郎1)、講談社、二〇一四年、二一二ページ
(5) 松村良「水木しげる〈貸本版鬼太郎もの〉の世界観――〈都市〉と〈他界〉の連続性」「日本文学」二〇〇五年十一月号、日本文学協会、五九ページ
(6) 水木しげる『ゲゲゲの家計簿』上(Big Spirits Comics Special)、小学館、二〇一二年、一一〇ページ
(7) 武良布枝『ゲゲゲの女房――人生は……終わりよければ、すべてよし!!』実業之日本社、二〇〇八年、五五ページ

（8）この電車の怪異は後に、「墓場の鬼太郎」で「ゆうれい電車」（「別冊少年マガジン」一九六六年四月十五日号、講談社）としてリメイクされている。
（9）調布市総務部総務課公文書管理係編『調布市史年表　第二版』（「調布市史研究資料」）、調布市、二〇〇九年）を参照。
（10）水木しげる『水木しげる漫画大全集』第二十五巻（貸本版墓場鬼太郎4）、講談社、二〇一五年、二六二ページ
（11）水木しげる『水木しげる漫画大全集』第二十九巻（ゲゲゲの鬼太郎1）、講談社、二〇一三年、五八ページ
（12）同書八七ページ
（13）同書六〇ページ
（14）同書一四〇、一四四ページ
（15）同書一七〇ページ
（16）この四体の妖怪は、「妖怪大戦争」直前の水木の画報「日本の大妖怪」のなかの「深夜の墓場に集まる妖怪たち」（「週刊少年マガジン」一九六六年三月二十日号、講談社）でも描かれていたが、ぬりかべ以外の三体が「鬼太郎」シリーズで姿を見せるのは、本作が初めてである。
（17）前掲『水木しげる漫画大全集』第二十九巻、一八一ページ
（18）同書一九五ページ
（19）同書二一一ページ
（20）同書三六七ページ
（21）アニメ版でお馴染みの「妖怪ポスト」という呼称がマンガ版で初めて用いられるのは、「峠の妖怪」（「週刊少年マガジン」一九六七年十一月十九日号、講談社）である。
（22）この時期の「妖怪ブーム」をめぐる状況については、京極夏彦『文庫版　妖怪の理《ことわり》妖怪の檻』（「角川文庫」）、角川書店、二〇一一年）が詳しく論じている。また、本書第7章でもその一端について論じた。
（23）水木しげる『水木しげる漫画大全集』第三十二巻（ゲゲゲの鬼太郎4）、講談社、二〇一五年、一九一ページ
（24）同書二三四ページ

(25)水木しげる『水木しげる漫画大全集』第三十三巻（ゲゲゲの鬼太郎５）、講談社、二〇一五年、四八八ページ
(26)「ゲゲゲの鬼太郎」は「週刊少年マガジン」への連載終了後も、「月刊別冊少年マガジン」の一九六九年四月号から七月号まで、四回だけ連載されている。各エピソードの内容は、「週刊少年マガジン」に連載されていたものと特に大差はないが、乱開発や工業排水を題材としているという点では、中央が地方に悪影響を及ぼすことをより重視しているといえる。
(27)野村典彦『鉄道と旅する身体の近代――民謡・伝説からディスカバー・ジャパンへ』（越境する近代）、青弓社、二〇一一年、二四四ページ
(28)アニメ版『ゲゲゲの鬼太郎』第二部は第一部と同じく東映動画制作で、一九七一年十月七日から七二年九月二十八日まで放映された。
(29)「ゲゲゲの鬼太郎」は現時点で五回テレビアニメ化されているが、一九六〇年代後半の「週刊少年マガジン」に連載されていたエピソードは、アニメ版の原作として採用されることが特に多い。

第3部

幻想・怪異・文学

解題

第3部では、幻想・怪異を旨とするテクストに清水潤氏が挑んだ成果を紹介する。

劈頭に配した論は、泉鏡花の『半島一奇抄』を中心として、鏡花のいわゆる後期作品群を特徴づける「怪異」について論じた第9章「自動車に乗る鼠——泉鏡花「半島一奇抄」が描き出す怪異」である。隧道の闇をすれ違った対向車に幻視された鼠の怪は、海辺に漂着する「鮟鱇坊主」と「美しい女像」のエピソードと微妙な距離感をもって響き合い、読者に眩暈をもたらす。舞台となった伊豆半島の地勢・歴史から柳田民俗学までを援用しながら、同論では作中に点在する「怪異」の後景が鮮やかに読み解かれていくが、それらを連鎖のように一括りの論理の下に収斂させようとするスタンダードな方法論はあえてとられていない。鏡花後期作品の狙いが、物語の中核＝「何が書かれているか」を明確化しないことで、物語世界にまとめられた神秘や怪事のエピソード群が、混乱と多義性のうちに無軌道の「怪異」をおのずと語りだすことへの期待にあったと、清水氏は考えていたからである。

続く第10章「岡本綺堂の怪談」では、岡本綺堂の怪談のうち、特に関東大震災以後に発表された作品を対象とした分析が試みられ、都筑道夫、川村湊らの先行批評によって定説となった綺堂怪談の現代性に新たな視角から光が当てられている。古典的怪異談の常套的な骨格を作る因縁・因果の法則を排し、説明不能の怪異を語る綺堂独自のスタイルを清水氏は、明治維新による瓦解と震災による帝都の壊滅との二度にわたる巨大な〈断絶〉の隠喩として捉えているのである。結語近くに、同様の〈体験〉にきざす創作の転機を如実に示す文学者として鏡花の名が挙げられていることからも明らかだが、同論は清水氏の第4部第14章「大正末期の鏡花文学——「眉かくしの霊」を中心に」と「自動車に乗る鼠」とをつなぐ重要な一環でもある。

そして、最後の第11章「国枝史郎「神州纐纈城」試論」では、従来「構成の破綻」と批判的に論じられてきた未完の伝奇小説『神州纐纈城』の構造に、有機的な「解体」+「増殖」の永久運動が仕組まれた絶後の実験性を見出し、「伝奇小説」というジャンルを超えて、小説表現の可能性の極北としてこれを再評価している。同論は『神州纐纈城』を論じたものとしても、広く戦前の「異端文学」を論じたものとしても、最も早く学会誌『日本近代文学』に掲載された学術論文であり、構成の周到さ、分析の緻密さ、論述の流麗さに加えてなおその先駆性をもって、日本近代文学研究史上に記憶されるべき一本であることを強調しなければならないだろう。

清水氏は猟奇耽異の趣味に生きた人だったが、そのセンスが学術論文に実を結んだとき、「幻想・怪異」は、文学表現での卓越した実験性として俎上にのぼり腑分されることとなった。この事実は、第3部に収録された三編の論文を通して、読者にも首肯されることと信じている。

(谷口 基)

第9章　自動車に乗る鼠――泉鏡花「半島一奇抄」が描き出す怪異

1　鏡花の大正期最後の小説

泉鏡花は「冠弥左衛門」（『日出新聞』明治二五・一〇・一～同・一一・二〇）でデビューして以来、昭和十四年に没するまで半世紀近くに及ぶ作家活動を続けた。その代表作としては「高野聖」（『新小説』明治三三・二）や「草迷宮」（春陽堂　明治四一・一）、「歌行燈」（『新小説』明治四三・一）や「日本橋」（千章館　大正三・九）といった明治期から大正前期にかけての小説、または、「夜叉ヶ池」（『演芸倶楽部』大正二・三）や「天守物語」（『新小説』大正六・九）といった大正期の戯曲が挙げられることが多い。大正後期から昭和期にかけての小説のなかにも、「眉かくしの霊」（『苦楽』大正一三・五）や「山海評判記」（『時事新報』昭和四・七・二～同・一一・二六）といった重要な作品が含まれているが、それらはもっぱら単発的に論じられるのみであり、後期鏡花小説に関する総合的な検討はまだ十分に試みられてはいない。だが、鏡花という近代文学史上でもユニークな作家の活動の全容を見極めるには、注目度が低かった後期の小説に対してもより踏み込んだ読解を試み、作品史をある程度まで系統立てて把握することが必要と考えられる。

念のために付言すれば、後期鏡花小説が十分に論じられてこなかったのにはそれ相応の理由もある。鏡花の作品には物語展開に飛躍や空白を含むものが多いが、後期の小説ではそうした傾向が特に顕著になり、作中で起きている出来事を読み取ることには大きな困難が伴う。この時期の代表作とされる「眉かくしの霊」と「山海評判記」にしても、前者の主人公・境は、当人が自覚しないままに「桔梗ヶ池の奥様」の伝承の世界に巻き込まれるし、後者の主人公・矢野は、自分に接触しようとする姫沼綾羽の意図を最後までつかめずに取り残される。いずれの場合も主人公は自己の置かれている状況を把握しえず、謎めいた雰囲気のなかで翻弄され続けるのだが、読者もまた、作中の境や矢野と同様に物語展開を把握しきれなくて翻弄され続ける。しかも、ことは単に物語展開の飛躍や空白を埋めるのみで解決するのではない。明治期の代表作の一つである「歌行燈」について、鈴木啓子氏は「正統が異端に転じることで、その価値基準が転覆・解体され、正統と異端の融合が図られる、死と再生の物語」と捉えたが、(1)後期鏡花小説では、正統と異端の「転覆・解体」や「融合」といった「物語」を見いだすことが、まったく不可能ではないにしても、おそらく作中に明確な「物語」を見いだすことの重要性は低下している。

本論では鏡花の大正期最後の小説「半島一奇抄」を取り上げ、その作品世界を読解することで、後期鏡花小説が描き出す怪異について掘り下げる糸口とする。本作は大正十五年十月に『文藝春秋』に発表された後、昭和四年四月に改造社刊行の作品集『昭和新集』に収録された。のちにも触れるように、柳田國男の代表作の一つ『雪国の春』（岡書院　昭和三・二）に収録される「清光館哀史」が、『文藝春秋』発表時の同じ号に掲載されていたことには留意したい。特に有名であったとは言い難い本作だが、例えば、初めて本格的に研究対象とした斎藤愛氏は、「この短編ともいえない短編からは、何が中心となっているのか、つまり何が書かれ何を目指して書かれているのか、読み取ることは困難であろう」と前提したうえで、「凶々しさを負った鼠＝馬の図像」を「一編の小説テクストを編み出す核となるもの」と捉え、鼠は「人に害を及ぼすもの、何の動機も持たず、ただ人間に向かってくる悪の力」、「女性への犯しの象徴」と論ずる。(2)さらに、本作が「「山海評判記」と大変似通ったつくりになっている」ことを指摘し、作中の自動車の役割について、「近代の鉄の力で怪異のほうをおしかえす」と説いた。(3)

また、田中貴子氏は「短い分量にきわめて多くのエピソードを詰め込んだうえ、構成も甘い小説」と見なす一方で、「全体的には鼠の気味悪さによって統一しようとする意図がうかがえる」と述べ、斎藤氏と同様に自動車の役割を重視しつつ、「自動車が必ずしも人間にとって無条件に安全で快適なものではないという矛盾は、自動車が怪異を引き起こす元凶である鼠と重ね合わされることから見て取れる」と論ずる。[4] 田中氏が言う「自動車が怪異を引き起こす元凶である鼠と重ね合わされること」とは、主人公たちの乗る自動車がトンネルで対向車とすれ違う際、対向車に人間ではなくて鼠が乗っているように見えた場面を指すが、確かに作中でもかなり強烈でまがまがしい印象を突き付ける一幕である。加えて東雅夫氏は『妖怪文藝〈巻之参〉魑魅魍魎列島』(小学館文庫平成一七・一二)に、「日本各地を舞台とする妖怪文藝の代表作をズラリ並べてみた」という編集方針の下で本作を収録し、「風光明媚な伊豆半島に点在する怪異伝承をたどる一種のロードノベルといった趣がある」と評する[5]など、鏡花後期の異色作として注目度が高まっているのが現状である。

本論では上記のような先行研究の成果を踏まえ、まずは、「半島一奇抄」が現実の伊豆の地理や風物に依拠することを押さえたうえで、特に注目するべき作中の要素として、自動車に乗っている場面に代表される鼠の異様な描かれ方や、「鮟鱇坊主」と「美しい女像」という対照的な「漂流物」を取り上げる。そして、作品により深く踏み込むための一つの観点として、同時期の柳田國男との民俗学的な題材に対する捉え方の相違、そして、斎藤氏が触れていた「山海評判記」とのつながりについても論及したい。詳しくは後述するが、「半島一奇抄」が発表されたのは、柳田が学問としての民俗学を確立しつつあった時期に相当し、それゆえに、鏡花と柳田との間では(ある程度の立脚点は共有したうえでの)相互の問題意識の乖離が露わになろうとしている。「半島一奇抄」という分量的にはささやかな小説は、柳田をモデルとする人物が登場する「山海評判記」のような力作ではなく、むしろ、随筆のような親しみやすい軽やかさが印象的でもある。だが、本作を一つの起点として鏡花と柳田との関係を検討し直すことは、後期鏡花小説を論じるうえで、作品史を系統的に把握するための手掛かりを探ることにもなるだろう。

2　伊豆紀行小説としての「半島一奇抄」

後期の鏡花は伊豆修善寺が舞台となる作品をいくつも発表しているが、その直接的な要因は、田中励儀氏が「鏡花は大正末年ころからたびたび夫人同伴で修善寺温泉へ出かけ、新井旅館を定宿にした」と指摘する(6)ように、当の鏡花が修善寺を保養地として何度も訪れるようになったことにある。「半島一奇抄」では、修善寺に滞在する主人公の新聞記者は雨天が続いた後の快晴の日に、番頭から「当修善寺から、口野浜、多比《たひ》の浦、江の浦、獅子浜、馬込崎と、駿河湾を千本の松原へ向つて、富士御遊覧で、それが自動車と来た日には、どんな、大金持ちだつて、……何、あなた、それまでの贅沢でございますよ」と勧められ、「沼津の町へ私用がある」という旅館の主人とともに自動車に乗る。大正十五年五月七日の『読売新聞』の文芸欄内「よみうり抄」には、「泉鏡花氏　夫人と共に修善寺温泉から帰京」とあるので(7)、この「半島一奇抄」発表から約半年前の修善寺訪問体験こそが、作品の直接的な題材となった可能性は高い。実際、本作は伊豆の地理や風物をかなり忠実に取り込んだ紀行小説となっている。

例えば、作中では「大仁《おほひと》の町を過ぎて、三福《さんぷく》、田京、守木《もりき》、宗光寺畷、南條――と云へば北條の話が出た。……、四日町を抜けて、それから小四郎の江間、長塚を横ぎつて、口野、すなはち海岸へ出るのが順路であつた」と一行の行程の予定が詳細に述べられ、さらに、四日町まで来て「長塚の工事」が判明した際も、「砂を挙げて南條に引返し、狩野《かの》川を横切つた。古奈《こな》、長岡――長岡を出た山路には、遅桜の牡丹咲が薄紫に咲いて居た。長瀬を通つて、三津《みと》の浜へ出たのである」と変更後の行程が晩春の情景も交えて具体的に述べられる。修善寺→三福→田京→守木→宗光寺畷→南條→四日町→南條→古奈→長岡→長瀬→三津という作中の行程は、現在の国道一三六号線（下田街道）から県道一三一号線・県道一二九号線を経たうえで、県道一三〇号線を通る行程に該当する（なお、変更前の四日町→江間→長塚→口野という行程は、国道一三六号線から県道一三四号線を通る行程に該当する）と捉えられる。本作発表の時期に近い『五万分一地形図静岡二号・沼津』（大日本帝国陸軍測量部　昭和六・四）に照らし合わせてもまったく無理がなく、当時の人々が自動車で実際にたどっていた行程であったと推測される。

　また、三津の沿岸に出た際に運転手「辰さん」は「後方《あと》が長浜、あれが弁天島。――自動車は後眺望《あとながめ》がよく利きませんな、むかうに山が一ツ浮いて居ませう。淡島です。あの島々と、上の鷲頭山に包まれて、此の海岸は、これから先、小海、重寺、口野などと成りますと、御覧の通り平穏な駿河湾が、山の根を奥へ奥へと深く入込んで居ります」、「沖から此の辺の浦を一目に眺めますと、弁天島に尾を曳いて、二里三里に余る大龍が一條《ひとすぢ》、白浪の鱗、青い巌の膚を横《よこた》へたやうに見える、鷲頭山を冠《かむり》にして、多比の、就中《なかんづく》入窪んだあたりは、腕を張つて龍が、爪に珠を摑んだ形だと言ひます」と説明するが、ここで挙げられる淡島、鷲頭山、小海、重寺、口野、多比《たび》といった実在の地名や位置関係もきわめて正確である。その後、一行はトンネルを二つ通って獅子浜に達しそうになったところで、いったんは多比に引き返してから最後は沼津に向かうが[8]、こうした行程も実際の地名や位置関係にのっとっている。不審な点があるとすれば、主人が二つ目のトンネルを通った際に「国境《こくきやう》を越えましたよ」と言うことである。伊豆と駿河との「国境」はトンネルが続く多比ではなく、多比の手前にあたる重寺と口野との間に位置するはずなので、主人がこの台詞を発するタイミングは遅過ぎるのだが、作品の舞台の具体的な位置関係に疎い一般読者に向けては、トンネルが「国境」であるように描くのも小説的虚構として一策だろう[9]。

　三津→小海→重寺→口野→多比と一行がたどる内浦湾・江浦湾の沿岸一帯については、作中で旅館の主人の台詞として、「此の浦一円は鰯の漁場《れふば》で、秋十月の半ばからは袋網といふのを曳きます、大漁と成ると、大袈裟ではありません、海岸三里四里の間、づツと静浦の町中まで、浜一面に鰯を乾《ほ》します」と、イワシ漁で大いに賑わっていることが説明される（「静浦」とは、志下、馬込、獅子浜、江浦、多比、口野の六村を指す）。『沼津市史　通史別編　漁村』（沼津市　平成一九・三）には重寺、小海、三津、長浜、重須の内浦五村について、「沼津市域の漁村の中でも、最も漁業が盛んな地区である」と述べられる一方で、口野、多比、江浦の三村について、「湾内に入る魚の量が三津湾に比べ少なく、建切網漁はそれほど盛んではなかった。口野村・多比村の場合は、湾岸をとりまく岩山から石材を切り出し、入江を利用して舟で積み出す石材業が村人の生活を支えていた」とも述べられているので、人々の生活のなかで漁業が占める比重は若干の地域差があったようであり、その意味では、「此の浦一円」という主人の言い回しはやや大雑把な憾みがある。ただし、「石材業が村人の生活を支えていた」という事実は、作中で多比の「美しい女像」について、「石工《いしや》が入つて、鑿で滑《なめらか》にして、狡鼠《わるねずみ》を防ぐには、何より、石の扉をしめて祭りました」と語られることにつながる。

一方、新聞記者が前年に風流人の「居士」とともに訪れた三島については、三島名物である湧き水の様子が、「――御修繕中でありました。神社へ参詣をして、裏門の森を抜けて、一度一寸田畝《ちよつとたんぼ》道を抜けましたがね、穀蔵、もの置蔵などの並んだ処を通つて、昔の屋敷町と云つたのへ入つて、それから榎の宮八幡宮――此の境内が、殆《ほとん》ど水源と申して宜しい、白雪のとけて湧く処、と居士が言ひます」、「蟠つた樹の根の脈々、巌の底、青い小石一つの、其の下からも、むく〱とも噴出さず、ちろ〱ちろ〱と銀の鈴の舞ふやうに湧いて居ます」と、一見、実在の湧き水を踏まえていそうな細密さで描き出される。もっとも、三嶋大社の近辺の「榎の宮八幡宮」に該当する神社は特定し難い。三嶋大社の近辺の湧き水としては、現在、国の「天然記念物・名勝」に指定されている楽寿園のなかに存在し、源兵衛川の水源で中央の島に広瀬神社がある小浜池が江戸期から名高かったが、本作発表当時の楽寿園は大韓帝国の王世子・李垠《イウン》の別邸であった。したがって、新聞記者と「居士」が訪ねた水源地が小浜池であった可能性は低い。この直後に二人が訪ねる「榎の宮裏」の「色紙《しきし》形の湖」も含め、鏡花一流の想像の産物であった可能性も想定される。いずれにしても、三嶋大社の直ぐ近くのはずの李王世子の別邸についてまったく触れられないのは、それ以外の場面での地理が正確なのと比較して奇妙なことではある。

そして、「半島一奇抄」では言及をあえて避けたとおぼしい場所がもう一つ挙げられる。その場所とは、一行が自動車を走らせる行程の先に存在したはずの沼津御用邸である。獅子浜から沼津方面に約二キロ北上した島郷にあった沼津御用邸は、明治二十六年に当時は皇太子であった大正天皇の静養先として、葉山御用邸に先立って造営され、即位後の大正天皇が大正十年に病状の悪化で療養生活に入ってからも、葉山御用邸や日光御用邸とともに療養先の一つとして使用されてきた。大正天皇は大正十五年八月十日に皇居から葉山御用邸に移ったまま、同年末に亡くなったので[10]、本作発表当時の沼津御用邸は主が不在であったことになるが、死期を迎えつつあった大正天皇と深く結び付いた場所ではある。作中で一行は多比のトンネルで鼠が乗る（ように見える）自動車とすれ違うが、この自動車が来たのは沼津御用邸の方角にほかならない。大正という元号の一時代の終焉を数ヶ月後に控える時期に発表され、一方では伊豆の地理や風物をきわめて正確に取り込んでもいる本作は、沼津御用邸について作中で言及することは周到に避けつつ、当時の天皇と縁故の深い場所からまがまがしい存在が出現したように描き出す。

3　鼠に見える馬／馬に見える鼠

先にも紹介したように、「半島一奇抄」に何度も登場して強烈な印象を発する鼠については、斎藤愛氏が「人に害を及ぼすもの、何の動機も持たず、ただ人間に向かってくる悪の力」、「女性への犯しの象徴」と論じ、田中貴子氏が「全体的には鼠の気味悪さによって統一しようとする意図がうかがえる」と述べている。斎藤氏も田中氏も鼠に対する意味付けがやや抽象的な感がなくもないが、作中の鼠には、一義的に意味付けることを拒む異様な存在感があることも事実である。斎藤氏はまた、「鼠と馬のとりちがえがこの作品のメイン・モチーフになっている」という注目するべき指摘もしている[11]。ここでは、作中で鼠が登場する場面を確認して描き方の特色を分析したうえで、鼠が本作でどのような役割を担っているのかについて考察したい。

作中で初めて鼠に関する言及があるのは、旅館の主人が「十二三年に成りませうか。――可笑《をかし》な話がございますよ」と語る場面である。三津から長岡へ「石の桟道」が開通した際、県知事一行の馬車を見た「村長の爺様」が「突然七八歳《ななやツつ》の小児《こども》のやうな奇声を上げて、（やあれ、見やれ、鼠が車を曳いて来た。）」と叫んだというのだが、この珍妙な錯視について、主人は「別に不思議はありません。申したほどの嶮道で、駕籠は無理にも如何《どう》でせうかな――爾時《そのとき》七十に近い村長が、生れてから、いまだ嘗て馬と云ふものの村へ入つたのを見たことがなかつたのでございますよ」と説明する。それを聞いた新聞記者は「馬を見て鼠……何だか故事がありさうで変ですが――はあ、然《さ》うすると、同時に、鼠が馬に見えないとも限りませんか知ら」と気にかけ、前年に「居士」とともに三島を訪れた際の奇怪な体験を語り始める。主人が「可笑な話」と前置きするように、馬車を曳いている馬が鼠に見えたという逸話の方は、この地が辺鄙で交通の便が悪かったことを物語るにしても、童話「シンデレラ」でカボチャの馬車を曳く鼠のような牧歌性が漂う。大きな動物が小さな動物に見えたというのは、のちに「山海評判記」でも全面的に展開されるミニチュア趣味であり[12]、さらに言えば、威風堂々と訪れた県知事一行を矮小化する鏡花一流の権力者批判とも読める。

一方、鼠が馬に見えたという逸話のほうはこれと似て非なるまがまがしさがみなぎる。先にも触れた「榎の宮八幡宮」の裏手の森の「色紙形の湖」で、記者が「居士」とともに椿の花が流れるのを恍惚と見ていると、「薄い水脚が立つた、と思ふと、真黒な面《つら》がぬいと出ました」、「ぬめりとした長い面が、凡そ一尺ばかり、左右へ、いぶりを振つて、ひゆつひゆつと水を捌いて、真横に私たちの方へ切つて来る」という、それまでの静寂を打ち壊す出来事が起きて「居士」は「馬ぢや」と喚く。この馬と見誤られた鼠については続けて「実際巧に泳ぐ。が、凡そ中流の処を乗切れない。向つて前へ礫が落ちると、すつと引く。横へ飛ぶと、かはして避ける」、「はじめは首だけ浮いたのですが、礫を避けるはずみに飛んで浮くのが見えた時は可恐《おそろし》い禿斑の大鼠で」などと、「居士」を含めた人々が投げる石を巧みに避ける様子が語られ、さらに、宿場で火事が起きたとして「居士」が人々を連れて去った後も、一人で残った記者を通して「花がむく〱と動くと、真黒な面を出した、――尖つた馬です」、「鼠です。大鼠がずぶ〱と水を刎ねて、鯰がギリシヤ製の尖兜《とがりかぶと》を頂いた如く――のそりと立つて、黄色い目で、此の方をじろりと」と、記者の目にも鼠が馬に見えて逃げ出す羽目になった顚末が語られる。

水のなかを泳ぐ鼠に人々が石を投げ付ける場面は、あるいは、志賀直哉「城の崎にて」(『白樺』大正六・五)の類似した場面が意識されているかもしれない。鏡花は「半島一奇抄」より半年前の大正十五年四月、同じく『文藝春秋』に、自己の城崎滞在体験に基づく「城崎を憶《おも》ふ」を発表している。「城の崎にて」で大鼠が川に投げ込まれて人々から石を投げられる場面は、状況としては「半島一奇抄」に似通う。とはいえ、鼠の様子やそれを眺める主人公の反応は見事なまでに対照的でもある。「城の崎にて」では「鼠はどうかして助からうとしてゐる。顔の表情は人間にわからなかつたが動作の表情に、それが一生懸命である事がよくわかつた」などと、人間にさいなまれてなお生に執着する鼠の姿が描かれる。(13) しかも、主人公は「鼠が殺されまいと、死ぬに極《きま》つた運命を担ひながら、全力を尽して逃げ廻つてゐる様子が頭についた。自分は淋しい嫌な気持になつた」と、死に際でもがく鼠に強く感情移入し、自身が負傷して「出来るだけの事をしようとした」ことを想起したうえで、「自分は助からうと思ひ、何かしら努力をしたらうといふ気がする。それは鼠の場合と、さう変らないものだつたに相違ない」と自己の死生観を吐露する。(14) 「城の崎にて」の「自分」は死を恐れる自己を鼠に見いだしているのであり、その意味で、鼠は自己の生死に関する意識の延長上の存在として描かれている。

これに対して「半島一奇抄」の鼠は、記者や「居士」の意識と断絶した存在として描かれているだろう。記者は「城の崎にて」の「自分」のような鼠に対する感情移入はせず、水中で暴れる鼠をあくまでも一体の異様な動物として見据えている。さらに、続いて主人が語る「美しい女像」の足を鼠が噛むという逸話になると、聖なる存在を侵犯してやまない鼠に対する強烈な敵意が感じられる。現地の人々から祀られる「美しい女像」の聖性を汚す鼠たちは、斎藤愛氏が「ただ人間に向かってくる悪の力」と規定したように、人間の理非善悪を超越した集団的な暴力を振るってやまない存在である。このあたりの経緯は関東大震災直後の随筆「間引菜」(『週刊朝日』大正一二・一一・七)で、乏しい食糧を狙う鼠に対して「この時の鼠の憎さは、近頃、片腹痛く、苦笑をさせられる、あの流言蜚語とかを逞しうして、女小児《こども》を脅かす輩《ともがら》の憎さとおなじであつた。……」、「……灰色で毛の禿げた古鼠が、八九疋の子鼠をちよろ〳〵と連れて出て、日比谷を一散歩と言つた面《つら》で、桶の輪ぐらゐに、ぐるりと一巡《ひとめぐり》二三度して、すまして又縁の下へ入つて行く」などと、鼠の跳梁跋扈に対する憎悪をかなり露骨に表明している[15]ことを想起させる。日々の食糧に苦慮する「間引菜」の「私」にとって鼠は、「城の崎にて」の鼠のような自己の意識の延長とは無縁の完全な敵である。

もっとも、「間引菜」の鼠に対する憎悪が「私」の現実的な生活感に根差すのに対し、「半島一奇抄」の鼠に対する敵意にあふれた描き方は、登場人物たちの生活感と直接的につながるものではないので、例えば、一行がトンネルで対向車と際どくすれ違う場面で、主人と記者とが「何だか、口の尖《とん》がつた、色の黒い奴が乗つて居たやうですぜ」、「隧道《トンネル》の中へ押立つた耳が映つたやうだね」と言い交わす場面は、それまでの鼠の怪異をめぐる会話の流れからしても荒唐無稽に映る。だが、鼠が自動車に乗って人間を脅かすという荒唐無稽な悪夢、まさに怪異と呼ぶよりない出来事が生じる状況こそが、震災の記憶がまだ鮮明な時期に発表された本作の主眼であっただろう。作品の末尾で「美しい女像」が祀られている祠を訪ねた一行は、「供へた一束の葉の蔭に、大《おほき》な黒鼠が耳を立て、口を尖らして居た」ことに気付き、鼠を祠から追い立てるために自動車の爆音を立てると、鼠は「海へ飛んで、赤島に向いて、碧色《へきしよく》の波に乗」る。そこに「――馬だ――馬だ――馬だ」という叫び声が響くのだが、この鼠が馬に見える三度目の場面で叫び声を発しているのが、それまで鼠に関する会話を交わしていた記者や主人、運転手ではなく、たまさかに居合わせた「漁夫」であるとおぼしいことに注目したい。ここでは、自動車という密室内で語られていた怪異が実体化して外部に溢れ出し、無関係であった人間までも巻き込んでいく。

海上へと逃走した鼠は記者たちの思惑どおりに駆逐されたようでもあるが、のちに触れる「鮟鱇坊主」のように、再び上陸して「美しい女像」を汚す機会をうかがっているようでもあり、「美しい女像」の聖性は脅威にさらされ続けていると読むべきだろう。先に、鼠が自動車という文明の利器を操って人間を脅かす場面について、「荒唐無稽な悪夢」や「怪異と呼ぶよりない出来事」と表現したが、作中で三度も繰り返される鼠が馬に見える場面にしても、それに先立つ馬が鼠に見える場面の童話的な牧歌性の不気味な陰画として、小動物が大きな動物に見えるという怪異に重点が捉えられる。無論、ここで言う「荒唐無稽な悪夢」や「怪異と呼ぶよりない出来事」は、単なる非現実的な妄想ではない。鏡花自身も本作発表のわずか三年前には、それまでの日常生活が完全に崩壊したなかで鼠と食糧を奪い合い、無責任な流言飛語の横行に困惑しつつ、鼠を駆り立てる鼬の活躍に頼もしさを覚える日々を送るという、本来は「荒唐無稽」であったはずの「悪夢」の日々を過ごしたことは、先に触れた「間引菜」にも生々しく記されている。

馬が鼠に見える一方で鼠が馬に見え、さらには、鼠が自動車に乗って人間を脅かすに至る本作の趣向は確かに奇天烈だが、この怪異の根底に刻み込まれているのは、関東大震災というまさに天地が転倒したような災害の記憶にほかならない。無論、鏡花文学では明治期の「化鳥」(『新著月刊』明治三〇・四)や「高野聖」などでも、禽獣と人間とが入れ替わるような悪夢的状況が描かれている。さらに言えば、鈴木啓子氏が「歌行燈」について、正統と異端の「転覆・解体」や「融合」の「物語」を捉えたように、鏡花は既成の価値基準をアイロニカルに転倒させることで、ダイナミックな運動性を持つ虚構世界を構築する戦略を試みてきた。虚構世界の優れた構築者としての鏡花の方法論の一端は、既成の価値基準に対する作中の鮮やかな転倒にあったと言えるだろう。そうした虚構世界としての完成度が高いとは言い難い本作は、その代わりに、現実の価値基準の転倒から間もない時点ならではの実感の反映を持つ。「歌行燈」では価値基準の「転覆・解体」が「物語」の方法論であったが、「半島一奇抄」は(あるいは、本作を含めた後期鏡花小説は)価値基準の「転覆・解体」が眼前で起きた状況を前提とし、いわば、従来の「物語」の方法論が無効化されてしまった地点から怪異を描き出す。

4 海からの漂着者たち

まがまがしい鼠に対する怯えが作品を貫く重要な要素となる一方で、斎藤愛氏が「何が中心になっているのか、つまり何が書かれ何を目指して書かれているのか、読み取ることは困難」と評したように、「半島一奇抄」では他にも魅力的かつ不可解な要素がいくつもはらまれている。特に注目されるのは、「鮟鱇坊主」と「美しい女像」という二つの対照的な「漂流物」である。いずれも新聞記者が三島の鼠について語った後、旅館の主人が「それを伺つては何《ど》うやら黙つて居られないやうな気がしますので」と語り始める談話のなかに登場する。本作が『妖怪文藝〈巻之参〉魑魅魍魎列島』に収録された際には、天野行雄氏が描いた「鮟鱇坊主」のややユーモラスなイラストが掲載され、「伊豆半島江浦湾で目撃された」「海辺の怪」などという、昭和四十年代の「妖怪図鑑」の類いを模したとおぼしい解説も付された。「美しい女像」については鼠との関わりで先にも触れているが、「鮟鱇坊主」と同じく海から当地に漂着したことに留意しつつ、作中での描かれ方を改めて確認したうえで、これら二つの「漂流物」が作中で担う役割について検討したい。

まず、「鮟鱇坊主」については、獅子浜の漁師の親子が夜釣りに出た先で、「びしやり〳〵、ばちや〳〵と、ふなべり舷で黒いものが縺《もつ》れて泳ぐ」のを助け上げたところ、「ぐしよ濡れの坊主」であったという出来事が語られる。坊主は陸に上がって干してあったイワシを頬張り始めると、「頬張るあとから、取つては食ひ、摑んでは食ふごとに、あなた、だん〳〵腹這ひにぐにや〳〵と首を伸ばして、ずる〳〵と鰯の山を吸込むと、五斛、十斛《こく》、瞬く間に、満ちみちた鰯が消えて」という人間離れしたすさまじい食欲を示す。先の『妖怪文藝〈巻之参〉魑魅魍魎列島』の紹介では、あたかも「鮟鱇坊主」を正式な名称とする固有の妖怪のようだが、作中で主人が「鮟鱇坊主と、……唯今でも、気味の悪い、幽霊の浜風にうはさをしますが、何の化ものとも分りません。――」と述べているので、「鮟鱇坊主」はあくまでも便宜上の呼称と見なされ、その正体は作中でも最後まで明白にされることはない。泳いでいる様子を聞いた記者が思わず「鼠」と発言するように、その正体はともかく、人間を脅かすまがまがしさという点では作中の鼠と重なる存在ではある。

次に、「美しい女像」については、「鮟鱇坊主」の逸話に続けて「昨年――今度の漂流物は、そんな可厭《いや》らしいものではないので」という、「鮟鱇坊主」とは明白に差別化する前置きのもとに語られ始める。主人によれば、口野の入海に「大な青竹の三尺余のずんど」が漂着したが、「青竹の中には、何ともたとへがたない、美しい女像がありました」とのことである。続いて「天女のやうだとも言へば、女神の船玉様の姿だとも言ひますし、いや、ぴら〳〵の簪して、翡翠の耳飾を飾つた支那の夫人の姿だとも言つて、現に見たものが其処にある筈のものを、確《しか》と取留めたことはないのでございます」と語られるのは、「眉かくしの霊」で伊作が「桔梗ヶ池の奥様」を目撃したにもかかわらず、美しさに目が眩んで「奥様」の容姿を定かには覚えていないことを想起させる。なお、「竹筒ばかりではない。それがもう一重、セメン樽《（ママ）》に封じてあつた」と語られることと、本作と同年の一月に、葉山嘉樹が『文芸戦線』に発表した「セメント樽の中の手紙」との関係の有無は、既成の文学史の見直しにつながる可能性をはらんでいるにしても、軽率な判断は控えざるをえない。そもそも、本作により直接的な影響を与えていそうな作品としては、柳田國男がやはり大正十五年の四月に、『中央公論』に発表した「うつぼ舟の話」を挙げるべきだろう。

「鮟鱇坊主」と「美しい女像」とが対照的に描かれていることを確認したが、いずれも海からの「漂流物」という点では変わりがなく、対照的なようで本質は表裏一体の存在とも捉えられる。種田和加子氏は「半島一奇抄」の前年に発表された「甲乙《きのえきのと》」（『女性』大正一四・一）を論じるに際し、主人公・秋庭が何度も目にする「二人の婦《をんな》」について、「この二人は、吉とでるか、凶とでるか、関わった者の受け止め方が問われる存在であった」、「「二人の婦」もまた世界に激しい軋みをもたらす「魔」の振幅をかね備えた存在なのだ」と説いている。[16]「鮟鱇坊主」と「美しい女像」も、「吉とでるか、凶とでるか、関わった者の受け止め方が問われ」、「世界に激しい軋みをもたらす「魔」の振幅をかね備えた」という点で、「甲乙」の「二人の婦」と同様の役割を作中で担っているだろう。「甲乙」では「二人の婦」の両義性として描かれていたものが、「半島一奇抄」では「鮟鱇坊主」と「美しい女像」へと二分化され、さらに、鼠というより即物的な同時代性をはらんだ「魔」が、「鮟鱇坊主」のまがまがしい存在感と重なる一方で、「美しい女像」の聖性を侵犯しようとしたたかに身構え続ける。作品としての完成度は別として、幼少期への郷愁や運命的な女性への憧憬を断ち切れない「甲乙」に対し、「半島一奇抄」

は、「魔」がもたらす同時代の「激しい軋み」により真っ向から対峙しつつある。

ここで、「鮟鱇坊主」や「美しい女像」が海から漂着する場所である一方で、鼠が海へと逃走する場所でもある浜辺の多義性についても触れておきたい。本作では基本的に自動車のなかでの出来事が大半を占めることもあり、浜辺の情景を直接的に描いた場面はほとんど存在しないが、周知のように、鏡花文学では浜辺がしばしば異界へとつながる境界になってきた。初期の「星あかり」（『太陽』明治三一・八）では、「浪打際は綿をば束ねたやうな白い波、波頭に泡を立てて、どうと寄せては、ざつと、おうやうに、重々しう、飜《ひるがへ》ると、ひた〳〵と押寄せるが如くに来る。これは、一秒に砂一粒、幾億万年の後には、此の大陸を浸し尽さうとする処の水で」などと、水が絶えず出入りするダイナミックな空間としての浜辺が提示されるし[17]、関東大震災直前の「女波《めなみ》」（『サンデー毎日』大正一二・七・五）では、「白々とした膚を、のび〳〵と――磯馴《そなれ》松の濃き、青田の浅翠《あさみどり》なす――大幅の蚊帳の彼方に、人間をごろ〳〵させ、沖には鮫、鯨を泳がせながら、安かに、平かに、夜露にしつとりと憩つた状《さま》は、宛然《さながら》妖婦の面影である」という具合に、人々が暮らす生活圏と「鮫、鯨」が棲む海との接点としての浜辺が、身体を横たえた「妖婦」へと生々しく擬人化されて描かれる[18]。

「半島一奇抄」の舞台である内浦・静浦は実際に漂着物が多く、例えば、沼津市歴史民俗資料館編『沼津市文化財調査報告　第9集　沼津内浦の民俗』（沼津市教育委員会　昭和五一・三）には、「海上に漂っていたのを祀ったという」「小海の日吉亀男氏宅」の大黒像が写真入りで紹介され、「長浜のオシンメ様（長浜神社に奉祀）や、弁天様は海から流れついたものといわれる」とも述べられている。また、作中で主人公たちが自動車で通過する多比のトンネルの近くには、漂着神と関係が深い蛭子尊《ひるこのみこと》を祀った多比神社が存在することから[19]、鏡花が当地を実際に訪れ、「漂流物」が多い場所として創作意欲を刺激されたとも推測される。「鮟鱇坊主」も「美しい女像」もランダムに漂着する浜辺は、震災後の混迷を映し出す空間として特に選ばれたのであり、「何が中心になっているのか、つまり何が書かれ何を目指して書かれているのか、読み取ることは困難」と評される本作の怪異が生じる作品世界も、そうした浜辺の多義性に由来することには留意する必要がある。端的に言えば、浜辺という多義的な場所を舞台とする本作は、「何が中心になっているのか、つまり何が書かれ何を目指して書かれているのか、読み取ること」が「困難」な作品として描かれたと捉えられ、少なくとも、単なる散漫な失敗作とは区別されるべきだろう。

5　柳田民俗学と「半島一奇抄」

先述のように、「半島一奇抄」が掲載された『文藝春秋』大正十五年十月号には、柳田國男の随筆「清光館哀史」も掲載されていた。「私」が九戸小子内を訪ねたところ、六年前に泊った清光館という宿屋がなくなっていたことに始まる本作で、宿屋の一家の没落を知った「私」は、「あんまり永い忘却、或は天涯万里の我々の漂遊が、何か一つの原因であつた様な感じもする」と思い、六年前の旧暦の盆の夜とは表情が一変した村人をいぶかりつつ、盆踊りの「何なりともせよかし、どうなりとなさるがよいと、男に向つて呼びかけた恋歌」の歌詞から、「忘れても忘れきれない常の日のさま〴〵の実験、遺瀬無い生存の痛苦、どんなに働いても尚迫つて来る災厄、如何に愛しても忽ち催す別離、斯ういふ数限りも無い明朝の不安」を感じ取る。[20] 後には東北関連の文章をまとめた『雪国の春』に収録されるなど、柳田の代表的な随筆として幅広く親しまれている一編である。現行本文が七節に分かれているのに対して初出本文は二節に分かれ、それ以外にも現行本文と初出本文との間には細部の異同が多いが、文章全体の骨子としては現行本文も初出本文も大差はないと見なされる。

この時期の柳田は大正十四年四月に『海南小記』（大岡山書店）を刊行し、大正十五年十一月に『山の人生』（郷土研究社）を刊行する一方で、大正十四年十一月には雑誌『民族』を創刊していくつもの研究会を催すなど、民俗学の確立に向かって活動を本格化させていく。「清光館哀史」も単なる感傷に浸るのみの紀行文ではなく、盆踊りの歌詞に耳を傾けることで、束の間の楽しみを得ていた古来の人々の心情を慮る射程の長い思考には、昭和期に入って前面化する「常民」に対する眼差しの萌芽が捉えられる。このきめ細かな洞察力に貫かれた文章と比較した際、柳田の親友であった鏡花が同じ誌上に発表した「半島一奇抄」は、対向車に鼠が乗って見えたという場面に代表されるように、近代文明に毒されて奇をてらった俗っぽい発想の産物のようにも映る。だが、浜辺という多義的な場所を舞台とした荒唐無稽な悪夢の一幕こそが、鏡花が描き出そうとしたものであり、関東大震災からわずか三年後の混沌とした世相を背景に、後の民俗学の確立者として古来の人々の心情に思いを馳せる柳田と、文明を受け入れた同時代に生じる怪異（種田和加子氏が言う「激しい軋み」）を小説家として描き出す鏡花とは、ある程度まで同じ立脚点を共有しつつ、各自の手段によって別個の方向を目指しているだけとも言える。

「四」で「半島一奇抄」への影響の可能性を指摘した「うつぼ舟の話」は、「宝暦七年の八月の或日」の「加賀国の安宅《あたか》の浜」に、三人の死体が入った「四方各九尺ばかりの厚板の箱」が漂着したことから語り起こし、「うつぼ舟」で人間や神を海に流した伝承をたどったうえで、末尾では「単に文芸上の興味からだけであつたら、事如何に奇異なりとも是だけ弘く、且つ数千年の久しきに亘つて記憶せられるわけは無い」、「此信仰を保存するに足るだけの、宗教行事が持続されて居たのである」として、宇佐八幡宮や津島神社の神を海や川に流すという儀式を紹介する[21]。そして、「旧暦六月十四日」に胡瓜を川に流すという習慣について、「思ふに此瓜も亦一つのうつぼ舟であつて、自然の水の力の導きのまゝに、次から次へと宣伝した旧い時代の信仰の風を、無意識に保存するものであらう」と述べている[22]。「半島一奇抄」の海から漂着した「美しい女像」は、おそらく「うつぼ舟の話」で紹介された神々をヒントにしているだろう。だが、鏡花は「旧い時代の信仰の風」が汚されようとする現状への不安も、鼠の冒瀆的な行動を通して描かずにはいられなかった。なお、「うつぼ舟の話」で「大海を取繞らした日本国の岸には、久しい年代に亘つて流れ寄るものが無数であつた」と、漂着物の集積場としての浜辺について触れられるのは[23]、先に鏡花の作品に則して指摘した浜辺という場所の多義性に結び付く。

　これまで鏡花が柳田と関係付けられて論じられる際は、実生活での長年の親密な交遊関係以外に、「山海評判記」で矢野が「オシラ神」について語る場面など、鏡花文学における柳田民俗学の受容だけが注目されがちであった。例えば、上記の場面などに着目した山田有策氏は、「鏡花は柳田を尊敬し、その〈民俗学〉を吸収しようと試みている。とくにこの「山海評判記」では柳田学をその想像力の源淵にすえようとして悪戦苦闘している」と捉えたうえで、「どうひいき目にみても成功作とは言い難い」と結論付け、その理由として、「鏡花独自の奔放とも言える想像力が柳田の学的体系にからめ取られて自在さを欠いたこと」を挙げる。[24]だが、本当に重要なのは、互いに刺激を与え合う間柄であった両者が同時代を生きつつ、一方は小説や戯曲の実作者、一方は民俗学などの確立に向かう学者という各自の道で築いた成果について、立場を異にする両者の問題意識の乖離も含めて見据えることである。単純に鏡花が柳田の学問を正確に受容したかということや、正確な受容に基づいたうえで独自性を示したかということではない。

実際、安部亜由美氏は「山海評判記」のオシラ神を奉ずる一党の造型と、作品発表時に柳田が主張していた学説を丹念に検討しつつ、両者には「相当に径庭があることは明らか」と指摘し、むしろ、柳田が大正初期に「巫女考」(『郷土研究』大正二・三〜三・二)で唱えていた学説が、一党の「発想の源泉」になったことを重視している。[25]民俗学を確立しつつあった柳田が捨て去ったかつての学説から、鏡花は小説のヒントを得て積極的に読み替えていったことになる。さらに、安部氏の見解を「首肯すべきもの」と見なす富永真樹氏も、「柳田論のなかで白山信仰とオシラ神の関係性が失われたときに消えたのは、漂泊の要素だけではない。移動する巫女と、その根底にある神の意志という要素も同時に失われていた」と説き、「山海評判記」の「土地の神の意志によって見果てぬ白山という地を目指し、様々な人や土地の物語や信仰を巻き込んでいく永遠のうねり」、「あらゆるものをおおらかに飲み込んでなお進み続けようとするダイナミズムと批評性」を評価する。[26]そうした「永遠のうねり」「ダイナミズムと批評性」に目を向け、一編の小説としての「山海評判記」の読解の可能性を探るならば、「柳田の学的体系にからめ取られて自在さを欠いた」といった従来の否定的な見解にも、再検討の余地が生じるはずである。[27]

「半島一奇抄」も柳田の「うつぼ舟の話」から着想を得つつ、古来の信仰が広がる壮大な世界へと遡行する「うつぼ舟の話」とは逆に、自動車が僻地の狭隘な道を疾走する同時代の卑近な現実のなかで、鼠の集団的な暴力にさらされる「美しい女像」の受難を描き出す。既に斎藤愛氏が「「山海評判記」と大変似通ったつくりになっている」と指摘していることは「二」で紹介したが、伊豆半島を舞台にした軽やかな小品と能登半島を舞台とした晦渋な大作は、自動車の登場や実在の作家の名前を出すといった細部の趣向以上に、作品のより本質的な問題として、柳田民俗学を同時代のなかで積極的に読み替えていく姿勢が共通する。無論、実生活での鏡花と柳田との交遊関係自体に取り立てた亀裂はなかっただろう。だが、同じ誌上に発表された「半島一奇抄」と「清光館哀史」を併置すれば、両者が目指していたものが同一であったとは言い難い。おそらく鏡花にとって柳田が確立しつつあった学問としての民俗学は、自己のかねてからの関心に強く呼応する一方で、自己が抱く問題意識を十全には託しきれない対象として認識されていた。それゆえに、昭和期の鏡花は柳田民俗学を意識して怪異を描き出した小説を発表し続ける。その意味で、民俗学者としての柳田は実作者としての鏡花にとって最大の好敵手であり、また、あえて異なる方法で共闘し続ける同時代のパートナーでもあっただろう。

注

（1）鈴木啓子「正統と異端の転覆――鏡花における古典摂取とその精神――」（『文学・語学』二〇一　平成二三・一一）
（2）斎藤愛「「半島一奇抄」について」（『論樹』六　平成四・九）
（3）注（2）に同じ
（4）田中貴子「モダン東京に怪異あらはる」（『鏡花と怪異』、平凡社　平成一八・五）
（5）東雅夫「編者解説」（東雅夫編『妖怪文藝〈巻之参〉魑魅魍魎列島』、小学館文庫　平成一七・一一）
（6）田中励儀「解説」（田中励儀編『鏡花紀行文集』、岩波文庫　平成二五・一二）
（7）同記事については、『新編泉鏡花集』別巻二（岩波書店　平成一八・一）収録の吉田昌志「年譜」で存在を知った。

（8）三津から口野を経て獅子浜に至る行程は、現在の県道十七号線から国道四一四号線を通る行程に該当する。
（9）他にも不審な点としては「多比」について、『文藝春秋』初出時にはルビがなく、『昭和新集』収録時に「たひ」という誤ったルビが付されたことがあるが、これは「たび」と音が濁るのを嫌ったがゆえの改変とも考えられる。
（10）大正天皇の晩年については、原武史『大正天皇』（朝日新書　平成二二・一二）や古川隆久『大正天皇』（吉川弘文館　平成一九・八）を参照した。
（11）注（2）に同じ
（12）種村季弘「泉鏡花と白山信仰」（『國學院雑誌』平成九・一一）は、「おもしろいのは『山海評判記』という小説が全篇にわたって、おもちゃ、模型、ミニチュアのような、ペラペラして、場合によってはちゃちで安物の、子供っぽいフェティッシュ（呪物）に満ち満ちていることです」と指摘している。
（13）「城の崎にて」の引用は『志賀直哉全集』第三巻（岩波書店　平成一一・二）に拠る。
（14）注（13）に同じ
（15）「間引菜」の引用は『鏡花全集』巻二十七（岩波書店　昭和五一・一）に拠る。
（16）種田和加子「到来する魔」（『泉鏡花論　到来する「魔」』、立教大学出版会　平成二四・三）
（17）「星あかり」の引用は『鏡花全集』巻四（岩波書店　昭和四九・二）に拠る。
（18）「女波」の引用は『鏡花全集』巻二十二（岩波書店　昭和五〇・八）に拠る。なお、副田賢二「表現システムとしての〈怪異〉とノスタルジア――一九二〇年代の文学的想像力と「他者」の変容」（一柳廣孝監修・茂木謙之介編著『怪異の時空3　怪異とは誰か』、青弓社　平成二八・一二）は、「「女波」の視覚性は、震災以前の幻想的フェミニティ表象の典型的形態といえるだろう」と説いているが、それに乗じるならば、「半島一奇抄」は（「女波」に見られた）「震災以前の幻想的フェミニティ表象」が崩壊した地点から書かれている。
（19）現在の多比神社の鳥居の左脇の岩屋には石製の恵比寿像（恵比寿は漂着神代表格で蛭子尊と同一視される）が祀られている。
（20）「清光館哀史」の引用は『柳田國男全集』3（筑摩書房　平成九・一二）に拠る。
（21）「うつぼ舟の話」の引用は『柳田國男全集』11（筑摩書房　平成一〇・五）に拠る。

（22）注（21）に同じ
（23）注（21）に同じ
（24）山田有策「柳田國男と鏡花」（『深層の近代――鏡花と一葉』、おうふう　平成一三・一）
（25）安部亜由美「「山海評判記」――民俗学との関わり」（『解釈と鑑賞』平成二一・九）
（26）富永真樹「土地の神が〈怪異〉になるとき――泉鏡花「山海評判記」から」（一柳廣孝監修・今井秀和／大道晴香編著『怪異の時空1　怪異を歩く』、青弓社　平成二八・九）
（27）私自身のこれまでの「山海評判記」読解の試みとしては、「「紙芝居」化する世界――「山海評判記」論」（泉鏡花研究会編『論集　昭和期の泉鏡花』、おうふう　平成一四・五）、「「山海評判記」試論――矢野を巡る二人の女性――」（泉鏡花研究会編『論集　泉鏡花』第四集、和泉書院　平成一八・一）、「小説家の眼差しの彼方に――視線のドラマとしての泉鏡花「山海評判記」」（『物語研究』一〇　平成二二・三）などがある。
※本論は第五十二回泉鏡花研究会での口頭発表「自動車に乗る鼠――「半島一奇抄」論」（会場：修善寺新井旅館　平成二五・三・二六）、第五回怪異怪談研究会での口頭発表「後期鏡花小説が描き出す怪異――「半島一奇抄」を中心に」（会場：法政大学市ヶ谷キャンパス　平成二五・六・一）に基づき、のちに調べ直したことや考え直したことなどを付け加えてある。
※「半島一奇抄」の引用は『鏡花全集』巻二十三（岩波書店　昭和五〇・九）に拠る。ただし、その他の引用も含め、いずれも漢字を基本的に新字体に改めて不必要なルビは省略してある。

コラム4　走りゆく怪、流れつく怪——車窓がつなぐ陸と海

地方を旅する。それは近代小説や戦後のマンガで、怪異と出会うために必要な「回路」の一つでもあった。そこでは、どの土地・どの道を行くのか、交通手段は何か、といった点が問題になってくる。

泉鏡花が紡ぐ幻想の物語の多くには、前近代的、あるいは民俗学的な要素が含まれている。実際に存在する地名や民俗知識が登場し、物語の世界観を支えているのである。

一方で鏡花の小説では、近代的な交通手段も効果的に用いられる。『高野聖』は僧侶が徒歩で飛騨の山越えをする話だが、その旅を支えるのはきわめて近代的な「参謀本部編纂の地図」であり、また、この追想の物語は東海道掛川の宿から「汽車」で同道することになった僧侶と青年の会話をきっかけに始まる。ただし、物語での描写が実際の地理と完璧に呼応する必要はなく、むしろ、実際の地理という素材を利用して、そこに虚実入り交じった世界を幻出させるのが鏡花のとった手法だった。

さて、風光明媚な名所を「名勝」、奇なる景色を「奇勝」というが、ときに失敗作とも評される鏡花の短篇『半島一奇抄』は、伊豆半島の海浜地域を舞台に、一瞬の奇怪な幻視を連ねて描出された掌篇（抄篇）である。

本作は、国道や県道を走る「自動車」の車窓風景を媒介にして、伊豆半島の地理を詳細に記す。ただし車内の会話では、鼠が馬に見える（あるいはその逆）などの幻視や「鮟鱇坊主」など、不可思議な土地の記憶が開陳される。

また、海という異界から〝海上の道〟を通って現れた竹筒入りの「美しい女像」（うつぼ船やかぐや姫、媽祖像などを思わせる）は、不気味な鼠につけ狙われているという。こうした、幻想の伊豆での奇怪なイメージが、あたかもトンネルを抜けて次々に変わりゆく車窓風景のように明滅したのち、主旋律が見当たらない物語はやや唐突に終息する。

では、これは失敗作なのか。そうした予断は危険かもしれない。本作を、「物語」という無言の強制力に対して翻された、鏡花なりの反旗として捉える読み方もまた、ありうるのである。土地の記憶という虚実ない交ぜの「歴史」を抱え、混沌とする浜辺の景色。鏡花が描き出そうとしたのは、そんなものだったのかもしれない。

（今井秀和）

第10章　岡本綺堂の怪談

岡本綺堂は「修禅寺物語」（『文芸倶楽部』明治四四・一）に代表される多数の戯曲や、全六十八篇に及ぶ『半七捕物帳』シリーズ（『文芸倶楽部』大正六・一～『講談倶楽部』昭和一二・二）の作者として名高いが、それらと並ぶ重要な業績として、関東大震災以降に発表した数多くの怪談読物（怪奇小説）が挙げられる。その代表格は大正十四年三月から十二月まで『苦楽』に連載された後、翌年三月に春陽堂から単行本化された『青蛙堂鬼談』[1]だが、その他の怪談集に『近代異妖編』（春陽堂　大正一五・一〇）や『異妖新編』（春陽堂　昭和八・三）があり[2]、また、『三浦老人昔話』（春陽堂　大正一四・五）や『探偵夜話』（春陽堂　昭和二・五）、『古今探偵十話』（春陽堂　昭和三・八）、『怪獣』（春陽堂　昭和一一・一一）などにも怪談めいた作品が少なからず含まれている。さらには、『世界怪談名作集』（改造社　昭和四・八）や『支那怪奇小説集』（サイレン社　昭和一〇・一一）という訳業もある。

しかも、綺堂の怪談は同時代の読者から好評を得ていたのみならず、発表から数十年を経た現代まで幅広く読み継がれている。例えば、『青蛙堂鬼談』は旺文社文庫の『影を踏まれた女』（昭和五一・一）には七篇が、光文社文庫の『影を踏まれた女』（昭和六三・一〇）には全十二篇が収められ、最近刊行された『岡本綺堂伝奇小説集　其ノ三　怪かしの鬼談集』（原書房　平成一一・七）にも、光文社文庫版と同様に全作品が収められている[3]。また、個別の作品が各種のアンソロジー（主に怪奇小説集の類い）に採られることも多い。『半七捕物帳』シリーズは推理小説の古典的名作として定評があるが、『青蛙堂鬼談』に代表される怪談もまた、怪奇小説の古典的名作としてやはり高い評価を受けているのである。

とはいえ、本論は単なる怪奇小説の古典的名作として綺堂の怪談に着目するのではない。本論の最終的な意図は、通常の文学史ではほとんど黙殺されてきた綺堂の怪談を、同時代の状況とも関連付けて検討することにある。周知のように、綺堂が怪談を相次いで発表していた大正末期から昭和初期にかけては、プロレタリア文学や新感覚派、さらには、いわゆる大衆文学も台頭するという日本の近代文学の一大転換期でもあった。『青蛙堂鬼談』や『三浦老人昔話』の連載された『苦楽』は、編集者として川口松太郎や直木三十五を迎え、江戸川乱歩「人間椅子」（大正一四・九）や国枝史郎「神州纐纈城」（大正一四・一〜一五・一〇）も発表されるなど、当時の大衆文学台頭の一翼を担う存在であったし、その他の作品の発表媒体にも、『新小説』『文芸倶楽部』『講談倶楽部』のような旧来の雑誌がある一方で、ともに大正十一年に創刊された『サンデー毎日』『週刊朝日』のような新時代の雑誌もある。

川村湊氏も「綺堂の怪談は、プロレタリア文学の勃興やモダニズム文学の流入と〝同時代〟だったのである」と指摘するように[4]、綺堂の怪談が発表されたのが関東大震災以降であったことの意味、換言すれば、震災以降の都市大衆社会時代での綺堂の怪談の存在意義を検討する必要がある。綺堂の怪談も包含されることになる大衆文学の台頭については、例えば、鈴木貞美氏が「日本の「大衆小説」は「都市大衆社会の形成期にそれに棹さすかたちで登場した」と説いてもいるが[5]、本論では綺堂の怪談を「日本の「大衆小説」」一般に還元するのではなく（ただし、そうした観点も重要ではあるだろう）、あくまでも、作品自体の固有の問題としての文学史的な意義を検討したい。それはまた、綺堂の怪談が現代も読まれている所以を考察することともおのずと関連するだろう。

1　因縁因果の排除

旺文社文庫版『影を踏まれた女』の編者である都筑道夫氏は、「綺堂を古風な怪談作家のようにしか、思っていないひとがいるのは、残念でならない。綺堂はいまでも、もっとも新しい恐怖小説の作家なのである」と主張している。「鶴屋南北の芝居や、三遊亭円朝の人情ばなしも、すぐれた怪奇のシーンをふくんではいるが、全体的には因縁因果の物語で、イギリスあたりでいえば、ゴシック・ロマンということになるだろうか」と捉える都筑氏は、「つじつまのあわないところ、説明がぬけているところから、生じる怖さこそ、綺堂の怪談の特徴であろう。容易に怪異を信じない現代人も、説明の欠けているところを、自分でおぎなおうと考えているうちに、何となく怖くなってくるのだ」と説明する。[6] 因縁因果の排除に綺堂の怪談の現代性を捉えるこの見解に対しては、川村湊氏が後述のように部分的な異論を唱えている一方、加門七海氏も都筑氏と同様に、「(引用者注・綺堂は)辻褄の合わない怪談の恐怖を承知した上で、話を一層、恐ろしくする効果としてそれを用いたのである」と指摘している。[7] まずは、これらの指摘をいくつかの具体的な作品例に則して確認しよう。

　実際、綺堂の怪談では奇怪な出来事が淡々と語られるのみで、それらが生じた理由については説明されないことが多い。端的なのが『青蛙堂鬼談』中でも傑作とされる「猿の眼」(『苦楽』大正一四・一〇)であり、「わたくし」の父が二度も入手した猿の仮面の眼が闇のなかで光り、それとともに父の友人の井田や「わたくし」の母に怪事が生じるというのだが、その末尾は次のように結ばれる。

「お話はこれだけでございます。その猿の眼には何か薬でも塗ってあったのではないかと言う人もありましたが、それにしても、その仮面が消えたり出たりしたのが判りません。井田さんの髪の毛を掻きむしったり、母のたぶさを摑んだりしたのも、何者の仕業《しわざ》だか判りません。いかがなものでしょう。」
「まったく判りませんな。」
　青蛙堂主人も溜め息まじりに答えた

あるいは、『三浦老人昔話』中の一篇である「置いてけ堀」(『苦楽』大正一三・四)では、御家人が本所の「置いてけ堀」に釣りに行って拾った櫛を下女に与えると、釣った鰻に混じっていたらしい蝮に指を噛まれたり、「置いてけえ」という声が幾度も繰り返して聞こえたり、さらには、櫛を差した下女が奇妙に美しく見えたりして狂乱するのだが、その末尾近くには三浦老人の台詞として、「その櫛と、置いてけえと呼ぶ声と、そこにも何かの関係があるのかないのか、それも判りません。櫛と、蝮と、置いてけ堀と、とんだ三題話のようですが、そこになんにも纏まりの付いていないところが却って本筋の怪談かも知れませんよ」とある。また、『近代異妖編』に収められた「影を踏まれた女」（『講談倶楽部』大正一五・一）では、月夜に子供たちに影を踏まれた娘・おせきは生気を喪失したあげく、一年後の十三夜に素姓不明の武士によって切り殺されてしまうが、その末尾も「誰にも確かな説明の出来るはずはなかった。ただこんな奇怪な出来事があったとして、世間に伝えられたに過ぎなかった」と結ばれる。

同様の例は他にも数多いが、特に注目したいのは『近代異妖編』中の小品「百物語」（初出不詳）である。宿直の若侍たちが百物語に興じていたところ、一話ごとに奥の書院の灯心を消しに行く道筋の部屋に、中途から首を括った格好の白衣の女性が現れるようになり、しかも、それが島川という奥勤めの中老に似ているというので、奥家老が島川の安否を確認しに赴くと、その間に白衣の女性は若侍たちの目前で消えてしまった。奥家老の来訪の際には病臥していたのみであった島川は、後日に自室で首を括って死んだというのが本作の梗概である。平秩東作『怪談老の杖』（宝暦四年序）中の「厩橋の百物語」に基づくことは、既に都筑氏が指摘済み(8)だが、原典には「延享の始めの頃、厩橋の御城内」とあるのを、「弘化元年とか二年とかの九月、上州の或る大名の城内」と変え、登場人物名も原典の中原忠太夫を中原武太夫に改めるなど、細部の設定は若干改変している一方で、会話や心理描写はおおむね原典の表現に準じて現代語に移している。とはいえ、原典からの変更が少ないことは必ずしも本作の欠点ではない。むしろ、それゆえにこそ、本作は綺堂の怪談のなかでも特に密度の濃い逸品となっているのだが、ここで重要なのは本作と原典とでは末尾が微妙に、そして、ある意味では決定的に相違することである。

まず、原典である「厩橋の百物語」の末尾を挙げる(9)。

そののち、此島川は、人を恨むる事ありて、自分の部屋にて首を縊り失にき、此前表を示したるものなり、されば、人の云ひ伝ゆる事、妖気の集る処、怪をあらはしけるなるべし、彼忠太夫、後藩中を出て、剣術の師をし居たりしが、語りけるなり、

次に挙げるのが綺堂の「百物語」の末尾である。

その本人の島川は一旦本腹して、相変わらず奥に勤めていたが、それからふた月ほどの後に再び不快と言い立てて引き篭っているうちに、ある夜自分の部屋で首をくくって死んだ。前々からの不快というのも、なにか人を怨むすじがあった為であると伝えられた。

してみると、さきの夜の白い女は単に一種の妖怪に過ぎないのか。あるいはその当時から島川はすでに縊死の覚悟をしていたので、その生霊《いきりょう》が一種のまぼろしとなって現われたのか。それはいつまでも解かれない謎であると、中原武太夫が老後に人に語った。これも前の話の離魂病のたぐいかも知れない。

原典では一同の目撃した白衣の女性を、後日の島川の縊死の「前表を示したるものなり」と、かなり確定的に結論付けているのに対し、「百物語」では同じ対象について「単に一種の妖怪に過ぎないのか」、あるいは、「生霊が一種のまぼろしとなって現われたのか」と二通りの解釈を併置したうえで、「それはいつまでも解かれない謎である」と結論を保留している。怪事に対するそれなりの説明で終わる原典から意図的に説明を排除し、むしろ、一義的な説明の不能な怪事として示したままに作品を終わらせるのである。なお、都筑氏は「「百物語」の幽霊は、本人が生きているうちに出る。生霊《いきりょう》というのは、怨みねたみの情念が凝って、相手のところに現れるのだが、これは関係のない場所に出て、なにもしないのだから、新しい」と述べているが(10)、「関係のない場所に出

て、なにもしない」ことは原典も同様であり、これでは「百物語」が「新しい」ことの十分な説明ではない。「百物語」では白衣の女性が幽霊や生霊と確定されず、原典で示されるような結論が断ち切られるからこそ、怪談としての「新しい」位相に到達するのである。末尾の数行中での些細とも見える操作によって「百物語」は、都筑氏の表現を借りて言えば、「古風な怪談」「因縁因果の物語」から「新しい恐怖小説」に転じている。

綺堂が怪談から因縁因果を排除しようと意図していることは、以上に見たような作品例の他に評論や随筆からもうかがわれる。例えば、「むつかしい怪談劇」(『演芸画報』昭和三・九)では次のように述べられる。

これは演劇ばかりでなく、怪談全般に就て云ふべきことであるが、わが国在来の怪談はあまりに辻褄が合ひ過ぎる。たとへば甲が乙を殺したが為に、甲又は甲の眷属が乙の幽霊に悩まされると云つたやうな類で、勿論それには因果応報の理も示されてゐるのであらうが、余りにその因果の関係が明瞭であるために、却つて凄味を削減される憾がある。所詮怪談といふものは理窟の判らないところに凄味もあり、興味もあるのではあるまいか。(原文は総ルビ)

ここで「わが国在来の怪談はあまりに辻褄が合ひ過ぎる」とあるのは、中国の怪談の一部を念頭に置いてのことだろうか。時代はやや下ることになるが、「怪奇一夕話」(『中央公論』昭和一〇・二)では東晋の干宝の『捜神記』について、「この書の特色というべきは妖を妖とし、怪を怪として記述するにとどまって、支那一流の勧善懲悪や因果応報を説いていないところにある。すべて、理屈もなく、因縁もなく、単に怪奇の事実を蒐集してあるに過ぎない。そこに怪談の価値があるのであって、さすがに支那の怪談の開祖と称してよい」と評している。その一方で清の紀暁嵐の『閲微草堂筆記』については、「奇談怪談のたぐい三千余種を網羅し、斯界に新生面を拓いたと称せられているが、一方には宋儒の説を排撃し、また一方には例の勧懲主義を鼓吹するに急にして、肝腎の怪奇趣味を大いに減殺している感がある」と手厳しい。さらには、『閲微草堂筆記』とやはり清の袁随園の

『子不語』を比較し、「世間一般の定評では、「子不語」を「閲微草堂筆記」の下位に置くようであるが、私などの観るところでは、「子不語」は怪談を怪談として記述するにとどまって、前者のように種々の議論を加えていないのが却って良いと思う。怪談に理屈を附会《ふかい》するのは禁物である。宋の洪邁の大著「夷堅志」などにも殆んど理屈を説いていない」とも述べている(11)。

もっとも、昭和期に入っての評論や随筆で表明されているこうした怪談観が、既に『青蛙堂鬼談』連載中の大正末期に確立されていたとは限らず、むしろ、(失敗作も含めた?)幾篇もの怪談を発表し続ける体験を通して得られたのが、「怪談といふものは理窟の判らないところに凄味もあり、興味もあるのではあるまいか」、あるいは、「怪談に理屈を附会するのは禁物である」という結論であったかもしれない。いずれにしても、以上のような怪談観が綺堂自身の作品とまったく無関係なはずもないので、都筑氏や加門氏の指摘を裏付ける材料として、ある程度の有効性は持つと見倣しても大きな差し支えはないだろう。ただし、先述のように都筑氏の見解に対しては川村湊氏が部分的な異論を唱えてもいる。都筑氏の見解がひとまずは妥当なことを確認したところで、次には、川村氏の見解も参照してさらなる作品検討を試みよう。

2　根源的な恐怖の現出

川村氏は綺堂の怪談が「新しい」という都筑氏の見解をいったんは肯定したうえで、さらに、綺堂の怪談は「〝新しい〟のと同時に〝古く〟、百間のようなモダンなホラーの感触を随所で示しながら、やはりその古色は否めない」、「どこかに過渡期的な中途半端な性格を残しているようにも感じられてしまう」と述べ、『異妖新編』に収められた「妖婆」(『文芸倶楽部』昭和三・七)を例として自説を展開している。「妖婆」の梗概を紹介すると、雪の日に堀口、石川、神南、森積という四人の若侍が旗本の屋敷へそれぞれに向かう途中、鬼婆の伝説のある横町に怪しげな老女が座っているのを見る。彼女に声をかけた堀口は帰路で殺されてしまうが、襲ったのは往路で老女に切りかかっていた石川であった。失踪した石川は翌晩、老女のいたのと同じ場所で切腹していたというのであり、その末尾は次のように結ばれる。

この事件あって以来、鬼婆横町の名がさらに世間に広まったが、雪中の妖婆は何の怪物であるか判らなかった。それが伝説の鬼婆であるとしても、なぜ或る時にかぎってその姿をあらわしたのか、そんな子細はもとより判ろう筈はなかった。かの妖婆をみたという四人の若侍のうちで、堀口は石川に殺され、石川は自殺した。なんにも係り合いなしに通り過ぎた神南は、無事であった。かれに銭をあたえて通ったという森積は、その翌年の正月に抜擢されて破格の立身をした。

その後、この横町で、ふたたび鬼婆のすがたを認めたという者はなかった。

川村氏は本作について、「前近代の神話・伝説に属する〝鬼婆〟、侍たちの遺恨の刃傷事件についての因果因縁譚的な〝語り〟、そして武士たちの葛藤についての心理的な分析」の「三層の地層」が、「江戸以前—江戸、江戸—明治、明治—明治以後、といった連続と断続」に対応して堆積すると説いたうえで、「明治—明治以後の時代精神である「心理主義」的な分析や解釈が、もっとも陳腐で〝新しく〟なく、むしろ雪の降る道にうずくまる老婆という「説明のつかない」存在そのものが、もっとも〝新しい〟怖さを感じさせてくれるものではないか」と続ける。そして、「妖婆」以外の作品も視野に入れて次のように論を拡張する。

「一本足の女」や「猿の眼」「魚妖」といった小説が斬新に見えるのも、それが因果や因縁の論理でも、「心理主義」的分析によってもどうしても割り切れない不可解さや不条理を孕んでいるからである。そして、さらにいえば、そうした不条理性や不可解性よりも、単に〝ゴシック・ロマン〟的であるもののほうが、私にはより〝怖いもの〟と感じられるのだ。一本足という身体的欠損への畏怖、猿の面という非生物の〝造り物〟についての恐怖、鰻という生き物についての皮膚感覚的な嫌悪、老婆、少女といった存在についての〝異人〟的な不可解性といったものが、原初的で身体的なものであるからこそ、より鮮明なものとして作品の中で〝新しく〟見えるのである。（傍点ママ）

ここで言及される「一本足の女」（『苦楽』大正一四・六）は『青蛙堂鬼談』中の一篇であり、物乞いをする一本足の美少女に魅せられた中級武士が、人血を舐めて喜ぶ彼女のために辻斬りを重ねて破滅する。また、「魚妖」（『週刊朝日』大正一三・七・五）では鰻屋が生簀に紛れ込んだ大鰻に苦しめられる。前者は特に、少女が最後まで素姓不明なままに役人に追われて闇に消え、獄中でそれを聞いた武士は「まったくあの女は唯物ではござらなんだ。あれが世にいう鬼女でござろう」と嘆息するという、因縁因果を超越したまがまがしい迫力の漂う傑作である。都筑氏ならば、この少女の素姓の「つじつまのあわないところ、説明がぬけているところ」こそが、本作の「新しい恐怖小説」である所以と断じるだろう。それに対して川村氏は「そうした不条理性や不可解性よりも」、「一本足という身体的欠損への畏怖」のほうが、「作品の中で〝新しく〟見える」と捉えるのである。

一見、都筑氏の見解と川村氏のそれは相反するようでもあるが、むしろ、二つの見解は相互に補完し合っているのではないか。「一本足の女」が「一本足という身体的欠損への畏怖」を喚起するのは、何よりも、素姓不明の妖しい美少女がどうして一本足であり、また、どうして人血を好むのかという理由が説明されないままだからだろう。何らかの説明があれば、「一本足という身体的欠損への畏怖」は逸らされるかもしれず、極端に言えば、少女が「世にいう鬼女」であったと明確に結論付けられるのみでも、彼女の（そして、本作自体の）得体の知れない不気味さは減殺されるはずである。しかも、本作では少女を哀れんで救った武士が無惨な殺人鬼と化する過程は、いわゆる因縁因果的な論理にのっとった説明は無論のこと、ことさらに人物の内面を穿つような心理分析もほとんど排除して語られる。だからこそ、「原初的で身体的なもの」としての少女の不気味な存在感が、取分けて鮮烈に印象付けられるのにほかならない(12)。
ここで再び「妖婆」についての考察に戻ると、川村氏の指摘する「侍たちの遺恨の刃傷事件についての因果因縁譚的な〝語り〟」とは、具体的には、老女への対処によって四人が異なる運命をたどったという末尾の箇所を指してのことだが、それに対して「武士たちの葛藤についての心理的な分析」とは、例えば、石川の堀口襲撃に触れた次のような箇所を指すのだろう。

下手人の石川の詮議は厳重になった。彼が堀口に斬りかかる時に「さっきの一言」といったのから想像すると、高原（引用者注・その日に四人が訪ねていた旗本）の屋敷で「一人で帰ると、また鬼婆にいじめられるぞ」と堀口にからかわれたのを根に持ったものらしい。それだけの意趣で竹馬の友ともいうべき堀口を殺害するとは、何分にも解し難いことであるという説もあったが、それを除いては他に子細がありそうにも思えなかった。殊に本人の口から「さっきの一言」と叫んだのであるから、それを証拠とするほかはなかった。

屈辱を受けたことを恨んで相手を殺害するというのは、確かに「武士たちの葛藤についての心理的な分析」として道理にかなっているし、あるいは、あまりに道理にかない過ぎて「陳腐で、〝新しく〟な」いようにも見える。だが、さらに言えば、本作での「武士たちの葛藤についての心理的な分析」は単なる表面的な偽装ではないか。前掲の引用文中でも、「それを除いては他に子細がありそうにも思えなかった」とあるように、事件に対する心理分析的な説明は至って消極的である。「侍たちの遺恨の刃傷事件についての因果因縁譚的な〝語り〟」も同様に、物語に一定の枠組をもたらす以上の役割を担ってはいない。時代精神に対応した「三層の地層」を本作に捉える川村氏の見解は興味深いが、あえて言えば、本作での「三層の地層」の比重は必ずしも均等とは見なし難いのである。そして、「雪の降る道にうずくまる老婆という「説明のつかない」存在そのものが、もっとも〝新しい〟怖さを感じさせてくれる」という印象が生じるのも、「心理的な分析」や「因果因縁譚的な〝語り〟」の比重が軽いためであることは、先に検討した「一本足の女」とも基本的には同様の経緯にほかならない。

その意味では、綺堂の怪談を「古色は否めない」「過渡期的な中途半端な性格を残している」と評し、その所以を「三層の地層」の堆積構造に求める川村氏の見解は不十分である。なかには「魚妖」のように因縁因果に傾いた内容にもかかわらず、川村氏の言う「鰻という生き物についての皮膚感覚的な嫌悪」を醸し出す佳作もあるので、一概には論じ尽くせないが、綺堂の怪談では「一本足の女」や「妖婆」の例に明瞭なように、作品から因縁因果や心理分析をかなり意図的に排除することで、説明不能の怪事に潜んだ根源的な恐怖を現出させることが多い。無論、前節で触れた「百物語」や「猿の眼」もそうした作品の例外ではない。川村氏の示すような整列化された「三層の地層」の堆積構造は、むしろ、近世的・近代（ここでの「近代」とは明治期以降の文明開化の時代という意味合いだが）的な層を削ぎ落として深部の根源的な層を覗かせるという、作品自体のはらむ指向性に伴って自己破壊されることになる。したがって、幾篇かの作品には川村氏の評するような古臭さがあるとしても、それは堆積構造の破壊が十分に徹底されるに至らず、近世的・近代的な層が残存したままのためと言うべきだろう。

そして、綺堂の怪談は近世的・近代的な説明を排除した根源的な恐怖の現出のために、都筑氏に代表される現代の読者にとっても「新しい」と映るのだが、そうした綺堂の怪談の現代性を評価するには本論冒頭でも述べたように、それらが関東大震災以降に発表されたという時代性も考慮する必要がある。ただし、念のために言えば、それは綺堂の怪談の可能性を同時代的な制限のなかに封じ込めることではない。むしろ、綺堂の怪談が単に怪奇小説として「新しい」のみではなく、同時代に対する本質的な批評性をはらんでもいたことを見定め、そこにこそ、現代でも読まれるに値する作品としての真価を捉えたい。

3　「江戸の昔」の亡霊

震災以降の都市大衆社会時代での綺堂の怪談の存在意義の検討のために、先にも触れた「猿の眼」についてより詳細な分析を試みよう。「猿の眼」を含めた『青蛙堂鬼談』は（あるいは、その他の綺堂の怪談の多くも）周知のように、近世以来の百物語の趣向を踏襲した聞き書形式となっているが、本作の語り手となる「第四の女」は次のように設定されている。

わたくしは文久元年酉年《とりどし》の生まれでございますから、当年は六十五になります。江戸が瓦解になりました明治元年が八つの年で、よし原の切りほどきが明治五年の十月、わたくしが十二の冬でございました。御承知でもございましょうが、この年の十一月に暦《こよみ》が変わりまして、十二月三日が正月元日となったのでございます。

ここで注意したいのは、「わたくし」が幼少時代に「江戸」の「瓦解」や暦の改変[13]など、従来の世界の一大崩壊を体験していることである。「よし原の切りほどき」（娼婦解放）がことさらに言及されるのは、「わたくし」の生家が吉原で引手茶屋を営んでいたからだが、「江戸の昔には、吉原の貸座敷や引手茶屋の主人にもなかなか風流人がございまして、俳諧をやったり書画をいじくったりして、いわゆる文人墨客というような人達とお附合いをしたものでございます」とあるように、「わたくし」の父は本来は「江戸の昔」の文化を担う存在でもあった。それが「よし原の切りほどき」を契機に、「百何十年もつづけて来た商売」を廃業することになり、書画骨董を整理するなかで見つけ出されたのが、父が前年末に上野の夜店で購入していた猿の仮面である。この仮面が一家の周囲に怪事をもたらすことは前述のとおりだが、「江戸」の「瓦解」に伴う「わたくし」一家の境遇の急激な変転も、本作の隠れた重要なモチーフになっていることは見落とせない。しかも、猿の仮面を「わたくし」の父に売ったのは子供を連れた没落士族という、「わたくし」一家以上に「江戸」の「瓦解」に直撃された存在であった。

あるいは、本作は没落を強いられた士族の怨念が猿の仮面を媒体として発動し、かろうじて没落を免れた一家に祟るという図式にも見えるかもしれない。だが、少なくとも、怪事を売り手であった士族個人の怨念に帰しては誤りらしいことは、士族と「わたくし」の父が交わす次のような問答からも明白である。

「このお面は古くからお持ち伝えになっているのでございますか。」

「さあ、いつの頃に手に入れたものか判りません。実はこんなものが手前方に伝わっていることも存じませんでしたが、御覧の通りに零落して、それからそれへと家財を売り払いますときに、古長持の底から見つけ出したのです。」

ここでの返答を意図された虚言と仮定しない限りでは、仮面の由来は売り手自身にとっても不明瞭なのであり、両者の間に特定の因縁因果を想定することはできない。この仮面は父の友人の井田を脅かした直後にいったん消失するが、数年後に父の知人の骨董屋が、「さるお旗本のお屋敷から出ましたもので」と称して猿の仮面を持ってくる。父がその出所を厳しく詮議すると、相手は四谷の夜店で士族から購入したと白状するが、その士族は子供連れではなかったとのことである。その夜に「わたくし」の母がやはり仮面に脅かされたので、父は仮面を焼却したうえで知人とともに売り手を捜すが、彼のいたのが亡くなった井田の店の側という以外は何も判明しない。ここで父や知人の出会った士族の素姓について憶測をめぐらすことは、父に対する士族の返答を虚言と仮定するのと同様に不毛な営為だろう。重要なのはこの仮面について、単なる過去の時代の遺物という以上の由来は確定されないことである。

したがって、怪事を特定の因縁因果に回収するような説明は本作からは排除されざるをえない。仮面が怪事をもたらすのは特定の個人の怨念の発動ではなく、むしろ、「江戸の昔」という既に過去と成り果てた時空間自体からの、「わたくし」一家に対する密やかな誘引の信号と見なされる。その意味では、二度目の（そして、作品中では最後ともなる）事件の時期が「明治十年、御承知の西南戦争のあった年でございます」と設定されているのは興味深い。

「猿の眼」では猿の仮面に具象化される「江戸の昔」の亡霊が、明治期の東京に生きる「わたくし」一家を密やかに誘引し、その誘引に反応してしまった井田や母は衰弱死することになる。前節までの文脈に則して言えば、彼らの死の理不尽さが仮面自体のまがまがしい存在感とも相乗し合い、本作に説明不能の根源的な恐怖をもたらしているのだが、ここであえて付け加えれば、「江戸の昔」という亡霊化した世界の存在自体にこそ、本作の最大の恐怖は潜んでもいるだろう。と言うのは、一足先に過去になってしまった「江戸の昔」はその存在自体が、「明治の東京」も絶対的ではないことの証左でもあるからである。作品中では「わたくし」の父が仮面を焼却して灰も隅田川に流すとともに、「江戸の昔」という時空間の亡霊は無事に追善されたかのようだが、「江戸の昔」の死屍の上に新たに築かれた「明治の東京」という時空間も、やがては関東大震災のために壊滅的な打撃を被ってしまい、「江戸の昔」の亡霊に誘引されるようにやはり亡霊化する羽目になる。そう読み取るならば、本作が関東大震災以降に発表されたことの重要性、そして、同時代に対する本質的な批評性も明瞭だろう。

関東大震災が多大な社会的変動をもたらしたことは周知のとおりだが、ここではとりあえず、『日本近代文学大事典』第四巻（講談社　昭和五二・一一）の「近代文学と関東大震災」の項（執筆・小田切進）の一部を挙げよう。


震災後の復興は、あらゆる面で急速に、モダン調に進んでいった。文化住宅が建ち、公設市場、公衆食堂が設けられ、洋食ランチが用意され、喫茶店とカフェーが急増した。学童が洋服に変わり、モダン・ガールが登場し、社交ダンスがはじまり、芝居や浅草オペラにかわって映画が民衆娯楽の王座を占めるようになった。週刊誌が登場し、ラジオの放送が全国に流れだした。震災をさかいに、江戸三百年の伝統は急速にうすれ、国民生活の様相がまたたく間に一変した。

この引用にもあるように、綺堂が「猿の眼」を含む幾篇もの怪談を発表していたのは、約半世紀前の「江戸」の「瓦解」にも匹敵するほどに世相が激変し、「江戸の昔」の痕跡がほとんど掃滅されつつある時代であった。綺堂の作品に「瓦解後の旧江戸人の故郷喪失感」を捉える種村季弘氏は、「瓦解後の綺堂（や彼の作中人物たち）は、子供のときから東京に住んでいながら、突然それがどこか見知らぬよその町と化して自分が迷子の境涯に陥ったような、よそよそしくも寄る辺のない気分を味わったのである」と説いたうえで、「それが関東大震災で二度目のダメ押しをくらう」と続けている。[14]本作での「江戸」の「瓦解」に関東大震災を重ね合わせるならば、作品中の「わたくし」一家の「江戸」の「瓦解」に伴う生活の急転換、そして、過去の時代の亡霊が新生活にもたらす不気味な怪事というモチーフは、明治期の東京の死屍の上に生きる震災以降当時の読者たちにとっては、相当のリアリティーを伴って受容されたはずである。あるいは、本作は「江戸」の「瓦解」という時代的な緩衝を介在させることで、震災以降に潜在する集団不安を迂回的に摘出したのかもしれない。

こうした迂回的な同時代批評性は「猿の眼」ほどには明確でなくても、綺堂の他の怪談でも根本的には共有された視座であっただろう。無論、関東大震災が作品の直接的なモチーフとして前面化されることは、「指輪一つ」（『講談倶楽部』大正一四・一一）や「兜」（『週刊朝日』昭和三・九・一五）などを除いては少ない。だが、前節までに触れた作品からいくつかの例を挙げれば、「一本足の女」では大名家の不意の領地没収を背景として据え、従来の世界の崩壊とそれに伴う倫理意識の混濁を描いているし、占来の伝承を彷彿させる怪事が生じる「置いてけ堀」や「妖婆」には、日常の生活空間に不可解な過去が浮上することへの畏怖が見られる。そして、因縁因果を断ち切った根源的な恐怖の現出という既に検討済みの特性も、関東大震災という従来の世界の唐突な崩壊を背景として捉え返すと、単に怪奇小説としての「新しい」手法という次元にはとどまらず、綺堂自身も含めた同時代の人間の抱いていたはずの生活基盤の喪失感、さらには、日常の裏面に潜む不条理性を凝視する認識態度にもつながると考察される。そもそも、関東大震災自体が因縁因果を断ち切った根源的な恐怖の現出の極致にほかならず、その意味では、綺堂の怪談は震災のもたらした集団的な外傷体験上に成立しているとも言える。

綺堂の怪談の震災以降の時代性との関連については川村湊氏も、「震災によって失われた〝江戸〟〝明治〟に殉じるように、その郷愁を怪談という陰影の世界として表現した」、「消滅した江戸を言葉によって再生させようとした」という見解を示している。確かに「江戸の昔」の痕跡が震災によって掃滅されてしまうなかで、それを作品中に紙上再生するという側面もあっただろう。だが、綺堂の作家活動を支えたのは見失われた過去に殉じようという「郷愁」の念のみではない。種村氏が「岡本綺堂は大陸的な作家である。というのは、この人の語るいかなる挿話も、王朝の交替を背景にしないで語られることはない、というほどの意味である」と指摘する(15)ように、綺堂の怪談の根底には江戸から明治へ、さらには、震災以降へという世相の相次ぐ変転を鋭く見据える視座がある。それゆえに、世相の表面上の変転によって断絶したように見える過去と現在、あるいは、大過去と小過去も説明不能の怪事を媒介として隠微に連続する。「モダン調」の新東京の深層部に「江戸の昔」の亡霊が潜伏し、現在の住人を特に因縁因果が介在するのでもなく誘引するとすれば、それは震災以前からの古参の東京在住者にとっては無論のこと、震災以降に新たに流入して住み始めた地方出身者にとっても、自己の生活基盤を足元から動揺させかねない不安源となるだろう。

そして、東京に追随するように急変しつつあった各地方の在住者にとっても、近代化以前の過去の時代の亡霊に対する不安は決して無縁ではない。実際、綺堂の怪談のなかには『青蛙堂鬼談』に収められた「龍馬の池」(『苦楽』大正一四・一二)、『近代異妖編』中の「水鬼」(『講談倶楽部』大正一四・一)や「こま犬」(『現代』大正一五・一)のように、地方が舞台でやはり過去の時代の亡霊が現在に怪事をもたらす作品、あるいは、その変型として『青蛙堂鬼談』中の「清水の井」(『講談倶楽部』大正一四・二)のように、九州の僻地を舞台に源平時代の鏡が天保年間に姉妹を惑わす作品も含まれる。なかでも、「清水の井」の末尾近くの「源平時代からこの天保初年までは六百余年を経過している。その間、平家の公達のたましいを宿した二つの鏡は、古井戸の底に眠ったように沈んでいたのであろう。それがどうして長い眠りから醒めて、なんの由縁《ゆかり》もない後住者の子孫を蠱惑《こわく》しようと試みたのか、それは永久の謎である」という箇所には、過去の時代の亡霊に対する後代の住人の不安が集約されている。だが、過去の時代の亡霊が潜伏するかもしれない不安定な場に生きるのが、「なんの由縁もない後住者の子孫」たちの全般的な宿命にほかならないし、そのことは取分け、震災以降の変転期の読者たちにとっては他人事でなかったはずである。

あえて端的に結論付ければ、綺堂の怪談は関東大震災以降の都市大衆社会時代のはらむ不安定性、ことに、新東京が「江戸の昔」や「明治の東京」の死屍の上にあることの危うさを、在来の怪談を十分に咀嚼した手法によって表現したということだろうか。同時代に台頭しつつあったプロレタリア文学や新感覚派、あるいは、同じ大衆文学でも綺堂より若い世代の作家たちの作品と比較すれば、確かに綺堂の怪談は一目瞭然と映るような新奇さには乏しく、下手をすれば、「古き良き時代」の人情風俗を伝えるのみにも見えかねない。だが、近世的な因縁因果や近代的な心理分析を意図的に排除することで、説明不能の根源的な恐怖を現出させるという綺堂の怪談の現代性は、本論で検討したとおりである。それに、綺堂の怪談のように現代に至るまで読み継がれている作品は、いわゆる純文学系も含めた同時代の他作家にも決して多くはない。無論、作品が読み継がれるというのは評価基準の一つにすぎないし、そもそも、綺堂の怪談は「文学」として享受されてはいないと見る余地もあるが、この事実は少なくとも、綺堂の怪談にはらまれた都市大衆社会時代に対する批評性が、現代にも十分に射程が及んでいることを証拠立てはするだろう。

なお、最後になるが、綺堂の怪談と同時代の文学史的な状況の検討を進めるうえでの、重要な存在となりそうな作家の一人として泉鏡花を挙げよう。鏡花は綺堂より一年後に生れて逝去したのもわずか半年後という、まったくの同世代に属する作家であり、作品の主要な発表誌も『新小説』『文芸倶楽部』と共通していた。ことに、綺堂が『三浦老人昔話』を連載中の『苦楽』の大正十三年五月号には、鏡花の大正期の代表作とされる「眉かくしの霊」も発表されている。

この「眉かくしの霊」を代表とする鏡花の大正末期の小説について、論者は以前に物語展開の内的な必然性の希薄さを指摘した。[16]「眉かくしの霊」の末尾では、主人公（あるいは、視点人物）の境と伊作の眼前に一年前に射殺されたお艶の霊が出現するが、境が伊作に対して「確乎《しっかり》しろ、可恐《おそろし》くはない、可恐くはない。……怨まれるわけはない」と言うように、お艶の霊が境たちの眼前に出現する必然的な理由は設定されていない。伊作はお艶の射殺された際に付き添っていたという関係もあるが、境に至っては伊作の語る事件の経緯を半ば偶然に聞いたのみである。「夫人利生記」（『女性』大正一三・七）や「甲乙」（『女性』大正一四・一）のような同時期の他の作品でも同様に、作中人物の不可思議な体験を一義的に説明する視点は示されない。鏡花の大正末期の小説に奇妙に共通して表れるこうした特性には、本論で検討した綺堂の怪談のそれとの同時代性が捉えられないだろうか。もっとも、小説の方法的な極限への挑戦とも見える鏡花の作品に比べれば、綺堂の怪談はあまりにも律義にジャンル的な枠組に収まっている。また、念のために言えば、両者の類似や相違のみを単純にあげつらう興味は現在の論者にはない。とはいえ、ともに文学史的には孤立している両作家を並べて見据え、さらに、同時代の状況へと関連付けて捉える観点も必要だろう。

例えば、川上美那子氏は芥川龍之介や宇野浩二、葛西善蔵などの大正末期の時点での新進・中堅作家たちの小説を検討したなかで、「大正十二、三年に至ると、小説世界は、多元化、断片化し、未完の如く突然断ち切られるように閉じられる作品が多くなる」と指摘しているが、[17]この指摘は既に老大家となりつつあった綺堂や鏡花の小説についても、ある程度は該当するように見なされる。無論、より若い世代の作家たちのほうが同時代の状況をより如実に反映していたかもしれない。だが、従来の文壇政治史的な文学史とは異なる新たな「文学史」が模索される現在、綺堂や鏡花のような旧世代の作家たちと同時代の文学の新潮流との関連も、単なる直接的な影響関係や交友関係を超えて積極的に検討されるべきだろうし、「古き良き時代」の聖なる継承者として扱われがちな両作家に対しても、そうした試みはあながち冒瀆的な待遇に相当するとは限らないと愚考する。

注

（1）『青蛙堂鬼談』は「青蛙神」「利根の渡」「兄妹の魂」「猿の眼」「蛇精」「清水の井」「窯変」「蟹」「一本足の女」「黄いろい紙」「笛塚」「龍馬の池」の全十二篇を収める（目次順、以下同じ）。この内、「兄妹の魂」「清水の井」を除いた十篇が『苦楽』に連載された。

（2）『近代異妖編』は「こま犬」「異妖編」「月の夜がたり」「水鬼」「馬来俳優の死」「停車場の少女」「木曾の旅人」「影を踏まれた女」「鐘ヶ淵」「河鹿」「指輪一つ」「父の怪談」「離魂病」「百物語」を収める。『異妖新編』は「西瓜」「鴛鴦鏡」「白髪鬼」「鷲」「鰻に呪はれた男」「くろん坊」「妖婆」「深川の老漁夫」「怪談コント」「五色蟹」を収める。

（3）旺文社文庫版『影を踏まれた女』は『青蛙堂鬼談』から「青蛙神」「利根の渡」「猿の眼」「蛇精」「清水の井」「一本足の女」「笛塚」を、『近代異妖編』からは「異妖編」「月の夜がたり」「木曾の旅人」「影を踏まれた女」「百物語」を、『異妖新編』からは「西瓜」「白髪鬼」「妖婆」を収める。光文社文庫版『影を踏まれた女』、および、『岡本綺堂伝奇小説集　其ノ三　怪かしの鬼談集』は『青蛙堂鬼談』の十二篇の他に、『近代異妖編』から「異妖編」「月の夜がたり」『影を踏まれた女』を収める。

（4）川村湊「綺堂・綺譚・綺語――岡本綺堂の怪談世界――」（『幻想文学』二二　昭和六三・四）なお、本論中での川村氏の引用はすべてこれに拠る。

（5）鈴木貞美『日本の「文学」を考える』（角川選書　平成六・一一）鈴木氏は「関東大震災からの復興機運の中で、資本の独占化・寡占化とマスメディアの発展によって、テクノロジーの発達に支えられた大量生産、大量宣伝、大量販売システムが形成され、都市の大衆文化が花開いた」と整理したうえで、これを「第二次大戦後、一九五五年以降の高度経済成長期におけるものと区別して」「前期都市大衆社会」と呼んでいる。
（6）都筑道夫『解説』（旺文社文庫版『影を踏まれた女』）
（7）加門七海「解説」（『岡本綺堂伝奇小説集　其ノ二　異妖の怪談集』、原書房　平成一一・七）
（8）都筑道夫「解説」（『白髪鬼』、光文社文庫　平成一・七）に、「この話、西暦千七百年代の江戸の狂歌師、平秩東作《へずつとうさく》の随筆集『怪談老《おい》の杖』の一挿話を、綺堂が小説化したものだ、と種あかしをしたら、読者はおどろくに違いない」とある。
（9）平秩東作「怪談老の杖」（『新燕石十種』第五巻、中央公論社　昭和五六・九）なお、「怪談老の杖」は国書刊行会から大正二年二月に刊行の『新燕石十種』第三に収められているので、綺堂は直接にはそれを参照した可能性も想定される。
（10）注（8）に同じ
（11）「支那の怪談文学」（『科学ペン』昭和一三・五）でも『捜神記』『捜神後記』については、「これ等の著作にあらはれてゐる幾多の怪談は、単にかう云ふ出来事があつたと説かれてゐるだけで、それに対する批評も説明もない。もちろん勧善懲悪や因果応報の理などには全然触れてゐないで、唯ありのまゝに怪を語つてゐる。それが怪談文学として価値の高い点である」と賞賛する一方で、「宋以後の怪談文学がだん〲に其の価値を低下させた原因は、例の勧善懲悪や因果応報の物語が多きを占めて、一種の御説教めいたものに傾いたことである」、「怪談を他の目的に利用するやうになつては、文学としての価値が低下するのは当然である」と主張している。
（12）新谷尚之「『怪物』の物語」（『ユリイカ』平成一一・五）が、「一本足の女」を「怖い話、なんのタメにもならん、オチすらつかんような話」と規定しつつ、「結局ワケのわかる話、オチのつくような話ちゆうのは安心できてしまう。ワケわからんもんの方が絶対怖い」と説くのも、こうした経緯を指してのことだろう。
（13）「わたくし共の一家が多年住みなれた吉原の廓を立ち退きましたのは明治六年の四月、新しい暦では花見月の中頃でございました」、「それがようよう落ち着くと五月のなかばで、新暦でも日中はよほど夏らしくなってまいりました」、「旧暦では何日にあたるか知りませんが、その晩は生《なま》あたたかく陰っていて」というように、「猿の眼」では新暦と旧暦との二重性が随所で言及される。

（14）種村季弘「江戸殺し始末——岡本綺堂」（『種村季弘のネオ・ラビリントス』8、河出書房新社　平成一一・三、平成五・九初出）
（15）注（14）に同じ
（16）拙論「大正末期の鏡花文学——「眉かくしの霊」を中心に——」（『都大論究』三五　平成一〇・五）
（17）川上美那子「大正末年における小説の変容」（『有島武郎と同時代文学』、審美社　平成五・一一、昭和六〇・三初出）

※綺堂の作品の引用は『岡本綺堂読物選集』3（青蛙房　昭和四四・九）、『岡本綺堂読物選集』4（青蛙房　昭和四四・五）、『岡本綺堂読物選集』5（青蛙房　昭和四四・六）、『岡本綺堂読物選集』7（青蛙房　昭和四五・二）に拠る。ただし、この選集が収めない「むつかしい怪談劇」「支那の怪談文学」の引用は初出に拠って漢字は新字体に改めた。なお、本論は泉鏡花研究会での口頭発表「「眉かくしの霊」を読む」（平成一〇・一）の一部に基づく。

第11章　国枝史郎「神州纐纈城」試論

小説は生きものだといふが、それは作品自体の運動、この波的な運動に於て生きてゐるのだ。そして、一寸先が闇だといふところに、波はおこるのだ。（石川淳『文学大概』）

1　「異端」文学復権を超えて

一九六〇年代末には夢野久作や久生十蘭、小栗虫太郎など、やや異色の大衆小説家の作品が相次いで刊行されたが、[1]それらのなかでも特に大きく注目されたのが国枝史郎の「神州纐纈城《しんしゅうこうけつじょう》」である。大正十四年一月から翌年十月まで、『苦楽』に連載されて中絶した本作は、全二十一回中の十六回までが不完全に単行本化されていた（『神州纐纈城』前篇、春陽堂　昭和八・七）のみであった。だが、昭和四十三年八月に桃源社から初出版の復元が刊行され、[2]約半世紀ぶりにその全貌があらわとなるに至ったのである。当時、三島由紀夫は「私が最近読んだ小説のうち、これこそ疑ひやうのない傑作だと思はれた二作品」として、稲垣足穂「山ン本五郎左衛門《さんもとごろうざえもん》只今退散仕る」（『南北』昭和四三・八）とともに「神州纐纈城」を挙げて次のように絶賛した。[3]

一読して私は、当時大衆小説の一変種と見做されてまともな批評の対象にもならなかつたこの作品の、文藻のゆたかさと、部分的ながら幻想美の高さと、その文章のみごとさと、今読んでも少しも古くならぬ現代性とにおどろいた。これは芸術的にも、谷崎潤一郎氏の中期の伝奇小説や怪奇小説を凌駕するものであり、現在書かれてゐる小説類と比べてみれば、その気稟の高さは比較を絶してゐる。

三島はさらに、「神州纐纈城」から二つの具体的な場面を紹介し、それらをE・A・ポウや泉鏡花の作品と比較して称賛してもいる。そこには「まともな批評の対象にもならなかつた」「大衆小説の一変種」を、谷崎、ポウ、鏡花という既にある程度は（少なくとも、当時の国枝よりは）文学史的に公認された作家たちの作品と同列上に配し、「異端」と「正統」の価値転換を図ろうとする戦略性が捉えられる。そして、こうした価値転換の戦略性は三島のこのエッセーのみならず、同時期の他の「異端」文学の再評価にも共有されていたと見られる。[4]「正統対異端」、あるいは、「純文学対大衆文学」という二項対立的な図式がまだ強固であった当時には、両者の価値転換は有効でスリリングな試みでもあっただろう。

だが、それから約三十年を経た現在では「正統対異端」、「純文学対大衆文学」という図式は失効しつつある。七〇年代に入って「幻想文学」作家としての再評価が始まった鏡花は、近年ではさらに、「幻想文学」にも収まらないより多面的な作家像が模索されているし、[5]事態は谷崎についてもほぼ同様と言えるだろう。かつてはロマン派的な天才として神格化されていたポウについても、同時代の雑誌読者の求める小説ジャンルの約束事を強く意識しつつ、小説ジャンルの脱構築を企てた「マガジニスト（雑誌文学第一主義者）」という新たな作家像が、巽孝之氏によって示されている。[6]あるいは、数年前に笠井潔氏が「「純文学」なるものは、「大衆文学」のジャンル的な成立を前提とし、それと自己区別する必要に迫られて生じたジャンル意識なのだ」、「「純文学」の消滅は同時に、それに対抗してきた「大衆文学」の消滅をも意味している」と唱え、[7]文芸誌上を中心に大きな反響を呼んだことも記憶に新しい。こうした状況下では、「正統」的な「純文学」との単純な比較による「異端」的な「大衆文学」の称賛は意味がなく、下手をすれば従来の図式の容認や補完に帰結するのみである。

もっとも、こうして従来の「神州纐纈城」の価値評価の基盤が崩壊した現在も、それに代わる有効な基盤は確立されてなく、そのためか、近年も例えば、川村湊氏は三島に倣うように国枝を鏡花や石川淳と並べたうえで、三者を「「差別」という禁忌を作品世界の中核に据え、その差別—被差別の社会的、文化的、美的な様相を装飾の多い、マニエリスム的な文体によって、絢爛と描きつくしてみせた小説家たち」と概括している[8]。だが、国枝と鏡花と石川淳という三作家の同列上への配置は、先述したように、現在ではそれ自体としては批評的な意味を持たない。そもそも、「「差別」という禁忌を作品世界の中核に据え」た「物語」は、太古の神話伝説から現代のTVドラマまで数多い[9]ので、ここでの三者に対する規定は、「装飾の多い、マニエリスム的な文体によって」という箇所をやや保留すれば、「物語」作家に対する一般的な（あるいは、原理的な？）規定にも等しいのである。

川村氏はさらに、「だから、彼らの小説はどこを切り取っても同じ顔をした金太郎飴のような紋切型だという批判も受けるし、また、その文体の魔術に魅惑された読者は、ほとんど熱狂的といってよいファンとして存在する」とも述べる[10]が、これはある意味で三者の可能性をかなり見くびった見解ではないか。確かに「彼らの小説」はしばしば類似した物語構造を呈しているし、そうした単純な反復に収まったにすぎないいくつかの作品については、実際、「ほとんど熱狂的といってよいファン」のみに委ねても事足りるだろう。ただし、「彼らの小説」がときとして「どこを切り取っても同じ顔をした金太郎飴のような紋切型」を打破し、小説としての一種の極限とも言える反復不能の位相に達したならば、その小説は「ほとんど熱狂的といってよいファン」のみに委ねられるべきではない。そして、「神州纐纈城」こそはそうした反復不能の極限的な位相に達した作品であり、それゆえに、「異端」文学の復権という従来の文脈を超えて現在も検討されるべき作品なのである。

2　主人公の交替と物語の増殖

まずは、「神州纐纈城」の物語展開を主要な登場人物に則して簡単に確認しよう。本作は冒頭からしばらくは、武田信玄に仕える青年武士・土屋庄三郎の父親捜しの物語である。「土屋庄三郎は邸を出てブラブラ条坊《まち》を彷徨《さまよ》った」（第一回　一）という一文に始まり、庄三郎が春の夜に老人から真紅の布を買ったことが描き出されると、「こういうことのあったのは永禄元年のことであるが、この夜買った紅巾《こうきん》の祟《たた》りで、土屋庄三郎の身の上には幾多の波瀾《はらん》が重畳《ちょうじょう》した」という、以降の物語展開を予告するような一文が入り、さらに、「しかし作者《わたし》はその事に関して描写の筆を進める前に、土屋庄三郎その人について少しく説明しようと思う」と続く。そして、土屋家の大略や庄三郎の父母と叔父との三角関係、三人の相次ぐ出奔などが一通り説明されるが、そのなかには、「「神州纐纈城」なるこの物語の主人公土屋庄三郎昌春」（以上、同　二）という言い回しもある。やがて、紅巾に行方不明の父・庄八郎の名が書かれているのを見た庄三郎が、父は本栖湖の水城《みずき》（纐纈城）にとらわれていると推測して武田家を出奔し、洞窟に落ちて「富士教団神秘境」に迷い込むのが「第三回」の末尾である。ここまではひとまず、庄三郎の父親捜しを中心に物語が展開されているので、庄三郎を「この物語の主人公」と見ることに問題はないだろう。

だが、それから「第八回」までには庄三郎の登場する場面はない。「第四回」から「第七回」までは、代わって庄三郎の従弟[11]・高坂甚太郎が庄三郎の追手として旅立ち、欺かれて纐纈城に入ったあげくに気絶させられてしまう。とはいえ、そこでは甚太郎のみを中心として物語が展開されるのではない。「第四回　六」から「第五回　四」までは、陶器師《すえものし》と呼ばれる殺人鬼が甚太郎と別れた後に面作師の月子を訪ねる場面となる。それ以前の「第二回　五」から「第三回　三」までにも陶器師は登場していたが、基本的には庄三郎と関係する人物の一人にすぎなかった。ところが、この場面での陶器師と月子は庄三郎や甚太郎とはまったく別個の物語を展開している。さらに、「第六回　四」から「同　六」までに登場する纐纈城の仮面の城主も、庄三郎たちとは直接に関係のない物語を展開する。実は纐纈城主こそが庄三郎の捜している父であることが「第九回」で明かされるが、この場面ではその事実は暗示すらされず、城内の凄惨な様相の描写に挟まれて専制性と怪物性のみが強烈に印象付けられる。

「第八回」以降でも中心的な人物は目まぐるしく交替し続ける。「第八回」と「第九回」では、光明優婆塞《こうみょううばそく》（実は庄三郎の叔父・主水）が登場して庄三郎とともに中心人物となるが、この光明優婆塞も「第二十回」までは再登場の場面はない。「第十回」では、そこまでの甲府や富士裾野から舞台が越後春日山に転じて塚原卜伝が、「第十一回」では、富士裾野に舞台が戻って「第二回」にもわずかに登場していた直江蔵人が、それぞれに物語展開の中心的な役割を担っている。「第十一回　四」で相まみえた両者はそれ以降、「第十五回　四〜五」、「第十六回五〜六」、「第十九回　四〜五」にも狂言回し的に登場する。「第十二回」と「第十三回」では、富士教団にいた庄三郎が三度中心人物になる（もっとも、「第十二回　六」以降は気絶したままである）が、月子や甚太郎、纐纈城主と微妙にすれ違った後には作品世界からまったく退いてしまう。「第十四回」ではその纐纈城主が中心的な役割を担うし、「第十七回」では甚太郎と月子、「第十八回」では月子と伴源之丞・園女夫妻の関係が中心になる。この他にも場面によっては、武田信玄や悪病に感染した人々が中心人物になっている。

以上のように、作品冒頭では庄三郎が「この物語の主人公」と明示され、実際にも主人公らしい役割を担っていたにもかかわらず、物語展開が先へ進むとともに当の庄三郎は登場しなくなってしまう。そして、庄三郎に代わって後半の物語展開を支えるような単一の主人公も存在しない。森本平氏は「主人公にあくまでこだわるのなら、第十三回までが庄三郎、それ以降が庄八郎と言えるのではないか」と捉えているが、[12]「第十七回」「第十八回」では、月子たちは纐纈城主ともまったく別個の物語を展開しているので、作品の実態にのっとるならば、むしろ、単一の主人公が物語展開を支えるという通念自体が破棄されるべきだろう。こうした主人公の目まぐるしい交替は必然的に、それらの人物が担う個別的な物語を次々に派生させることになり、その結果として物語はほとんど際限なく増殖し続け、冒頭に示されていた庄三郎の父親捜しはそのなかに埋没してしまう。

もっとも、物語冒頭で示されていた方向性が以降の展開のなかに埋没し、やがては作品自体が中絶やそれに近い処置を余儀なくされることは、発表がある限度の長期に及んだ作品にはありがちだろう。国枝の小説に限っても、「蔦葛木曾棧《つたかずらきそのかけはし》」（『講談雑誌』大正一一・九〜一五・五）がそうした例の代表として挙げられる。

国枝にとっての最初の大衆小説でもあった「蔦葛木曾棧」は、大名・木曾義明に父を殺された遊女・鳰鳥《におどり》の仇討ちの物語として始まるが、百地三太夫と霧隠才蔵の師弟や石川五右衛門などの多彩な怪人物、さらには人間のみならず、妖狐や妖精などまでが登場して物語が増殖し続けるなかで、鳰鳥の仇討ちの物語は埋没したのも同然になってしまう。終盤に至って「この物語の女主人公、鳰鳥はその後どうしたろう？」という一文が入り、義明の側室に成り済ました鳰鳥がようやく物語の中心に戻るが、義明を翻弄する生活に倦んだ鳰鳥はやがて単身で出奔し、秘境に潜む麗人族と獣人族という二種族の闘争に巻き込まれる。『現代大衆文学全集第六巻　国枝史郎集』（平凡社　昭和五・七）に収録される際に、かなり強引とも見える結末部分が付け加えられ、義明は誤って殺されて鳰鳥は兄の御嶽冠者《みたけかじゃ》と幸福な再会を果たすことになったが、少なくとも初出版の「蔦葛木曾棧」は、「神州纐纈城」で庄三郎の父親捜しが立ち消えになるのと同じく、鳰鳥の仇討ちの成否が先送りされたままに中絶していた。

「蔦葛木曾棧」の中絶に際しては「作者より」という一文が添えられたが、そこでは「作者いささか疲労《つか》れてしまいました。しかも全体の構想から云えば、三分の一にも達しません」という弁明に続き、「戦国時代のジャズバンド、そればかりを奏していたようです。盛んにバンドを奏しているうちに、突然指揮者が手を疲労《くたび》らせ、指揮棒を投げ出したのでございます」とも述べられる。これに基づけば、「全体の構想」の実現を妨げるまでの物語の増殖は単なる無計画ゆえではなく、「盛んにバンドを奏」するという即興性に任せ、「全体の構想」を半ばは自覚的に遅延させて逸脱を重ねた結果なのである。末國善己氏は「鳰鳥・御嶽冠《（マ　マ）》の「仇討ち」は、『蔦葛木曾棧』の主調となるものではない。これは、あくまで、後に増殖することになる「物語」の発生のための母体としての役割を担なっているにすぎない」と指摘するが、[13]「仇討ち」を「父親捜し」に置き換えれば、この指摘は「神州纐纈城」にも取敢えずは当て嵌まるだろう。

とはいえ、「神州纐纈城」は「蔦葛木曾棧」の単純な反復に収まった作品ではない。主人公の目まぐるしい交替と物語の際限ない増殖というのみでは、「神州纐纈城」の特異な位相についての十分な説明ではなく、また、そうした観点から見る限りでは、「蔦葛木曾棧」のほうがより徹底的で過激な作品ともなるだろう。そこで、次には「神州纐纈城」の登場人物たちと物語展開の関係についてより詳細に分析したい。

3　二項対立構造とその解体

「神州纐纈城」には相互に対を成すような登場人物の組合せがいくつもあるが、それらのなかでも最も対照の明確な組合せを形成しているのは、庄三郎の生母・妙をめぐってかつては三角関係にあった庄八郎と主水の兄弟、すなわち、纐纈城の仮面の城主と富士教団の教祖・光明優婆塞である。一方は暴力的機構に君臨する専制者にして異形の怪物でもあり、自己の孤独を呪詛して人々の生を破壊し続けるのに対し、一方はカリスマ的な人望によって信者たちを統率する人格者であり、自己の無力をさいなんで人々の生の救済を志し続ける。武田家に仕えていた当時の庄八郎と主水は、前者が「武勇にかけては一族の中でも並ぶもののない武士」（第一回　一）、後者が「文雅《ぶんが》の人物」（同　三）、「敬虔《けいけん》の心を持った柔和な人物」（同　四）として対照的に語られている。また、陶器師が纐纈城を指して「……俺も最後にはあそこへ行こう。そうして毒血を絞られよう」と言うのに対し、月子が「富士教団へおいで遊ばせ！　そこでこそあなたは救われましょう」（以上、第五回　二）と応じるなど、一見、纐纈城主と光明優婆塞は悪と善、闇と光、破滅と救済などの典型的な二項対立構造として作品世界を支えるようでもある。

纐纈城主と光明優婆塞にこうした二項対立構造を見る解釈は、近年の「神州纐纈城」論ではほとんど前提化している。例えば、笠井潔氏は「互いに激しい嫉妬に苦しむ兄と弟が、富士山麓という異界において極限化した二つの観念こそ、富士教団と纐纈城に形象化された、対抗する光と闇の二大原理」と呼ぶ[14]。ただし、笠井氏は必ずしも二項対立構造を固定的に捉えるのではなく、むしろ、纐纈城主と光明優婆塞の二項対立は妙という第三項によって吊り支えられていると指摘し、妙が「悪の原理、闇の原理である纐纈城主と、善の原理、光の原理を体現する光明優婆塞の両者をともに支える第三の原理として再登場するように、作者により構想されていた」と推測する[15]（笠井氏によれば、作品中で暗示的に触れられる八ヶ岳の僧院の尼僧が妙である）。これに対しては森本平氏が「有髪の尼」が登場する前の段階で中絶した現存のテクストにおいては、富士教団と纐纈城は、完全に対立する概念となる」と批判し、纐纈城主と光明優婆塞は「妙をはさんだ恋敵であり、その意味では、対立する存在」だが、「その一方で、両者はあくまで兄弟であり、その同種性も拭い取ることはできない」という見解を示している[16]。また、末國善己氏も『神州纐纈城』は、当初、纐纈城主と光明優婆塞の対立という勧善懲悪の物語のように進行している」と指摘したうえで、「しかし物語の進行にともない善／悪の対立構造が曖昧なものになっていく。（中略）、善／悪を相対的にとらえようとしているのである」と続ける[17]。

確かに末國氏の言うように、纐纈城主と光明優婆塞の対立構造は物語展開全体を通じて固定的なのではない。物語中盤で両者が相次いで各自の本拠地の纐纈城や富士教団を去ると、それ以降は、先に甲府に現れた纐纈城主に触れられて悪病に感染した人々が、後から現れた光明優婆塞に触れられて快癒するという具合に、二項対立と言うよりは、むしろ、同一存在の善悪の両面的な表出と言うべき様相を呈し始める。人々から「お顔を見たか！神々しかったことは！」「お体から後光が射していた」（第十四回　四）と崇められる纐纈城主と、「穢いみすぼらしい乞食」（第二十回　一）と化した光明優婆塞とは、聖なる怪物と異形の聖者として互換的なまでに相似化しつつある。さらには、両者がまだ各自の本拠地を去る以前の段階でも既に、光明優婆塞が湖上の纐纈城に向かって「私はあなたに逢いたいのです。どうぞお逢いくださいまし。(中略)。あなたは遠くにおられます。私の声は届きますまい。とはいえ私の心持ちは通ずる筈でございます」(第九回　三)と訴えるとき、纐纈城主は「これまで時々湖水の岸から俺を呼ぶような声がする。それを聞くと不思議なことには、俺の心が滅入って来る」(同六)と共振する。森本氏の見解のように、纐纈城主と光明優婆塞は対立性とともに同根性も帯びた組合せなのである。

なお、以上のような纐纈城主と光明優婆塞の対立性と同根性は、「神州纐纈城」の着想源となった作品にも由来するのではないか。「神州纐纈城」の着想源としては従来、L・N・アンドレーエフの「ラザルス」が指摘されていた。[18]死から蘇った主人公の暗鬱な眼差しが人々の生の意欲を失わせるこの短篇は、確かに纐纈城主の人物像に若干の影響は与えているかもしれない。だが、それ以上に決定的な影響を与えたと推定されるのが、フランス世紀末の小説家であるM・シュオッブの代表作「黄金仮面の王」である。「神州纐纈城」の連載が始まる前年に邦訳が刊行されたばかりの本作[19]では、父祖からの慣習に従って黄金の仮面を被っていた主人公の王は、盲目の老人との対話を契機に宮殿を出て一人の少女の前で仮面を外すが、少女が悲鳴を発して逃げ去ったことから自身が癩病に冒されていたことを悟る。宮殿に戻った王は臣下たちに素顔をさらしたうえで両眼を潰して出奔し、やはり癩病に冒された少女と知り合った後に清澄な諦観のなかで死を迎える。

「黄金仮面の王」の主人公のこうした生の軌跡は、「奔馬性癩患」に冒された顔を仮面で覆い、作品後半では居城を去って放浪し始める纐纈城主と類縁性を持つが、自己を罰して苦難を甘受する側面に関しては光明優婆塞と通じている(もっとも、流浪の聖者と化す光明優婆塞は盲目の老人とも相似する)。国枝は処女戯曲集『レモンの花咲く丘へ』(自費出版　明治四三・一〇)について、後年、「フオン・シヨルツとダヌンチオとマーテルリンクとに影響を受け過ぎた作」と回顧しているように、[20]西洋の世紀末文学の影響下の新ロマン主義の作家として出発していた。そうした経歴に鑑みても、「黄金仮面の王」が「神州纐纈城」の着想源の一つであった可能性は高く、纐纈城主と光明優婆塞は「黄金仮面の王」の主人公から、病める肉体と悩める精神を各自に継承して二分化的に造型されたとも推定される。その際には、海幸彦と山幸彦やカインとアベルに代表される兄弟相剋の神話伝説の定式も参照されたかもしれない。とすれば、その二分化の造型は「黄金仮面の王」の主人公の霊肉背反の内的葛藤劇を、一対の人物同士の神話的な闘争劇へと可視化することでもあっただろう。

いずれにしても、物語終盤では纐纈城主と光明優婆塞の二項対立構造は、両者の本来的な同根性の露呈によって解体される。もし、相似化しつつある両者が相まみえて最終的な対決の機会を得るに至れば、その場面こそが、二項対立構造の統合される真の結末となったかもしれない。だが、「神州纐纈城」で実際に描き出されているのは、光明優婆塞がたどる行く手に纐纈城主が仮面を外して潜むという、両者の遭遇の直前に見えなくもない場面までである。この中絶の意味についてはさらなる検討を必要とするが、その前に他の登場人物たちの形成する組合せも視野に収めたい。

4 人物相互の批評的関係

纐纈城主と光明優婆塞の組合せは結局相まみえないままだが、それ以外では作品内で実際に相まみえている組合せもいくつかある。その一例が、「同じような年恰好、同じように道服を着、そうして二人ながら長髪であった」（第十五回 四）と相似的に描き出される直江蔵人と塚原卜伝である。旧知の蔵人が人間の臓器から丸薬を作っていると知った卜伝は、蔵人を「悪逆無道の痴者《しれもの》」（第十一回 四）と呼んでその首を取ろうとするが、蔵人は「俺を咎《とが》めるその前に、自分自身を何故咎めぬ！」、「武道に至っては要するに兇器」、「生命の本質は物質だ。……そうして物質を救うものは、やはり同じに物質でなければならぬ」（以上、同 五）と反駁する。この反駁は医学に邁進する自己の信条の告白であるとともに、武道の絶対性を信奉していた卜伝（さらには、武士一般）に対する鋭利な批評でもある。これに屈伏した卜伝は以降では「忠実な蔵人の相談相手《はなし》」（第十五回 四）へと転じるが、蔵人から陶器師を気合いで退けたことについて問われた際、「剣も禅も何もない。ただカーッと掛けたまでさ」(同　五)と答えるように、その思考法は以前の精神論から蔵人流の唯物論に変容している。こうして智勇兼備の完全な組合せを形成する両者と、纐纈城主や陶器師という怪物的な畸形者との対決として、後半の物語展開の一側面を捉えることも可能だろう。

　そして、「第九回」で相まみえる陶器師と光明優婆塞も相互に対を成す組合せである。妻の姦通のために北条家を浪人して殺戮に耽る陶器師は、妻への不信から武田家を出奔して暴君と化した纐纈城主と重なっている。前者が醜い容貌を月子の造顔術によって隠しているのに対し、後者は悪病に冒された顔を仮面で覆っていることでも、あるいは、ともに本来は名家出身で武勇に秀でた人物であったことでも、陶器師と纐纈城主は相似的な存在にほかならず、[21] その意味では陶器師と光明優婆塞の対決は、実現しなかった纐纈城主と光明優婆塞の対決の代理性を帯びる。光明優婆塞を斬ることができずに愕然とする陶器師は、相手から「何故お前は人を殺すか?」(第九回　四)と聞かれ、「心の中に鬼がいて、それが私を唆《そそのか》して、人を殺させるのでございます」と答え、さらに、「お助けくだされ!　お助けくだされ!」と訴える。これに対して光明優婆塞が懺悔を説くと、陶器師は「懺悔は汝《うぬ》の専売ではない。ありとあらゆる悪人は皆傷《いたま》しい懺悔者なのだ。懺悔しながら悪事をする。悪事をしながら懺悔をする。(中略)。懺悔の重さに耐えかねてのたうち廻っている心持ちが、汝《うぬ》のような偽善者に易々《やすやす》解って堪まるものか」(以上、同五)と激しく反駁する。この反駁の前に光明優婆塞は自己の無力を痛感し、「俺はもっと苦行しよう。当分決して人を説くまい」(同　六)と富士教団を去ることを決意する。

　蔵人の卜伝に対する反駁が卜伝の生の変容の契機となったように、この場面でも、陶器師の光明優婆塞に対する反駁は光明優婆塞の生に変容をもたらす。また、一方の陶器師も後に「この俺もとっちめられた。爾来《じらい》殺人が出来なくなった」(第十五回　三)と告白している。陶器師の反駁中に「俺はお前と反対なのだ」(第九回　五)とあるが、実際、光明優婆塞と陶器師は相互の生を批評し合うような関係にある。そして、両者の対決がもたらした光明優婆塞の失踪のために、纐纈城と富士教団の二項対立構造は崩れてしまい、その結果、当初は「この物語の主人公」であったはずの庄三郎も、動揺した信徒たちから暴行された果てに作品世界から退く。人物相互の批評的関係によって各自の従前の生が解体し合うのみならず、「神州纐纈城」という物語自体も連動的に解体するのである。

以上の二組のような組合せとはやや異なるが、月子と甚太郎も相互の生を批評し合うような関係にある。「極重悪人の新面《にいおもて》」を作ろうとする月子だが、甚太郎から「悪人なんていう者も、善人なんていう者も、この世に一人だってありゃあしないよ、悪い事をした時が悪人で、善い事をした時が善人さ」(以上、第十七回　三)と言われ、やがて、「いつぞやあの子の云ったように、定まった悪人というようなものは、ほんとにこの世にないのかしら？　もし本当にないのなら、妾《わたし》はどうしたらいいのだろう？」(同　六)と苦悩し始める。もっとも、月子は陶器師の来訪時にも「本当の悪人と云う者はあるいはこの世にはないのかも知れない」(第五回　三)と疑っているので、その疑念が甚太郎の言葉を契機として再浮上したと見るべきだろう。そして、一方の甚太郎も月子としばしの共同生活を送った後には、庄三郎を捉える役目に対する疑念とともに「このままどこかへ行ってしめえてえ」(第十七回　四)という放浪願望が生じ、「越後へ行こう、越後へ行こう」(同　五)と上杉家の間者の後を追う。こうして甚太郎の庄三郎捜しというモチーフも、庄三郎の父捜しのモチーフに次いで消滅してしまう。

また、甚太郎と纐纈城主の関係にも注意が必要である。甚太郎は纐纈城主を「……なんだか酷《ひど》く寂しそうだった。そうして酷く憐れっぽかった。(中略)。寂しい寂しい人なんだろう」(第十三回　四)と評し、一方の纐纈城主は甚太郎の来訪によって「忘れていた血縁の親しみを感じることが出来た」あげく、自己の生の「永遠に続くに相違ない」「荒涼たる孤独」(以上、同　六)を悟り、纐纈城を出て「故郷の土地を恋しがり、故郷の人を懐しがり、甲府を差して行く」(第十四回　一)。甚太郎は纐纈城主の従前の生に対する批評的存在であるのみか、纐纈城主を放浪に駆り立てて二項対立構造の解体の一因を担ってもいる。この甚太郎の纐纈城主に対する批評的関係については、「第四回　二〜三」での主君・信玄との関係も含め、王の絶対性を相対化する道化的な存在という視点からも論じられるだろう。

「蔦葛木曾棧」でも「神州纐纈城」と同様に多くの登場人物が離合集散し、人物相互の間には数多の劇的な対決が生じるが、そうした対決が各自の生の変容へと深化されることは（登場人物のほとんどが没個性的なためもあって）少なく、ましてや、個別の対立構造の解体が物語展開全体と連動するとは言い難い。例えば、百地三太夫から忍術を学ぼうとした石川五右衛門は、悪心を見抜いた三太夫から面罵されたうえに打ち負かされ、三太夫の宿敵・お三婆に弟子入りして術を修得した後、義兄の御嶽冠者のために伊那家の若殿の妻の拉致をもくろむが、事前に若殿の依頼を受けていた三太夫によって再び打ち負かされる。一見、三太夫と五右衛門という善悪の忍術使いの対立構造が作用するようだが、三太夫はやがて御嶽冠者の客分に迎えられて五右衛門と同一陣営に属するので、両者の対立構造はうやむやに解体されたままに埋没することになる。このように、「蔦葛木曾棧」では登場人物の対立の多くは一貫性がなく、物語の拡散的な増殖への暫定的な起点になるのみなので、人物相互は本質的な意味での批評的な関係にはならない。物語終盤に登場する麗人族と獣人族の二種族の階級闘争的な対立構造さえ、初出版では物語のさらなる拡散的な増殖への通過点になりつつあり、両種族が本質的な意味で相互批評的な関係にあるかどうかは疑問である。[22]

それに対して「神州纐纈城」では、登場人物の幾組かはある程度一貫して相互批評的な関係にあり、しかも、その関係は物語展開全体に対して連動的に作用している。そして、前半を支える纐纈城主と光明優婆塞の二項対立構造が纐纈城主と甚太郎、光明優婆塞と陶器師の批評的関係を介して解体されるように、物語は登場人物相互の批評的関係にのっとって解体し続けることになる。だが、二項対立構造の解体が纐纈城主と光明優婆塞の放浪の起点でもあり、両者の周囲には次々と新たな物語が派生することになるように、物語は解体し続けるとともに増殖し続けるのでもある。「神州纐纈城」のこうした連動的な物語の解体と増殖は、「蔦葛木曾棧」の単に拡散的な（よく言えば、徹底して拡散的な）物語の解体と増殖とは一線を画するだろう。だが、ここで未完のままの中絶が重要な意味を持つ。先述したように、纐纈城主と光明優婆塞の遭遇による二項対立構造の統合の可能性が、中絶の直前の場面までに示唆されていたことを顧みれば、この統合の直前とも見られる場面に至っての中絶は相当に唐突ではある。とはいえ、現時点では決定的な外部理由は確認されていない以上、やはり、作品の内在的な理由として考察されるべき余地が大きい。その際にはまず、構成的な破綻が最も妥当な理由として挙がるかもしれない。要するに、物語の解体と増殖が度を過ぎて単に収拾がつかなくなり、登場人物たちの生の帰結も示せなくなったということだが、はたしてそれは、「神州纐纈城」という小説の本質を捉えた観点と言えるだろうか。

5 不断の運動性

「神州纐纈城」が未完のままに中絶したことについては、それを惜しむ見解と必然的とする見解が併存している。例えば、完全版の刊行当時にも、真鍋元之氏が「ここに残念なのはせっかくの名作が、不幸、完結を告げなかったことである」と嘆じたのに対し[23]、三島由紀夫は「もともとこの奔放な構想と作者の過剰な感性は、未完の宿命を内に含んでゐた」という多分にロマン主義的な解釈を示していた[24]。笠井潔氏の「読者としては、庄八郎、妙、主水の三人が、それぞれに纐纈城主、有髪の尼、光明優婆塞へと変身したあげく、最後にふたたび一堂に会するという、書かれることのなかったクライマックスを想定してみたくなるのだが、それは作者の真意を完全に誤解したものとはいえないはずである」という見解も[25]、三者が「最後にふたたび一堂に会する」結末を「作者の真意」と見る以上、現状の作品が「作者の真意」を実現していないことを惜しむ一例だろうか。一方、戦後における国枝の継承者とも位置付けられる存在である半村良氏は[26]、「現場の声としてひとこと言えば、伝奇小説とはうまくおわらない小説であるようだ」、「『蔦葛』や『纐纈城』が未完の形で残っていることを、私はさして残念に思わない」と述懐している[27]。

「蔦葛木曾棧」の中絶の際には先にも触れたように、「全体の構想から云えば、三分の一にも達しません」という弁明があり、また、その構想の一端も「作者がこの作で意図したところは「解脱《げだつ》」ということでございました。

基督教《キリストきょう》的解脱だったのです。南蛮寺建立というところで、幕を閉じようと致しました」と示されていた。実際、後から付け加えられた結末部分には、「織田信長が九分通り、天下を平定して右大臣となるや、（中略）、保護をさせたのが南蛮寺であったが、この建立を計画し、陰に陽に助けた者こそ御嶽《みたけ》冠者《かじゃ》と鳰鳥なのであった」とある。だが、この便宜的な結末部分さえ南蛮寺建立で終わりはしない。後年の豊臣秀吉のキリスト教迫害に際して御嶽冠者と鳰鳥は、「南洋に向かって大移民を企て、今日のジャワやスマトラに、日本町を建設した」というのである。「蔦葛木曾棧」は結末部分を付け加えられても、なお、内容的には完結しないで物語は増殖を続けている。これでは「全体の構想」は果てしなく遅延され続け、作品自体によって自己破壊され続けるよりないだろう。

　あるいは、国枝の三大傑作として「神州纐纈城」「蔦葛木曾棧」と併称され、唯一、初出の段階で完結している「八ケ嶽の魔神」（『文芸倶楽部』大正一三・一一～一五・七）も、物語内容的には必ずしも完結に至ってはいない。「八ケ嶽の魔神」は橘宗介《むねすけ》とその弟の夏彦との宗介の婚約者・柵《しがらみ》をめぐる三角関係という、「神州纐纈城」の庄八郎と主水との妙をめぐる三角関係を彷彿させる設定で始まり、宗介と夏彦の各自の末裔である窩人《かじん》族と水狐《すいこ》族の闘争、ことに、窩人族の頭領を祖父とする美少年・鏡葉之助の冒険物語として展開される。水狐族の長老を倒す際に不老不死の呪詛を浴びた葉之助は、呪詛がもたらす不安と焦燥のために殺人に耽るようになり、さらに、江戸で水狐族と再度の対決をして市中を一大混乱に陥れるが、窩人族と水狐族の闘争はそこで終結を迎えるのではなく、末尾では「大正十三年の夏」の時点で「依然二種族は、憎み合っている」ことが語られる。

　窩人族の子に生まれて水狐族から負の超人性を得る葉之助は、両種族の二項対立構造を解体する存在である。作品内では両種族の闘争は果てもなく続いたままだが、不老不死の宿命の葉之助は将来的には両種族を統合する可能性もはらみ、あるいは、両種族の統合とともに葉之助は呪詛から解放されるとも予期される。だが、実際の「八ケ嶽の魔神」はそうした物語内容的な完結までに至らず、その意味では、中絶した「神州纐纈城」や「蔦葛木曾棧」と大差ない。「八ケ嶽の魔神」が形式的には初出段階でも完結を迎えられたのは、おそらくは、主人公が交替し続ける他の二作と違って葉之助がほぼ単一の主人公であり、「爾来《じらい》彼の消息は、杳《よう》として知ることが出来なかった」と、その生の前途を便宜的に暈す処置のみですんだからである。こうした処置ならば、葉之助一人の再登場によって物語を再開することも容易だろう。

ここで注意したいのが、「八ケ嶽の魔神」の末尾で語られる「いつまでも活きている鏡葉之助、人間の意志の権化《ごんげ》でもあり、宇宙の真理の象徴でもある。／永遠に活きるということは、何んと愉快なことではないか。／しかし永遠に活きるものは、同時に永遠の受難者でもある。／そうしてそれこそ本当の、偉大な人間そのものではないか」という「私──すなわち国枝史郎」の感慨である。この感慨に表れているような認識は「八ケ嶽の魔神」のみならず、同時期の「蔦葛木曾棧」「神州纐纈城」でも根本的には共有されていたのではないか。実際、「蔦葛木曾棧」の鴻鳥は父の仇討ちを先送りして未知の秘境に踏み入り、「神州纐纈城」の纐纈城主と光明優婆塞は相次いで各自の本拠地を去るなど、大半の登場人物は最終的な生の到達点が明確には描き出されず、「いつまでも活きている」「永遠の受難者」として変転を続ける。そうした変転してやまない生の様態にこそ、「人間の意志の権化」「本当の、偉大な人間そのもの」が認識されるのである。末國善己氏が「国枝の描く救済は、到達点ではない、葉之助が「呪い」のため不死となり、その苦悩の中で生きるように、永遠に終わることのない〈運動〉の中にこそ救済の姿を見出している」と論じる[28]ように、これらの作品はいずれも、「永遠に終わることのない〈運動〉の中」に登場人物の生を描ききっている。

そのなかでも「神州纐纈城」では、人物相互の批評的関係にのっとって物語が解体と増殖を続けるので、物語展開は登場人物たちの生の運動性と不即不離に連動することになる。換言すれば、登場人物たちの相互に対立して解体し合う生が不断の運動性を示し続ける限りでは、作品自体も物語の果てしない解体と増殖という不断の運動性を示し続けるのである。したがって、「蔦葛木曾棧」のように登場人物たちの生の運動性を強引に断つ結末部分を後から付け加えることも、「八ケ嶽の魔神」のように単一の主人公を退かせて形式的には完結させることも、作品の内在律的な問題として不可能に等しい。

「神州纐纈城」が単に形式的ではない物語内容的な完結を迎えるとすれば、纐纈城主や光明優婆塞を代表とする主要な登場人物の最終的な生の到達点が描き出されるべきであり、それは例えば、笠井氏の言う「庄八郎、妙、主水の三人が、それぞれに纐纈城主、有髪の尼、光明優婆塞へと変身したあげく、最後にふたたび一堂に会する」「クライマックス」になるかもしれない。だが、そこではまた、登場人物たちの生の運動性が停止を余儀なくもされ、彼らは（「八ケ嶽の魔神」の末尾での言い回しを用いれば）「人間の意志の権化」「本当の、偉大な人間そのもの」としての、「いつまでも活きている」「永遠の受難者」ではなくなる。それは確かに構成上の破綻はない十全の結末ではあるとしても、その反面、単に十全の結末という以上の意味はないかもしれない。だが、実際の「神州纐纈城」は単なる構成上の破綻にも見える中絶の代償に、最終的な到達点を拒んだ生を不断の運動性のままに描ききる結果となった。そして、そうした作品の内在律に必然的に従った中絶によって「神州纐纈城」は、物語が単に拡散的に増殖して完結しないにすぎない「蔦葛木曾棧」や、物語内容的には完結しなくても形式的には容易に完結する「八ケ嶽の魔神」などの、国枝自身の同時期の他の作品を自己批判的に打破している。

「神州纐纈城」が現在、「異端」文学復権を超えて評価されるに値するとすれば、その根拠は三島も称賛したような作品細部の耽美的な趣向のみでなく、あるいはそれ以上に、こうした作品自体の体現する不断の運動性に求められるべきだろう。[29] 単に完結しないのみの小説は国枝の作品でなくともいくらでもあるが、「神州纐纈城」の中絶は単なる構成的な破綻のためではない。登場人物の相互批評的な関係にのっとって物語の解体と増殖を続ける不断の運動性が、必然的に本作を未完のままの中絶へと帰結させたのである。半村氏の「伝奇小説とはうまくおわらない小説であるようだ」という述懐に基づけば、「神州纐纈城」は「うまくおわらない小説」としての「伝奇小説」の可能性を、極限まで突き詰めることに成功を収めた作品でもあるだろう。無論、そのことは「伝奇小説」という「異端」的なジャンル内の問題として矮小化されてはならない。「神州纐纈城」という「伝奇小説」は「小説」一般の可能性も体現しているはずであり、「小説」に対する強烈な方法意識を示し続けた石川淳を国枝の後嗣に擬する川村湊氏の見解も、そうした意味では存外に正鵠を射ているとも言えるのである。[30]

注

（1）三一書房から『夢野久作全集』全七巻（昭和四四・六～四五・一）や『久生十蘭全集』全七巻（昭和四四・一一～四五・六）が刊行され、桃源社から小栗虫太郎『人外魔境』（昭和四三・一二）、同『二十世紀鉄仮面』（昭和四四・五）などが刊行された。

（2）この桃源社版にはやはり国枝の「暁の鐘は西北より」（『文藝春秋』昭和二・七～一二）も収録されていた。

（3）三島由紀夫「小説とは何か」『三島由紀夫全集』第三十三巻、新潮社　昭和五一・一、昭和四三・五～四五・一一初出）なお、漢字は新字体に改めた。

（4）例えば、尾崎秀樹氏は『夢野久作全集』1（三一書房　昭和四四・六）の谷川健一氏との対談「我々は夢野久作にどこまで肉迫出来るか」で、「『夢野久作全集』が今日思想的な意味をもつとするならば、まさにそういう異端と正系というものの問い直しという、思想的な変革、そういうもののうえに立つから、意味があるんだ」と発言している。

（5）例えば、七〇年代の鏡花再評価の中心人物でもあった種村季弘氏は、近年の『泉鏡花集成』全十四巻（ちくま文庫平成七・一〇～九・四）の「編者のことば」では、「観念小説家鏡花、人情小説の鏡花、怪談小説の鏡花、さらにいわゆる幻想小説家鏡花、と紋切り型の鏡花像はすでに出尽くした」、「編者としては今回の「泉鏡花集成」で、鏡花というこの多面結晶体を、その多様性、多面性のありのままに編集できればと思う」と述べている。

（6）巽孝之「ポウまたはジャンル脱構築の哲理――詩と散文の天邪鬼――」（『E・A・ポウを読む』、岩波書店　平成七・七）

（7）笠井潔「そして「純文学」は消滅した」（『模倣における逸脱――現代探偵小説論』、彩流社　平成八・七、平成五・二初出）これに対する反響の代表としては鈴木貞美「純文学と大衆文学――この悪しき因習」（『文学界』平成五・一〇～六・一）が挙げられる。

（8）川村湊「国枝史郎という禁忌」（『国枝史郎伝奇全集』巻一、未知谷　平成四・一一）

（9）例えば、三者の対極のように見える自然主義文学に目を向けても、部落差別を題材にした島崎藤村「破戒」（自費出版　明治三九・三）は無論のこと、田山花袋「蒲団」（『新小説』明治四〇・九）も師が弟子に対して抱く性欲という社会的禁忌が中核にある。

(10) 注（8）に同じ

(11) 本文中で甚太郎が庄三郎を指して「召し捕る相手は俺の従兄」（第四回　二）と言うのに倣うが、甚太郎は「高坂《こうさか》弾正の妾腹の息」（同・一）であるのに対し、庄三郎の母・妙は「高坂《こうさか》弾正の娘」（第一回　三）とされているので、正確には、庄三郎にとって甚太郎は従弟ではなくて叔父に相当する。

(12) 森本平「国枝史郎『神州纐纈城』論」（『國學院大學大學院紀要――文化研究学科――』第二十六輯　平成七・三）

(13) 末國善己「國枝史郎『蔦葛木曾棧』考」（1）（『文研論集（専修大学大学院）』第二十一号　平成五・三）

(14) 笠井潔「伝奇と壊れた物語――国枝史郎――」（『物語のウロボロス』、筑摩書房　昭和六三・五）

(15) 注（14）に同じ

(16) 注（12）に同じ

(17) 末國善己「人と作品　国枝史郎」（『神州纐纈城』、講談社大衆文学館　平成七・三）

(18) 土師清二が『大衆文学代表作全集15　林不忘集／国枝史郎集』（河出書房　昭和三〇・四）の「解説」で、「全篇の構想は、アンドレエフの『ラザルス』から来ていた」と言及したのに始まる。

(19) 「黄金仮面の王」はマルセル・シュウオッブ『海外文学新選第十一編　吸血鬼』（矢野目源一訳、新潮社　大正一三・七）に収録されていた。なお、やはり同書収録の「眠れる都市」や「大地炎上」の終末幻想も、国枝の作品に影響を与えた可能性はあるだろう。

(20) 国枝史郎「恋愛懺悔録」（『婦人公論』昭和七・五）初期の国枝については、渡邊重人「出発期の国枝史郎――劇作家としての側面を中心に――」『語文（日本大学国文学会）』第八十三輯　平成四・六）が詳細に論じている。

(21) 注（12）の論文も陶器師を「庄八郎のダブル的な存在」と捉えている。また、注（14）の著書も纐纈城主と陶器師がともに「武勇に優れ、強力で、闘争的な性格」であると指摘している。

(22) 初出版は鴻鳥が麗人族の領主の娘・美麻奈《みまな》姫と入れ替わったために、姫が獣人族の酋長・荒玉梟《あらたまたける》師の妻となってしまい、それを知った領主・大物主《おおものぬし》から娘の奪回を依頼された兵糧長・米主が、魔法の勾玉管玉を入手しようと岩石人を訪ね、岩石人の長・土彦と交渉している場面で中絶する。

(23)真鍋元之「解説」(『神州纐纈城』、桃源社　昭和四三・八)なお、真鍋氏は「中絶の理由は明らかでないのだが、ひとつには作者の健康の都合であり、同時にそのころプラトン社が衰微して、川口編集長(引用者注・『苦楽』編集長の川口松太郎)も退社したはずだから、そのへんの事情にも関連があるという」とも続けている。
(24)注(3)に同じ
(25)注(14)に同じ
(26)例えば、注(14)の著書の『欲望と不可視の権力――半村良――』には、「国枝史郎が日本における近代伝奇小説の雄であるとするならば、その戦後における復興者、継承者の位置を占めるのが半村良である」と述べられている。
(27)半村良「巻末エッセイ・無窮迷路の味」『神州纐纈城』、講談社大衆文学館　平七・三)
(28)末國善己「人と作品　国枝史郎」(『八ケ嶽の魔神』、講談社大衆文学館　平成八・四)
(29)念のために付言すれば、三島がポウや鏡花の作品と比較して称賛した個別の場面の描写にも、本作の小説としての可能性を見据えるうえでの重要な問題ははらまれている。本論ではそのことについて十分に検討する余裕はなかったが、「神州纐纈城」に見られるような徹底した細密描写は、「蔦葛木曾桟」や「八ケ嶽の魔神」には見いだせないという事実は、最低限指摘しておきたい。そのことを考慮すれば、単に細部の描写が増殖するのに伴って物語も増殖するとも一概には言えない。
(30)無論、これは国枝と石川淳の直接的な影響関係の有無とは別問題である。
※国枝の作品の引用は『神州纐纈城』(講談社大衆文学館　平成七・三)、『八ケ嶽の魔神』(講談社大衆文学館　平成八・四)、『蔦葛木曾桟』(上・下)(講談社大衆文学館　平成八・一二、九・一)に拠る。傍点は原文のまま。

コラム５　「伝奇小説」の系譜と「異端文学」ブーム

伝奇小説の濫觴は中国唐代に発した奇小説類であるというが、近代日本では、曲亭馬琴の『椿説弓張月』や『南総里見八犬伝』の系譜に列なる奇想と娯楽の歴史・時代小説群を特にそう称しているようだ。戦前に冠たる斬新の時代小説といえば、誰もが中里介山『大菩薩峠』、白井喬二『富士に立つ影』の二大長篇を想起するだろうが、一九七〇年代の読書界を席巻した「異端文学」再評価のムーブメントでは、より幻想色豊かで奇想に満ちた世界観を提示しえた國枝史郎、角田喜久雄らの作品群が、伝奇小説のマスターピースとして珍重されたという事実がある。

一九六九年、國枝史郎、小栗虫太郎、橘外男、海野十三らの「世に忘れられた」作品群を編成した伝説的企画「大ロマンの復活」が桃源社からスタート。三一書房は、夢野久作と久生十蘭の全集を編み、三つのペンネームを駆使した「文壇のモンスタア」長谷川海太郎の『一人三人全集』と探偵小説の殿堂『新青年』（博文館）の妙味を再現した『新青年傑作選』が立風書房から刊行。翌七〇年以降にも、怪奇・幻想の色調を帯びた作家と作品の飽くなき発掘は続いた。この七〇年代における戦前派エンターテインメントの復権＝日本におけるゴシック・リバイバルは、彼ら「他の追随を許さぬ特異なスタイル」（澁澤龍彥）を誇る作家たちの力量を測る評価軸の時を隔てた完成のみならず、戦時下言論統制が封殺した、非日常の物語世界に遊ぶ自由な精神と価値観の再生をも意味するものであった。文学における戦前的感性の復活。それは歴史的必然ともいうべき現象ではなかったか。

特記すべき事実はまだある。敗戦直後、簇生したカストリ雑誌に再録された探偵小説、伝奇小説を媒介として戦前派の遺伝子を受け継いだ奇才・山田風太郎が起ち、また、後年『ゴジラ』の原作者として名を馳せる香山滋、旧植民地の記憶に美しくも哀切な無惨画を描いた日影丈吉らが推理専門誌『宝石』(岩谷書店。のち宝石社)に集ったが、「異端文学」ブームは彼ら戦後派を、戦前派の異能作家たちと同一地平上に言祝ぐ機会を設えたのである。この流れは尾崎秀樹が「立川文庫的発想にもとづき、大正期の読物文芸、新講談と不可分な関係をもちながら、戦後、山田風太郎によみがえった系譜で、國枝史郎、行友李風、林不忘などがこの線につらなる」と絵解きした奇蹟のごとき精神文化の接続を実現し、ここから戦後「伝奇ロマン」の地平がひらかれたといえるだろう。

そして、この時期に至り、戦前派の特性である、既成概念を破砕する物語構造や、規格外の奇想を原動力とする独自の運動性を、〈実験性〉や〈遊びの感性〉に照らして評価し得る読者が現れ、その少なからぬ愛好者のなかから次代の創作者が輩出されていき、また、一連の現象を文化史・文学史の上に刻印すべく使命感を担った研究者たちが巣立っていった。いうまでもなく、清水潤氏も、そうした一人だったのである。

(谷口 基)

第4部 鏡花を読む

解題

第1部からも明らかなように、研究で取り上げられることが少ない大正・昭和期の泉鏡花作品に、清水氏は積極的に光を当てた。第4部に収めた論はいずれもこの時期の作品を扱ったものである。大正・昭和期の鏡花作品に注目し続けた氏の熱意とは、大正末期を「鏡花文学の一つの転換点」として捉え、作家として円熟した鏡花の模索と行き着こうとした先を見定めることにあったと言っていいだろう。

第12章「「由縁の女」の小説手法」から第14章「大正末期の鏡花文学――「眉かくしの霊」を中心に」は、そうした鏡花の小説手法を明らかにする試みである。氏は『由縁の女』を作家の「転換点」と位置づけ、『龍胆と撫子』『眉かくしの霊』といった作品の構造を整理し直すことで、多くの場合批判的に扱われてきた作中の「拡散性」を、一般的な「近代小説」とは異なる、多角的な読みの体験を読者に向けて開いていくための試行錯誤の跡として評価をおこなっている。こうした作家の表現戦略に焦点を当てた氏の論考は、それぞれの作品と作家理解に新たな可能性を与えるものである。

また、もう一つの試みとして大きな意味を持つのが、「反近代性」が強調されがちな鏡花の「近代性」、近代に生きる作家としてのまなざしを捉え直すものである。なかでも氏が着目したのは、近代の視覚メディアと〈見ること〉にまつわる権力性の問題への鏡花の意識である。第15章「複製される「像」――「夫人利生記」論」では、『夫人利生記』で写真表象を通して描かれる「複製技術」の可能性と限界を、第16章「小説家の眼差しの彼方に――視線のドラマとしての「山海評判記」」では『山海評判記』での〈見る／見られる／見せる〉といった視線の反転劇の構造とその帰結を導き出すことで、従来見過ごされていた鏡花と同時代の接点、そしてそこから作家が捉え表現したものを明らかにしている。

以上のように、清水氏による研究は、後期鏡花作品と作家としての鏡花の姿に一筋の新たな光を投じるものだった。そしてその光とは、埋もれているものを丁寧に拾い、洗い、磨く氏の熱意と愛情から生み出されたものにほかならないだろう。**（富永真樹）**

第12章 「由縁の女」の小説手法

泉鏡花は処女作「冠弥左衛門」(『日出新聞』明治二五・一〇・一～一一・二〇)から「縷紅新草」(『中央公論』昭和一四・七)に至るまで、半世紀近くにわたって小説家として活躍し続けた。これほど長く活躍し続けた小説家は同世代には少ない。にもかかわらず、これまで主に関心を集めてきたのは、「高野聖」(『新小説』明治三三・二)や初期の「観念小説」などの明治期の作品であり、大正・昭和期の作品は全般に軽視されがちであった。大正期の作品でも、「夜叉ヶ池」(『演芸俱楽部』大正二・三)や「天守物語」(『新小説』大正六・九)などの戯曲は脚光を浴びているが、それと同時期の小説の多くはいまだに埋もれたままである。[1] 大正・昭和期の小説の同時代の文壇への影響が明治期のそれと比べては小さかったなど、注目されてこなかったのに相応する理由はあるだろう。だが、鏡花文学の全貌を把握するには大正・昭和期の小説の再検討が欠かせない。

さて、本稿で扱うのは鏡花の大正・昭和期の小説の代表作とされる「由縁の女」(『婦人画報』大正八・一～大正一〇・二)である。本作についてはさすがに先行論文も少なくないが、それでも十分に論じ尽くされたと言うには程遠い。私も以前にその基本構造をたどったことがあったが、[2] 論じられなかった側面が多かったので、本稿では前稿とは異なる角度からのアプローチを試み、鏡花の大正・昭和期の小説について考える足掛かりの一つにしたい。

前稿では「由縁の女」を、「主人公が複数の女性との関わりを通じて過去を回復していく物語」として捉えたが、その起点の一つであったのは、「由縁の女」に登場する三人の女性に対する川端康成の賛辞であった。[3] ところで、川端は同じ文章の別の箇所では次のようにも述べている。

「櫛笥集」（引用者注・「由縁の女」の単行本刊行時の題名）を読む者は第一に「筋」の変化を感じる。鏡花氏の作品の特徴の一つは明らかに、この「筋」の変化、構想の変化と云ふことである。ストオリイが幾つもの起伏を越えて発展し、幾つもの事件が集散しながら流れて行くのである。

ここで注目したいのは、「ストオリイが幾つもの起伏を越えて発展し、幾つもの事件が集散しながら流れて行く」という、前稿では十分に捉えられなかった物語展開の多層性についての言及である。「由縁の女」は確かに、主人公と女性たちとの関わりから生じる「幾つもの事件」の場面から構成される。それらは互いに絡み合って主人公の過去の回復という中心的なプロットへと収斂されるが、一方ではまた、各々の場面がそれ自体一つの物語としての個別の魅力を放ってもいる。川端の言う「「筋」の変化、構想の変化」の具体的な内容は明確でないが、あるいはそれは、「ストオリイ」が中心的なプロットに則して発展していくとともに、その周縁にいくつもの挿話的な物語やイメージの断片が派生していくために、一定不変の「筋」「構想」には還元しえないことを指すのかもしれない。前稿では作品の長大な分量を支える中心的なプロットの抽出にはやり、そうした挿話的な物語やイメージの断片など、いわば中心的なプロットから派生する個別のモチーフに対する視点は欠けていた。したがって、本稿ではそれらの具体的な様相にも着目しながら、「由縁の女」の小説手法について考察したい。

1

「由縁の女」には童歌や近世小説、英詩など、多様なジャンルに及ぶ先行テクストからの引用が随所に組み込まれている。あるものは作中人物の科白を通じていくらかの脚色を施されながら語られ、あるものは地の文の中にそのまま示されるなど、摂取方法にはそれぞれに相違があるが、ここではまず、加賀騒動の伝承の摂取について取り上げたい。

主人公・礼吉は帰郷して又従姉のお光の家に旅装を解いた後に湯屋へ行く。湯屋では大工が斑猫《はんみょう》の毒に中ったという会話をきっかけに、旧藩士の大郷子が加賀騒動の伝承を語り始める。隠居が大郷子に同調しながら話を補足し、学生二人と親方がそれに口を挿むという役回りになっている。「斑猫。黒き瓶」という章題を持つこの部分は、作品全体の七十一節のうちの八節までを占めている。とりあえず、作品中で語られる加賀騒動の伝承を要約しよう。

かつて「百万石のお蔵」に斑猫の毒の蔵してあったのを、茶坊主の大槻長玄がくすね、それを用いて「大恩の六代様を、臣として害《そこな》ひたてまつつた」。大槻は「六代様の御愛妾、お貞の方と密通して、己れが儲けたと言ふ勢之助を以て、御家督を相続させ、百万石横領の企計《たくらみ》」を抱いていたのである。それを防ごうとしたのが「ご当家第一のお客分。……織田大炊利勝公」であった。大槻は大炊を苦しめるために出費のかさむ火消役をさせたが、大炊は藩主から三千両を借りながら手回り品で調度を整えるという機略（大郷子に言わせると「英傑にして加ふるに智者」、学生たちに言わせると「三百代言」）で切り抜ける。のちに、大槻は大炊によって絶壁の牢に閉じ込めれ、お貞の方も「蛇腹の巣と伝へる、俗に万ケ穴と言ふ一方口、袋に成つた大叢の中へ」全裸で投げ込まれた。こうして大槻一党が滅びて一年後、藩主の寝所に「下髪を丈に余して颯と引いて、真黒な裲襠、下へ白無垢を重ねた」謎の婦人が現れ、黒い瓶に入ったものを羽根で藩主に塗り付けるという怪事件が続く。それを聞いた大炊が夜伽に控えていて婦人に躍りかかると、婦人は「九枚の翼の生えた凄じい姿」の怪鳥となって消えた。やがて、宝暦九年に勢之助が死ぬとその幽閉先の寺から出火し、また、大槻とお貞の閉じ込められていた五箇山の方角の二岐越《ふたまたごえ》からは、黒気とともに何千何万もの「火鳥」が大空一面に散った。「蓑を着せたやうに、身の内へ数百《すひやく》の蛇《ながむし》」という末期を迎えたお貞の方の怨念からか、火事を消そうとする人々には空から落ちる鳥の羽根が蛇となって襲ったという（以上、十四〜二十一）。

この伝承の典拠については十九節末尾に、「作者申す。（此の前後五六回、お家騒動の一章は史実に拠らず、流布の俚伝を採る。）」と注記されているが、ここで語られている物語内容は史実のみならず、加賀騒動の伝承の一般的に流布する物語内容からも離れている。「由縁の女」の同時代には加賀騒動の流通媒体として、実録体小説や歌舞伎、講談などがあったが、それらの中の主要なもの、例えば、実録体小説の「見語大鵬撰」（作者不詳、宝暦・明和の間）や「北雪美談金沢実記」（作者不詳、文化から明治初期の間）、歌舞伎の河竹黙阿弥「鏡山錦艶葉」（新富座初演　明治一二・一〇）などのプロットと比べると、いくつかの明らかな差異が挙げられる。[4]

例えば、六代藩主が大槻によって殺害されるのは同じだが、それらでは毒殺ではなくて川で溺れさせて病死させている（ただし、「鏡山錦艶葉」では失敗）。また、実録体小説では大槻と対立するのは織田大炊ではなくて前田土佐守であり、「鏡山錦艶葉」には「小田」大炊は登場するが火消役をめぐる挿話はない。そして、中でも特に明らかな差異は、一般的な伝承では蛇に責め殺されるのはお貞の方ではなく、お貞の方付きの奥女中の浅尾であることだろう（「見語大鵬撰」ではお貞の方は浅尾の蛇責めを見せられた後に病死、「北雪美談金沢実記」では幽閉されて狂死。「鏡山錦艶葉」ではお貞の方の末期には触れていない）。現に、同じ鏡花の作品でも「照葉狂言」（『読売新聞』明治二九・一一・一四〜一二・二三）では、主人公が大槻の芝居に行って見るのは浅尾の蛇責めである。[5]講談筆記などまで調査しないと「流布の俚伝」の全容は把握できず、[6]したがって、どの程度が鏡花のオリジナルな創造であり、また、どの程度が同時代の読者との共有の範囲なのかも現時点では確定しえないが、さしあたって「由縁の女」に語られるような物語内容が、類例の少ないかなり特殊なパターンとは言えるだろう。

ここで問題となるのが、そうした特殊な内容の加賀騒動の伝承の担わされるべき機能、すなわち、物語全体の展開における位置付けであることは言うまでもない。

その一つはまず、隠居が物語の途中で「二岐越」の名を口にしたところで、「礼吉は小桶を搯らして、然り気なくずツと寄つた。……夢を絵にして視るやうな、朧朧とした霧の記憶が二岐越の其の地にある。……」

(二十一)とあるように、礼吉の過去の記憶を喚起する契機の一つとなっていることである。礼吉はやがて、幼少時代に母とともに二岐越の彼方の白菊谷を訪れたことを思い出し、さらに、慕い続けるお楊がかつての母のように馬に乗って白菊谷へ行くのを追って「二股尾」(作品後半ではこう表記されている)を越える。隠居が「其の二岐を、上へ遡ると、白菊谷、一名清水谷と言ふ、こゝに清水があります。(中略)なれども途中二岐の難所、秘密、不可思議な魔所があるために、人のうかつに行かれる処ではありませぬよ」(二十一)と説明するのは、この場面ではそれほどの意味のないように見えながらも、運命と物語展開の到達するべき地点を予示している。蒲生欣一郎氏が「推理小説的」と呼び、また、三田英彬氏が「なぞかけ的展開法」と呼ぶ小説手法である。[7]

だが、加賀騒動の伝承と全体の展開との結び付きはこれのみでなく、両者の間にはより多層的なレベルの照応関係が錯綜している。例えば、大郷子が織田大炊に見立てられていることは、隠居が大郷子に向かって「大人《たいじん》貴方《あなた》が、もし、あの当時にお在《い》でなされたら、御気象と申し、御年配、さしづめ大炊様であらつしやりませう、えゝ御前《ごぜん》」(十五)と言い、また、学生が大炊を「三百代言」と批判したのに大郷子が憤慨したところで、地の文に「三百代言か何か知らず、彼は通ひで、区裁判所の向前《むかうまへ》に出張して、手つきの瀬戸火鉢と煎餅蒲団を置いて控へて居る、……と後で知れたのであるから」(十六)とあることなどに明らかである。

これに対して湯屋の場面の直後に登場する、大郷子に仕える奉公人の露野は、大炊によって残酷な刑罰に処せられたお貞の方に見立てられるだろう。お貞の方は隠居に「何と大それた、密通をしたとはや。お殿様の御恩をもわきまへず、……畜生とも、早や、申さうやうもない犬だて」(十七)と評されているが、露野も礼吉を懐かしんで会いに行ったために大郷子から密通の疑いをかけられ、「主人たり、武士たり、夫たるものの面前をも憚らず、小女郎、と目はじきして、姦夫とあひゞきに出てうせをる」(三十七)と罵倒され、礼吉もろともに大郷子一党から追い回される羽目になる。お貞の方への残酷な刑罰と露野への迫害とは、大義に名を借りて個人の生を辱める論理において等しい。蛇責めがお貞の方のこととしてことさらに語られる理由の一つは、大義の下に虐待される露野の境遇と重層化させるためだろう。

もっとも、加賀騒動の物語内容と全体の展開がすべてにおいて緊密な照応関係を結ぶとは言い難い。露野はお貞の方に見立てられている一面を持ちながらも、お貞の方が怪鳥に化すまでのすさまじい怨念を抱くのに対し、ひたすら無力ではかなげな存在としてあり続けている。加賀騒動の物語では大槻に相当するはずの礼吉にしても、大郷子の息がかかった新聞からは「陰険、執拗、不敵なる悪詩人」（四十四）と評されるが、露野と密通したという冤罪を被るにすぎないのでは、「加越能を覆さうと言ふ大騒動」（十四）を起こした大槻のパロディーと言うのさえおこがましい。加賀騒動の伝承を全体の展開との照応関係のみで捉えるならば、どれだけ有効に機能しえているかは疑問とせざるをえない。

しかし、そこにはまた、加賀騒動の伝承を湯屋という多様な声の交錯する場で語らせること自体の、全体の展開との照応関係から離れた個別の要素も捉えられる。例えば、大郷子が「奸賊と言ひ、淫婦と言ひ、かほどの刑罰を蒙つたものは、恐らく他国にあるまい」と言うのに、学生がすかさず「何を、蒙らせた奴が他国にはないばかりよ、そんな残酷な罰をよ」と皮肉る場面（十八）は、蒲生欣一郎氏が指摘する「士族への反感」[8]という物語全体をも貫くモチーフの発現であるとともに、一方の視点がたちまち相対化されてしまう諧謔に満ちた言葉の応酬でもある。あるいは、次に挙げるのは大炊の出馬姿についての大郷子の「語り」の一部だが、内容的には物語全体の展開とは無関係にもかかわらず、「語り」のみが全体との均整を顧みないで自己増殖している。これらはもはや、全体の展開から逸脱した個別の物語（あるいは、物語化自体が無効になるような言葉の連なり）を構築しようとしている。

「はツはツはツはツ、御大人、八方火消を承つて、第一番の火事があれは確、長町長土塀通であつた。擂子木で大銀杏の俎板を叩くを合図に、右様の人足を前後左右に従へて、五枚綴、陣羽織、鉄鞭を挙げて大炊信勝が、しかしながら馬は逸物ぢやぞよ。……乗手は達者だ。……ハイヨウ、曳声を挙げて乗出しめされた。いや、百万石の城下に胡麻塩の湧立つた武家も町人も、強飯さながらの赤い火事よりも。」（十六）

このように、加賀騒動の伝承は物語全体の展開との間に多層的な照応関係を結びつつ、一方では全体の展開から逸脱しようとする要素をもはらんでいる。「由縁の女」を単一のストーリーに還元しようとするならば、これらは統一性を破る夾雑物として排除されるべきだろう。ただ、小説とは単一のストーリーのみに還元しえない、雑多な要素も含めて読まれることは言うまでもない。

2

前節で考察した加賀騒動の伝承のほかにも、「由縁の女」には様々な先行テクストからの引用が組み込まれ、物語全体の展開と様々なレベルで関係しているが、そのうち、加賀騒動の伝承と摂取方法の近い例としては鬼子母神説話の場合が挙げられる。

大郷子に追われて菩提寺に身を潜めた礼吉は、鬼子母神堂で訪れた露野を相手に鬼子母神の夫の闍慢具足夜叉の物語を語る。闍慢具足夜叉が川で溺れて青鷁《せいだく》という大鳥に助けられ、「此の後、たとひ如何なる事あつても、係《かか》る処に我あり、と忘れても人に言ふなかれ」と誓わされる。その夜、鬼子母神が迦毘羅衛《かびらゑ》国からさらった太子を食べようとしていると、釈尊が来て鬼子母神を正覚させて太子も取り戻す。その太子が身体のただれる病気にかかったところへ、青鷁の翼を褥に敷けば治るという夢のお告げが母帝に下り、青鷁を知るものには恩賞を与えるという触れが出される。夜叉は下郎に化けて帝を青鷁のすみかに案内するが、青鷁に「誓を忘れたな」と翼で打たれて太子の病気を受けて身体がただれる。やがて、その五体は砕けて猫になったというのである（以上、五十五）。これは礼吉が「母から聞いたうろ覚えのもの語」（五十五）とされ、作品中には典拠についての言及はないが、吉村りゑ氏の指摘や吉田昌志氏の詳しい比較によれば、万亭応賀作、歌川豊国（歌川国貞）・二世歌川国貞・惺々暁斎画の合巻「釈迦八相倭文庫」（弘化二〜明治四）に基づくとされる。[9]

この鬼子母神説話の全体の展開における位置付けについて、吉田氏は「忘恩の夜叉の水中からの救済と末路とは、六十一章以下に展開されるように、露野を振り切って川を渡り、白菊谷に入って「人妻を恋ふる罪」を犯してまで、永遠の女性お楊の顔を見んとし、遂に頭を割られる礼吉の姿に重なり合う」と述べている。[10] ただし、この話を語り終えたときに現れた野良猫を見た礼吉が、「御覧、それにしても大郷子の爺夫《おやぢ》に肖然《そつくり》です」（五十六）と言っているように（猫は夜叉の成れの果てとして語られていたので、夜叉は猫を介して大郷子とも重層化することになる）、礼吉と夜叉との重層化のみでは必ずしも説き尽くせない。したがって、ここでも加賀騒動の伝承の場合と同じく、より多層的な照応関係が捉えられるべきだろう。例えば、この物語の母からの口承という起源が全体を貫く亡母憧憬のモチーフとつながるのを初め、夜叉を川に落とした狒に話が及べば露野の着ている白衣に、「犠牲《いけにへ》のために潔斎して、あまたたび俎に乗つた女の、やがて又如何ならむ、覚束なさのあはれ」（五十五）がよぎり（露野のその後の薄命を予示）、太子の病気に話が及べば「斑猫の毒にかぶれた、当国の貴夫人、お楊」（五十五）が思い起こされるように、全体の展開との間には様々な照応関係が錯綜している。

そして、鬼子母神説話もやはり加賀騒動の伝承と同じく、全体の展開から逸脱しようとする要素をはらんでいる。例えば、次に挙げるのは鬼子母神の養い親の魔王の末期についての礼吉の「語り」だが、全体の展開において担うべき役割はほとんどないのに、典拠の同じ場面の本文と比べて異様に精彩に満ちている。[11] 強いて言えば、礼吉の故郷に対する嫌悪と重層化されているのだろうが、むしろ、スペクタクル・シーンのイメージのみが突出化されたようでもある。

百里岩のもの見の座を、数万の軍兵に取巻かれながら、死しても釈迦に仇をする、記験《しるし》を見な、人間儕《ばら》と、髪を挘《むし》り、爪を剥し、我と我が指を折り、手足を断《ちぎ》つては口に含んで、血と、煙と、火と一所に、虚空に向つて赫と吐くのが、一つ〱真赤な炎と見るうちに、坩堝を出て、固るやうに、種々《いろいろ》の猫になつて、其の数、幾千幾万とも計り知られず、空中を縦横無尽に飛行しながら、軍勢を驚かして、迦毘羅衛国の城を蔽うて消失せる。と、身体を残らず、引裂き喰破つて、猫にした大魔王の、大きな顔ばかりが、一つ、頼光に退治された酒呑童子の首のやうに、ぽかりと巖の上にのつかつて、眼を睜《みは》り、牙を噛んで、がつ〱と歯だたきをすること暴風雨《あらし》の如し。……」（五十六）

加賀騒動の伝承や鬼子母神説話が以上のように、物語全体の展開からの逸脱性が強いのに対し、次に挙げる二例の引用は典拠の本来の文脈から断ち切られ、全体の展開に従属してそれを側面から補完する役割を担っている。

まず挙げられるのは、礼吉が白菊谷への途中の二股尾で行き悩む場面で、彼の脳裏に閃いたとされるグレーの英詩の引用である。『新体詩抄』（丸屋善七出版　明治一五・八）に矢田部良吉訳で収められるなど、明治・大正期に広く流布していた「挽歌」（一七五一）の第八・九聯が英語のままで引用され、さらに、「千七百九十五年カナダに於ける、クエベックの激流を渡つた時の、名将ウルフが血湧き肉躍つて心も空なる、舟中の兵員をして冷静を得せしむべく、粛然として低唱した」（六十四）というこの詩をめぐる逸話も紹介されている。「此歌の一節を知得た渠の幸は、恋に死ぬのに、恰も世の名将と同じ光栄を有する特権を獲得したのである」（六十五）とあるように、死と光栄の同義性を謳う「挽歌」の本文やウルフ将軍の英雄的な挿話と、死を覚悟してお楊の後を追う礼吉とが重層化されている。

もっとも、伊原淳子氏が「「The paths of glory」は、「挽歌」一篇の文脈においては栄えゆく道を意味するが、これを詩全体の文脈から切り離して、礼吉の恋の行方に重ねて考える時、それは一般的な栄燿名利ではなく、「恋の栄光」の謂でなくてはならない」と指摘するように[12]、この引用は「挽歌」の本来の文脈からはややずらされている。この詩については既に明治期に、「一般に、貧しく名もなくて此世を去れる人の運命（詩中に所謂ゆるsimple annals of the poor）を観じて此れに切なる同情を洩らしたるものなり、是れ其の何づくの人も読んで興味を感ずる所以んなり」という解釈もあったが[13]、この場面ではそうした無名の人々への同情のモチーフは排除され、

「恋の栄光」の獲得と死の同義性が強調されている（ただし、作品末尾で礼吉が「名もなき詩人」（七十一）と呼ばれるのは、「挽歌」の本来のモチーフに引き寄せられてのことかもしれない）。

柳亭種彦作、歌川国貞画の合巻「偐紫田舎源氏」（文政一二〜天保一三）の引用においても、典拠の本来の文脈からずらされていることは同じである。礼吉が白菊谷でようやくお楊の後ろ姿に呼びかける場面に、母を亡くした幼い礼吉がお楊とともに母の形見の草双紙を見ていた回想が挿入される。「田舎源氏の国貞の絵の藤の方が、よく其の人に似て居るのである」とあるのに続き、光氏が義母の藤の方に不義の恋を告白する場面の本文（二編）が引用され、それと並行して読み進める礼吉とお楊の反応も語られていく。光氏が「みづよりきよい、おんみをば、わたくしゆゑにごらせます。此よばかりか、ぜんせから、むすびおいたるあくえんと、おもへばいとゞかなしきを」と口説き、藤の方はそれに応えて「そなたもともに、うきくらうと、いだきよせつゝなきたまふ」。それを読む礼吉が涙を流しながら「姉さん」と言うのに、お楊は「礼ちやん、一生離れまいね、――私は見棄てはしませんよ。――」と応える（以上、六十八）。光氏と藤の方の愛慕と礼吉とお楊のそれとが重層化されていることは明らかだろう。

だが、ここでも、伊原氏が「『由縁の女』に引用された部分は、不義の恋の、いわば濡場であるが、『田舎源氏』全体の構造から見ると、実は敵を欺くための狂言である」と指摘するように[14]、「田舎源氏」の本来の文脈からは大きくずらされている。「田舎源氏」の本文ではこの直後に、長持から会話を聞いていた山名宗全が現れて二人を罵倒し、さらに、二人が自害しようとするところへ光氏の父・義正が現れ、すべては藤の方に対する宗全の執着を絶つための策略であったと明かされる。礼吉とお楊も当然そうした顚末を読まざるをえないはずなのに、この場面では愛慕の告白の場面のみが本来の文脈から剝取られて引用されている。「田舎源氏」では演劇的な趣向の一つにすぎなかった場面が、それを読む二人に宿命的な愛慕（それは「由縁の女」の全体の展開における最も重要なモチーフの一つでもある）を芽生えさせる契機へと変換されるのである。

以上、「由縁の女」の構築単位となっている個別のモチーフとして、先行テクストからの引用の例をいくつか見てきた。物語全体の展開との関係には様々なレベルがあるが（逸脱性と従属性のいずれが強いか）、これらの引用が個別のモチーフとして随所に組み込まれることによって、単一のストーリーのみには還元しえない多層的構造が得られ、作品が活性化されていることは確認しえただろう。これらのほかに、童歌の引用や鏡花文学内の先行テクストのモチーフの反復[15]もあるが、本稿ではそれらについて詳しく言及する余裕はない。

3

前節までに見たように、加賀騒動の伝承や鬼子母神説話には物語全体の展開からの逸脱性もはらまれている。にもかかわらず、「由縁の女」という小説全体としては物語展開の方向性が見失われはせず、「主人公が複数の女性との関わりを通じて過去を回復していく物語」として完結する。そこで問われるのが、中心的なプロットと個別のモチーフを連繋させ、一つの長篇小説として構造化する小説手法である。

まず、きわめて基本的なことから述べると、地の文の「語り」の視点は作品の多くの部分では礼吉の視点と同化している。例外としては、十一節のお光の一人称の内的「語り」を中心にその前後が彼女の視点から、四十五節から五十節までが礼吉の妻のお橘の視点から、また、「此の市街を、旅行せらるれば」と始まる三十一節が俯瞰的な地誌の視点から、それぞれに語られている程度である。作品終盤にようやく姿を見せるのみのお楊はともかく、登場機会から言えばかなり多いはずの露野にしても、その視点に地の文の「語り」が同化されることはなく、そのために彼女たちの内面は科白以外ではまったく表出されない。お楊も露野もいわば、礼吉の視線の中においてのみ存在するのである。このことはまた、大郷子に追われた露野が頼る被差別集落の人々についても同じであり、彼らは礼吉たちにとっての援助者としてのみ存在している。物語内容の多くは礼吉の認知を通して統括され、その感性の捉えたように表現されるのである。

具体的な場面に則して見るために、月下の麻野川の岸辺に露野とともにたたずんでいた礼吉が、対岸にかつての母のように馬に乗ったお榻を見て川を渡るという、物語展開の最も劇的な転換点である場面を例にとりたい。ここには、礼吉の過去の記憶の中から浮上する三つの挿話的な物語が組み込まれている。一つ目は、雪の川辺で見た再び巡り合えなくなったように思えた娘のことであり、二つ目は、神社の池のかきつばたを盗んで御手洗の龍に脅かされたことである。そして、三つ目は、広い屋敷に住む二つ年上の子と遊んだとき、川へと続く溝にほのめく紅い色をその友が白羽の矢で射た。その当時、やはり紅い色の帯が川を流れて身投げ女の死骸とも、芝居小屋から過って流れた衣装とも噂されたというのである。これらの過去の三つの物語と語られる現在の交錯が、礼吉の意識の流れに則して語られている。

礼吉が露野の姿を眺めて夢かと疑っているとき、「（――年久しき記憶である。――）／夢とも、現とも、現実の境とも弁へず、渠は麻野川の此の岸に向つて、一種言ふべからざる追懐のあるのを忘れぬ。……」として一つ目の物語が語られ始め、それは「其の思、其の景色を、骨に刻み、血に描いて、未だ嘗て忘れない。／あゝ、其の娘が、此の露野にあらずや」と締め括られる。引用からも明らかなように、冒頭では三人称で語られていたのが末尾では一人称に近づいている。さらに、直後の現在に戻った「露野とすると、慫う易々と手を携ふるのは、天地の約束に背くのである。／我が運命に逆するのである」になると、地の文でありながら礼吉の一人称独白体に等しい。客観的には過去に見た娘と現在の露野の同一性を保証するものは何もないが、この一人称的な「語り」はそうした疑問の介入を許さない。これは、「いはれなき燕子花の一本」と「此の艶《あで》なる美女」が重層化する二つ目の物語においても同じである（以上、六十二）。

三つ目の物語では、礼吉の目に「露野の袖の振か、脇明か、踏乱した蹴出しの色か、帯の模様かとも思はれて、色紙を折重ねた形に、紅い色が一所」映ったのが、過去の記憶を喚起してこの物語へと入る契機である。だが、初めのうちは、その「紅い色」と直接には関係しない二人の少年の遊びの世界が語られる。しかも、ようやく溝の中に「ちらりと深紅な色が見えた」ことへ進んでも、それの正体については「鯉だよ。――僕ん許《とこ》のぬしなんだからな」という友の科白以外に説明はない。さらに、その後の「友が藪の溝に、紅い色を射た当時は、同じ色の帯が、見隠れに大川を流れた」こととの関係も解き明かされない。にもかかわらず、礼吉には「其の矢、其の矢が、其の色を映した露野の姿に、……／否《いや》、単《ただ》に露野ばかりではない、白羽の矢は霧を切つて、我を射伏せる心地」がする（以上、六十三）。礼吉の意識内では三つ目の物語と語られる現在の出来事は、「紅い色」のイメージの符合によって因果律を超えて連鎖化している。礼吉の感性に則した「語り」の作用する限りにおいて、それは作品自体の提示する視点でもあるだろう。

この場面でも明らかだが、礼吉の思考や行動を方向付けるのは彼自身の自我と言うより、何らかの契機によって喚起されてくる過去の記憶である。作品に主として語られるのは、礼吉の現在の自己の生がそれらの記憶に導かれる様相にほかならず、その最終的な到達点に位置するのが礼吉とお楊の白菊谷における邂逅である。この結末に達するまでの中心的なプロットの一貫性に着目するならば、三田英彬氏のように「ラストをピラミッドの尖頂とみなせば、そこにいたるまでに、小さな頂をいくつかきわめ、それらが、ピラミッド構造を支える塊と化していく」とも、山内基子氏のように「この小説は、「ある記憶を追体験できる瞬間」に向かっての、小説の要素すべての符合によって運ばれている」とも言えるだろう。[16] 実際、結末に近づくにしたがって物語展開が中心的なプロットへと収斂され、それから逸脱しようとする要素が抑圧されつつあることは否めない。モチーフによっては全体の展開からの逸脱性もはらむことは、先に加賀騒動の伝承や鬼子母神説話の例において見たとおりだが、それらは組み込まれているのが結末には遠い地点であるがゆえに、全体の展開からの逸脱が許されてもいるのだろう。

こうした物語展開に伴う逸脱性の抑圧は、例えば、物語後半部におけるお光の後退にも明らかである。お光は物語前半部では礼吉に次いで重要な人物であり、十一節から十三節にかけては、礼吉との間に幼少時代から交わされていた淡い愛慕と、それを妨げる貧困と因習に縛られた互いの家庭事情が語られもする。特に十一節では先にも述べたように、お光の内的「語り」によって礼吉とのかつての関係が捉えられている。

忘れもしない夏のこと、東京仕込の中形の白地の浴衣は、此の地方《ゐなか》ぢやあ余り着ない、すつきりと水際立つて、私が着たより嬉しかつたが、其も最う夜露に濡れて、悄乎《しよんぼり》と、其処へ腰を掛けて居る。

附焼団子が皿に一本。

引摺つてツイと立つて、立つたなり、一顆《ひとつ》抜いて、私がむく〳〵と頬張りながら、「さあ。」と出すと、兄さんが、薄暗い、こんな土間で、旨《おい》しさうに、むしや〳〵と。……

作品の大半が礼吉の視点によって支配されている中にあって、例外的にお光の視点から語られているこの前後の場面は、作品全体を反転化する可能性を潜めてもいるだろう。だが、礼吉が露野とともに大郷子に追われて被差別集落を頼り、さらに、その露野も振り捨ててお楊を求めて白菊谷へ向かうようになると、お光は物語の表面から退けられて後半部の四分の一では科白すら与えられない。現在の日常世界と非日常的な追憶の世界の仲介的人物であるお光は、礼吉が過去の記憶に導かれて非日常的な世界に入り込むとともに、その日常的な半面ゆえに物語展開に逆行する存在になってしまう。したがって、礼吉とお光の愛慕の物語の展開される余地がはらまれつつも、それは「由縁の女」では抑圧されてしまうのである（ただし、のちの「卵塔場の天女」（『改造』昭和二・四）では礼吉とお光に相応する人物の関係が中心化されている）。

その意味では、露野やお楊の内面がほとんど表出されないのも、それが礼吉の過去の回復という全体の展開からは逸脱しかねないからだろう。彼女たちは山内氏の言うように「礼吉を「一瞬」へ導くために動かされる「傀儡」であり、[17]礼吉の感性では了解しえない他者性が付与されることはない。ただし、こうした全体を一貫したプロットへと収斂しようとする指向性とともに、そこから逸脱した個別の物語を構築しようとする指向性も作用していることは、「由縁の女」という小説の多層的構造としてやはり見落としてはならない。そして、この二つの指向性の並存は鏡花の大正・昭和期の小説の系譜上における「由縁の女」の位置をも物語る。

大正前期の代表作である「日本橋」（千章館　大正三・九）や、「由縁の女」の連載開始の直前に完結した「芍薬の歌」（『やまと新聞』大正七・七・七～一二・七）は、一貫性のあるプロットが緊密な構成によって展開される小説であった。一方、「由縁の女」完結の翌年に連載の始まる「龍胆と撫子」（『良婦之友』大正一一・一～六、『女性』大正一二・八～一二・一、（続篇）『女性』大正一二・二～九）では、先行テクストからの引用が随所に組み込まれているのは「由縁の女」と同じだが、全体の構造性が弱いために物語展開は個別のモチーフの逸脱に任せられ、最終的な到達点の見いだし難いままに未完で終わっている。これらの例のみならず、全般に「由縁の女」以前の小説が収斂性の強いのに対し、以降の小説では拡散性が強くなって断片の集積という様相を帯びてくる。無論、「由縁の女」以前にも単に構成的に破綻してしまい、一貫したプロットに収斂しえない作品はある。先に挙げた「日本橋」でも、結末場面ではイメージの連鎖性が緊密な小説構成を破る（ただし、これは単なる破綻とは区別したい）。だが、「由縁の女」以降では構成意識自体が希薄化している。だが、そうした小説手法の変容について本格的に論じるには、別稿を期さなければならない。とりあえず、「由縁の女」がその転換点ではないかという見通しを述べるのみにとどめる。

注

（1）村松定孝『泉鏡花』（寧楽書房　昭和四一・四）は「鏡花の生涯と芸術」を論じた二十五章のうち、大正・昭和期について扱ったのはわずか五章であり、最近の笠原伸夫『評伝　泉鏡花』（白地社　平成七・一）も十一章のうち、大正・昭和期のために割かれたのは二章にすぎず、しかも、そのうちの一章は主として戯曲を扱っている。もっとも、この二著は鏡花の実生活についても論じているので、平穏であった後半生が扱われないのはやむを得ないだろうか。だが、作品をほぼ時代順に論じた笠原伸夫『泉鏡花　美とエロスの構造』（至文堂　昭和五一・五）にしても、大正・昭和期の小説を扱ったのは六章二十四節のうちの五節のみであった。

（2）拙稿「泉鏡花『由縁の女』論序説」（『論樹』第七号　平成五・九）

（3）川端康成「泉鏡花氏の「櫛笥集」など」（『川端康成全集』第二十九巻、新潮社　昭和五七・九、大正一四・五初出）なお、前稿に引用した箇所を次に挙げる。「櫛笥集には、お光、露野、お楊の三人の女性が主要人物として登場する。と云ふことはつまり、美しい女性の三つの型をあしらつて、美しい一枚の模様を描いたと云ふことである。お光は仁侠艶冶、露野は可憐繊麗、お楊は崇高清楚と云つた風に。そしてそのどれでもがこの世ならぬ美しさである」

（4）プロットの比較に際しては坪内逍遥選『近世実録全書』第十六巻（早稲田大学出版部　大正七・一一）所収の「加賀騒動（北雪美談金沢実記）」、『黙阿弥全集』第十四巻（春陽堂　大正一四・六）所収の「鏡山錦栬葉」、『加賀騒動』（青山克弥訳、教育社新書　昭和五六・一二）、若林喜三郎『加賀騒動』（中公新書　昭和五四・一）などを参照した。

（5）「照葉狂言」の該当場面の一部を次に挙げる。「曾て大槻内蔵之助の演劇《しばゐ》ありし時、渠浅尾を勤めつ。三年あまり前なりけむ、其頃母上居たまひたれば、われ伴はれて見に行きぬ。／蛇責こそ恐しかりけれ。大釜一個《ひとつ》先づ舞台に据ゑたり。背後《うしろ》に六角の太き柱立てて、釜に入れたる浅尾の咽喉《のんど》を鎖もて縛めて、真白なる衣着せたり。（中略）／どろ〳〵と鳴物聞えて、四辺《あたり》暗くなりし、青白きものあり、一條《ひとすぢ》左の方より閃きのぼりて、浅尾の頬を掠めて頭上に鎌首を擡げたるは蛇《くちなは》なり」（『鏡花全集』巻二、岩波書店　昭和四八・一二）

（6）吉田昌志氏は「大郷子老人の語る加賀騒動は、史実ばかりか、近世の『見語』『北雪美談金沢実記』等の実録体小説にも拠らず、専ら歌舞伎を経て講談により人口に膾炙（ママ）した、大槻伝蔵と織田大炊の対立が採られているのは注目してよいことだ」と述べている（「泉鏡花「由縁の女」の成立をめぐって」、『青山学院大学文学部紀要』第二十三号　昭和五七・一）。ただし、吉田氏の用いた講談の資料は明記されてなかったので確認しえなかった。なお、青山克弥氏は『北雪美談金沢実記』は、夙に明治十年代・二十年代に活字本が現れ、大正・昭和初期頃の加賀騒動物講談も、筆記本数種を瞥見したかぎりでは、これと酷似したプロットのものが大勢を占め」ると述べている（「加賀騒動物実録の転化の様相（その二）――『北雪美談金沢実記』における『絵本雪鏡談』改作の方法を中心に――」、『金沢女子大学紀要』第二集　昭和六三・一二）。

（7）蒲生欣一郎『もうひとりの泉鏡花』（東美産業企画　昭和四〇・一二）、三田英彬「「由縁の女」と鏡花文学」（『泉鏡花の文学』、桜楓社　昭和五一・六、昭和五〇・七初出）

（8）注（7）の蒲生氏の著書に同じ

（9）吉村りゑ「泉鏡花と歌謡――「由縁の女」の二首をめぐって――」（『芸能』24―5　昭和五七・五）、吉田昌志「泉鏡花と草双紙――「釈迦八相倭文庫」を中心として――」（『日本文学研究資料新集・泉鏡花　美と幻想』、有精堂　平成三・一、昭和六二・三初出）

（10）注（9）の吉田氏の論文に同じ

（11）「釈迦八相倭文庫」の該当場面を次に挙げる。「運命尽きし時節と諦め、五体をむしり掻きあばきて、邪念を凝らせししるしはありて、あら畏ろしや口よりして、数万《あまた》の猫を虚空へ吐きしに、此猫影の如くにて、あらはに形ちを顕はさず、飛び違ひ馳《か》けめぐり、寄手の多勢を悩ます程に、声のみありて取とむべき、形ちなければ諸軍勢、打つにも打たれず持てあまし、呆れ果てたる其隙に、歓喜の姿は消へ失せける」（『続帝国文庫・釈迦八相倭文庫（上）』、博文館　明治三五・四）

（12）伊原淳子「『由縁の女』私論――お楊をめぐって――」（『国文目白』第二十二号　昭和五八・三）

（13）増田藤之助「注釈・グレー『墳上哀詩』」（『日本英学新誌』第三十八号　明治二六・一〇・一五）ただし、原文では引用部分の大半に傍点が付されているのを省略した。この続稿（同第三十九号　一〇・三〇）にはウルフ将軍の逸話も紹介されている。なお、グレー「挽歌」の流布状況については福原麟太郎「グレイの「挽歌」と日本」（『福原麟太郎著作集』3、研究社　昭和四四・五）を参照した。

（14）注（12）に同じ

（15）本文でも触れた礼吉とお光に相応する人物の関係やそれぞれの家庭事情は、「由縁の女」以前にも「さゝ蟹」（『国民之友』明治三〇・五・一、一五、二九）、「女客」（『中央公論』明治三八・六、一二）などに描かれている（人物名などには異同がある）。ほかにも、亡き母に対する思慕と絡み合った人妻に対する禁じられた愛慕、社会から排除された人々に対する共感、山中の異界への道程の迷宮彷徨など、鏡花文学に多少とも親しんだ読者にとっては既知のモチーフが頻出する。蒲生欣一郎氏はこうした「同一パターンの反覆」を「読者への適応」と捉えている（『もう一人の泉鏡花』）が、複数の作品相互による相乗効果も企図されていたのではないか。明治後期以降の鏡花文学の享受層は蒲生氏も指摘するように固定化していたので、作品を一つの世界として自己完結させるのではなく、他の作品との連続性を持たせることは有効な小説手法であったと思われる。鏡花文学は現在も総体的なイメージが優先して各作品の個別性が顧みられない傾向がある（本文の最初に述べた大正・昭和期の小説の軽視もこれと関わる）が、それは直接に書かれない虚としての「鏡花世界」の総体像が、個別の作品を超えて提示され続けた結果でもあるだろう。

（16）前者は注（7）の三田氏の論文に同じ、後者は山内基子「泉鏡花「由縁の女」の構造分析――符合による展開――」（『上智近代文学研究』第二集　昭和五八・八）、傍点ママ

（17）注（16）の山内氏の論文に同じ

※本文の引用は『鏡花全集』巻十九（岩波書店　昭和五〇・五）に拠る。なお、漢字は新字体に改めてルビの一部を省略した。

第13章　結末を持たない小説の読み方——「龍胆と撫子」論

序

かつて伊藤整は泉鏡花について、「彼が本当に書くことのできたものは、場景即ちシーンであつて、物語りの筋の展開でないことは、劇の設定そのものの多くが不合理で下手だつたことによつても明らかである」と説いた。(1) 鏡花文学の再評価が進展して久しい歳月がたち、個別の作品に対する読解や注釈も精細化しつつある現在、こうした往時の通説も見直されるべきことは言うまでもないが、鏡花の小説の中には「物語りの筋の展開」が捉え難く、読者を戸惑わせるような作品が数多く存在することも事実である。そして、「龍胆と撫子」もその種の小説の代表的な例として挙げられる。本作は当初、「黒髪」と題して大正十一年一月から六月まで『良婦之友』（春陽堂）に連載された。同年八月からは『女性』（プラトン社）に「龍胆と撫子」と題して連載されるが、本作の『女性』への連載は大正十二年九月号限りで途絶する。その後、大正十三年七月には『良婦之友』に連載されていた「黒髪」、及び、『女性』十二年一月号までの連載分のみが大幅な改稿を施され、『りんだうとなでしこ』と題してプラトン社から刊行された。こうした複雑な成立過程からもわかるように、「龍胆と撫子」は鏡花の小説の中でも特に読解の困難な問題作である。ただし、これまでの時点では、この未完の大作の特異性が十分に論じ尽くされてきたとは言い難い。

1　唄う太閤秀吉

「龍胆と撫子」の特質の一つは、吉村博任が「筋立てを述べることが困難なほどに挿話の積み重ねが続き、コラージュ的手法がとられ」ていると指摘したように[2]、数多くの挿話が作中の随所に組み込まれていることである。この問題については私も以前、同じく鏡花の本作に先立つ長編小説「由縁の女」（『婦人画報』大正八・一～一〇・二）と比較しつつ、「龍胆と撫子」のこうした個別の挿話の組み込み方は、「由縁の女」のそれとはやや異なっている」、「「龍胆と撫子」では個別の挿話の逸脱に任せるのみで、それらが中心的なプロットへと収斂されることはない」と論じた[3]。個別の挿話の出典に関しては既に手塚昌行や須田千里氏の論考も存在し[4]、近年では田中励儀氏が手塚の指摘を継承したうえで、「黒髪」第一回に限っても、『老媼茶話』『甲子夜話』『遠野物語』が用いられ、鏡花が江戸期の随筆雑著や近代の民俗学書に収められた民譚に強い関心を示し、自分の言葉で語りたがっていたことがよくわかる」と説いている[5]。本節では「龍胆と撫子」の特異性について検討する手掛かりとして、これまで論じられていなかった二つの挿話の出典を参照したい。

まずは、第三十八章〈夜談《よがたり》〉の蒲生氏郷《がもううじさと》と豊臣秀吉の挿話から取り上げよう。本作のヒロイン・三葉子の養女先の雪松屋が桜の木の株を運ばせるが、株を乗せた大八車が途中の橋まで来て動かなくなったので、人夫たちを鼓舞するために三葉子が株に乗るようにと勧められる。三葉子の恋人・鶴樹《つるぎ》雛吉《ひなきち》がこの顚末を周山上人に対して語ると、上人は本作の舞台・飯坂の領主であった蒲生氏郷が松坂領主時代に、豊臣秀吉に命じられて巨石を運ばせた際の逸話を語り始める。「寺につたはる虫くひの（蒲生軍記）をまるのみの和尚さん」とあるように、この逸話は岡西惟中《いちゅう》が著した蒲生氏郷の伝記「蒲生軍記」（元禄八年）に基づく。「蒲生軍記」は本作発表に近い時期で言えば、大正六年二月に国史研究会から刊行された黒川真道編『国史叢書　朝鮮征伐記（二）・蒲生軍記』に収録されている。無論、これ以前の版本に依拠した可能性も想定されるが、鏡花とは旧知の仲の笹川臨風が同叢書の評議員を務めていることから、直接にはこの『国史叢書』版を参照した可能性が高い。以下に「龍胆と撫子」の当該場面と、それが依拠したと目される『国史叢書』版「蒲生軍記」の場面を挙げる。

(中略)。同苗、源左衛門郷成《さとなり》が太布の帷子《かたびら》の袖をはづし、背に朱の真丸をつけての、小麦藁の笠を被り、采配を振つて、すはや引けとて、それ木遣の音頭を取つた。笛方、太鼓方が囃子を合はせて、殿氏郷、自身に綱引きに手を掛けられたによつて、近習外様一人として引残るものはない。が、此ほどにしても捗取らぬ。なまけものの僕《しもべ》が一人、はきかへの草鞋に腰を落して大欠伸《あくび》をして居るのを、田の畔へ引伏せて、素頭《すかうべ》を刎ねたと言ふ……然《さ》までに一生懸命ぢや。尚ほその上に、形うるはしく声よき傾城数十人、紅《くれなゐ》の衣裳を飾らせ、石の上で拍子を取り、小唄をば唄はせた。此の調子に乗つて、やがて日の岡までは引いたれども、(こがれて暑き牛の舌)ぢやの。あの坂一つ上りかねた。――たとへば今度の板橋ぢやの――源左郷成、わざと水田の中へ転げ落ちて、装束皆泥に成つて、何と部将の第一人が、蛙を啣《くは》へて四這ひに起上つた。いや其のたはけさ可笑《をかし》さに、諸人一度に哄《どつ》と鳴つて笑ふ。此勢で一息に坂を引上げたの。氏郷の卿、この泥まみれを天晴《あつぱれ》とて、駿馬に鞍おいて給ふとありまする。(第三十八章〈夜談〉)

(中略)、蒲生源左衛門尉郷成は、太布の帷子の袖をはづし、背に大きなる朱の丸を付け、小麦藁の笠を著け、采配を持ちて、気遣《(ママ)》の音頭をぞ取りにける。笛は、蒲生左文が家人中西喜内、太鼓は、蒲生四郎兵衛が家人赤佐市蔵なり。氏郷、自身綱引きに、手を懸けられければ、近習外様の侍、悉く引きて残る者なし。戸賀十兵衛が僕一人、草鞋の裁判して、傍に居たりしを、あれは如何に、手足を遊ばするぞ、捕へて参へれ《(ママ)》と有りければ、危従上田九助走寄つて、縛来るや否や、田の畔一《(ママ)》引居ゑて、即ち刎ねられける。夫よりも諸人、斬罪を恐れ、一つは気遣に勇み、全力を出したり。されども容易に転動せず。是に依りて、形うるはしく声能き傾城数十人、衣裳に紅を飾らせ、石の上にて拍子を取り、小唄を謡ひければ、是に皆競立ちて、日の岡までは引附けたれども、坂に向つて、登り兼ねたるを見て、郷成、態と田の中に転び堕ち、装束皆泥に成つて起上れば、諸人一度に噇と笑ふ声、半時計りは静まらず。其勢に乗じて、勇み立ち、難なく坂を引上げたり。氏郷、喜悦の余りに、日来愛せられたる駿馬を、郷成に与へらる。（「蒲生軍記」）

前者に見られる「（こがれて暑き牛の舌）ぢやの」は、芭蕉七部集「猿蓑」（元禄四年）中の句「日の岡やこがれて暑き牛の舌」を踏まえる。人物名は省略化の傾向が見られるが、「龍胆と撫子」が「蒲生軍記」の表現を生かしていることは明白である。さらに、「蒲生軍記」で「粟田口を過ぐるより、左右の屋に乗つて、引入るゝに、家々多く蹈破れけり。（中略）秀吉来りて、此石を見て、輙く上に登らるれば、木村常陸守も、亦従ひて登る。市蔵早く飛下りて平伏す。郷成・喜内も、続いて下らんとする処を、秀吉、此を留め、即ち衣裳著替へ、異様に成つて、常陸守に太鼓を打たせ、喜内に笛を吹かせ、自身気遣の声を発す。是に依つて、其れに有り合ふ大名・小名・扈従・馬廻に至るまで、之を引くに、さすがの大石なりと雖も、飛ぶが如くにして、程なく大仏に到る」と述べられていた箇所も、本作では「此の石が、さて粟田口を過ぎた時は、道の左右の百姓屋の屋根に乗つて綱を引いたで、家を蹈破つたと言ふ。……騒ぎを聞いて、秀吉も伏見を出てござつた。如法の猿どの、面白さに堪へられず、するくと石にのぼり、大肌脱に扇子を開き、笛、太鼓に合はせて、自身木遣の声を上げたために、さしもの大石なりと雖も、飛ぶが如くにして大仏に着いたと言ひます」と、上人の飄逸な人柄も示すユーモラスな口調を加味して語られる。

次に、第二十五章〈青い眉〉で語られる釈尊の挿話を取り上げよう。この場面では、夜の神楽坂をさまよっていた雛吉が研ぎ師の老人から声をかけられ、自分に付きまとう女性・黒川菖蒲《あやめ》との関係を打ち明けると、それを聞いた老人（実は隠れた名工・大桑八兵衛）は「お釈迦様が悉達《しつた》太子の時、大雪山の毘羅《びら》梵志《ぼんじ》を師となされて、三業《ごふ》九品《ほん》の修行のために、北真禅定台の雪室に五常心を練りたまふ処だ」と、釈尊の修行中に三人の魔性の者が美女に化けて現れた逸話を語る。作中には出典は特に明記されていないが、鏡花の愛読書として知られる合巻「釈《しゃ》迦八相倭文庫《かはっそうやまとぶんこ》」（弘化二～明治四年）に基づく[6]と推定される。

続帝国文庫版『釈迦八相倭文庫』上（博文館　明治三五・四）の本文と比較する（鏡花自身はこれ以前の版本を参照した可能性もある）と、「三業九品の修行のために、北真禅定台の雪室に五常心を練りたまふ」に対応する箇所が、「釈迦八相倭文庫」の「打ち廻りて三乗九品の勤をなし、夜は北真禅定台の、室に籠りて五常心を練り」である。また、「釈迦八相倭文庫」の「何所《いづこ》よりか天女を欺く、装《よそほひ》なる麗人《れいじん》三人来りて、前後《まへうしろ》に付添ひつゝ、先なるは炬火《たいまつ》携へ、雪の道を知辺なし、二人は左右に従がへて」が、本作では「天女をあざむく三人の麗人《たをやめ》が顕れて、（中略）、美女の一人が松明の焚火をして、あとの二人が左右から、もつたりと引添うて」となり、「摩伽薩如意にて彼の橘を、打玉へば木の実は砕けて、其中より数多の毒虫、這出て飛び出《い》で」が、「摩訶如意を以て、可《よ》うがすかい。木の実をハタと打たせ給ふと、すぱつと破《わ》れて、中からむらむらと湧出したは異類異形の毒虫だ」となっている。その一方で、「釈迦八相倭文庫」の「木の実を持し、乙女の襟髪むづと抑へて、如意を振り上げ玉ふを見て、二人の女は逃げ失せぬ」が、本作では「三人の美女は立処に、悪魔外道の形と成つた」となるように、ディテールの展開については若干の相違も見られる。「釈迦八相倭文庫」が鏡花のかねてからの愛読書ということもあってか、「蒲生軍記」の例と比較してもかなり手慣れた脚色と言える。

以上にこれまで論じられていなかった二つの挿話の出典を紹介したが、これらもやはり出典となった逸話に対して鏡花が関心を示し、「自分の言葉で語りたがっていたことがよくわかる」例に該当するだろう。ただし、鏡花一流の「語り」が味わえるこれらの挿話が作中で担うべき機能は、「龍胆と撫子」の読解に際して評価の分かれるところである。本作冒頭で旅客（実は彫刻の名匠・毛利織夫）が車夫に向かって語る伝承については、田中氏が「第一話の黒髪と第三話の小鼓は三葉子の形象につながり、第二話の天狗の集団は遠く山窩の一党と響き合うなど、本作の展開の基礎がここにある」と評する[7]一方で、手塚は「どれか一つ挿話を外したとしても一篇の構成は崩れはしない。ゆえに読者は、今はただそこに、『甲子夜話』の天狗や天女の話を面白がり、話したくてたまらぬ鏡花の姿を見出す」と説いていた。[8]「蒲生軍記」や「釈迦八相倭文庫」に基づく挿話の場合、前者は氏郷が一帯のかつての領主であった地縁を生かしたものであり、後者も魔性の「麗人」と釈尊との関係が、菖蒲と雛吉との関係に重層化されていることは明白である。とはいえ、「どれか一つ挿話を外したとしても一篇の構成は崩れはしない」と評されてもあながち的外れとは言いきれない。つまり、これらの挿話は「龍胆と撫子」全体の「構成」に照らし合わせた際、必ずしも有効に機能していないとも捉えられるのである。

2 「歌行燈」との相違

「龍胆と撫子」の挿話の組み込み方について掘り下げるために、ここで一つの補助線として、「歌行燈」（『新小説』明治四三・一）の先行文芸の引用をめぐる鈴木啓子氏の近年の考察を参照したい。鏡花文学屈指の「名作」として定評のある「歌行燈」について、鈴木氏は『膝栗毛』五編上（文化二年）や謡曲「海人《あま》」「松風」、歌舞伎「天衣紛上野初花《くもにまごうえのはつはな》」（「直侍」）「伊勢音頭恋寝刃《こいのねたば》」などからの引用を指摘しつつ、「引用の反復は、意味の拡散とともに意味の収斂作用をも機動させている。暗示的な引用は、その思わせぶりな態度によって読者に先行文芸への連想を要請する」、「まさに引用の織物といってよいこの作品において、鏡花は読者の連想の広がりを予測し、その統制をも含めて自らの小説世界を構築しようとしている」と論じている。[9]鈴木氏によれば、「これが、明治四十三年の鏡花が選択した表現戦略だった」とのことだが、そのことは無論、大正後期発表の「龍胆と撫子」にもそのままに該当するとは限らない。むしろ、十年余を隔てた両作品の相違を積極的に見据えることによってこそ、鏡花後期の問題作「龍胆と撫子」の特質は浮き彫りになるし、ひいては鏡花文学の表現戦略のより総合的な評価も見定められるだろう。

前節で具体例に即して確認したように、「龍胆と撫子」もやはり数々の古典文芸を独自の脚色も交えて引用しつつ、作中の随所に印象的な挿話として組み込んでいる。さらに、詞章レベルの引用例まで含めた場合は枚挙にいとまがないことは、例えば、先に触れた蒲生氏郷の挿話中の「(こがれて暑き牛の舌)ぢやの」にも明白である。第一章〈旅客。振分髪〉の文中には、「歌行燈」にも引用された謡曲「松風」を踏まえた言い回し(「遠い山里の場所によると、雛壇の行平《おくげ》の配所のやうでもの侘しい。／「おビール」／と仕入ものなる松風の声」)が見られるし、第四章〈紅梅の莟〉には三葉子とその義姉・薫が、「旅まはりの旧派」で見た「夕霧阿波鳴門吉田屋の段」に熱中する場面で、浄瑠璃「夕霧阿波鳴渡」の詞章がかなりの分量を割いて引用されてもいる。あるいは、「引用の織物」という形容は本作にこそよりふさわしいかもしれない。

そこで生ずるのが、本作にも見られる「引用の反復」は「歌行燈」でのそれと同様に、「意味の拡散とともに意味の収斂作用をも機動させている」のか、そして、「鏡花は読者の連想の広がりを予測し、その統制をも含めて自らの小説世界を構築しようとしている」という鈴木氏の見解は、はたして「龍胆と撫子」にも該当するのかという問題である。鈴木氏が挙げていた限りでは、「歌行燈」に引用された先行文芸は知名度の高い作品が多いので、「読者に先行文芸への連想を要請する」ことも効果的であっただろう。だが、「龍胆と撫子」の場合、「釈迦八相倭文庫」「松風」「夕霧阿波鳴渡」などはまだしも、「蒲生軍記」は『国史叢書』に入っていたとはいえ、(おそらくは本作発表当時でさえも)一般読者に「先行文芸への連想を要請」し得るメジャーな作品とは言い難く、その意味では、「読者の連想の広がりを予測し、その統制をも含めて自らの小説世界を構築」するという表現戦略の有効性は疑わしい。[10]

もっとも、当時の鏡花文学の読者は既にある程度まで固定化されてもいた。[11] したがって、古典文芸にも通じているはずのそれらの常連読者(いわゆる「鏡花党」「鏡花宗」と呼ばれた愛読者たち)を対象とする限りでは、「連想の広がりを予測し、その統制をも含めて自らの小説世界を構築」することも、ある程度までは有効性を持つ表現戦略であったと想定される。ただし、本作をそうした常連読者との閉鎖的なサークル内に封じ込めて捉えては、常連読者にしか〝読めない〟聖典として祀り上げることにつながりかねない。それは端的に言えば、かつての

「鏡花党」「鏡花宗」の輩を反復した悪しきナルシシズムに等しい。だが、鏡花の各作品に対する読解自体は飛躍的に精細化しつつある現在、本質的な意味で求められるべきは、それらの作品が文化基盤の異なる現代の読者にとっても〝読める〟問題作である所以を明確化することにほかならない。実際、鈴木氏も「引用は一読によって発見される必要はまったくない。むしろ、歳月を挟んで、ふとした機会に引用が発見され、それによって無限の読みの回路に取り込まれていく感覚こそが、鏡花文学の醍醐味である」と主張している。引用を「発見」して「無限の読みの回路に取り込まれていく」のは、鏡花と文化基盤を共有し得た同時代の常連読者に限らないだろう。

とはいえ、「龍胆と撫子」が未完の作品であることはやはり大きな問題になる。鈴木氏は「歌行燈」の結末場面での「引用の意味作用」を重視し、「「海人」の引用は、十八章の鳥羽の海の悲話とも重なり、また宗山の謡う「松風」とも響きあって、ヒロインお三重の文脈で読者に提示されている。これが結末で、お三重から喜多八へとシフトするダイナミズム、おそらくこれこそが、「歌行燈」に仕組まれた引用の最大のドラマツルギーであろう。「月見座頭」「土蜘蛛」「直侍」「伊勢音頭恋寝刃」等の引用が喚起するイメージはここに収斂してくる」と説いていた。すなわち、「引用の反復は、意味の拡散とともに意味の収斂作用をも機動させている」という見解も、結末場面のほとんど特権的なまでの重視に基づく。こうした結末場面の特権化は、「歌行燈」に関する限りでは作品に即応した有効な読解と言える。だが、完結しなかった小説である「龍胆と撫子」の場合は当然のことだが、結末場面を特権化し、そこに向かっての「意味の収斂作用」を捉える読解は成立しない。そして、本論で考察したいのは、「龍胆と撫子」という小説固有の表現戦略としての引用の意味である。

3　流転し続ける小説

本作の「意味の収斂作用」の地点としての結末場面が捉え難いのは、無論、直接的には連載が途絶して未完に終わったという事情が決定的だが、単にそれのみが理由ではなく、登場人物像なども含めた作品世界の総体的な様態にこそ根深く起因する。例えば、川村二郎が「『龍胆と撫子』は、空間の移動をとりわけ強烈に印象づける一篇である。（中略）、中心は何といっても飯坂なのだが、中心をめぐって登場人物たちが転々とする土地の変化は、廻り灯籠の絵のように変る景色の風情さながら、まことにめまぐるしい」と指摘したように[12]、本作では物語の舞台がスピーディーかつ軽やかに転じ続ける。この「空間の移動」「土地の変化」は、登場人物たちが作中で目まぐるしく移動することも意味するので、橘正典氏は人物側に重点を寄せて「『龍胆と撫子』は、最後に山窩の一党が正体を見せはするが、大根《おおね》のところ、登場人物個人々とその関わり合いの物語、それも多くは流離漂泊の物語である」と規定したうえで、さらに、「この物語では人間だけではなく、多くの物も流転する」（傍点ママ）とも指摘している[13]。この登場人物と「物」の流転という本作を貫流するモチーフについて、ここで作中のいくつかの具体例に沿って検証したい。

「物」の流転の一例として、橘氏は三葉子が姉の形見として大切にし続ける小鼓を挙げている。この小鼓は先述の第三十八章〈夜談〉でも、桜の株に乗った三葉子が人夫たちを鼓舞するために打つように、彼女の人物形象とも大きく絡んだ小道具だが、ここで留意したいのは小鼓の作中での出自が定かではないことである。例えば、第二章〈おつかひ姫〉ではその入手の経緯が以下のように述べられる（この箇所に関しては『良婦之友』初出本文でも特に異同はない）。

此の鼓は、あとで聞くと――幼い三葉子の言ふのであるから、判明《はつきり》と取留めた事はわからないが、「彼方《あちら》……」――遠くの山の方からだと言ふ――お坊さんだか、山伏だか、順礼だか、とに角修行者らしいと思はれるものが……黄昏《たそがれ》である――姉があの、あやめの土橋の処に立つて、いつも、そんな顔を見せた事のないのが、一人悄乎《しよんぼり》と山を遙に涙ぐんで立つた。三葉子も傍に居て悲しかつた。其処へ修行者体のものが通りかゝつて、

「進ぜやう。」

姉さんが不思議に辞退をしなかつた。

身を震はして、礼を言ふと、

「何、山から拾つて来た。」と杖をついてすた〱行つた。……此の意味を、――三葉子の話したのは後の事で。

中絶直前の第五十一章〈榾《ほだ》あかり〉でも「亡くなりました姉の記念《かたみ》の、あの小鼓」という台詞があるなど、三葉子にとって特別の存在であることが幾度も強調される小鼓だが、そもそもの来歴は「お坊さんだか、山伏だか、順礼だか、とに角修行者らしいと思はれるもの」が「山から拾つて来た」にすぎない。そして、この小鼓を与えた「修行者体のもの」の素姓は謎に包まれたままである。

こうした出自の不確定性は、雛吉が飯坂を最初に訪れた際に三葉子からもらった鬘にも該当する。第二十一章〈研屋〉で八兵衛はこの鬘について、「心持は、むかし其の名人たちの使つた鬘が、此の天地の間に散らばりながら残つて居て、後代の人の手に伝はるつて事なんだ。……山奥、谷底、深い森、めつたに人跡の到らねえ処に落ちてるのを、不思議に拾ふ事が稀にある」と説明する。だが、実際の鬘は雛吉が花屋の店先に居合わせた三葉子に懇願してもらい、その出会いを懐かしんで大切に持ち続けていたものであった(14)。しかも、実際の作中には、この鬘が飯坂の花屋に置かれていた経緯はまったく描かれていない。

また、橘氏が「物」の流転のもう一つの例として挙げる桜の場合、出自のほうは「大庄屋の屋敷あと」（第

三十八章〈夜談〉と由緒正しいが、雛吉がその大枝から彫り上げた裸婦像は、他の材料で作られた裸婦像とも入り混じって飯坂一帯に出回ると、やがて雛吉のあずかり知らないところに、「此の界隈、えかく評判でな、木偶《でく》に、はい、魂さ入って夜さり抜出いて、真白《まつちれ》え膚で、そこら、野道、山路崖づたひに、ふら〲歩行《ある》くだ」（第四十三章〈蒟蒻怨霊〉という噂が生じる。そして、雛吉が彫り上げた覚えのない蒟蒻製の贋物までが現れて騒動を起こす。出自の定かな名木から彫り上げられた像が、不特定多数の人々の間を流通する過程で贋物と入り混じってしまい、いかがわしいスキャンダルの中で消散していくのである。

　このように、「龍胆と撫子」では作中で重要な役割を担っている「物」たちが、出自や帰着先の定かでないままに流転を重ねていく。これらと同様の（橘氏が挙げていない）例としては、第四十章〈柳の小家〉で雛吉が語る小僧時代に得たおはじきも見落とせない。旅の僧に連れられて「幾つも町を抜けた」果ての「よれ〱な小さな家」を訪れ、「もの優しい婦《をんな》」からおはじきをもらった雛吉は、後日にそこを再訪しようとするが、「いくら心覚えの町を捜しても、探しても」その家は見付からず、最初に入手したおはじきも「大暴風《おほあらし》、大降雨《おほぶり》で、寺が損じました時」に失われてしまう。さらには、第三章〈毛利織夫。緋桃の雪洞〉の学生時代の毛利が旅先で、懐妊中の雛吉の母親からもらった「其の一品」としか語られない「物」も、その種の典型的な例の一つとして挙げられる。「がらくた道具に、古雛などが交つ」た中から毛利が見いだしたそれは、「渠が製作の類なき手本を、其の一品に得たのである」と述べられるように、毛利のその後の生に決定的な役割を果たすことになるが、「何の品か、其は誰にも分らない」とされているのみならず、それを雛吉の実家の前で売っていた露店の主も判然としないし、毛利がそれをいまだに所有し続けているのかについても定かではない。

　そして、出自や帰着先が定かでない流転は上記のような「物」のみならず、本作の登場人物たちにも該当する。怪しげな放浪集団として登場する「山窩の一群」（第四十九章〈蛇松《じやまつ》の鱗五郎《りんごらう》〉）は無論のこと、典型的な美男美女のように見える雛吉と三葉子にしても、出自来歴の定かな人物として描かれているとは決して言えない。東海道沿いの名家に生まれた雛吉は、毛利に似ていたことから実父に疎まれて「諸侯《だいみやう》のやうな邸から山寺へ棄てられた」（第十九章〈刺青〉）という、生まれながらにスキャンダラスな烙印を押された存在であり、実の父母の下にも師父・毛利の下にも帰還しないままに旅を続ける。

一方の三葉子は肉親に先立たれて孤児同然の境遇となったところを、旅行中の毛利によって見いだされて雪松家の養女に迎えられたのだが、第三十三章〈路の名所〉で「旅の旦那様が見附けただから、はじめて、私《おら》どもの目にも入つたで」と語られるように、毛利に見いだされるまでは地元・飯坂でも知られていない存在であった。しかも、第一章〈旅客。振分髪〉で毛利は、前日に「酸模草《すかんぽ》を噛る女の児」を見て「山神、山姫のおつかひ姫に逢つた気がし」、「何だか、もう一度見たい気がし」ていたところ、三葉子を「一目見」て「あゝよく肖《に》て居ると思つた」と告白している。この「酸模草を噛る女の児」はこれ以降、初出本文でも単行本版でも作中にはまったく登場することがない。モデルとなった人物との関連もあり、毛利と会うまでの生い立ちがかなり具体的に語られもする[15]三葉子だが、素姓のまったく知れない少女の代替として見いだされたことも重視したい。その意味では、三葉子は当人の愛用する小鼓と同様に出自が定かではなく、むしろ、第五十二章〈秘刀〉で菖蒲が「――あの天人のやうな綺麗首が、此の組の中へ入つて御覧なね」と仲間に加えることを示唆する（ただし、作中では三葉子が実際に菖蒲たちの一党に迎えられるには至っていない）ように、「山窩の一群」と相通じるいかがわしさを潜在させた存在と言える。

そして、出自が定かでないことは「龍胆と撫子」という小説自体にも該当する。先に触れた毛利の青年時代の挿話は、毛利と雛吉との最初の接点として本作の中核の一つを成しているが、必ずしも「龍胆と撫子」で初めて用いられた挿話ではなく、先行する「参宮日記」（春陽堂　大正三・一）や「雛がたり」（『新小説』大正六・三）にも類似した挿話は見られる。特に、「参宮日記」はやはり完結していないと目される作品であり、「龍胆と撫子」は登場人物の対比からしても、未消化に終わった「参宮日記」のリメイク版的な側面を色濃く持つ。[16]すなわち、「龍胆と撫子」は完全にオリジナルな小説として存在するわけではない。そうした一篇の小説としてのオリジナリティーの希薄さに加え、（単行本化が雑誌連載時の前半部分だけであることが示すように）最終的な「定本」を持ち得ていないことも本作の特質であり、堅固に完成されたオリジナルの作品世界などとは程遠いその様態は、作中で出自の定かでない「物」や登場人物たちが、帰着先を見いだせないままに流転を重ねていく様相にも近似する。[17]橘氏は「龍胆と撫子」を「流離漂泊の物語」と呼んでいたが、本作は単に登場人物や「物」の「流離漂泊」を描いた物語にとどまらず、作品自体が出発点も終着点も持たずに「流離漂泊」し続けている。

したがって、「龍胆と撫子」という完結しなかった小説の読解で求められるのは、結末場面を特権化してそれとのつながりで主題を抽出することではない。多彩な「物」や登場人物が交錯を繰り返して流転を重ねる様相、さらには、それらをはらむ作品自体の流転を総体的に見据えたうえで、結末が担保する主題には還元されることのない、より多角的な読解の可能性を見いだすことこそが求められている。その意味では、伊藤整の言う「物語りの筋の展開」もいたって瑣末な問題であり、少なくとも、その点のみを難じてこの小説を単なる失敗作と見なすのでは、「物語りの筋の展開」にとらわれすぎた貧弱な読解ということになる。

手塚昌行が「どれか一つ挿話を外したとしても一篇の構成は崩れはしない」と評した作中の数々の挿話の機能にしても、そうした多角的に開かれた読解に向けての表現戦略と捉えるならば、敢えて作品全体の「構成」に回収させて位置付ける必要はないだろう。作中を印象的に彩るそれらは結末場面を指向して収斂するためではなく、逆に作品世界をより拡散化するためにこそ組み込まれている。そして、目まぐるしくもダイナミックな運動性をもたらすのである。その運動性の中にあっては結末場面の有無などは問題でないし、拡散化を意図した表現戦略である以上は、本作の読者が引用された先行文芸に必ずしも通じていなくてもかまわない。[18]実際、「一」で紹介した「蒲生軍記」「釈迦八相倭文庫」に基づく挿話も、引用された先行文芸が作品読解を方向付ける比重は、「海女」「松風」が決定的な重みを持つ「歌行燈」の場合とは明白に異なる。これは「龍胆と撫子」の完成度が単純に低いという問題ではなく、むしろ、本作は意識的に単なる断片としての挿話を散布することで、長大な分量の作品世界の再編を（作中には不在の結末場面の予想も含めて）読者に委ねていると見なされる。結末を持たない鏡花後期の問題作「龍胆と撫子」は、そうした一種のアナーキーな読解の可能性も内包した実験的な小説として、文化基盤が異なる現代の読者によってこそ読み直されるべきである。

注

（1）伊藤整「作品解説」（『日本現代文学全集12　泉鏡花集』、講談社　昭和四〇・一）。
（2）吉村博任「菖蒲幻想——鏡花の言語空間について——」（『鏡花研究』五　昭和五五・五）。
（3）拙論「泉鏡花「龍胆と撫子」論序説」（『論樹』一〇　平成八・九）。
（4）手塚昌行『妖魔の辻占』成立考——泉鏡花と『甲子夜話』——」（『泉鏡花とその周辺』、武蔵野書房　平成元・七）、須田千里「泉鏡花と中国文学——その出典を中心に——」（『国語国文』昭和六一・一一）、同「鏡花文学における前近代的素材（上）」（『国語国文』平成二・四）。
（5）田中励儀「「黒髪」「龍胆と撫子」の成立過程——編修資料の調査をとおして——」（『文学』平成一六・七）。
（6）鏡花の「釈迦八相倭文庫」受容については、吉田昌志「泉鏡花と草双紙——「釈迦八相倭文庫」を中心として——」（『文学』昭和六二・三）が詳細に論じている。ただし、同論文では「龍胆と撫子」との関係については特に触れられていない。
（7）注（5）に同じ。
（8）注（4）の手塚論文。
（9）鈴木啓子「引用のドラマツルギー——「歌行燈」の表現戦略——」（『文学』平成一六・七）。以下、本論での鈴木氏の引用はすべてこの論文に拠る。
（10）例えば、「龍胆と撫子」の初出誌の一つである『女性』の読者層については、小山静子「女性史上における『女性』の意義——新しい女たちの姿を映す鏡——」（復刻版『女性』第四十八巻、日本図書センター　平成五・九）が「非常にモダンな表紙やカットとあいまって、都市に住むインテリ女性が読者対象として設定されていた」と指摘している。
（11）蒲生欣一郎『もうひとりの泉鏡花』（東美産業企画　昭和四〇・一二）には「鏡花文学が一定の需要にささえられ

ていたことによって、鏡花はその資質を発揮する作品を書きえた」、「この〝固定需要〟を抜きにしては、鏡花文学の社会的存在は考えられない」という指摘がある。

(12) 川村二郎『白山の水　鏡花をめぐる』(講談社　平成一二・一二)。

(13) 橘正典「女の流離譚」(『鏡花変化帖』、国書刊行会　平成一四・五)。

(14) 橘氏は注(13)の論文で「飯坂山の猿たちがもてあそんでいたのが、仙光寺坂下の花屋の婆さんの手に入り、そこで働いていた幼女(三葉子)から雛吉に渡る」と捉えているが、作中の事実関係の問題で言えば、これは明らかに誤読である。

(15) 注(5)の田中氏の論文によれば、三葉子は「番町の鏡花宅の筋向かいに住む、煙草専売局員今井儀太郎の三女M子」がモデルであり、「鏡花がみんみい(引用者注・M子の愛称)を偲んで本作を書き始めたことは確か」とのことである。

(16)「龍胆と撫子」と「参宮日記」との挿話の比較については、注(3)の拙論でも既に論じている。

(17) 拙論「未完の大作の存在意義――泉鏡花「龍胆と撫子」論――」(『日本文学』平成一七・九)では、単行本刊行までの「龍胆と撫子」の作品世界の変質をたどったうえで、本作を「一個の物語としての完結を拒否し続けた(いわば、方法としての未完を指向した)小説」と位置付けた。

(18) これは無論、「龍胆と撫子」には先行文芸に通じた読者は必要ないという意味ではない。

※「龍胆と撫子」の引用は『鏡花全集』巻二十一(岩波書店　昭和五〇・七)、及び、『鏡花全集』巻二十八(岩波書店　昭和五一・二)に拠る。ただし、その他の文献からの引用も含めて漢字は基本的に新字体に改め、不要なルビは省略してある。「龍胆と撫子」の章番号は「続篇」の部分も含めて通しで付した。なお、本論は第四十四回泉鏡花研究会(慶應義塾大学　平成一七・一二・一七)での口頭発表に基づく。

コラム6　「読み」をめぐる転換と煽動——一九二〇年代の小説とプロット

近代日本文学の転換期である一九二〇年代、小説のプロットをめぐる方法論も新たに対象化された。従来の表現形態とその固定的意味からの解放は、文学の領域でも書き手／読み手の両方で浮上する。そこでポール・ヴェルレーヌやステファヌ・マラルメなどの象徴主義やワシリー・カンディンスキーの抽象芸術表現は、その解放の夢想を映す格好のスクリーンとなった。一九二五年に芥川龍之介は『文芸一般論』でそれらに「在来の文芸の絶望してゐた情緒」を見出し、二七年の「「話」らしい話のない小説」論争で、小説の「筋」＝プロットを問題化する。だが、不完全燃焼に終わった同論争では、その解放の夢想は定義不能な「詩的精神」の内部に浮遊するだけだった。

清水が一九一九年から二一年の『由縁の女』に見出した「中心的なプロットと個別のモチーフを連繫させ、一つの長篇小説として構造化する小説手法」の必然性は、二〇年代後半のプロット論を生んだ欲望とつながっている。そこでテクストが「拡散性が強くなって断片の集積という様相を帯びてくる」ことの指摘は、同時代芸術に共通するキーワードとしての〈断片性〉と交響するものだ。『由縁の女』は、表現主義や未来派、立体派やダダイズムなどの大正期新興芸術運動の胎動期のテクストでもあった。本来関係性の場であるプロットは、そこでジャンルを越境する表現的主題となる。

一九二二年から二四年の『龍胆と撫子』は、そのクラシカルな引用の織物の意匠の背後に、表現史的転換と震災を内包したテクストであった。清水は、「結末場面を特権化」する従来の読みを、「堅固に完成されたオリジナルの作品世界などとは程遠い」このテクストが無効化させるさまを描きだす。「作品世界をより拡散化する」その「ダイナミックな運動性」のなかでは「結末場面の有無などは問題ではない」と挑発し、「長大な分量の作品世界の再編」を「読者に委ねている」その「アナーキーな読解の可能性」を煽動する。小説の読みを無自覚的に規範化する完成／未完成のイデオロギーが、そこで暴かれる。その意味で、「結末を持たない小説の読み方」というタイトルは、小説を読む行為自体の底知れぬ実存性と拡張性を示唆するのかもしれない。清水が遺した言葉の交響《シンフォニー》は、小説を読むことが本質的にはらむ混迷《コンフュージョン》と、それが生み出す可能性の深淵を照らし出している。

（副田賢二）

第14章　大正末期の鏡花文学――「眉かくしの霊」を中心に

泉鏡花の大正・昭和期の小説が概して軽視されがちであった中で、大正十三年五月に『苦楽』に発表された「眉かくしの霊」は、ほとんど例外的なまでの高い評価を与えられてきた。近年でも笠原伸夫氏は、「間然することのない緊密な語りの世界に、円熟する芸のごときものが感じとれる」と礼賛している[1]。だが、「眉かくしの霊」は名人芸的な完成度の高さのみを称えて事足りる作品ではない。現在に至るまで定説と言うべき解釈を見ない問題作であり、さらには、「小説」に対する一般的な通念さえ揺がしかねない特異な作品でもある。念のために言えば、「眉かくしの霊」が特異なのは単に幽霊という非現実的な存在が登場するからではない。本論の主眼は「眉かくしの霊」のそうした特異性の解明にある。

しかし、本論は「眉かくしの霊」という個別の作品の読解のみを目的とするのではない。従来の研究史では大して重視されてなかったことだが、「眉かくしの霊」が発表された大正末期は鏡花文学の一つの転換期でもある。関東大震災が当時の作家たちに多大な影響を与えたことは文学史の常識だが、鏡花とて何らかの影響を被ったに相違ないことは、『女性』に連載中であった大作「龍胆と撫子」が、大正十二年九月発表の分までで中絶したことからも明らかである。もっとも、「龍胆と撫子」は物語の最終的な到達点の見いだせない茫漠とした小説なので、たとえ関東大震災が生じなくても中絶する宿命であったかもしれないし、その意味では、関東大震災以前から鏡花文学の変容は既に始まっていたとも言える[2]。また、関東大震災から昭和への改元までの二年余りの間には、二十篇の小説と一篇の戯曲が発表されてもいるので、「龍胆と撫子」の中絶を鏡花の創作力自体の衰弱と短絡化してはならない。とはいえ、小説がいずれも短篇ばかりなのに加えて内容的にもやや散漫な、小説と言うよりは随筆と言うべき作品が目立つことには注目したい。

この時期の作品について脇明子氏は「混乱した奇妙なところが目につくし、かつての力がもうないようにも見える。(中略)。以前、優しい母のおもかげを宿して現われた姉のような女たちは、いつのまにか姿を消している」と指摘したうえで、こうした変容を「運命の女《ファム・ファタル》」との訣別として捉え、「運命の女《ファム・ファタル》の腕の中で夢見ることができなくなったとき、彼(引用者注・鏡花)が本当にやりたかったのは、巧みな物語作者として舞台ばえのする女たちを書きわけることよりも、むしろ心の底の闇の中に沈む他者の記憶をひきずり出して来ることだったようだ」と考察している。(3) 作品と作家をあまりに直截に関連付けた嫌いもあるが、大正末期の鏡花文学の変容を鋭く見据えた示唆に富む視点ではある。そして、脇氏がこの考察中ではまったく言及していない「眉かくしの霊」こそが、大正末期の鏡花文学の代表作であることは言うまでもない。本論の目的は「眉かくしの霊」を中心に、大正末期の鏡花文学の変容についての一つの展望を示すことにある。

1

「眉かくしの霊」の冒頭の「木曾街道、奈良井の駅は、中央線起点、飯田町より一五八哩《マイル》二、海抜三二〇〇尺、と言出すより、膝栗毛を思ふ方が手取早く行旅の情を催させる」(一　以下、「眉かくしの霊」の本文引用後の括弧内の漢数字は節を表す)という一文は、いかにも平明に砕けていて紀行文や随筆にこそふさわしそうである。続いては、十返舎一九「続膝栗毛」(文化七〜文政五)の奈良井の場面が、弥次喜多と宿屋の女中との問答などはほぼ原文どおりに紹介される。ところが、そこへ次に挙げるような奇妙な表現が挿入される。

……と思ふと、ふと此処で泊りたく成つた。停車場《ステエシヨン》を、もう汽車が出ようとする間際だつたと言ふのである。

此の、筆者の友、境贇吉は、実は蔦かづら木曾の桟橋、寐覚の床などを見物のつもりで、上松までの切符を持つて居た。霜月の半《なかば》であつた。

「……然も、その（蕎麦二膳）には不思議な縁がありましたよ……」

と、境が話した――（一）

ここだけを見ると、「筆者の友、境贇吉」の「語り」が再現されるようにも受け取れるが、実際には「境は少々居直つて」（一）、「境は話を促した」（六）というように三人称の表現で語られるので、「境」から聞かされた物語を「筆者」が語り直したのが、読み手に示される「眉かくしの霊」ということになる。ただし、以下の物語では「筆者」固有の視点に基づいた表現は見られず、むしろ、三田英彬氏や東郷克美氏が指摘するように、「境」を主格とした三人称の表現で語りながらも、主格の明示が少なくて一人称の表現に近づいている。(4)そのために、「筆者」と主人公（あるいは、視点人物）である「境」との距離が曖昧になってしまい、枠物語の手法は有効に機能しないままに不自然さのみを残す。

だから、三田氏は「筆者が顔を出す数行は、なくもがなの部分と見える」と否定的に捉え、「彼（引用者注・鏡花）は、ときに、書き出しで、もどかしげにもたつくことがあり、それはほとんど語りたい幻想界が、主題が脳中に渦巻くまま、その表現の真実性を求めて、足踏みする様子のものと察せられる」という見解を示している。また、東郷氏も「たとえ形式的であっても、鏡花は「筆者」（ないしは語り手）が読者（聞き手）に語りかける場を仮定することなしには書き始められないのである。「筆者」は、いわば物語世界に対する作者の位置を示す記号のようなもので、その機能さえ果せば、あとは顔を出す必要はないともいえる」と述べている。両氏の見解は作品の冒頭近くの「筆者」の過剰な表面化を、鏡花という作家固有の特性へと還元することで一致している。だが、代表作の一つである「歌行燈」(『新小説』明治四三・一)のように「筆者」が表面化しない例も多く、十分な説得力を持つとは言えない。

確かに鏡花の小説の表現構造は概して複雑であり、「眉かくしの霊」と同様の表現構造、すなわち、ある人物の話したとされる物語内容を三人称の表現で語り直す例も十数作が挙げられる。ただし、大正中期以前の「幻往来」(『活文壇』明治三二・一一、一二)や「千歳の鉢」(『文藪』明治三六・一、二)、「榲桲《まるめろ》に目鼻のつく話」(『現代』大正九・一〇、一一)などでは、「橘」「江島」「乾三」といった各主人公の主格の明示が「眉かくしの霊」に比べて多く、したがって、それらの登場人物と「私」の距離は明確化されている。「峰茶屋心中」(『新小説』大正六・四)の場合、末尾で「疵も大丈夫。——私に此の話をしたのは——看護婦の油断の隙に。——」というように、「私」が「樫吉」から物語を聞かされる設定に回帰する構造上の一貫性に加え、「樫吉」の一人称の「語り」は五節から九節までに、「樫吉は爾時《そのとき》、伝《か》う云つて語続《かたりつ》いだ」、「樫吉は、伝う話した……それからである………」という表現で前後を挟んで「 」内に括り出している。これらの作品では表現構造が複雑ではあっても不自然ではなく、中でも「峰茶屋心中」や「榲桲に目鼻のつく話」は、枠物語の手法がある程度まで有効に機能している例と言える。

それが「蝶々の目」(『国本』大正一〇・三)や「銀鼎」(『国本』大正一〇・七)まで下ると、それぞれの主人公である「圭吉」や「園」と「私」との距離は曖昧になる。[5] そして、「眉かくしの霊」の前年に発表された「磯あそび」(『サンデー毎日』大正一二・三)では、その冒頭は次のようになっている。

船が、渚の浪にふはりと乗つて、目の前に浮いたのが、大きな島の静に翼を一伸《のし》したやうにも見えたし、名所の話に聞く、浮島の島の一つが、足許をすつと離れたやうにも見えた。

「譬へるのだと、——あとの方が可いのですよ。……出羽の国の浮島は、松の中に、藤、つゝじ、山吹などの咲いたまゝ、泳いで遊ぶと言ひますから。」……

——と弓浦が、私に話して言つた。——

弓浦の言葉をそのまま「　」内に括り出した直後に、「——と弓浦が、私に話して言つた。——」と続けるのは、「眉かくしの霊」で境の言葉を「　」内に括り出した直後に、「と、境が話した——」と続けるのと同様であり、以下の物語が「弓浦は丁寧に立つて、不器用に帽子を振上げた」というように、「弓浦」を主格にした三人称の表現で語られるのも共通している。ただし、「眉かくしの霊」では冒頭近く以外には「筆者」が表面化しないのに対し、「磯あそび」では「二」にも一カ所だけ「勝手にしろ、筆者は知らないから」とある。とはいえ、三田氏や東郷氏が「眉かくしの霊」について指摘していた、三人称の表現に主格の明示が少なくて一人称の表現に近づいていることは、この作品にも該当して全三節中の「三」には「弓浦」という語は二カ所にしかない（無論、「弓浦」に代わる「彼」などの語も皆無である）。「磯あそび」も「眉かくしの霊」と同様に、枠物語の手法は有効に機能してはいないのである。

この「磯あそび」以外にも、「眉かくしの霊」の前後には表現構造が不自然な作品が多い。例えば、「胡桃」（『新興』大正一三・二）は「旅人は土産を買ふつもりであつた」というように三人称で語られているが、冒頭と末尾には「旅人が言つた」、「と旅人が言つた」という表現が配されている。だが、そうした枠組がことさらに設定されるべき必然性はまったく見いだせない。同様のことは「傘」（『随筆』大正一三・一）と「小春の狐」（『女性』大正一三・一）がともに「私」を主格にした一人称で語られつつも、前者では末尾に至って唐突に「わたしの友だちが——此を話した」という一節が付け加えられ、後者では冒頭近くに「これは城崎関弥と言ふ、筆者の友だちが話したのである」という一節が挿入されていることにも言える。

さらに、中国古典を原典とした「雨ばけ」（『随筆』大正一二・一二）では、「私は此を読んで、いきなり唐土《もろこし》の豆腐屋だと早合点をした」、「——こゝまで読んで、私は又慌てた」というように、「私」が原典を読んでいるという行為について再三言及されている。これとやや類似した例として「甲乙」（『女性』大正一四・一）は、「私」

為のみならず、その物語を書いているという行為までが次に挙げるように語られる。

治三三・二）などとも共通する通常の枠物語だが、「高野聖」にも見られた「私」が物語を聞いているという行

（「著者」）が温泉宿で知り合った「秋庭俊之君」の「直話《ぢきわ》を殆ど其のまゝ」記すという、「高野聖」（『新小説』明

――先刻《さつき》は、唯、芸妓が二人、と著者は記した。――俊之君は、「年増と若いの。」と云つて話したのである。が、こゝに記しつつ思ふのに、どうも、どつちも――これから後も――それだと、少なくとも、著者が此の話についてうけた印象に相当しない。更めて仮に姉と、妹としようと思ふ。……

このように、「眉かくしの霊」の前後の作品では表現構造の不安定性が際立っている。「歌行燈」の古典的と呼びうるまでの堅牢緊密な構造性は、そこには求めるべくもない。これは本論の初めに触れた小説と随筆の区分の解体化とも結び付くだろう。そこには、大作「龍胆と撫子」の中絶に代表される小説手法上の混迷・模索がある。それらを考慮すれば、「眉かくしの霊」の冒頭近くの「筆者」の過剰な表面化も、鏡花という作家固有の時代的な変遷を超えた特性としてよりは、特に大正末期という時期の混迷・模索の表れの一つとして捉えられる。

2

境が奈良井に泊ったのは、「続膝栗毛」の弥次喜多に自己をなぞらえた気まぐれな思い付きにすぎない。前夜に松本の旅館でわざわざ紹介状を渡したにもかかわらず、うどん二膳分を一つの丼に盛られるという虐待を受けたことから、「その……饂飩二ぜんの昨夜《ゆうべ》を、むかし弥次郎、喜多八が、夕旅篭の蕎麦二ぜんに思い較べ」（一）、「続膝栗毛」の「蕎麦二ぜん」の舞台であった奈良井に泊りたくなったのである。一年前に事件の起きたことが

後に明かされる宿屋に泊ることになるのも、「旅のあはれを味はうと、硝子張の旅館一二軒を、故《わざ》と避け」(一)たために、「軒に山駕篭と干菜《ひば》を釣し、土間の竈で、割木の火を焚く、侘しさうな旅篭屋」(一)が選ばれたにすぎない。

境の気まぐれな思い付きはまた、物語後半で一年前の事件を語ることになる伊作をも呼び寄せる。ツグミの丸焼きを出された境が鍋で煮て食べたいと女中に頼んだために、料理人の伊作が「よくお言《ことば》がのみ込めかねます。ゆゑに失礼ではございますが、一寸お伺いに出ましてございますが」(一)と現れるのである。境はある芸妓がやはり木曾山中で焚火で焼いたツグミを食べたところ、口が血まみれになって案内の猟師がおびえたという話を「ふと思出した」(一)と説明する。ここで境が「然う云ふのが、慌てる銃猟家だの、魔のさした猟師に、峰越の笹原から狙撃《ねらひうち》に二つ弾丸を食ふんです」(一)と言い、伊作もまた、「——然う言ふ場合には、屹と怪我があるんでして……」(一)、「……此の、深山幽谷の事は、人間の智慧には及びません——」(一)と言うのは、物語後半で伊作が境を相手に語る事件の顚末と呼応してはいる。ただし、この時点では境はまだ「……ふと変な気がしたものだから」(一)と言うのみで、そうした事件の顚末も自身の後の体験も具体的には何ら予期しえない。

翌日、境はまたしても気まぐれな思い付きのために、前夜の三階の座敷から離れの座敷へと移る。「此の宿の居心のいゝのにつけて、何処かへのつらあてにと、逗留する気に成」(二)り、また、二階の小座敷で旅商人が中年増の女中と睦んでいるのを見かけ、「ふと奥山へ棄てられたやうに、里心が着いた」(二)のである。奈良井の駅に下りてからこの宿屋に着いて伊作と出会い、そして、一年前の事件と関わりのあるこの座敷に移るまでの境の言動は、いずれも「ふと……」という気まぐれな思い付きに従っているのみである。下の階で寝たいと言った境にことさらにこの座敷があてがわれたのは、怪事がときどき起きてしばらく使わなかったのを、「旦那のやうな方に試みて頂けば、おのづと変な事もなくなりませう」(四)という、宿屋の側の作為であったことがのちに判明するが、少なくとも境の側から見れば、この座敷へ来たことにはとりたてて言うべき必然性はない。大正中期以前の代表作の登場人物、例えば、「日本橋」(千章館　大正三・九)の葛木や赤熊が個別の生の原理を担って激しく対立するのや、「由縁の女」（『婦人画報』大正八・一〜一〇・二）の礼吉が自己の過去の記憶に導かれて彷徨を続けるのと比べれば[6]、「眉かくしの霊」の境の行動に内的な必然性の希薄なことは際立っている。

入浴しようとした境は、誰もいないはずの湯殿に婦人の気配が漂うのに二度も出くわす。ことに、二回目には思い切って「入りますよ、御免」（二）と声をかけると、「「いけません。」／と澄みつつ、湯気に濡れ〳〵とした声がはつきり聞え」（二）る。一回目の気配の主は直後に宿屋の女将であったらしいと判明するが、二回目の婦人の正体は差当たっては明らかにされない。こうして不可解な現象が繰り返された後に、境の眼前に「瓜核《うりざね》顔は、目《ま》ぶちがふつくりと、鼻筋通つて、色の白さは凄いやう。――気の篭つた優い眉の両方を、懐紙《かみ》でひたと隠し」（三）た女が現れる。だが、単なる気まぐれな思い付きで奈良井のこの宿屋のこの座敷に来たにすぎない境が、次々に不可解な現象を体験した後に、謎めいた女と遭遇して「……似合ひますか」（三）と尋ねられる理由は何だろうか。それに答える手掛かりは、少なくとも、物語前半と言うべき三節までにはまったく見いだせない。ただ、三人称でありながらも一人称の表現に近づいた地の文の「語り」から、境が次第に不安定な状態に陥っていく様相がたどられるのみである。

3

四節以降は三節までと一転して境と伊作との対話、と言うよりは伊作の「語り」が中心になる。ただし、伊作の言葉は「 」内に括り出されているために、基本的な表現構造としては三節までと変っていない。

「昨年の丁ど今頃」（四）にこの座敷に、柳橋の蓑吉ことお艶という「目の覚めますやうな御婦人客」（四）が着いたこと、また、境が先刻入ろうとして二度も妨げられた風呂に、お艶が「二度、お着きに成つて、すぐと、それに夜分に一度、お入りなすつた」（四）ことなどが、ようやく境にも明かされる。伊作はさらに、その際にお艶に対して自身が桔梗ヶ池の「お美しい奥様」(四) を見た体験を話したことや、お艶が奈良井へ来た理由である「変な姦通事件《まをとこ》」(五) の経緯も語る。こうした伊作の「語り」が作品内で担う機能について、三田英彬氏は「伊作の語った過去の事件によって、すべての因縁、因果関係は割れてくる」と述べ、東郷克美氏も「「三」までに境が体験した数々の予兆の意味が、伊作の語りによって、いわば裏側から次々に解読されていく」と述べている。だが、はたして両氏の言うように、物語前半で境の体験してきた不可解な現象は、後半の伊作の「語り」によってすべて説明されるのだろうか。これに答える前にまず、伊作という人物についての検討が必要だろう。

例えば、三田氏は「伊作はまた孤独好きの陰気な性格で、(中略)、自然の幽界的性格におびえながらもより肯定的で、むしろ、その象徴ともいうべき「桔梗の池の奥さま」の美に魅かれている」と述べている。東郷氏の「伊作は死者の側から、他界の原理による「桔梗ヶ池」の言語ともいうべきもので語っている」、「伊作が拠っているのは、美の原理といってもよい」という指摘も、三田氏と同様に、伊作が非日常的な異界に対する指向性を強く持ち、異界の住人である奥様の妖しい美しさに憑かれ続けていることを指すだろう。これらに従えば伊作が一年前の事件に巻き込まれるのも、さらには、再び不可解な現象を呼び寄せるのも、その特権的な感性ゆえの必然ということになる。だが、それでは伊作の感性を過大評価することにならないか。伊那出身の余所者でもある伊作は確かに、「私陰気《てまい》もので、余り若衆づきあひがございません」(四) とも自称するように、奈良井という共同体内で相対的には孤立した存在であったようだが、その感性が特権的であったとばかりも言えない。

実際、お艶に「その奥さまのお姿は、ほかにも見た方がありますか」(四) と尋ねられた伊作は、「えゝ、月の山の端、花の麓路、蛍の影、時雨の提灯、雪の川べりなど、随分村方でも、ちらりと拝んだものはございます」(四) と答えているし、さらには、奥様が眉を落としているという伊作の気付かなかったことも流布している。奥様を垣間見る恩寵に恵まれたのは伊作のみでなく、だからこそ、自己の美しさを代官婆に見せつけて画家の汚名をそそごうともくろむお艶は、「これが時々人目にも触れると云ふので、自然、代官婆の目にもとまつて居て、自分の容色《きりやう》の見劣りがする段《ひ》には、美しさで勝つことは出来ない」(六) と懸念することになる。姦通事件の敵役である代官婆に対する伊作の評価は、代官婆の権威主義に対する共同体内の揶揄と反発の代弁にすぎないし、伊作には世俗の人情に通じた現実的な側面もあることは、姦通の相手にされた画家が寺から逃がされたことを語る際に、「此は然うあるべきでございます」（五）と付け加えることなどにも明白である。伊作は「他界の原理」や「美の原理」を信奉する特権的な感性の持ち主である以前に、奈良井という共同体内の凡庸な人々の一人と言うべきだろう。伊作が奥様の美しさに憑かれ続けることには伊作固有の内的な必然性は特になく、むしろ、奥様の美しさこそが共同体内では個別の感性を超えて絶対的なのである。

お艶は二度目の湯上がりに姿見の前で懐紙を眉に当て、伊作に対して「――似合ひますか。――」（六）と聞いたという。ここでとりあえず、境が先刻体験した現象と伊作が語る一年前の現象とが符合することにはなる。そして、お艶が桔梗ヶ池の奥様と間違われて射殺されたことを伊作が語ったとき、伊作と境が体験した現象は次のように描かれる。

旦那、旦那、旦那、提灯が、あれへ、あ、あの、湯どのの橋から、……あ、あ、あゝ、旦那、向うから、私《てまい》が来ます、私とおなじ男が参ります。や、並んで、お艶様が。」

境も歯の根をくひしめて、

「確乎《しつかり》しろ、可恐《おそろし》くはない、可恐くはない。……怨まれるわけはない。」

電燈の球が巴に成つて、黒くふはりと浮くと、炬燵の上に提灯がぼうと掛つた。

「似合ひますか。」

座敷は一面の水に見えて、雪の気はひが、白い桔梗の汀に咲いたやうに畳に乱れ敷いた。（六）

伊作の「語り」が呼び寄せたように一年前の光景が二人の前に現れ（しかも、伊作にとってそれは一年前の自己の像でもある）、宿屋の座敷が奥様の住まう桔梗ヶ池と二重化するこの鮮烈な場面が、「眉かくしの霊」の結末場面にもなっている。「筆者の友、境賛吉」の語った物語という冒頭の設定には回帰せずに作品は閉じ、お艶の霊を目前にした二人のその後が語られることはない。読み手の前には中途で切断されたような境の体験のみが、境の解釈も「筆者」のそれもまったく下されないままに投げ出されている。先に提出した疑問に戻ると、物語前半で境の体験した不可解な現象が一年前の現象と符合することは、確かに物語後半の伊作の「語り」によって判明した。だが、単なる気まぐれな思い付きでこの部屋に来ることになったにすぎない境が、末尾のお艶の霊の出現を含めて一連の不可解な現象を体験する必然的な理由は、依然として明らかにされたとは言えない。さらに言えば、伊作とて一年前の事件には偶然に巻き込まれたにすぎない。お艶の霊はどうして本来の対決相手であったはずの代官婆ではなく、境と伊作の前に現れたのだろうか。

この疑問に答えようとする試みはこれまでにもいくつかあるが、近年では鈴木啓子氏がきわめて大胆な解釈を示している。(7) 鈴木氏はお艶の物語を「細君に代わって男の嫌疑を晴らしにやってきた女が不運にも命を落とす悲恋物語としてではなく、桔梗ヶ池の新しい女主に選ばれた女が、見事に新奥様として変身を遂げる「代替わり物語」として読み替え」ている。それによれば伊作が四年前に奥様を垣間見たのも、伊作の働く宿屋にお艶が来て奥様のことを聞くのも、猟師の石松がお艶を射殺してしまうのも、さらには、代官婆の家に来た画家が姦通事件を起こすのも、「女主交替のための壮大な他界のシナリオ」の一環なのである。また、「境の役柄は新女主誕生の確認者、一年目の誕生祝いの参列者というところか」とも推測している。鈴木氏はこうして作品をかなり整合的に編み直しているが、それでも、お艶が非業の最期を遂げる必然性はともかく、境と伊作の前にお艶の霊が現れる必然性は説得力に欠ける。それに、奈良井という共同体の物語を突き破るべきお艶の霊の出現を、再び「壮大な他界」という共同体の物語へと回収する（鈴木氏の言う「壮大な他界」は拡大化された共同体にすぎない）意義も疑問である。

「眉かくしの霊」では作品内からの（境や「筆者」の）最終的な解釈がないために空白部が生じ、読み手はそれらを埋めるためにより整合的な物語、鈴木氏の言う「語りの向う側に暗在する（暗示的に存在する）物語」を想定させられる。「足場を失った読者は、偶然の連鎖を、それに代わる新しい因果の糸、つまり、超越的な何ものかの意図で紡がずにはおられない境地に追い込まれる」という鈴木氏の指摘は的確だが、実際に読み手が「新しい因果の糸」、「超越的な何ものかの意図」を（鈴木氏のように）紡いだときには、それは「眉かくしの霊」という小説とは異なる別個の物語と化するよりない。それゆえに、本論では物語の空白部を埋めるための新たな物語を創出するのではなく、そうした欲望を誘発する物語展開の内的な必然性の希薄さ自体を重視したい。

4

ここで「眉かくしの霊」前後のいくつかの作品に目を向けよう。例えば、「夫人利生記」（『女性』大正一三・七）の物語展開はおよそ次のようである。帰郷して母の実家の旦那寺への墓参をすました樹島は、摩耶夫人を祭った寺に向かう途中の清水で美しい婦人に出会い、寺への道筋を知っていてことさらに尋ねる。夫人堂には安産のお礼参りの写真が奉納されている中に、先刻の夫人の嬰児を抱いた写真もあった。樹島がそれを持ち帰ろうとすると「気高い婦人」が現れたので、咄嗟に子供が欲しくてあやかりたいと言って借り受けるが、清水に戻って写真を見ると嬰児のみが消えていた。呆然とした樹島は慌てて写真を夫人堂に戻しに行く。そして、樹島が仏像師を訪ねて摩耶夫人像を注文していると、そこへ現れた仏像師の妻は清水で見た婦人であった。樹島は「御新《ごしん》姐《ぞ》の似顔ならば本懐です」と言う。帰京後、樹島は右手の指を強打してしまうが、その二日後に届いた夫人像は「夢にも忘れまじき、なき母の面影」であり、しかも、片手が手首から裂けて指が二本落ちていた。

この作品の物語展開にも「眉かくしの霊」と同様に、いくつかの謎めいたものが含まれている。母子の写真から嬰児が消えていたのはどうしてだろうか、また、摩耶夫人像の片手が折れていたのはどうしてだろうか。もっとも、作品内にこれらに対する解釈がまったく見いだせないのではなく、摩耶夫人像の片手が折れていたことについては、「此の御慈愛なかりせば、一昨日（引用者注・樹島の）片腕は折れたであらう」とある。だが、これはあくまでも樹島の感性に則した限りでの解釈にすぎず、野口武彦氏がこの解釈を「あまりにあからさまな利生記的発想」と退け、「真の意味は、すべて背後の暗がりに黙示されている」と説いているように(8)、作品の最終的な解釈として捉えることには疑問の余地がある。ましてや、母子の写真から嬰児のみが消えていたことについては、何らの解釈も下されないで読み手の前に投げ出されている。

　しかし、何よりも謎めいているのは、樹島が仏像師の妻とは偶然に出会ったのみにもかかわらず、摩耶夫人像の顔を似させるように頼むまでの恋慕を抱くことである。無論、人妻に対する禁じられた恋慕は鏡花文学の重要なモチーフの一つだが、過去の劇的な邂逅の体験などの必然的な理由が設定されていることが多いし、時にはそれは、「由縁の女」の礼吉のお楊に対する恋慕のように、亡き母に対する思慕と重層化されてもいる。だが、樹島が仏像師の妻を恋慕するのに必然的な理由は設定されてなく、清水に洗濯に来た仏像師の妻を見初める場面も、「婦《をんな》は人間離れをして麗《うつく》しい。／此の時、久米の仙人を思出して、苦笑をしないものは、われらの中に多くはあるまい」と淡々としている。しかも、この恋慕は「夢にも忘れまじき、なき母の面影」によってあっけなく解消される。

　この「夫人利生記」と「一」でも少し触れた「小春の狐」について脇明子氏は、「昔の女、母に似た姉のような女、すなわち『清心庵』の摩耶から『由縁の女』のお楊へと連らなる何人もの女たちは、明らかに鏡花の運命の女《ファム・ファタル》だった。それに比べると『夫人利生記』の女房にしても『小春の狐』の娘にしても、美しいとは書かれても所詮は行きずりの女に過ぎず、運命の女《ファム・ファタル》にはなりそうにもない」と述べている(9)。脇氏の言う「運命の女《ファム・ファタル》」の不在を本論の観点に則して換言すれば、これらの作品に登場する女には、主人公の男と関わるべき必然性が希薄なのである。

「小春の狐」では「私」(城崎)は旅先で見かけた茸売りの女(浪路)に「下界の天女の俤を認め」、幼少時に年上の娘たちとともに行った茸狩りを懐かしんで案内を頼む。そこには亡き母に対する思慕と重層化した年上の娘に対する恋慕という、鏡花文学では反復して扱われてきたモチーフが捉えられるが、「薬草取」(『二六新報』明治三六・五・一六〜三〇)のように幼少時の甘美な体験が現在に再現されることはない。二人の採っていた茸は通りがかった魚売りたちから毒茸と言われ、浪路は「私」の願いをかなえたくて毒味も覚悟のうえで騙したと涙ぐむ。浪路がどれほど懸命に「私」に応えようとしても、「私」の幼少時の体験は遂に再現されることなく、浪路は「私」がかつて恋慕した娘とは(当然ながらに)別個の存在にすぎない。「私」と浪路の間には必然的な関係が成立しないことが露呈し、「私」が彼女と新たな関係を結び直そうとする時点で作品は閉じる。

やはり「二」でも触れた「甲乙」では、主人公の秋庭は由紀という宿屋の娘と最終的に結ばれるが、二人の関係性の物語のみには収斂されない謎も多く含まれている。秋庭は「影のやうな、幻のやうな、絵にも、彫刻にも似て、神のやうな、魔のやうな、幽霊かとも思はれる」丸髷といちょう返しの二人連れの女を、幼少時から「思ひもかけない時、——何処と言つて、場所、時を定めず」見ていた。夏のある日、秋庭は由紀が切り回していた宿屋に姉妹の芸妓を連れて泊るが、夜中に目を覚ますと、目隠しをした女が現れて蚊帳の中を覗き込み始める。秋庭がその女を捕えると由紀であった。由紀は地震の際に家族を死なせたことで陰口を言われるうちに、目を閉じてうつむいていても「衣《き》ものの縞が、我が膝が、影のやうに薄《うつす》りと浮いて見え」ていたのに加え、その夜は秋庭たちの部屋の様子までが見えるのに恐ろしくなり、気の迷いかとも疑って蚊帳の中を確かめに来たのである。秋庭が「心配なさる事はない。私が見えないやうにして上げる」と言うと、秋庭と由紀の目にいつもの二人連れの女が映る。そして、秋庭が再び由紀を訪ねた際には彼女は盲目になっている。

「二人の婦《をんな》の姿が、私の身の周囲へ顕はれて、目に遮る時と云ふと、善《い》ゝにしろ、悪いにしろ、それが境遇なり、生活なりの一転機と成るのが、これまでに例を違へず、約束なのです」とも語られるが、秋庭が彼女たちを見る必然的な理由までは明らかにされず、由紀の奇妙な眼病と彼女たちとの関連も語られないままである。秋庭の体験を聞いてそれを記述するという設定の「私」も、末尾を「聞えるスリッパの跫音にも、其の（二人の婦）にも、著者に取つては、何の不思議も、奇蹟も殆ど神秘らしい思ひでのないのが、ものたりない。……」と結んでいるように、そこに一定の因果関係を解読することは完全に放棄している。「甲乙」の作品内には、秋庭の一連の体験を整合的に解釈する視点は示されていない。

以上、「眉かくしの霊」の前後の作品をいくつか取り上げたが、いずれも物語展開の内的な必然性が希薄なことは明白である。これらの作品では断片的で謎めいた場面が点状に示されるのみであり、それらを整合的な物語として編み直すことは読み手の想像に委ねられている。登場人物の内的性格に必然的に基づいた物語展開という「（近代）小説」の一般的な通念からすれば、これらの作品を「小説」と呼ぶことの妥当性さえ疑わしい。念のために言えば、「日本橋」や「由縁の女」は一般的な「小説」として読解されうる側面もかなり濃厚にはらんでいたのである。だが、「二」で触れたような大正末期の小説手法上の混迷・模索と関連付けるならば、これらの異様な「小説」も単に散漫な失敗作として退けてしまうよりは、むしろ、「小説」の新たな可能性に向けての試行錯誤として位置付けるべきだろう　そして、その可能性のこの時期における一つの達成は「眉かくしの霊」に見られる。「眉かくしの霊」は物語展開の内的な必然性は他の作品と同様に希薄である反面、断片的に示された各場面はことに鮮明に描出され、また、それらの場面が表層的な作品構成としてはきわめて滑らかに連繫されているゆえに、読み手の整合的な解釈への欲望を（現在に至るまで）誘発してやまないのである。「間然するところのない緊密な語りの世界」、「円熟する芸」という礼賛は、そうした「小説」としての特異性を見据えたうえでこそ呈されるべきだろう。

注

（1）笠原伸夫『評伝　泉鏡花』（白地社　平成七・一）

（2）「龍胆と撫子」は当初、大正十一年一月から六月まで『良婦之友』に、「黒髪」という題名で連載された後、同年八月から「龍胆と撫子」と改題されて『女性』に連載された。大正十三年七月には十二年一月までの連載分が改稿され、「りんだうとなでしこ」の題名でプラトン社から刊行された。詳細は拙論「泉鏡花「龍胆と撫子」論序説」（『論樹』第十号　平成八・九）を参照いただきたい。

（3）脇明子「運命の女《ファム・ファタル》との訣別」（『鏡花全集』巻二十二「月報」、岩波書店　昭和五〇・八）

（4）三田英彬「「眉かくしの霊」考」（『泉鏡花の文学』、桜楓社　昭和五一・九、昭和四九・一一初出）は、「文中に「境は……」と描かれるような主格の表示は、極端に乏しく、同時に表現の一人称的に変貌していくところが目立つ」と、東郷克美「「眉かくしの霊」の顕現」（『異界の方へ――鏡花の水脈』、有精堂　平成六・二、昭和五八・六初出）は「「筆者」が形式的であるだけでなく、実際には「境」という主格が明示されることも稀で、地の文はむしろ境の一人称による語りというに近い」と、それぞれに指摘している。なお、本論中での三田氏、東郷氏の引用はこの二論文に拠る。

（5）「蝶々の目」の前作である「薺」（『新家庭』大正一〇・一）は、「圭吉さんと云ふ友だちが私に話した」ことを三人称の表現で語り直しているが、末尾では「こゝに一説がある――といつも圭吉は言ふのである。／（中略）／と言つて、言《ことば》せまつて、はらくと落涙した。／児のない私も泣いた。／圭吉は、つい又思ひ出したのであらう」というように、「私」が「圭吉」の物語を聞かされる設定に回帰していた。だが、ほぼ同じような内容の「蝶々の目」にはそうした表現は見られない。また、「銀鼎」の続編である「続銀鼎」（『国本』大正一〇・八）では枠物語の設定自体が消滅している。

（6）「日本橋」については拙論「泉鏡花「日本橋」論――小説構成を中心に――」（『岡大国文論稿』第二十六号　平成一〇・三）を、また、「由縁の女」については拙論「泉鏡花「由縁の女」の小説手法」（『論樹』第九号　平成七・九）、及び、「泉鏡花『由縁の女』論序説」（『論樹』第七号　平成五・九）を参照いただきたい。

（7）鈴木啓子「泉鏡花「眉かくしの霊」――暗在する物語――」（『解釈と鑑賞』平成三・四）　鈴木氏は『眉かくしの霊』再攷――注釈からの物語――」（『淵叢』第一号　平成四・三）では詳細な注釈的考察を施しているが、作品解釈としてはほぼ同じである。その他に、高桑法子「性の処罰の淵から――『眉かくしの霊』」（『幻想のオイフォリー

——泉鏡花を起点として』、小沢書店　平成九・八）や中谷克己『泉鏡花——心象への視点——』（明治書院　昭和六二・四）なども、境と伊作の前にお艶の霊が現れる必然性を各自の観点から説明しているが、いずれも決定的な説得力を持つとは言えない。

（8）野口武彦「鑑賞・夫人利生記」（同編『鑑賞日本現代文学・泉鏡花』、角川書店　昭和五七・二）、傍点ママ。なお、野口氏は「作品世界の深層にひそむ心象コンテクスト」を解読し、「なぜ、写真から赤ん坊が消えたのか」については、「主人公が赤ん坊の母である人妻に恋心を抱いたからである。その心情は、つまるところ小児性の喪失にほかならない」と、「なぜ木像の片手が折れていたか」については、樹島が人妻に恋慕するという「一種の「盗み」」をしたために、「盗みをしてはならないことを、夫人像は、われとわが片手を折って示す」と、それぞれに説明しているが、こうした理に落ちた謎解きでは、野口氏自身の退ける「あまりにあからさまな利生記的発想」と大して変らなくなってしまう。

（9）注（3）に同じ

※「眉かくしの霊」などの鏡花作品の引用は『鏡花全集』全二十八巻、別巻一（岩波書店　昭和四八・一一〜五一・三）に拠る。ただし、漢字は基本的に新字体に改めてルビは必要でなければ省略した。

第15章　複製される「像」――「夫人利生記」論

写真やパノラマ、映画やテレビジョンなどの具体例に鑑みても明瞭なように、「近代」は人々の「見る」ことに対する欲望に応え、さらなる欲望へと誘う様々なメディアが発達した時代である。そうした時代性の中に泉鏡花という作家の位相を探ることは、あるいは、まったくお門違いの試みと見なされるかもしれない。かつて篠田一士が「江戸時代の遺産をもっとも忠実に継承し、これをおのが武器として、眼前の新事態に積極的に対処しようとしたのが泉鏡花だった」と説き[1]、また、三田英彬氏が「鏡花は江戸から明治へ、あるいは中世的文学から近代のそれへという屈折点に咲いた仇花で、姿勢はむしろ中世に向いていた」と論じたように[2]、ここ数十年来の鏡花文学再評価の潮流では、鏡花を「反近代の作家」として定位することが一般的であり、写真や映画などの「近代的」な視覚メディアは、「反近代的」な「鏡花世界」の対極と捉えられがちであった。とはいえ、当の鏡花には後輩の里見弴から「思ひのほかの「舶来」好き」、「なかくのハイカラ」と評される[3]一面があったことも名高い。実際、晩年の鏡花は女優・梅村蓉子との対談では自己の映画体験について、「一時はだいぶ凝りまして毎晩のやうに出かけたものです」と回顧してもいる[4]。こうした発言を参照するならば、鏡花が新時代のメディアに疎かったとばかりも言いきれない。

本論では鏡花の大正末期の短篇小説「夫人利生記《ぶにんりしようき》」（『女性』大正一三・七）を取り上げ、中でも、「近代的」な視覚メディアの代表格である写真の役割に着目する。本作は従来、鏡花独特の「摩耶夫人信仰」や「亡母憧憬」を反映した作品として遇されてきた[5]。周知のように、「摩耶夫人信仰」は実生活の鏡花と関連が深かったのみならず、その作品世界を構築する重要なモチーフの一つともなっている。それが本作発表時の読者にも既にお馴染みであったらしいことは、初出誌「編輯後記」の「泉鏡花氏の「夫人利生記」は摩耶夫人に対する氏が年来の信仰の披瀝で、潔斎沐浴の内に成つた神品である」という紹介にも明白である。さらには、「亡母憧憬」がやはり鏡花文学の一大モチーフであることも、「鏡花神話」の根幹的な教条としてほとんど常識化している。それゆえに、本作に「摩耶夫人信仰」や「亡母憧憬」の表出を読み取ることは、既成の作家像にのっとった穏当な戦略（?）には相違ないだろうし、その意味では本作こそが、「鏡花神話」の補完に適したひそかな代表作とも位置付けられる。とはいえ、「夫人利生記」という小説の読解の可能性は「摩耶夫人信仰」や、それと結び付く「亡母憧憬」のみに収斂されるだろうか。そうした疑念を抱いた際、かつて脇明子氏が示した以下のような作品読解[6]は注目に値する。

> 摩耶夫人像を作る話と言えば典型的な母親志向のものになりそうだのに、これはそれから逸れる傾向をはっきり示しているのである。主人公は昔母が信仰した摩耶夫人の寺に参る道で美しい仏師の女房を見かけ、その写真を手にいれようとしたり、註文した摩耶夫人像の顔を彼女に似せて作らせようとしたりする。かつては母のイメージが堅固に存在していた場所に、他の女を据えようとする試み。結局出来てきた像は母親の方に似ており、試みは挫折したように見えるのだが、それでも試みたということの重大さは少しも薄れるわけではない。

脇氏はさらに、本作をそれ以前の時期の「清心庵」（『新著月刊』明治三〇・七）や「由縁の女」（『婦人画報』大正八・一～一〇・二）、そして、同時期の「小春の狐」（『女性』大正一三・一）と比較して「昔の女、母に似た姉のような女、すなわち『清心庵』の摩耶から『由縁の女』のお楊へと連らなる何人もの女たちは、明らかに鏡花の運命の女《ファム・ファタル》だった。それに比べると『夫人利生記』の女房にしても『小春の狐』の娘にしても、美しいとは書かれても所詮は行きずりの女に過ぎず、運命の女《ファム・ファタル》にはなりそうにもない」とも続けている(7)。主人公・樹島が出会った仏師の妻を「所詮は行きずりの女」と断ずるには、作品をより精細に読み込んだうえでの再考の余地もあるだろう。だが、脇氏が「試みは挫折したように見えるのだが、それでも試みたということの重大さは少しも薄れるわけではない」と主張するように、本作には「亡母憧憬」(「母親志向」)に単純に結び付かない要素も含まれるのであり、その「重大さ」を看過しては作品の本質を見誤ることにもなる。少なくとも、「所詮は行きずりの女」に対する樹島の奇矯とも見える「試み」は、「亡母憧憬」という「鏡花神話」に容易く回収されるべきではない。そこで、本論では樹島と仏師の妻とを媒介する写真という視覚メディアを重視しつつ、この「亡母憧憬」の代表作として遇されがちな作品の再検討を試みたい。

1

「夫人利生記」は「美麗な婦の――人妻の――写真を視た」樹島が、「血が冷えるやうに悚然《ぞつ》とした」場面から始まり、続いて「――いま言ふ――その写真のぬしを正のもので見た」という「一時間ばかり前の事」へとさかのぼる。帰郷した樹島は「母の実家《さと》の檀那寺」への墓参を終えた後、摩耶夫人を祀った「蓮行寺」へと向かう途中の「釣鐘の清水」で、「人間離れをして麗しい」「しなやかな婦《をんな》」と出会う。檀那寺で樹島が「御近所に参詣《おまゐり》をしたい処もございますから」と言った際、住職が「まだお娘御のやうに見えた、若い母さんに手を曳かれてお参りなさつた、――あの、摩耶夫人の御寺へかの」と応じたように、「蓮行寺」は樹島にとって幼少期以来の馴染みの場所であった。にもかかわらず、樹島はその女性に対して「一寸《ちよつと》伺います――旅のものですが」、「蓮行寺と申しますのは?」と故意に道筋を尋ねる。そして、参詣した「蓮行寺」で先刻の女性の写真を見いだす以下のような場面となる。

写真は、蓮行寺の摩耶夫人の御堂の壇の片隅に、千枚の歌留多を乱して積んだやうな写真の中から見出された。たとへば千枚千人の婦女が、一人づゝ皆嬰児《あかご》を抱いて居る。お産の祈願をしたものが、礼詣りに供ふるので、即ち活《い》きたまゝの絵馬である。胸に抱いたのも、膝に据ゑたのも、中には背に負《おんぶ》したまゝ、両の掌《て》を合せたのもある。が、胸をはだけたり、乳房を含ませたりしたのは、さすがにないから、何も蔽はず、写真はあからさまに成つて居る。しかし、婦ばかりの心だしなみで、いづれも伏せてある事は言ふまでもない。

（中略）

清水に洗濯した美女の写真は、たゞその四五枚めに早く目に着いた。円髷《まるまげ》にこそ結つたが、羽織も着ないで、女の児らしい嬰児《みどりご》を抱《いだ》いて、写真屋の椅子にかけた像《かたち》は、寸分の違ひもない。

母子の写真を摩耶夫人に奉納するという習俗はやや異様なようだが、必ずしも鏡花個人の空想の産物というわけではなく、鏡花の生家にも近い金沢市の「真成寺」[8]には類似した習俗が実在する。「真成寺」は安産・育児の神である鬼子母神を祀ることで名高く、奉納物の中には産着や人形などとともに数多の母子の写真もあった。例えば、当寺で「生まれた子とともに撮った母親たちの記念写真」を実見した作家の荒俣宏氏は、本作の梗概を紹介したうえで、「鏡花幻想物語の独壇場だが、その写真幻想の現場がここにあったのだ」、「これこそは、鏡花の物語を詰め込んだ真の蔵だった」と嘆賞している。[9] また、恩賜財団母子愛育会編『日本産育習俗資料集成』（第一法規　昭和五〇・三）はこの習俗について以下のように記載する。[10] なお、同書は「子育て祈願」をめぐる各地の習俗を十一ページにわたって列挙するが、母子の写真を奉納するという習俗の報告はこの一例しか見当たらない。

日蓮宗寺院の真成寺に安置する鬼子母神に、子供の長寿を祈るためにオアズケということをする風がある。

ある年齢までと限って、子供の氏名・年齢とともに写真を献ずるのである。坊主はそれを祭壇に飾って毎日祈禱する。毎月八日には、親はおあずけした子を連れてお参りする。こんなのが年に五、六十人はあるという。現在この寺であずかっている子は五百名ぐらいあるという。

「真成寺」は摩耶夫人ではなくて鬼子母神を祀ることが異なるが、ひとまず、本作の「写真幻想」が実在の習俗を源泉とするとは言えるだろう。すなわち、樹島が「釣鐘の清水」の女性の写真を見いだす先の引用場面も、「蓮行寺の摩耶夫人」を「真成寺の鬼子母神」に置き換えれば、そこに描出される光景自体は決して非現実的なわけではない。秋山稔氏は「関東大震災から間もない大正十二年十一月に、鏡花は妻すずを伴って金沢に帰郷した」と推定したうえで、本作を「前年十一月の帰郷に取材した一連の作品の一つ」と位置付けるが[11]、「千枚千人の婦女が、一人づゝ皆嬰児を抱いて居る」などという、優れて「鏡花世界」的な艶かしくも妖しい気配が漂う描写も、やはりこの帰郷時に鏡花自身が目にした実景に基づくと考えられる。もっとも、本論では実在の習俗との関連について深く立ち入るつもりはない。その代わりに重視したいのは、本作の発表時期がメディアとしての写真が注目されていたただなかであり、発表媒体の『女性』もそうした状況と密接に関連していたことである。

まずは、写真という視覚メディアをめぐる大まかな時代状況から確認しよう。本作の発表前後には、『国際写真情報』（国際情報社　大正一一・八〜昭和四三・六）や『アサヒグラフ』（朝日新聞社　大正一二・一・二五〜平成一二・一〇・一三）などのグラフ雑誌、そして、『カメラ』（アルス　大正一〇・四〜昭和三一・八）や『写真芸術』（写真芸術社　大正一〇・六〜大正一二・九）、『フォトタイムス』（フォトタイムス社　大正一三・三〜昭和一五・一二）や『アサヒカメラ』（朝日新聞社　大正一五・四〜刊行中）などの写真雑誌が次々に創刊されている。無論、既に明治期の『文章倶楽部』や『新小説』でも口絵写真は掲載されていたし、日清・日露戦争時には画報類の刊行が相次いで人気を呼んでもいた。とはいえ、紅野謙介氏が「写真はテクノロジーの発達にともなってこうした分岐（引用者注・立体写真や活動写真）を果たしつつ、文化の全容をおおっていくことになる。写真をめぐる雑誌もこれまでの技術情報誌から、作品としての写真が主張される雑誌が登場してくるのが一九二〇年代である」と論じるように[12]、メディアとしての写真は大正後期に至ってより多様な展開を迎える。写真史家の田中雅夫氏が関東大震災後の『アサヒグラフ』の週刊化を、「日本のグラフジャーナリズムの本格的なスタート」と評価しているのも[13]、当時のメディア史的な状況を見定めるうえでは重要な観点だろう。

『女性』もまた、こうした状況下で写真という視覚メディアを積極的に活用していた。プラトン社が大正十一年四月に婦人雑誌として創刊した『女性』は、文学史的には当時の有名作家たちの作品が掲載されたことで名高い。だが、その一方では、プラトン社の母体が化粧品会社の中山太陽堂であったことも反映し、山六郎や山名文夫のモダンな表紙画・挿絵に代表されるように、視覚的な「美」を重視したメディア戦略も展開し続けたのである。「夫人利生記」が発表された大正十三年七月特別号にしても、志賀直哉選の「石塔」や柳宗悦所蔵の「地蔵大菩薩」（木喰上人作）、「六甲太陽閣に於ける詩聖タゴール」などの口絵写真が掲載され、さらには、久米正雄や里見弴、岡田三郎助などが参加した「女を主題としたフオトグラム」も誌上を彩っている。また、当時の『女性』の口絵写真は古今東西の美術品が中心であったが、姉妹誌である『苦楽』では内外の有名女優の写真なども加わった。鏡花の代表作の一つ「眉かくしの霊」を掲載した大正十三年五月号には、同年一月号で募集した「懸賞美人写真」の受賞作も見られる[14]。これに先立って『女性』大正十二年四月特別号でも、同年一月号で募集した「懸賞芸術写真」の受賞作が掲載されている。その意味では、「夫人利生記」で樹島が写真という視覚メディアに対して抱く関心は、『女性』の読者たちにもある程度まで共有されていたと言える。

そして、この時期は『女性』『苦楽』への作品発表が多かった鏡花自身が、メディアとしての写真に対してあながち無関心ではなかったことも、『女性』大正十三年八月号の座談会「旅行笑話」[15]からは察せられる。この座談会は鏡花の他に田山花袋、森田草平、久米正雄、鈴木三重吉が参加して旅をめぐるよもやま話を語り合うという内容だが、森田の郷里・岐阜に話題が及んだ際、鏡花が「私はね、何か雑誌の口絵で、岐阜の芸者に岡惚れしてゐたんだがね。名前は忘れたけれども」と発言するのである。無論、これは酒席での一放言として特に問題視する必要はないかもしれない。だが、「何か雑誌の口絵」の「名前は忘れた」芸妓に対する「岡惚れ」とは、メディアとしての写真の効力をあまりにも端的に示しているだろう。すなわち、鏡花にとっては「岐阜の芸者」としか記憶にない女性の肖像のみが、「何か雑誌の口絵」を介して鮮明に印象付けられたのである。「何か雑誌の口絵」であった以上、この芸妓の肖像写真は大量に複製されて流通したはずであるし、鏡花の他にも「岡惚れ」した読者の存在は想定されるのだが、当然、その「岐阜の芸者」と（鏡花も含めた）読者たちとの間に直接的な面識はない。写真という視覚メディアは「所詮は行きずりの女」どころか、面識のない女性に対しても「岡惚れ」を生じさせるのである。

鏡花の作品の中で写真が重要な存在意義を担う例としては、「夫人利生記」より時代はやや下るが、自伝的な要素を含むことで名高い「薄紅梅」（『東京日日新聞』昭和一二・一・五～同・二・二三、『大阪毎日新聞』昭和一二・一・五～同・三・二五）も挙げられる。明治中期を舞台とするこの鏡花晩年の代表作では、小説家・月村京子（お京）の肖像写真が文芸誌に掲載されたことから、俗物的な画家・野土青麟はたまさかにお京を見初めた際、「写真が並んだ中に、あの顔、あの姿が半身で出て居たんだ」と相手の素性に思い当たって求婚するに至る。お京の肖像写真は出版ジャーナリズムを介して流通する中で、図らずも青麟に対するお見合い写真の役割を担ったのである。そこには、被写体の本人のあずかり知らない場所で「あの顔、あの姿」のみが流通するという、メディアとしての写真の逆説的な効力が的確に捉えられている。一方では、青麟が奇抜な服装の肖像写真を介して名を売るという設定もあり、肖像写真の流通効果が物語展開にも大きく絡んだ一作と評しうる。[16] この他に「化銀杏」（『文芸倶楽部』明治二九・二）や「櫛巻」（『太陽』明治四三・一一）、「芍薬の歌」（『やまと新聞』大正七・七・七～同・一二・七）でも写真は印象的な小道具として用いられている。

鏡花の師・尾崎紅葉は「東京写友会」を結成したほどの写真好きであり、[17] また、先輩の大橋乙羽や巌谷小波も同様に写真の愛好者として知られる。[18] 写真にいち早く打ち込んだそれらの周囲の作家と比較すれば、当の鏡花の場合は、写真撮影自体に対して関心が高かったとは断じ難い。とはいえ、「薄紅梅」の肖像写真のアイロニカルな役割などを参照する限り、少なくとも、メディアとしての写真の重要性は十分に認識していたと言える。やや大仰な言い回しを用いることになるが、「反近代の作家」と称される鏡花もまた、写真が新時代のメディアとして注目される「近代」を生きていたのである。先に紹介した「旅行笑話」での「岡惚れ」発言には、そうした「近代」を生きる男性ならではの欲望が（かなり無邪気に？）表われてもいる。それゆえに、「夫人利生記」で写真が重要なモチーフであることに関しては、荒俣氏の言う「写真幻想の現場」の実在を視野に入れるとともに、写真という視覚メディアの特質をめぐる考察も不可欠となる。

2

「夫人利生記」の中の写真の役割について留意したいのは、「蓮行寺の摩耶夫人の御堂」を訪れた樹島の視線が、必ずしも最初から写真に向かってはいなかったことである。樹島の視線は「細く開いた琴柱《ことぢ》窓の一つ」から見える「赤土山の峰」から、「遠い湖の一部」や「町中を流るゝ川」や「昔の城の天守」を経たうえで、「虹の欄間に掛けならべた、押絵の有名な額」へと向けられる。そして、「後にひかへつつも、畳の足はおのづから爪立たれる」までにそれらの押絵に見入っていた後、「夫人廟の壇の端に、その写真の数々が重ねてあつた」中から、例の「美麗な婦の――人妻の――写真」を見いだすことになる。すなわち、樹島が最初に関心を抱いた対象は写真ではなくて押絵であった。押絵は作中では「城の奥々の婦人たちが丹誠を凝した細工」として設定され、さらには、「釈迦八相倭文庫《しやかはつさうやまとぶんこ》の挿画《さしゑ》のうち、摩耶夫人の御ありさまを、絵のまゝ羽二重と、友染と、綾、錦、また珊瑚をさへ鏤めて肉置の押絵にした」、「夫人の姿像のうちには、胸やゝあらはに、あかんぼのお釈迦様を抱かるゝのがある」などと説明されてもいる。

押絵をめぐる従来の読解では、野口武彦氏が「「あかんぼの釈迦」を抱く夫人の像」と「母子を写した《写真》」との間に、「連接するとともに重層するマトリクス（行形式）に似た構造」を捉え、[19]吉村博任氏もこれを受けて「作者が「生きたままの絵馬」と書いているすべての写真は、「押絵」に見られた摩耶夫人像と相似の絵姿」と説くなど、[20]押絵の主題である「摩耶夫人の御ありさま」に着目したうえで、「嬰児を抱いた」写真とのつながりを重視する傾向が強かった。だが、この場面では「押絵のあとに、時代を違へた、写真を覗《のぞ》くのも学問である」という一文が挿まれ、写真と押絵とが対比的に配されていることも決して見落とせない。写真と同様に押絵もまた、「蓮行寺」のモデルである「真成寺」には奉納物として実在するが、秋山稔氏の調査によれば、実在の押絵の題材は「鬼子母神の改心と母の慈悲および耶諭陀羅女の夫及び子に対する情愛が中心」とのことであり（先述のように、「真成寺」が祀るのは摩耶夫人ではなくて鬼子母神なので、鬼子母神が題材の中心になるのも必然的ではある）、より興味深いことには、それらは「明治三十年から大正十二年までに奉納された」とも推定されている。[21]実在の押絵の方は、写真と比較して「時代を違へた」とは言い難いのである。無論、「城の奥々の婦人たちが丹誠を凝した細工」という典雅な設定もまったくの虚構と断ずるよりない。

　とはいえ、この本作独自の設定に鏡花がかなり力を入れていたことは、例えば、「われら町人の爺媼《ぢいばゝ》の風説であらうが、嬌曇弥《けうどんみ》の呪詛《のろひ》の押絵は、城中の奥のうち、御台、正室ではなく、却つて当時の、側室、愛妾の手に成つたのだと言ふのである。しかも、その側室は、絵をよくして、押絵の面描《かほかき》は皆その彩筆に成つたのだと聞く」などという、精細極まりないディテールの描写からも明白だろう。そこにはまた、押絵と写真との単に「時代を違へた」以上の異質性も捉えられる。本作の押絵は奉納者の素性が伝聞でしか知りえないにもかかわらず、奉納者をめぐる「風説」を喚起するような固有性や一回性をはらむ。「みどり児の頸《うなじ》を蔽ふ優しき黒髪は、いかなる女子のか、活髪《いきがみ》をそのままに植ゑてある」というその画像からは、奉納者の身体との生々しい連続性すら感知されるだろう。本作以外の押絵をモチーフとした近代小説としては、夢野久作「押絵の奇蹟」（『新青年』昭和四・一）や江戸川乱歩「押絵と旅する男」（『新青年』昭和四・六）も有名だが、この二作にしても、前者の押絵は「あなたのお父様と私のお母様が、死ぬまでお隠しになった恋」を秘めた唯一無二の（もっとも、問題となる押絵は正確には二枚ある）証しであり、[22]後者の押絵は「押絵の中の男になって、この娘さんと話がしてみたい」という孤独な願望を密閉し続ける小宇宙であるように、[23]押絵のはらむ固有性や一回性がその特異な作品世界に寄与している。

それに対して写真は、奉納者の顔や身体を印画紙上の画像として直接的に写し取るものの、その画像はあくまでも被写体を原型とした光学的な複製にすぎない。したがって、押絵がはらむような意味の固有性や一回性は決定的に欠落してしまう。ここで、写真や映画などの「複製技術」の台頭に注目したW・ベンヤミンの、「複製技術の時代における芸術作品」（一九三六年）を引き合いに出すのは、少なくとも、押絵と写真との異質性を検討するうえでは場違いとも限らないだろう。ベンヤミンによれば、「芸術作品は、それが存在する場所に、一回限り存在するものなのだけれども、この特性、いま、ここに在るという特性が、複製には欠けている」とのことだが、[24]この「芸術作品」と「複製」との関係は、本作での押絵と写真との関係にもある程度までは置き換えられる。実際、「恁《か》うした写真は、公開したもおなじである。産の安らかさに、児のすこやかさに、いづれ願ほどにあやかるため、その一枚を選んで借りて、ひそかに持帰る事を許されて居る」と語られるように、本作の写真は元来の習俗上の用途としては、不特定多数の参詣者の間を流通し続けることを前提とする。そうした「複製技術」ならではの写真のメディア的な機能は、また、必然的に「いま、ここに在るという特性」の欠如も意味するだろう。

ここで念のために確認すれば、「釈迦八相倭文庫の挿画のうち、摩耶夫人の御ありさまを、絵のまゝ」と説明されるように、題材のみに限って言えば、本作の押絵は必ずしも固有性や一回性をはらんでいるわけではない。「釈迦八相倭文庫」は弘化二年から明治四年まで刊行され続けた合巻であり、作中でも「万亭応賀の作、豊国画《ゑがく》。錦重堂板の草双紙、――その頃江戸で出版して、文庫蔵が建ったと伝ふるまで世に行はれた」と触れられている。[25]すなわち、押絵は「江戸で出版して」「世に行はれた」印刷物の「絵のまゝ」にほかならず、その意味では、木版印刷普及以降の（ただし、「近代的な」活版印刷は登場する以前の）「複製技術」文化の影響下の所産と言える。とはいえ、作中では一方で「羽二重と、友染と、綾、錦、また珊瑚をさへ鏤めた」などという、材質にまで凝った精緻な工芸品としての側面も強調されている。本作の押絵が「複製技術」と一線を画して「それが存在する場所に、一回限り存在する」のは、そうした単なる「絵のまゝ」を上回る強烈な質感にも由来するだろう。ちなみに、押絵のはらむ固有性や一回性が必ずしもその題材ゆえではないことは、先に触れた「押絵の奇蹟」や「押絵と旅する男」でも同様である[26]。

樹島が「写真を取つて、思はず、四辺《あたり》を見て半紙に包まうとした」のは現地の習俗にのっとった行為には相違なかった。そのうえ、その場に姿を現した「気高い婦人」に向かっても念を押すように、「小児《こども》は影法師も授かりません。……たゞあやかりたう存じます。——写真は……拝借出来るのでございませうか」と懇願している。だが、「舌はこゝに爛《たゞ》れても、よその女を恋ふるとは言へなかつた」のが実情であった。吉村氏が「主人公が母子像の写真をひそかに盗む行為は、子供の母であり、他人の妻である女性へのよこしまな恋慕である」と説く[27]ように、樹島の行為は「よその女」に対する恋慕の結果と捉えられる。ただし、この恋慕はあくまでも写真という視覚メディアに媒介されているので、被写体の女性当人に対する恋慕とは区別されるべきかもしれない。写真が現地の習俗として「その一枚を選んで借りて、ひそかに持帰ることを許されて居る」からこそ、そして、より根本的な見地から言えば、写真という視覚メディアはまったく私的な所有も可能である（当然のことだが、一参詣者でしかない樹島には「押絵の有名な額」の私物化は不可能である）一方で、その所有者は被写体当人には必ずしも知られないからこそ、樹島は「よその女」の「像」の複製である写真の入手を試みもする。

ベンヤミンは「現代の大衆は、事物を自分に「近づける」ことをきわめて情熱的な関心事としているとともに、あらゆる事象の複製を手中にすることをつうじて、事象の一回性を克服しようとする傾向をもっている。対象をすぐ身近に、映像のかたちで、むしろ模像・複製のかたちで、捉えようとする欲求は、日ごとに否みがたく強くなっている」と論じているが[28]、この場面では樹島もまた、「よその女」を「すぐ身近に、映像のかたちで、むしろ模像・複製のかたちで、捉えようとする」のであり、その意味では、「複製技術」の台頭に伴う「現代の大衆」の欲望にのっとっている。少なくとも、樹島が「美麗な婦の——人妻の——写真」を見いだすことがなければ、たまさかに出会った相手にすぎない「清水に洗濯した美女」は、脇明子氏の言う「所詮は行きずりの女」にとどまっていただろう。樹島は仰ぎ見るのみの押絵から手にも取れる写真へと関心を転ずる中で、「釣鐘の清水」以来の「よその女を恋ふる」欲望を（改めて？）呼び覚まされ[29]、当の「美麗な婦の――人妻の――写真」の私物化にさえ及ぼうとする。その際に何よりも重要なのは、写真が被写体の「像」を複製するメディアにほかならないことである。

本作より発表がのちの「押絵の奇蹟」と「押絵と旅する男」では、前者の物語の舞台が「明治三十五年」までの二十数年間であり、後者も「明治二十八年」の事件が物語の核心であるように、いずれも過去に対するノスタルジーが作品世界を貫流していた。無論、そうしたノスタルジーが具現化されたのが押絵というモチーフでもある。一方、「夫人利生記」は同時代となる「震災後」を物語の舞台としつつ、「城の奥々の婦人たちが丹誠を凝した細工」である押絵は敢えて脇に配し、むしろ、「複製技術の時代」の写真が呼び覚ます新たな欲望を主題化する。もっとも、本論では「押絵の奇蹟」や「押絵と旅する男」とのこうした比較から、「夫人利生記」を単純に先駆的などと主張する意図はまったくない。失われた過去に対する現代の視点からの屈折した憧憬こそが、「押絵の奇蹟」や「押絵と旅する男」の主題とも見なされるからである。だが、例えば、「国貞ゑがく」（『太陽』明治四三・一）では江戸文化に向けた哀切な挽歌を謳っていた鏡花が、本作では写真という「近代的」な視覚メディアをモチーフに据え、「震災後」の「複製技術の時代」と向き合っていることは注目される。もっとも、「何か雑誌の口絵」を介した「岡惚れ」も体験している鏡花にとっては、「複製技術の時代」のメディアとしての写真がもたらす欲望の問題は、意外とアクチュアリティーを伴って受け止められていた可能性も高い。

3

「気高い婦人」の手から授かるようにして写真を得た樹島は、気もそぞろに「釣鐘の清水」へと立ち戻って写真を見ようとする。周囲には「人の来て汲むものも、菜を洗ふものもなかつた」ので、樹島は「美麗な婦の――人妻の――写真」を心ゆくまで鑑賞し、写真を介して「よその女」に対する恋慕に浸れるはずであった。ところが、以下のように不可解な現象に出くわして慌てふためく羽目になる。

> 時に青空に霧をかけた釣鐘が、忽ち黒く頭上を蔽うて、破納屋《やれなや》の石臼も眼《まなこ》が窪み口が欠けて髑髏《しやりかうべ》のやうに見え、曼珠沙華も鬼火に燃えて、四辺が真暗に成つたのは、眩く心地がしたからである。――如何に、如何に、写真が歴々《ありあり》と抱いて居た、毛糸帽子、麻の葉鹿の子のむつぎの嬰児《あかんぼ》が、美女の袖を消えて、拭つて除つたやうに、なくなつて居たのであるから。
> 樹島は殆ど目をつむつて、ましぐらに摩耶夫人の御堂に駆戻つた。（中略）。
> 夫人の壇に戻し参らせた時は、伏せたまゝでソと置いた。嬰児が、再び写真に戻つたか何うかは、疑ふだけの勇気はなかつたさうである。

この「夫人利生記」の中でも最大の山場と言うべき場面について、例えば、野口武彦氏は「なぜ、写真から赤ん坊が消えたのか」と発問しつつ、「主人公が赤ん坊の母である人妻に恋心を抱いたからである。その心情は、つまるところ小児性の喪失にほかならない」と自身の解釈を示す。[30] それに対して秋山稔氏は、嬰児の消失を「欲望の視覚化と欲望に殉じる罪悪感のあらわれ」と見なし、欲望の内実は「子供の代わりに樹島自身が「嬰児」の母に抱かれること」であったと説く[31]（すなわち、秋山氏は野口氏とは逆に小児性の回復こそが樹島の欲望と解釈している）。変異が生じた原因自体はこうした従来の読解のように、「よその女を恋ふる」欲望をめぐる樹島の内的葛藤に求められるだろう。極論すれば、それは樹島の抱え込んでいた罪悪感が反映された心理上の現象とも言える。「写真を取つて、思はず、四辺を見て半紙に包まうとした」際の樹島が、雛人形に惹かれて窃盗の疑いを受けた「八歳《やッつ》か、九歳《こゝのつ》の頃」の体験を想起し、「おなじ思が胸を打つた」のは決して故のないことではない。樹島にとって母子の写真からの嬰児の消失という不可解な現象は、少なくとも、自己の欲望に伴う罪悪感が明確に意識される契機にはなっている。

　ただし、ここで重視したいのは樹島が変異に出くわす心理的な原因ではなく、むしろ、この変異が写真という視覚メディアの上に生じたことの意味である。そもそも、樹島が「美麗な婦の――人妻の――写真」の私物化に及ぶのは、「写真屋の椅子にかけた像は、寸分の違ひもない」という、被写体と写真中の画像との視覚上の一致ゆえにほかならないだろう。換言すれば、写真は「よその女」の「像」を複製の画像としてとどめるからこそ、樹島はそれを介して先刻の邂逅を擬似的に反復しようとも試みる。哲学者の西村清和氏が「写真は「自然の鉛筆」として、自然自身が直接感光板に「刻印」した痕跡である」、「写真が刻印するのは、いまカメラの目の前にあって、これと光学的・物理的に結合された世界の実在性の一断片である」と規定するように[32]、メディアとしての写真の最大の特質は、被写体から「直接感光板に「刻印」し」て複製することにほかならず、被写体と写真中の画像とは、「光学的・物理的に結合された世界」として視覚上は（「寸分の違ひもな」く）一致する。だが、「嬰児が、美女の袖を消えて、拭つて除つたやうに、なくなつて居た」という画像の変異は、そうした「複製技術」としての写真の大前提を根本から揺るがす。「美麗な婦の――人妻の――写真」に媒介されるはずの樹島の恋慕は、「複製技術」としての写真の失効によって破綻せざるを得なくなる。

　もっとも、樹島の「よその女」に対する恋慕自体にはさらなる続きがある。この後、「小さな仏師の家」で摩耶夫人の像の制作を依頼していた樹島は、先刻の写真の「清水に洗濯した美女」が茶を出しに現れたのを見る。

彼女は仏師の亡き師匠の娘とのことであり、夫である仏師との間には「年弱の三歳《みッつ》に成」る娘も儲けていた。樹島は夫人像について「お顔を伺うぞ、なりたけ、お綺麗になすつて下さい」と注文を付けていたが、仏師が「あゝ、いえ。――何よりも御容貌が大切でございます」、「わけて、御女体、それはもう、端麗微妙《みめう》の御面相でなければあひなりません」と応じたのに乗じ、「たゞ一目散に停車場《ステエシヨン》へ駆つけて、一いきに東京へ遁げかへる覚悟をし」つつ、「御新姐の似顔ならば本懐です」と言い放つ。この請願は野口氏が「主人公はその邪心を、自分が制作を依頼した夫人像の顔にまで投影しようとしたのである」と評するように[33]、「よその女」こと仏師の妻に対する恋慕の所為と見なされる。それは無論、写真の私物化を試みたことの延長線上にも位置付けられるだろう。樹島はいわば、「よその女」の「像」を手中に収めるための最後の賭けに出たのである。

　敢えて「よその女」の当の夫の仏師を相手取ったこの賭けは、結果的には樹島の期待を裏切ってあっけない失敗に終わる。やがて完成した夫人像の小包が樹島の自宅に届けられ、待ち焦がれていた樹島が「頬を、唇を、と思つ」て「面を合すと」、それは「仏師の若き妻の面でない――幼い時を、そのまゝに、夢にも忘れまじき、なき母の面影であつた」。さらに、仏師からの手紙には「山妻云々とのお言《ことば》、或はお戯でなかつたかも存ぜぬが」と断ったうえで、樹島の檀那寺の住職から「御許様《おんもとさま》のお母様の俤を、おぼろげならず申伝えられましたる」旨が記されている。こうして「夫人利生記」は、摩耶夫人の像に「なき母の面影」が重層化する場面で結末を迎える。この結末は確かに従来の作品読解が示すように、「摩耶夫人信仰」や「亡母憧憬」への収束のようにも見える。だが、本作を「かつては母のイメージが堅固に存在していた場所に、他の女を据えようとする試み」とその「挫折」として読解した脇明子氏に倣い、読解の角度を若干転ずるならば、本作の結末は仏師の妻の「像」を摩耶夫人の像として複製し、手元に所有しようとする「試み」の「挫折」とも受け取れる。樹島が夫人像の「お顔」「面」に対して示した高い関心にしても、そうした見地から解釈される余地のあることは言うまでもない。

　以前、「眉かくしの霊」に代表される鏡花の大正末期の小説を取り上げ、それらに共通する物語展開の内的な必然性の希薄さに着目した際、本作についても「何よりも謎めいているのは、樹島が仏像師の妻とは偶然に出会ったのみにもかかわらず、摩耶夫人の顔を似させるように頼むまでの恋慕を抱くことである」と論じ、さらには、「小春の狐」と並べて「これらの作品に登場する女には、主人公の男と関わるべき必然性が希薄なのである」とも指摘した。(34)樹島と仏師の妻との関係について本論の趣旨に則して補足すれば、この両者は「関わるべき必然性が希薄」であるはずなのに、樹島は写真に次いでは摩耶夫人の像へと対象を転じつつ、仏師の妻の複製された「像」を手中に収める試みを続けていく。その意味では、樹島は仏師の妻当人にも増してその「像」に惹かれていたと言える。樹島と仏師の妻当人とは「偶然に出会ったのみ」であるにしても、奉納された写真の中から見いだされたその「像」のほうこそが、「摩耶夫人の顔を似させるように頼むまでの恋慕」を喚起する。先に概観したような「震災後」の写真が注目される時代状況に鑑みれば、樹島のそうした写真によって喚起される欲望の持つ意味は大きい。それは写真という視覚メディアが習俗の一環として定着するまでに浸透し、個人の肖像が多様に流通する「複製技術の時代」ならではの欲望である。(35)

ただし、本作が最終的に樹島のそうした欲望の挫折で結末を迎えることは、「摩耶夫人信仰」や「亡母憧憬」との関連はひとまず別にしても、やはり見過ごされるべきではないだろう。写真から夫人像へとそれが複製されている（あるいは、複製されるべき）対象は転じても、樹島は本質的に「よその女」の「像」からは隔てられ続けている。ベンヤミンの言う「対象をすぐ身近に、映像のかたちで、むしろ模像・複製のかたちで、捉えようとする欲求」は本作の樹島に関してはかなえられないままである。さらに、本作の末尾が敢えて以下のように結ばれていることにも注意したい。

――樹島の事をこゝに記して――

筆者は、無憂樹《むうじゅ》、峰茶屋心中、なほ夫人堂など、両三度、摩耶夫人の御像《みすがた》を写さうとした。いままた繰返しながら、その面影の影らしい影をさへ、描き得ない拙さを、恥ぢなければならない。……

この末尾で挙げられている「無憂樹」(日高有倫堂　明治三九・六)、「峰茶屋心中」(『新小説』大正六・四)、「夫人堂」(『新小説』明治四四・六)はすべて鏡花が本作以前に発表していた作品である。「両三度、摩耶夫人の御像を写さうとした」と述べられるように、いずれも摩耶夫人を題材とすることが共通しているが、ここでは特に、言い訳がましくも見える最後の一文に着目するべきだろう。「摩耶夫人の御像」を「写さう」と幾度も試みたにもかかわらず、「その面影の影らしい影をさへ、描き得な」かったと告白する「筆者」は、「よその女」こと仏師の妻の「像」を入手しようと二度も試みつつ、いずれも挫折に終わってしまう樹島を彷彿とさせるようでもある。この箇所を指して野口氏は「ひとまず、作者のレトリカルな謙抑の辞として読んでおいてさしつかえない」と前置きしたうえで、「だが、また同時に、この言葉にはそれとほぼ等分量の、一種のタンタロス・コンプレクスの表明がなされているようにも思われる。めざす対象にたどりついたと思う瞬間、それがふっと遠ざかる。こちらに残されるのは永遠の飢渇感なのである」と続けている。[36]逆に言えば、「面影の影らしい影をさへ、描き得ない」という到達不能性(野口氏の言う「永遠の飢渇感」)ゆえにこそ、「摩耶夫人の御像」は「筆者」の憧憬の対象になっているとも解される。

これと同様に、写真という視覚メディアが喚起した樹島の欲望の挫折についても、「複製技術」を介しては到達し得ない対象への憧憬が読み取れる。あるいは、それは「近代的」な視覚メディアに対してある程度の関心を示しつつも、「複製技術」の否定に帰着する「反近代性」と見なされるかもしれない。少なくとも、既成の作家像にほどよく回収するにはそうした解釈で間に合いそうではある。とはいえ、「近代的」な「複製技術」が本作で単純に否定されているとも言いきれない。被写体の「像」を複製して私的な所有も可能にする写真は、樹島の「よその女を恋ふる」欲望にいったんは応えようともしていた。それが結局は挫折に終わることになる本作には、「複製技術の時代」の可能性と限界が(いずれか一方のみではなく)ともに捉えられるべきだろう。「反近代の作家」として定位されがちな鏡花ではあるが、その作品世界は同時代との接点を押さえることから再検討する必要もある。

注

(1) 篠田一士「泉鏡花の位置」(『日本の近代小説』、集英社　昭和四八・四、昭和四六・五初出)

(2) 三田英彬「泉鏡花の位相――観念小説その他をめぐって――」(『泉鏡花の文学』、桜楓社　昭和五一・九)

(3) 里見弴「先生の好悪感」(『鏡花全集』「月報」巻十二、岩波書店　昭和四九・一〇)

(4) 対談「泉鏡花と梅村蓉子」(『映画時代』昭和三・一) なお、鏡花の作品中で映画が言及される例も少なくはないが、例えば、後期の大作「山海評判記」(『時事新報』昭和四・七・二〜同・一一・二六)の中の「撮影すれば、それがすぐ映画だし、声を出せばトオキイだわ」という台詞は、新技法(日本映画界でのトーキーの本格化は一九三〇年代)に対する目敏い関心の証しとして注目に値する。

(5) 端的な例としては、生島遼一「『番町夜講』――鏡花の短篇小説――」が「鏡花の母恋いコンプレックスと深いかかわりをもつ摩耶夫人信仰をテーマとする単純な小篇」と概括している(『鏡花万華鏡』、筑摩書房　平成四・六、昭和五八・六初出)。また、野口武彦氏は注(19)の著書で「「夫人利生記」の世界では、作者はいくつかの心象コンテクストを複合させ、それらを文字どおりの摩耶夫人像に収斂《しゅうれん》させることによって、一つの解を得ているように思われる」、「この作品世界では、母性原理は他のもろもろの女性原理を収束して莞爾《かんじ》とほほえむ」と論じた。近年でも眞有澄香「喩――「夫人利生記」」は本作を「「摩耶夫人」ならぬ「亡母」との再会を夢みた物語」と捉え(『泉鏡花　呪詞の形象』、鼎書房　平成一三・二)、秋山稔氏も注(11)の論文で結末に「身代わりによる救済、摩耶夫人と母の一体化による加護、済度」を読み取る。

(6) 脇明子「運命の女《ファム・ファタル》との訣別」(『鏡花全集』「月報」巻二十二、岩波書店　昭和五〇・八)

(7) 注(6)に同じ

(8) 『角川日本地名大辞典　石川県』(角川書店　昭和五六・七)より「真成寺」の項を以下に引用する。「金沢市東山二丁目所在。日蓮宗。妙運山と号す。正保四年に羽咋郡滝谷妙法寺(羽咋市)十五世日条が小松に建立。三代藩主前田利常の死後、檀那の諸士が金沢へ移り、寺の維持が困難になり、万治二年金沢へ転じ、さらに寛文十一年現在地に移転(社寺来歴)。有名な鬼子母神は、以前小松城主丹羽長重が城中に安置していたものと伝えられる(古蹟史)。墓地に歌舞伎の初代中村歌右衛門の墓碑、加賀蒔絵の基礎を築いた五十嵐道圃の碑がある」。なお、「真成寺」は「龍潭譚」(『文芸倶楽部』明治二九・一一)や「鶯花徑」(『太陽』明治三一・九、一〇)の舞台にも擬せられている他、「縷紅新草」(『中央公論』昭和一四・七)の中には「向うの山の中途に、鬼子母神様のお寺がありませう」、「あゝ、柘榴寺――真成寺」というやりとりもある。

(9)荒俣宏『開かずの間の冒険』(平凡社　平成三・一〇)

(10)同書の「凡例」によれば、「本書の内容は、恩賜財団愛育会(現在は恩賜財団母子愛育会)が昭和十年六月に全国道府県在住の民俗研究者等に委嘱して行った産育習俗調査の報告」とのことである。

(11)秋山稔「泉鏡花『夫人利生記』論――成立背景を中心に」(泉鏡花研究会編『論集　昭和期の泉鏡花』、おうふう　平成一四・五)

(12)紅野謙介『書物の近代』(筑摩書房　平成四・一〇)

(13)田中雅夫『写真一三〇年史』(ダヴィッド社　昭和四五・六)

(14)プラトン社のメディア戦略と「眉かくしの霊」との時代的な関連については、拙論「模倣される「美」――泉鏡花「眉かくしの霊」とその周辺」(『論樹』一四　平成一二・一二)で詳説した。

(15)この座談会は全集未収録のため、鏡花の発言の引用は初出に拠っている。

(16)「薄紅梅」から読み取れるお京や青麟の肖像写真の役割については、拙論「泉鏡花「薄紅梅」を読む」(『論樹』一五　平成一三・一二)で詳説した。

(17)例えば、紅葉の明治三十四年の日記である「十千万堂日録」(佐久良書房　明治四一・一〇)には、写真撮影に対する関心の高さを示す記述が数多く見いだせる。

(18)例えば、乙羽が有名なアマチュア写真家・光村利藻とも親しかったことは、田中励儀「新進作家時代の鏡花――「聾の一心」「貧民倶楽部」」(『泉鏡花文学の成立』、双文社出版　平成九・一一、昭和六二・一一初出)に紹介されている。

(19)野口武彦「本文及び作品鑑賞　夫人利生記」(同編『鑑賞日本現代文学・泉鏡花』、角川書店　昭和五七・二)

(20)吉村博任「絵解き鏡花――「絵解き」からの視座――」(『魔界への遠近法――泉鏡花論――』、近代文芸社　平成

三・一、平成元・三初出)

(21) 注(11)に同じ

(22) 「押絵の奇蹟」の引用は『夢野久作全集』3(ちくま文庫　平成四・八)に拠っている。

(23) 「押絵と旅する男」の引用は『日本探偵小説全集2・江戸川乱歩集』(創元推理文庫　昭和五九・一〇)に拠っている。

(24) W・ベンヤミン「複製技術の時代における芸術作品」(野村修編訳『ボードレール　他五篇』、岩波文庫　平成六・三)

(25) 正確に言えば、「釈迦八相倭文庫」では二世歌川豊国(歌川国貞)の他にも、二世歌川国貞や惺々暁斎が絵師を務めている。

(26) 「押絵の奇蹟」の押絵は二枚ともに歌舞伎(一方は「阿古屋の琴責め」でもう一方は「芳流閣の二犬士」)に基づいた錦絵を手本に仰ぎ、「押絵と旅する男」の押絵も元来は、浄瑠璃・歌舞伎で名高い八百屋お七とその恋人が題材であるように、いずれも題材自体としては一般的に浸透していた定番に属する。

(27) 注(20)に同じ

(28) 注(24)に同じ

(29) 秋山稔氏は注(11)の論文で「樹島は以前から摩耶夫人の面影を求めてきた。今それが、「摩耶夫人の寺」の近隣で摩耶夫人のイメージを負う「婦」を偶然みかけたことで呼び覚まされてきたものとみられる」と説いているが、本論では最初の出会い以上にその後の写真の発見を重視したい。

(30) 注(19)に同じ

(31) 注(11)に同じ

(32) 西村清和『視線の物語・写真の哲学』(講談社　平成九・六)

(33) 注(19)に同じ

(34) 拙論「大正末期の鏡花文学──「眉かくしの霊」を中心に──」(『都大論究』三五　平成一〇・五)

(35) その意味では、「夫人利生記」の仏師の妻の肖像写真のメディアとしての位相は、「薄紅梅」のお京の肖像写真のそれともかなり異なるだろう。後者の舞台は写真がまだ一般的に浸透してはいない時代であり、それゆえに、お京の肖像写真はあくまでも「女性作家」という話題性の下に、出版ジャーナリズムという社会化された（あるいは、社会化されつつあった）制度を介して流通した。

(36) 注（19）に同じ

※「夫人利生記」などの鏡花作品の引用は『鏡花全集』全二十八巻、別巻一（岩波書店　昭和四八・一一～五一・三）に拠っている。ただし、その他の引用も含めて漢字は基本的に新字体に改め、不必要なルビは省略してある。

コラム7　鏡花テクストの視覚性――リアルの侵食

周知のように、鏡花の作品群は豊かな視覚性を呈しており、謡曲の手法を意識し始めた明治後期からは、その「つづら錦」のような「引用の織物」としての傾向が顕著になる。清水氏の指摘によれば、それらは次第に、ある一貫した結末に向けての収斂性を失い、豊饒なエピソードが多角的な解釈へと開かれながら物語の外へ向けて展開する物語へと変容する。まさに「作品世界をより拡散化するためにこそ組み込まれている」エピソードという素材。第4部「鏡花を読む」には、大正から昭和へかけての五つの鏡花作品を、そうした「内的な必然性が稀薄」な断片の集積として解釈する論稿が収められている。

物語として一貫性のある作品がいわば曼荼羅や物語文様のようなイメージを喚起するのに対し、清水氏が断片の集積として解釈しているこれらの作品からイメージされるのは、たとえば人体のさまざまなポーズの組み合わせで人の顔を構成する歌川国芳の寄せ絵や、ジュゼッペ・アルチンボルドが描く、野菜や魚で構成された肖像画である。実際、本書の巻頭論文で清水氏が取り上げている『古狢』で鏡花は、市場のなかで湯葉という食材によって崩れた顔の怪異を顕現させている。それは市場の素材で組み上げられた怪異のブリコラージュである。その構成は必ずしも緊密ではなく、少しでも触れれば、たちまち素材としての一つひとつの野菜や魚に戻ってしまいそうに見える。その収斂性があるようでない、異形な全体は、内的必然性の稀薄な素材をさらに緊密でない語りでくくりあげてはほどくような鏡花作品の構成そのものであるといえるだろう。

『夫人利生記』に登場する樹島は、一枚の「像」として、あるいは一体の「像」として、心引かれた通りすがりの女性を、おのれの手の内に納め鍾愛しようと企てる。しかしながら作中では、そのような樹島の夢想を「像」として一つの枠に封じ込めることを許容しない何かの力がはたらいて、それらの「像」を改変し、素材の集積を別の物語へと作り替えてしまう。それは、『山海評判記』で矢野が物語の枠のなかに囲い込もうとしたはずの素材たちが、うようよと勝手に動きだし、枠を侵食してこちら側にあふれ出てきてしまう様子を想起させる。国芳やアルチンボルドのようなトリックアートのなかには、描かれたものが額装どころか掛けられた壁にまではみ出すものがあるが、鏡花作品の素材たちも、作者が何重にも囲い込もうとする入れ子語りの結界を破って侵食してくる。清水氏が「現代にも通じるテロル的な」「理不尽な恐怖」として読み込んでいる『古狢』の狢婆のように、こちら側の都合などまったくおかまいなしに、書き手も読み手も、あるいは巷のただの通りすがりの者たちまで巻き込み、取り込んで、世界の見方やありようをさえ変えてしまう。鏡花の視覚性とはそのような、現実に対する底知れぬ侵食力を持つものなのだといえるだろう。

（三品理絵）

第16章　小説家の眼差しの彼方に――視線のドラマとしての「山海評判記」

はじめに

泉鏡花の後期の代表作「山海評判記」は、昭和四年七月二日から同年十一月二十六日まで『時事新報』に連載された。鏡花の生前には単行本化されることがなく、初出以降の数十年間はほとんど黙殺に近い状態が続いていたが、昭和四十年代半ば以降に鏡花の作品が「幻想文学」として評価される中で、本作も篠田一士や福永武彦によって再発見されることになる。須田千里氏が「いまや、鏡花晩年の大作というに留まらず、鏡花文学を考える上で逸することのできない作品である」と位置付け[1]、吉田昌志氏や鈴木啓子氏も「議論の意欲をそそる混沌とした作品です」、「近代小説の枠組みではとらえきれない作品ですよね」と発言するように[2]、近年では実証的研究からテクスト論的読解に至るまで、様々な観点から論じられて鏡花文学屈指の注目作となっている。そうした高い注目度を得た理由としては複雑な構成や民間伝承の摂取、柳田民俗学との関連などが挙げられるが、上記の理由の他に、主人公の小説家・矢野誓《ちかう》のモデルが鏡花当人とおぼしいことも挙げたい。

例えば、村松定孝は「私小説的要素の混入ともいうべき叙述が、巧みにあしらわれていること」に注意を促し、特に、「矢野とお李枝の乗った自動車が馬士にとり囲まれ、危機に瀕したとき」の矢野の対応について、「読者に、矢野こそ鏡花その人だという迫真性を与える効果をはたしている」と論じたし[3]、野口武彦氏も「作中の矢野誓はほぼ泉鏡花自身であると見てよいだろう。あるいはむしろ、読者にそう見させることがこの作品の一つの技法であったと考えてもよい」と述べる[4]。無論、作中の矢野のエキセントリックな言動や衝撃的な物語展開を考慮すれば、本作は単なる私小説的作品として割り切れるものではない。モデル論にとらわれすぎることは、この問題作の読解の可能性を十分に引き出せなくなる危険も伴う。だが、虚構性を強くはらむ一方で作者も想起させる矢野の人物像からは、確かに、先行研究が指摘するような独自の読者戦略を読み取ることが可能であり、鏡花は矢野に自己の分身的側面も持たせることで、単なる荒唐無稽な絵空事とも見られかねないその言動に対し、一種のリアリティーを付与しようともくろんだと考えられる。

本論では作中の矢野の〈見る〉という行為に注目することから発し、矢野にとっての〈見える世界／見えない世界〉について考察することで、小説家でもある矢野が自己をめぐる世界とどのように対峙したのか、そして、矢野の振舞いが作中でどのような帰結を得たのかについて検証したい。鏡花文学に示された〈見る／見られる〉の視線のドラマについては、最近、松村友視氏が「化鳥」（『新著月刊』明治三〇・四）や「夜叉ヶ池」（『演芸倶楽部』大正二・三）、「天守物語」（『新小説』大正六・九）などを例として分析したうえで、「社会内部においてさまざまな権力を担う視線が「近代」という時代を根底において反映していることに、鏡花の視線は確実に届いていた」と結論付けている[5]。松村氏の論考では「山海評判記」に関する言及はないが、この後期鏡花文学の代表作についても、作中で「さまざまな権力を担う視線」のドラマが展開される様相は、登場人物たちの具体的な役回りに即して解明される必要がある。事前に展望を述べれば、本作は半ば以上の部分で〈見る〉存在としての矢野の視点に即しつつ、作品終盤に至っては〈見えない世界〉を見据えようとしていた矢野が、実は〈見えない世界〉から〈見られる〉存在であったことを示唆する。そうした〈見えない世界〉からの視線の反転劇にこそ、この特異な問題作の〈物語学〉が捉えられることを論究するのが、本論の最終的な目的にほかならない。

1　〈見る〉存在としての小説家・矢野

「山海評判記」の主人公・矢野は、従来の研究で〈聞く〉存在や〈書く〉存在として注目されてきた。本作は能登和倉の旅館に宿泊中の矢野が、「長太居るか」という狢伝承を模倣した呼び声を聞くことから、一連の不可解な出来事が始まり、末尾では矢野が懇意の女性・お李枝といるはずの部屋に向け、「お李枝、お李枝、／お李枝のきみは、／あなたへやらぬ、／こなたへ渡せ」という唄が響くというように、声や唄を〈聞く〉という行為の反復がある程度の構造性をもたらす。それゆえに、高桑法子氏は「矢野を襲う〈声の衝迫〉とは、彼に運命的に随伴し、対峙し、敗北を強いる何かであり、『山海評判記』一篇は、それとの葛藤のドラマなのだ」という作品読解を示した。(6) また、矢野は小説を書くという自己の職務に強烈な意識を持つ人物であり、その典型例としては、お李枝とドライブに出る直前に幻像のような三人の女性の顔を見かけ、「筆を取つて、立処《たちどころ》に、その呪詛の蠱《こ》を薬研《やげん》に砕き、瑠璃沫《るりまつ》に浄化して、これを月光の白露とも、姿見の清水とも称ふることを得ざらむや。／職の力に、それだけの事は心得た」と念じる場面が挙げられる。斎藤愛氏はこの場面について、「ここでは、言葉を職とするものの自負が、この世ならざるものの迫りくる力に拮抗している。言葉では表現できないもの、意識ではつかみ取れないはずのものを、その言葉そのもので自らの支配下に置こうとしているのだ」と説く。(7)

小説家・矢野にとって見ることは書くことに先立つ行為であり、眼差しが捉えた対象を言葉で表現することが書くことの起点である。とはいえ、見ることがすべての状況下で書くことに直結するとは限らない。また、彼方から訪れる声や唄を聞くことが多分に受動的な行為であるのに対し、見ることはより能動的に対象を視線の支配下に置く行為として描かれる。したがって、これまで軽視されがちであった矢野の〈見る〉という行為に注目することは、〈聞く〉や〈書く〉とは別角度からその人物像を照射することにもなる。松村友視氏は先に挙げた論考の中で「近代とは、さまざまな意味とレベルにおいて「見る」側のまなざしが過剰に特化された時代であった。それはまた最高度の知識人たちによって担われることになった近代文学が自らのうちに深く抱え込んだ視線でもある」と規定していたが[8]、多分に戯作者的な造形が施された矢野にしても、「「見る」側のまなざしが過剰に特化された時代」の「知識人」の視線と決して無関係ではなく、むしろ、近代知識人男性の自己批判的な戯画として造形されている節もある。以下では、まず、矢野の〈見る〉という行為の具体例をいくつか取り上げることから、作中の矢野の〈見る〉存在としての特性について掘り下げたい。

　本作の冒頭場面では、能登和倉の旅館に着いた客人が女隠居と夕食について会話を交わす。そこではまだ姓名が記されない客人こそが主人公の矢野であり、夕食の注文を終えた矢野は障子を開いて能登の海を見下ろすが、その眼差しに映る光景は「島根の巌は、寄る浪と夕日の色に薄紫に霞んだ中に、小さく紅玉を刻んで、夜の其の漁村のかすかな燈《ともしび》をさへ思はせ、さし翳す手に、美しい渚の貝を蘇芳に染めて視《なが》められる」、「余り静寂だと思ふまで、其の時、一点の舳《みよし》も行かず、船の片影もなかつた」などと描かれ、以降の不穏な物語展開とは裏腹に、旅先での矢野のくつろいだ心境を反映するかのような静謐さを湛えている。もっとも、こうした静謐な光景も作品から完全に遊離しているのではない。作中ではこれ以外にも、自然の美が矢野たちを慰撫して安逸をもたらす場面が描かれる。例えば、終盤近くでドライブ先に白鷺がいるのを見つけたお李枝と矢野は、「入《い》らつしやい、をぢさん、まあ、意気ないゝ姿」、「あゝ、これは綺麗だ」などというやりとりを交わしつつ、白鷺が田んぼを歩む長閑な光景をともに愛でる。東京からの来訪者である矢野とお李枝にとって能登の田園風景は、日常生活で得られない審美的な感興を催させるものであった。

　ただし、矢野にとって見ることは、自然の美から安逸を得るなどという受動的な行為のみにとどまらない。例えば、按摩の良勘から長野駅で「御利生《ごりしやう》を被つた」体験を聞かされた矢野は、「私も一寸《ちよつと》御利生を被つたよ」と自己の体験を以下のように語る。

「何、前刻《さつき》晩飯前に、一風呂浴びに出掛けた時だよ。（中略）。……洗面所があつて、大姿見のかゝつたのに、湯気が掛つて居るのを、浴室《ゆどの》は近い、と視ると、雪の霞んだやうな真白な姿《まつしろ》が、胸も腰もふつくりと立つて居る。余り真正面《まとも》に打《ぶ》つかつたから、此方《こつち》が思はず瞬きをすると、今度は柔い、長い臂ばかりが、扉《と》にからんで、パツタリと閉つたんだがね。女湯の方が、手前にあつて、通りがかりの洗面所と真向《まむき》のやうに成つて居る。……」

（中略）

「御大人《たいじん》――其の白い手が招いたでもなし、男湯の方へ指さしをしたでもなし…しまするど、其《そ》の、其《それ》は何の御利益で。」

「いや湯の精と云つても可《い》い、それが直《す》ぐ温泉の御利益ぢやないか。」

この場面については私も以前、作中で繰り広げられる一連の不可解な現象の端緒となることに着目し、先述の斎藤氏の見解も踏まえつつ、「矢野の「言葉による「名づけ」の力」の行使と、それを絶対的に拒む他者である綾羽たちとの拮抗」が、「作品の冒頭部分から既に始まっている」例として取り上げた。(9)だが、本論で留意したいのは物語展開の重要な起点となるこの出来事が、「言葉による「名づけ」の力」の行使以前に、「雪の霞んだやうな真白な姿」を〈見る〉という行為に発していたことである。対象を眼差しで捉えることこそが、矢野の「言葉による「名づけ」の力」を行使した能動的な意味付けを導き出す。

しかも、その場の聞き手である良勘は見る能力を喪失した盲目の人物であり、彼は矢野が体験談を語るのに先立ち、駅で道に迷ったところを駒下駄の音を響かせた女性に助けられた（ただし、居合わせた氷屋の店員には女性の姿は見えなかった）という、自己の見えないがゆえの体験を指して「御利生を被つた」と語っていた。その意味では、「言葉による「名づけ」の力」の行使自体は矢野も良勘も同じであり、むしろ、両者の決定的な相違は〈見える／見えない〉という点にこそ存在する。良勘の「御利生を被つた」という発言に対して矢野は反発を覚えるが、盲目の身で途方に暮れて駒下駄の音に救われた良勘の体験と比較した際、女性の裸体を目撃したことを「温泉の御利益」と意味付ける矢野は、あられもない姿を男性に目撃された女性に対する配慮を欠き、自己の眼差しがはらむぶしつけな好色性に対してあまりに無自覚である。さらには、〈見えない〉存在・良勘に対する〈見える〉存在としての自己の優位も、大人げないまでにはっきりと表出している。良勘とのやりとりから読み取れるのは、〈見る〉(〈見える〉)存在としての矢野が、〈見られた〉存在である女性や〈見えない〉存在である良勘の立場を顧みず、見ることの特権性を振りかざして悦に入るという軽率なエゴイズムである。

矢野の〈見る〉という行為では、駅まで散策に来て「返照《へんぜう》ヶ嶽、鉈打《なたうち》山、蓬達《ほうたつ》ヶ峰は、僅に一青《いっせい》の海を残して、三方を繞《めぐ》り囲む」光景を眺め、その彼方の「遠き陸奥《みちのく》の空」に思いを馳せる場面も注目される。ここでは「駅の彼方に、沈々寥々として、水の幻に眠れる如き、白昼の大沼」も眺められるが、「我か、他《ひと》かと思ふまで、矢野はしばらく夢見心に、茫然として佇んだ」とあるように、「白昼の大沼」は現実感の希薄な光景として矢野の眼差しに映る。そして、矢野が見ている対象は単に自己の目前に存在する山や沼のみではない。即物的な意味での見える光景の彼方には、「あゝ、いろ〳〵の世と時をすごして来た、――」、「前途《ゆくて》は遠い」という具合に、矢野自身の過去と未来という〈見えない世界〉が見据えられようとする。「思はず右の手を擦《さす》つた、愛撫し且つ精励するやうに。――」とも述べられることから、矢野のこうした感慨が、小説家としての自己の再確認にもつながっていることは明白である。矢野が見ている山や沼に遠近感が欠落して書割的であるのと同様に、この場面での矢野の言動も作者・鏡花の心情の仮託として読むには、あまりにも紋切り型で自己陶酔的な感傷性を敢えて強調している[10]ようだが、いずれにしても、矢野は目前の〈見える世界〉を契機として自己の生とも向き合う。

2 〈見る／見られる〉と〈見せる／見せられる〉

ここまでいくつかの具体例に即して概観したように、矢野にとって〈見る〉という行為はその言動や思考の重要な起点になる。先に挙げた「筆を取つて、立処に、その呪詛の蠱を薬研に砕き、瑠璃沫に浄化して、これを月光の白露とも、姿見の清水とも称ふることを得ざらむや。／職の力に、それだけの事は心得た」と念じる場面にしても、それに先立って「窓の顔の、三つとも、幽《かすか》に薄く動くのさへ見えて、悲《かなし》むが如く、泣くが如く、怨むが如く、しかも笑ひなぶるやう」な光景を〈見る〉という行為があった。そして、見ることは時として「雪の霞んだやうな真白な姿」の目撃例のように、〈見られる〉存在に対する一方的な支配性をはらんだ行為ともなる。ただし、この「雪の霞んだやうな真白な姿」が不本意に見られたものでなく、意図して矢野に見せたものとすれば、〈見る／見られる〉をめぐる権力関係は〈見せる／見せられる〉へと逆転する。作中では結局、「雪の霞んだやうな真白な姿」の主は定かにされることがないので、見られたものとも見せたものとも判断は下せないが、「山海評判記」全体を通観した場合、矢野の好敵手で後に消息を絶った女性・姫沼綾羽《ひめぬまあやは》（雅号は呉羽《くれは》）の率いる一党が、矢野に対して意図的に見せようとしたと目される光景は少なくない。矢野が〈見る〉存在として能動的に振舞おうとするのに対し、綾羽たちは〈見せる〉存在として矢野に対する主導権を握ろうとする。

綾羽の一党が意図的に見せたと解されるものの代表的な例としては、前夜に「長太居るか」という廊下からの呼び声に悩まされた矢野が、呼び声の主を探す途中で旅館の三階から眺めた以下の光景が挙げられる。

> 目の前に――立つた胸ぐらゐに小窓が見える。閉つては居たが、私の座敷からすると、横へ正面で、まるで変つた海の景色が見えさうだから、一枚開けると、硝子戸でね。真向うの海へ海豚《いるか》が縦に揃つたかと思ふ、長く突出た波止場のほかには、その時は、何にも目にはつかないで――唯、井戸を繞《めぐ》つた三人の婦《をんな》――三星と云ふ形です。

この不可思議な儀式めいた光景は、綾羽の配下・安場《あんば》嘉伝次が東京のお李枝に見せた紙芝居の中で、三人の女性が「悄乎《しょんぼり》と三つの黒髪を井戸へ寄せた」一場面と似通う。さらに、矢野はお李枝とのドライブに出る直前にも、旅館の洗面所の姿見の前にやはり「三人の婦が居た」のを目撃する。この全三回にわたって作中で繰り返される三人の女性の相似した姿は、各自の髪形や服装がずれてもいて必ずしも同一存在とは捉えられないし、三度目の姿見の前の三人は矢野の幻覚のようにも描かれているので、すべてが綾羽の一党の見せたものと一概に断じることはできない。だが、高桑法子氏が「三つの光景のうち前二回は、飴屋芝居の男（引用者注・安場嘉伝次のこと）と徒党をなし、姫神に仕える者たちの演技的な行為であることは推測がつく」と述べるように(11)、矢野が三階の窓から眺めた「井戸を繞つた三人の婦」と、紙芝居の中に登場した三人の井戸を囲んだ女性に関しては、綾羽の一党が矢野やお李枝に「演技的な行為」を見せつけたと解される。

矢野は「井戸を繞つた三人の婦」を見せられた当座の心境について、「打つて畝る海に従つて、此方《こっち》の足が……妙に揺れる」、「場所は一体、和倉なのか、何処《どこ》か、遠い島の面影か、前世の幻か、と自分ながら怪しくなる」とかなりの動揺を起こしたことを告白している。しかも、この直後には「三人の婦が一斉《いっとき》に私を見た。サ、何処《どこ》を見たか、そんな気がして、覗いたのが恥かしく、足許《あしもと》へ目を伏せる」とも語られる。そこでは〈見られる〉存在が〈見る〉存在に転じ、〈見る〉存在が〈見られる〉存在に転じるという視線の反転劇が生じている。「覗いたのが恥かしく、足許へ目を伏せる」という矢野の咄嗟の身体的な反応には、対象を高みから一方的に見下ろしていたはずの自己が、逆に、対象から見返されてしまったことの狼狽が端的に表れているだろう。だが、「井戸を繞つた三人の婦」が最初から矢野に見せる意図であったとすれば、〈見る〉存在としての矢野の眼差しはこの視線の反転劇以前から、〈見せる〉存在としての綾羽の一党に支配されつつあったと言える。〈見られる〉存在は〈見る〉存在によって支配されるだけでなく、むしろ、〈見せる〉という行為によって〈見る〉存在を逆支配することもあり、この場面でも、綾羽の一党の「演技的な行為」を通じた矢野の眼差しに対する逆支配が、「此方の足が……妙に揺れる」、「場所は一体、（中略）、と自分ながら怪しくなる」という矢野の一時的な自己喪失を招き寄せる。

上記のような〈見せる〉という行為の支配性も念頭に置くならば、矢野が自分の見た「井戸を繞つた三人の婦」について、「――はゝあ、婦が三人で、井戸を覗く光景《ありさま》を、……然《さ》うだ、私に見せるためだ」、「其の巫女、其の安場などは、前刻《さつき》から言つた、オシラ神に奉仕する一党だと云ふのが、よく分つて来た。つい、其の矢先に向つた的が、この和倉の井戸の三人の婦の姿だ」などと推理する場面も、矢野としては綾羽の一党の企みを看破したつもりかもしれないが、実質的には、綾羽の一党の振舞いを見せられて誘導されたにすぎない可能性が高い。この推理に先立って矢野は運転手の相良が見たという「婦の生首」について、「其の生首ならばだ、一寸私が引受けよう」と前置きしたうえで、「生首だの何の、と飛《とん》でもない！――それは、ある、御神体だよ」、「オシラ神、お白神と云ふんだよ」などと語り始め、柳田民俗学の鏡花文学への摂取例として有名な推論を得々と披露する。従来の「山海評判記」読解でも別して注目度が高い場面だが[12]、この名講義（？）の契機となった真贋が定かでない「婦の生首」も、おそらく綾羽の一党が意図して矢野たちに見せようとしたものである。自己の眼差しに映る不可解な現象に対して推理を試みる矢野は、一見、自己をめぐる世界と主体的に対峙しているようでありつつ、綾羽たちの〈見せる〉という行為の支配下でさまよい続けている。

そうした矢野の錯誤の極点が、和倉で再会したお李枝に対して発せられる「みんな、私をなぶらう、からかはうとしてする事で、李枝ちやんなんかには何の係合もないのは固より、事によると、李枝ちやんが来たので、対手《あひて》は遠慮をして、悪戯をやめたかも知れない、と思ふ」、という台詞である。矢野は綾羽の一党の標的があくまでも自分であると捉えるが、本作の末尾に響く「お李枝、お李枝、／お李枝のきみは、／あなたへやらぬ、／こなたへ渡せ」という唄によれば、綾羽たちの目的はお李枝を迎え入れることにあったとおぼしい。したがって、矢野の「李枝ちやんなんかには何の係合もない」という判断は、まったくの的外れであったことになる。綾羽の一党の思惑を見抜こうとしていた矢野は、綾羽たちの意図するままに〈見せられる〉存在でしかなかったのであり、いわば、犯人から故意に証拠を見せられる中で（見せられた証拠と気付かずに）推理を続ける迷探偵である。冒頭近くの場面で、矢野は泊まった部屋に「仔猫の絵」が掛けられているのに気付き、のちにお李枝の前でその絵を綾羽の作品であると推測してみせるが、綾羽の一党と矢野との〈見せる／見せられる〉の関係を踏まえるならば、矢野の部屋に「仔猫の絵」が掛かっていたのはたまさかではなく、綾羽の一党が最初から仕組んで見せることを意図していたと読める。

綾羽の一党の〈見せる〉という行為の支配性は作中で、矢野との直接的な関わりを離れた箇所でも目覚ましく発揮されている。例えば、嘉伝次がお李枝たちに紙芝居で見せた女性の井戸覗きの演目は、お李枝が「変なんですもの。その三人の婦の顔が、揃つて鳥に変つた時は、お山の方から通り魔でもしたやうで、皆がいやな顔をしたんだわ」と語るように、単なる大道芸の域を超えた魔的な迫真力で観客の眼差しを引き付ける。(13) そして、〈見せる〉存在としての綾羽の一党の性格がより明瞭に表れているのが、一党の女性が河豚売りや矢野の旧友・壺田を翻弄する場面である。まず、墓地から唐突に「淡青《うすあを》の帽子して黄柑《かうじ》色の洋装した、目鼻立の、白くあざやかな」「ドレス姿の令嬢」が現れ、華美な存在感でその場の人々の注目を一気に攫う様子が描かれる。壺田から「僕には分つたです、貴女《あなた》は、女優でせう」と尋ねられたこの女性は、「新新新新新劇団」、「こゝで演《や》つてるぢやあないこと。河豚のお爺さんと、貴方《あなた》の万年筆屋さんと、此の蝙蝠の方と、私《あたし》とで、すぐ社会劇の一齣《くさり》だわよ」と答える。彼女が実際に職業上の「女優」であるかどうかはともかく、この返答からは、演じることや見られることに対する強い意識が読み取れる。墓地から登場した綾羽の一党の女性の派手な言動は、場違いな一方で、〈見せる〉という行為が周囲の眼差しを支配することにきわめて自覚的でもある。

3 〈見えない世界〉から見られる矢野

上記のように、姫沼綾羽の一党は作中で〈見せる〉存在として活躍を続けるが、頭目である綾羽自身は直接的に姿を見せる場面が存在しない。〈見せる〉存在である配下たちと〈見る〉存在である矢野とが、〈見る／見られる〉〈見せる／見せられる〉の視線のドラマを繰り広げる中、川村二郎氏が「その女は、人々の話に出てくるだけで、最後まで姿を現さない。芝居になぞらえれば文字通りの黒幕、しかし別の次元に移して見れば、多くの眷属や使わしめを駆使して自らは姿を隠している、威力ある神とも見えてくる」と評した[14]ように、当の綾羽は〈見えない〉存在、あるいは、〈見せない〉存在として「山海評判記」のひそかな核心であり続ける。もっとも、綾羽自身が作中に姿を見せていた痕跡もまったく探し求められないわけではない。矢野は旅館の三階の窓から「井戸を繞つた三人の女」を目撃した直後、牡丹の花に誘われて「大変なもの」を覗き見たとして、その「大変なもの」のことを相良たちに対して以下のように語る。

　いや、色ある衣《きぬ》と思はれる、うつすりした袖褄に、新しい加賀蓑の長いのが一杯にかゝつて居た。主《ぬし》は、と思ふ其の顔は見えないで、皓《しろ》い膚が見えた。真白な長い蛇が、四筋、羽二重か、緞子《どんす》か、濃い萌黄《もえぎ》の敷蒲団の上から、横にした琴を搦《から》んで居る――と云ふのが、ふつくり蒲団が高いから、抱いたので。……抱いたのぢやない絡《まと》つた形で――十三の絃《いと》と巻合つた、其の四筋の白い蛇と驚いたのは、湯から上つたまゝだらう……婦の手足だ！……伸々と庭の此方向《こちら》で、何の事はない、寝ながら琴を脇息に使つたのだね。
　白牡丹の莟が一輪、葉ながら、秘密を封じて、ぴたりと、覗く目に当つた、と思へ。人気勢《けはひ》を感じたらしく、ずる〳〵と手足が動いたが。

　この謎めいた気配が漂う場面について、本論では視線のドラマという見地から以下の二点に着目したい。一つ目は「主は、と思ふ其の顔は見えない」と語られるように、この「真白な長い蛇」のような四肢の女性の顔は、あくまでも矢野の眼差しからは捉えられていないことである。仮に矢野の垣間見たこの女性が綾羽であったとすれば、無防備に姿をさらしたようで肝心の顔は見せていないしたたかさは、矢野に対する一党の巧みな視線の支配とも合致し、〈見えない〉存在としての綾羽の特性を端的に表す場面と言える。二つ目は矢野がこの「大変なもの」について語る直前、「皆目を塞いで聞けよ、うつかりすると目が潰れる」と警告することである。あまつさえ、矢野が聞き手である相良たちにこの警告を発すると、「其の声と斉《ひと》しく、三人の手が其の両眼を押へたのであつた」とも述べられる。聞き手たちが示す〈見る〉という行為に対するこうした過剰な反応は、この小説が視線のドラマとして展開されていたことを改めて思い知らせる。

女性が琴に身をもたせかけていたという構図は、矢野がこれ以前に綾羽の最後の姿を見かけた際の光景と重複する。その光景について矢野はお李枝を相手に回想し、「金屏風や、磨いた柱が、きら〳〵しながら天井も古びて暗い中に、水あかりに浮いて艶麗《あでやか》に琴を弾いて居る、と此方の岸へ二人が立つ、と同時にだね……其の琴を衝《つ》と黄金に紫の総を懸けた盾のやうについて、あらひ髪も、袖も、褄も、翡翠《かはせみ》が虹にかくれたやうに、菊の花壇の下へ」と語る。矢野がこの最後の綾羽の姿を垣間見たのは、後に綾羽の一党と判明する安場嘉伝次に案内されてのことであり、その際、嘉伝次は矢野に「クレオパトラが、向うの森の白壁づくりの奥に居る。郡の多額納税者の寵妾《おもひもの》で——一度貴下に逢ひたがつて居ますよ」と声をかけていた。したがって、綾羽が嘉伝次を使って故意に自己の姿を見せたと解釈することもできる。矢野の回想によれば、綾羽は矢野と同じ私塾に通って同人誌に参加していた頃から、男性陣の眼前でくつろいで「下結の緋のところ」をちらつかせ、「同人残らず筋骨が弛《ゆる》くなつて唯何事も姫君（くれは。）の思召次第」にするなど、既に〈見せる〉という行為の支配性に対して自覚的であった。川の向う岸で寂しげに琴を弾いて身を隠す夢幻的な一幕も、矢野の記憶内に、見られた自己の姿を留めさせるための演出であったかもしれない。

矢野の眼差しが綾羽とわかる人物を捉えたのはその際が最後だが、矢野は現在の自己をめぐる状況と綾羽の記憶とを結び付け、「……此二三日の処置ぶりで、何《ど》うやら、対手の様子が、軸を解いて、絵巻物でも展《ひら》くやうに分つた」と推理したうえで、お李枝を証人のように迎えて綾羽との塾生時代以来の関係を総括する。この矢野の視点から見た綾羽の半生については、高桑法子氏が「鏡花の手際としては鮮かとはいえない」、「綾羽の羅列的な人生スケッチがなされるだけで凡庸である」と批判的に評する[15]一方で、森田健治氏は「噂話＝情報としてしか提示されず、また、結末部に至っても姿を現しはしない以上、綾羽の〝物語〟が矢野の〝記憶〟に存在する綾羽と等価でないのは、いうまでもあるまい」と指摘する。[16] 矢野がお李枝に対して語る綾羽の半生の物語は、矢野の記憶に嘉伝次などから聞いた噂話を交えたものにすぎず、端的に言えば、矢野にとっての〈見える世界〉内のみで捉えられた綾羽像である。したがって、その綾羽像が実際の綾羽の半生と合致するという保証はまったくないが、矢野は記憶と噂話を手掛かりに推理をめぐらすことで、〈見える世界〉の彼方に〈見えない〉存在としての綾羽を見定めようと試み、さらには、惜しくも姿を消した不遇の好敵手として文章の中に描き出そうとする。

矢野が捉えた綾羽の半生は確かに、才色兼備の女性が世に容れられずに消息を絶つまでの（やや紋切り型で通俗的な？）没落劇として、限られた記憶と噂話とを綴り合せて表面的にたどられるのみだが、この表面性は綾羽に対する自覚的な悪意に基づくとは限らない。むしろ、矢野は自己と同等以上の文才を持って姿を消した綾羽の生に対し、単なる好奇心や感傷以上の真摯な関心を寄せてはいただろう。とはいえ、矢野が綾羽の半生や自己との関係をお李枝に語って聞かせたのは、「文章にして、新聞に出せるやうに」という売文の目的もあったのだから、そこには、他者の生を商業的な媒体に向けて〈書く〉という行為の権力性が伴う。[17] さらに言えば、見えないはずの他者の生を〈見る〉という行為の権力性も派生するだろう。すなわち、綾羽の半生を回想してメディア向けに文章化しようとする行為には、〈見えない世界〉に去った他者を一方的に見据えて自己の言葉で表現し、いわば、綾羽の生を見ることと書くことによって捕捉しようという、〈見る〉〈書く〉存在であるがゆえの他者に対する僭越な権力性が生じる。そうした他者の生に対する真摯な一方で僭越でもある捕捉の試みが、「綾羽の羅列的な人生スケッチがなされるだけ」と評されるような表面性に終わるのは、矢野が〈見る〉〈書く〉存在としての自己を賭したにもかかわらず、姿を消した経緯も含めて綾羽の生の本質に何ら迫れなかったことを物語る。

しかも、〈見る〉存在としての矢野の特権性は作品の終盤で決定的に打ち砕かれる。山道でお李枝が馬方たちから暴行されそうな場に立ち会いつつ、自己の無力を露呈して「懺悔」するしかなかった矢野は、「白山のお使者」と名乗る女性によってその窮地を救われる。そして、矢野と「白山のお使者」との間には「――姫沼――姫沼、綾羽――呉羽さんのお身内――お身内ですか」、「お師匠さんはあらためて――またお目にかゝります。……」というやりとりが交わされる。野口武彦氏が「彼女が、どうしてまたこの急場で矢野と李枝の危難を救うのだろうか。そこにはおそらく、一党の首領たる綾羽の暗黙の意志がはたらいていた」と論ずるように[18]、矢野とお李枝が窮地を救われたのは綾羽のもくろみのとおりだろう。矢野は塾生時代にも対立していた綾羽の「雅量」で救われたが、今回も懇意のお李枝の前で男性としてはきわめてぶざまな醜態をさらしたあげくに、前夜はその生を売文の題材化しようとしていた当の相手（の一党）によって救われる。そもそも、馬方たちの暴発自体が綾羽の仕組んだ演出に基づく可能性もあり、「お師匠さん」こと綾羽の意図したところの範囲はつまびらかでない。だが、矢野の眼前から姿を消して〈見えない世界〉に去ったはずの綾羽が、矢野の〈見えない世界〉を見定めようとする行為とは裏腹に、実は〈見えない世界〉から矢野を見続けてきたと解することは容易である。

　このように、本作では〈見る〉存在として〈見えない世界〉と対峙しようとした矢野が、〈見えない世界〉から〈見られる〉存在であったことが露呈するという、〈見えない世界〉からの視線の反転劇が生じている。この視線の反転劇によって矢野は、見ることの特権性を喪失して綾羽の眼差しの下に見返されようとする。「白山のお使者」に救われた直後の矢野は、「大樹《おほき》の杉の梢とばかり高い枝に、袴の紅《くれなゐ》緑の葉越に白衣を視」て「深礼を加へ」るが、矢野と綾羽の一党との作中の最終的な支配関係は、矢野が「白山のお使者」を仰ぎ見るこの垂直的な構図に表れている。無力感に打ちひしがれた矢野が見上げる彼方に凝視しようとするのは、梢の間から自己を見下ろす「白山のお使者」のみならず、彼女を手先として操ると推測される綾羽の不可視の支配性でもある。〈見えない世界〉の綾羽は自らが矢野に見せようとしない限りは、矢野の〈見る〉存在としての眼差しによって見返されることはない。少なくとも、矢野の〈見る〉という行為をめぐる視線のドラマはここに一つの帰結を迎える。とはいえ、念のために付け加えれば、野口武彦氏が「『山海評判記』には大団円はない。未解決の、つまりコード解読不能のメッセージが、あまりにも多すぎる」と断じたように[19]、矢野をめぐる〈見る／見られる〉の視線のドラマが一つの帰結を得ることが、この複合的な要素を持つ小説の最終的な収束と完全に等しいとは限らない。

4　〈見せる〉存在としてのお李枝の可能性

改めて確認するまでもないが、「山海評判記」は視線のドラマとしても読まれるべき小説であり、矢野が旅館から能登の海を見下ろす場面に始まって半ば以上の部分で、〈見る〉存在としての矢野の視点に即して物語が展開されてきた。時として「何と……そんな小説家は、時刻もかれこれ其の頃だし、卵塔場の前へ突出して、（中略）、爺的《とつとう》等の拳《こぶし》でポカ〱と撲らせてやれば可《よ》かつた」などという具合に、矢野を相対化して軽妙にからかう「語り」を交えつつ、〈見えない世界〉と対峙する矢野を主要な視点人物とするのが、この短くはない小説を貫く基本的な表現構造であったと捉えられる。だが、末尾の場面では姫沼綾羽の一党の唄に交えて「此の時の座敷――閨《ねや》の様子は、読まれるゝ方々の想像にまかせたい」、「いかに作家、冷静に唄の批判を為し得るか」という具合に、従前はなかったような矢野を突き放した視点の「語り」が挿入される。視線の反転劇に伴うこの結末場面に至ってのメタ的視点の挿入は、それまでの物語展開自体を一気に相対化し、〈見る〉存在としての矢野を主要な視点人物としてきたはずの本作が、別角度の視点からも読み替えられる可能性をはらむことを示唆する。

その際、綾羽の一党の視点からの読み替えの可能性も想定されなくはないが、そもそも、〈見えない〉存在である綾羽を視点人物として本作を読解することは、基本的に不可能と断ずるよりない。〈見せる〉存在として魅力的に活躍する安場嘉伝次や一党の女性たちも、本作全体を読み替える起点となるには作中での役回りが部分的に過ぎる。むしろ、「山海評判記」を読み替える有効な起点となり得る人物は、矢野が作中に登場しない中盤の視点人物も務めていたお李枝である。本論では作品読解上の一つの切り口として、矢野の〈見る〉という行為をめぐる視線のドラマに着目してきたが、最後に、お李枝をめぐる〈見る／見られる〉〈見せる／見せられる〉の視線のドラマについて、簡単な見通しを述べたい。以前に「見落とせないのは、矢野とお李枝とが親密で安全な関係を保持し続けていたのに並行し、お李枝が男性たちの欲望の視線に晒され続けてもいたことである」、「お李枝がその「容色」ゆえに欲望の視線にも晒されがちなことは、こうして作中で早くから頻繁に印象付けられていた」と指摘したように[20]、お李枝は作中で〈見られる〉存在としての特性が強調された人物である。

もっとも、お李枝が周囲の眼差しによって〈見られる〉存在だけにはとどまらず、積極的に〈見せる〉存在としても振舞っていることには注意したい。踊りの師匠を母親に持つお李枝は、「生れると、もう、あんよは上手、転ぶはおへたも、皆舞台で育つたから、見やう見真似だけでも、腰が極《き》まつて、小手の利くことは、出来合の名取などは敵《かな》はせない」と人物紹介されるように、幼少時代から芸事の所作をその身体に浸透させている。彼女自身も〈見せる〉という行為の支配性を意識していることは、例えば、「――芝、門前の師匠の娘は、膝頭をすり剝《む》いて、見物の前で擦《さす》つても、それが嬌態《しな》になるのを知つて居よう」と述べられることにも明白である。また、和倉の旅館でもつれた束髪を島田髷に結い直すことになった際、「其の髪結さんがハイカラを結ふと、あの……どちらから見ても、をかしいんですつて、（中略）。……どちらから見ても、をかしいんぢや、あたし可厭《いや》ですもの」と矢野に弁解する台詞からも[21]、お李枝が年長の異性の眼差しの前で、〈見せる〉存在としての自己を強く意識していることは読み取れる。無論、お李枝にも嘉伝次の紙芝居を〈見せられる〉存在という側面はあるが、そもそも、この紙芝居も近所の男性たちから注目される中で見に行っていたのであり、自己の〈見せる〉という行為の支配性に自覚的な点に関しては、端から綾羽の一党と近い属性を持つ存在として造形されていたと言える。

先述のように、本作の末尾の「お李枝、お李枝、／お李枝のきみは、／あなたへやらぬ、／こなたへ渡せ」という唄は、お李枝が綾羽の一党に迎え入れられることを予告しているはずである。矢野にとってその事態は、家族も同然の親密な関係にあった女性が〈見える世界〉から、〈見えない世界〉へと収奪されることにほかならず、しかも、〈見る〉存在であったはずの矢野は、その収奪が目的とするところを見定められないままに事態から疎外される。そうした主人公が結末で直面する疎外状況には、矢野に分身的側面を持たせた作者・鏡花の孤独感も読み取れなくはない。だが、この矢野にとっての不条理な収奪劇は一方で、お李枝にとって〈見えない世界〉への新たな旅立ちとも捉えられる。福永武彦は「お李枝を待つのは、推量すれば、呉羽の後継者としての位置であらう」と述べていたが、[22]作者の私小説的要素も盛り込まれたこの小説は、視点を別角度に転ずれば、お李枝が「をぢさん」として自己を見守り続けた矢野の眼差しから離れ、綾羽の導きの下に〈見えない世界〉で新たな生を得る前史としても読める。〈見えない世界〉への旅立ちは、〈見せる〉存在としてのお李枝の可能性が解き放たれることかもしれない。そうしたヒロイン・お李枝の視点からの読み替えの可能性を探ることは、「山海評判記」という作品自体を検討し直す重要な切り口にもなるだろう。

注

（1）須田千里「泉鏡花作品論事典・山海評判記」（『国文学』平成三・八）
（2）吉田昌志・鈴木啓子「対談　泉鏡花研究の現在」（『解釈と鑑賞』平成二一・九）
（3）村松定孝『泉鏡花事典』（有精堂　昭和五八・四）
（4）野口武彦「魂の水中回廊――泉鏡花の『山海評判記』」（『近代小説の言語空間』、福武書店　昭和六〇・一二、昭和六〇・一〇初出）
（5）松村友視「近代日本における鏡花文学」（『解釈と鑑賞』平成二一・九）
（6）高桑法子「泉鏡花『山海評判記』――暗喩による展開として――」（『日本近代文学』昭和六〇・五）
（7）斎藤愛「「他界」の力と言葉の力の拮抗――泉鏡花『山海評判記』を読む」（『都大論究』平成六・六）
（8）注（5）に同じ
（9）拙論「泉鏡花「山海評判記」についての一展望――構成と主題性を巡って――」（『都大論究』平成一二・六）
（10）中条省平「泉鏡花――内面を拒む神秘神学」（『反＝近代文学史』、文藝春秋　平成一四・九）はこの場面について、「数多くの小説を記しつつ、さまざまな時空を横断してきた小説家、泉鏡花の生涯を一瞬にしてたどり直す心の表白としても読めるだろう」と述べているが、鏡花自身の「心の表白」と直結させるのはややナイーブに過ぎる。

(11) 注(6)に同じ

(12) ただし、安部亜由美「「山海評判記」——民俗学との関わり」(『解釈と鑑賞』平成二一・九)が、「矢野の蘊蓄によってあからさまに摂取が示されている昭和初頭の柳田の論考は、実は作品全体においてそれほど重要ではない」と指摘してもいるように、この場面だけに注目しすぎては、「山海評判記」という小説の本質から外れた読解に陥る危険がある。

(13) 本作に登場する紙芝居は絵を一枚ずつめくる現在のものとは異なり、「手返しの絵姿を、平面にパツパツ、クルリ、ギクリ、トン、と扱つて、一面の硝子張に立体に働かせるのが映る」という上演方法だが、実際に存在した「立ち絵」と呼ばれる紙芝居に基づく。本作と「立ち絵」との関連については、拙論「「紙芝居」化する世界——「山海評判記」論」(泉鏡花研究会編『論集　昭和期の泉鏡花』、おうふう　平成一四・五)で精細に論じた。

(14) 川村二郎『白山の水　鏡花をめぐる』(講談社　平成一二・一二)

(15) 注(6)に同じ

(16) 森田健治「〈物語〉の複数性——「龍膽と撫子」と「山海評判記」」(泉鏡花研究会編『論集　昭和期の泉鏡花』、前出)

(17) 鏡花が〈書く〉という行為の権力性に鈍感でなかったことは、例えば、「山海評判記」に先立つ「身延の鶯」(『東京日日新聞』大正一一・一・一二~同・三・二二)で、主人公・志摩慶吉の私小説「除虫菊」を読んだ慶吉の従姉が、「一寸《ちよつと》、馬鹿にしてゐるつて言つてるぢやないの、真個《ほんたう》に……」、「私の姉の事がかいてあるぢやあないの」と憤慨するという、いわば、〈書く〉存在に対する書かれた側(の身内)からの批判を扱った点にも明白である。

(18) 注(4)に同じ

(19) 注(4)に同じ。森田健治氏も注(16)の論考で「綾羽とその一党の〝物語〟は、矢野の〝物語〟にとっての過剰さをその結末にいたるまで担い続けている」と指摘し、本作を「複数の〝物語〟を綿密に構成しつつ、その最後にいたるまでその複数性を維持する「試行錯誤」の一つの成果」と捉えている。

(20) 拙論「「山海評判記」試論——矢野を巡る二人の女性——」(泉鏡花研究会編『論集　泉鏡花』第四集、和泉書院

平成一八・一）

（21）島田髷は未婚の女性の髪形とされるので、離婚歴のあるお李枝は島田髷に結ったことを気にして弁解するのだが、むしろ、この場面のお李枝は島田髷に結うことで、未婚の女性を演じる仮装の自己を矢野に見せているとも読める。

（22）福永武彦「「山海評判記」再読」下（『鏡花全集』「月報」巻二十六、岩波書店　昭和五〇・一二）

※「山海評判記」の引用は『鏡花全集』巻二十四（岩波書店　昭和五〇・一〇）に拠る。その他の文献からの引用も含めて漢字は基本的に新字体に改め、不必要なルビは省略してある。

コラム8　鏡花文学の女性表象――真《アレーテイア》なるものを視《み》る＝書くことの（不）可能性

マルティン・ハイデガーは『真理の本質について』（細川亮一訳、創文社、一九九五年）のなかで、「真なるもの」をアレーテイア、すなわち非秘蔵的なものであるとし、自己を―光へと―向けることとしての光へと―向かうことと関連づけている。この光の内に自己を置き、光を直視しようとする者たちを、哲学者または芸術家と呼ぶ。ハイデガーは芸術の本質を、「芸術家が可能的なものに対する本質視を持ち、有るものの隠れた可能性を作品へもたらし、それによって初めて、その内で人間が盲目的にうろつき生きる現実的に―有るものを、人間に見さしめる、ということの内にある」と規定している。

泉鏡花もまた、このような本質視を志向した芸術家であった。鏡花は「描写の真価」を説明する際、人間が波打ち際を歩く様子を描くことを例に挙げ、「一波一波寄せて来るその調子と、人の歩いて行く調子とが浮いてこなければ駄目」だとする。この「調子」こそが、波や歩行する人間といった「有るものをより有るものにする」「有るものの隠れた可能性」（ハイデガー）であることはいうまでもない。鏡花が堅持しようとした「描写」の「技巧」とは、「有るもの」を現前せしめるのに不可欠の「調子」を視《み》て取る＝書き取る方法のことである。

だが、このような鏡花にあっても、「真なるもの《アレーテイア》」の光によって、しばしばその眼を眩まされる。例えば、『清心庵』の最後に現れた、ついたての陰から立ち上がってほほ笑む女の顔。「烏羽玉の髪のひま」から覗くその顔を見た青年は「思わず身の毛よだちぬ」とまでいっているが、ではその顔が一体どのような顔なのか、具体的な「描写」はいっさいなされない。漆黒の髪の隙間から漏れ出る「微笑みむかえし摩耶が顔」は、その明るさによって、視《み》る者の視線を戦慄のうちに硬直させる。

そして、この「摩耶が顔」は、『清心庵』のヒロインの顔というだけではなく、鏡花の崇敬する摩耶夫人という神的な女の顔でもある。鏡花にとって、「摩耶が顔」は、視《み》る＝書くことを不断に迫られながらも、決してそうすることができない「真なるもの《アレーティア》」であった。『清心庵』から約三十年後に書かれた「夫人利生記」もまた、この「摩耶が顔」をめぐって物語が展開する。だが結局、「摩耶が顔」は、仏師の妻の顔、そして、主人公である樹島の母の顔へと横滑りしていくだけで、その「真」の顔が現前することはない。物語の末尾に置かれた「筆者は、無憂樹、峰茶屋心中、なほ夫人堂など、両三度、摩耶夫人の御像を写さうとした。いままた繰返しながら、その面影の影らしい影をさへ、描き得ない拙さを、恥ぢなければならない」という「筆者」の苦い敗北宣言は、「真なるもの《アレーティア》」としての〈女〉を視《み》る＝書くことによってあらしめようとするも、いまだそれを果たせぬ老芸術家の真摯な告白として、文字どおり受け止められるべきだろう。

（金子亜由美）

清水潤著述一覧

＊清水氏の著述を論文とその他（エッセー、書評、紹介など）に分類し、発表年の新しい順番に配列した。
＊各著述は、タイトル、発表媒体、出版社（者）、刊行年月の順に記述した。
＊本書に収録した論文については、末尾に該当箇所を付した。

論文

「「妖怪ブーム」と二つの「鬼太郎夜話」」（小松和彦編『進化する妖怪文化研究』〔妖怪文化叢書〕所収、せりか書房、二〇一七年十月）

「自動車に乗る鼠――泉鏡花「半島一奇抄」が描き出す怪異」（「論樹」第二十八号、論樹の会、二〇一六年十二月）【第3部第9章】

「地方を旅する鬼太郎――怪異が生じる場所を求めて」（一柳廣孝監修、今井秀和／大道晴香編『怪異の時空1　怪異を歩く』所収、青弓社、二〇一六年九月）【第2部第8章】

「顔を奪うむじな――泉鏡花「古狢」の妖怪像」（「ユリイカ」第四十八巻第九号、青土社、二〇一六年七月）【第1部第3章】

「マンガ化される「高野聖」――『水木しげるの泉鏡花伝』を読む」（「論樹」第二十七号、論樹の会、二〇一五年十二月）【第2部第5章】

「鏡花文学を起点とした妖怪論の試み――泉鏡花が描く妖怪像」（「現代民俗学研究」第七号、現代民俗学会、二〇一五年三月）【第1部第1章】

「怨まない幽霊たち――後期鏡花小説の幽霊像」（小松和彦編『怪異・妖怪文化の伝統と創造――ウチとソトの視点から』所収、国際日本文化研究センター、二〇一五年一月）【第1部第4章】

「「妖怪ブーム」前夜の水木しげる」(「論樹」第二十四号、論樹の会、二〇一二年十二月)【第2部第6章】
「恋愛劇と「大魔神」――泉鏡花「飛剣幻なり」の妖怪像」(小松和彦編『妖怪文化の伝統と創造――絵巻・草紙からマンガ・ラノベまで』(妖怪文化叢書)所収、せりか書房、二〇一〇年九月)【第1部第2章】
「小説家の眼差しの彼方に――視線のドラマとしての泉鏡花「山海評判記」」(「物語研究」第十号、物語研究会、二〇一〇年三月)【第4部第16章】
「「夫人利生記」「山海評判記」「雪柳」――モダニズム時代の鏡花文学の軌跡」(「国文学解釈と鑑賞」第七十四巻第九号、ぎょうせい、二〇〇九年九月)
「結末を持たない小説の読み方――泉鏡花「龍胆と撫子」論」(「日本文学」第五十七巻第九号、日本文学協会、二〇〇八年九月)【第4部第13章】
「一九七〇年代の「妖怪革命」――水木しげる『妖怪なんでも入門』」(一柳廣孝編著『オカルトの帝国――1970年代の日本を読む』所収、青弓社、二〇〇六年十一月)【第2部第7章】
「「山海評判記」試論――矢野を巡る二人の女性」(泉鏡花研究会編『論集　泉鏡花』第四集所収、和泉書院、二〇〇六年一月)
「未完の大作の存在意義――泉鏡花「龍胆と撫子」論」(「日本文学」第五十四巻第九号、日本文学協会、二〇〇五年九月)
「複製される「像」――泉鏡花「夫人利生記」論」(「都大論究」第四十号、東京都立大学国語国文学会、二〇〇三年六月)【第4部第15章】
「「紙芝居」化する世界――「山海評判記」論」(泉鏡花研究会編『論集　昭和期の泉鏡花』所収、おうふう、二〇〇二年五月)
「泉鏡花「薄紅梅」を読む」(「論樹」第十五号、論樹の会、二〇〇一年十一月)
「模倣される「美」――泉鏡花「眉かくしの霊」とその周辺」(「論樹」第十四号、論樹の会、二〇〇〇年十二月)
「泉鏡花「山海評判記」についての一展望――構成と主題性を巡って」(「都大論究」第三十七号、東京都立大学国語国文学会、二〇〇〇年六月)

「岡本綺堂の怪談」(「論樹」第十三号、論樹の会、一九九九年十二月)【第3部第10章】
「国枝史郎「神州纐纈城」試論」(「日本近代文学」第六十一集、日本近代文学会、一九九九年十月)【第3部第11章】
「大正末期の鏡花文学――「眉かくしの霊」を中心に」(「都大論究」第三十五号、東京都立大学国語国文学会、一九九八年六月)【第4部第14章】
「泉鏡花「日本橋」論――小説構成を中心に」(「岡大国文論稿」第二十六号、岡山大学言語国語国文学研究室、一九九八年三月)
「泉鏡花「貝の穴に河童の居る事」論――堀辰雄の同時代評を起点に」(「論樹」第十一号、論樹の会、一九九七年十月)
「大正四~七年の泉鏡花の小説――「幻の絵馬」と「芍薬の歌」」(「岡大国文論稿」第二十五号、岡山大学言語国語国文学研究室、一九九七年三月)
「泉鏡花「龍胆と撫子」論序説」(「論樹」第十号、論樹の会、一九九六年九月)
「泉鏡花「由縁の女」の小説手法」(「論樹」第九号、論樹の会、一九九五年九月)【第4部第12章】
「佐藤春夫『田園の憂鬱』論――「彼」と外界」(「論樹」第八号、論樹の会、一九九四年九月)
「泉鏡花『由縁の女』論序説」(「論樹」第七号、論樹の会、一九九三年九月)

その他(エッセー、書評、紹介など)

「〈エッセー〉「古今東西〝恋と妖怪〟ブックガイド十五選!」裏話」(「論樹」第二十八号、論樹の会、二〇一六年十二月)
「古今東西〝恋と妖怪〟ブックガイド十五選!」(「怪」第四十九号、KADOKAWA、二〇一六年十二月)
「〔紹介〕水木しげる著『水木しげるの泉鏡花伝』」(「泉鏡花研究会会報」第三十一号、泉鏡花研究会事務局、二〇一五年十二月)
「文豪と妖怪　泉鏡花が描き出した妖怪」(「怪」第三十七号、KADOKAWA、二〇一二年十一月)
「あらすじで読む鏡花五十選」(「別冊太陽」第百六十七号、平凡社、二〇一〇年三月)
「研究動向　ホラー」(「昭和文学研究」第五十九集、昭和文学会、二〇〇九年九月)

「「怪」と「幽」――「世界で唯一」vs「日本初」」(一柳廣孝/吉田司雄編著『ナイトメア叢書1　ホラー・ジャパネスクの現在』所収、青弓社、二〇〇五年十一月)
「〈資料〉泉鏡花「山海評判記」初出区分」(「論樹」第十八号、論樹の会、二〇〇四年十二月)
「〈資料〉泉鏡花「由縁の女」本文異同」(「論樹」第十八号、論樹の会、二〇〇四年十二月)
「紹介　秋山公男著『近代の文学　美の諸相』」(「日本近代文学」第六十六集、日本近代文学会、二〇〇二年五月)
「書評　三田英彬『反近代の文学　泉鏡花・川端康成』」(「泉鏡花研究会会報」第十六号、泉鏡花研究会事務局、二〇〇〇年十二月)

＊なお、『尾崎紅葉事典』(翰林書房)に掲載予定だったと思われる「紅子戯語」「西洋軽口男」「新案判じ絵」「鉱山見聞録」「源氏物語を読みて思へる事ども」の各項目の原稿が残されていたが、同事典は二〇一八年二月時点で未刊行。

おわりに

一柳廣孝

まず、本書の成立過程について述べる。本書の著者である清水潤氏は、二〇一七年三月十三日、急逝した。泉鏡花の研究者として知られる清水氏だが、近年になって「怪」（KADOKAWA）、「別冊太陽」（平凡社）、「ユリイカ」（青土社）などの一般誌でも論考を発表するなど、活躍の場をさらに広げていた。その矢先の、不意打ちのような出来事だった。

泉鏡花の研究は一九六〇年代の幻想文学ブームによって活性化され、現在では日本近現代文学研究のなかでも、非常に手厚い分野の一つになった。その推進役となった泉鏡花研究会で、清水氏は中心的なメンバーとして活動していた。明治時代の研究に蓄積がある鏡花研究のなかで、彼は大正から昭和期にかけての鏡花作品の研究を志し、着実な成果を挙げていた。また彼は、大学院時代から幻想文学に関心を抱き、岡本綺堂や国枝史郎に関する論文もまとめている。彼の鏡花研究は、この視点からも展開されつつあった。

その一方で、清水氏は早い段階から、国際日本文化研究センターで小松和彦氏が主導した妖怪文化研究のプロジェクトや、オカルト研究会、怪異怪談研究会に参加し、鏡花と妖怪に関する研究、水木しげるに関する研究を進めていた。もし清水氏が存命だったなら、泉鏡花と現代のサブカルチャーを架橋する、貴重な仕事をさらに積み重ねていただろう。返す返すも、彼の死が惜しまれる。

清水氏の急逝を怪異怪談研究会で伝えたとき、会員からは期せずして、彼の論考を書籍にまとめ、世に問うべきだという声があがった。彼の研究をこのまま放置するのは、学界にとっても読書界にとっても大きな損失であるという意見に、私も深く同意した。そこで、清水氏の活躍の舞台だった泉鏡花研究会、旧東京都立大学を母体とする文学研究誌「論樹」同人のみなさまにもご協力いただき、怪異怪談研究会を中心にプロジェクトチームを立ち上げた。構成メンバーは、一柳廣孝、小林敦、近藤瑞木、鈴木彩、副田賢二、谷口基、富永真樹、東雅夫の八人である。

メンバーはまず、清水氏が残したすべての論述を読み込むことからスタートした。このプロセスのなかで、清水氏のご遺族からは、彼のパソコンに保存されていた論文関連のデータを提供していただいた。また今井秀和氏からは、清水氏が市民講座などで使用した各種資料を提供していただいた。幾度かのメール会議を経て一堂に会し、本書の基本的な方針を定めた。次のとおりである。

1、完全な専門書に寄せるのではなく、一般読者も意識した構成とする。
2、比較的購入しやすい価格設定とする。
3、そのため、論文十五本程度を収録の基準とする。
4、清水氏の研究上の「こだわり」を尊重して、鏡花の論文は大正から昭和期の作品を扱ったものを中心とする。
5、水木しげると妖怪文化に関する論文を、もう一つの柱とする。
6、清水氏の人柄が垣間見えるエッセーを別刷りとして添付する。
7、各部の担当を定め、担当者は各部についての解題を執筆するとともに、校正をおこなう。
8、本書のキーワードに関するコラムを、本書内に数本配置する。

以上の方針をもとに企画書をまとめ、出版社との交渉に入った。その結果、青弓社からの快諾を得た。実は清水氏は数年前、水木しげる論をまとめて青弓社から刊行する約束を交わしていた。この計画が実現していたとすれば、本書の第2部に収録された論考が彼の水木論の核になっただろう。形が変わったとはいえ、青弓社からの刊行が実現したことで、清水氏の願いが成就したと考えたい。あらためて青弓社、ならびに編集担当としてさまざまな便宜を図ってくださった矢野末知生氏に感謝を申し上げる。また、本書に推薦文をお寄せくださった京極夏彦氏に深く感謝を申し上げる。

なお、本書は全体のとりまとめを一柳が、第1部を鈴木と富永が、第2部を小林が、第3部を谷口が、第4部を富永と副田が担当した。また、コラムは副田が、別刷りは近藤が担当した。

ここまで記してきたとおり、本書は清水氏を慕う多くの方々のご協力によって完成した。ありがたいことだった。これも、清水氏の人徳によるものと思う。本書が多くの読者に届くことを、心から願っている。

清水氏の一周忌を前に。

富永真樹（とみなが まき）
慶應義塾大学大学院文学研究科国文学専攻後期博士課程。専攻は日本近代文学。共著に『怪異を歩く』（青弓社）、論文に「「思想惑乱の時代」と泉鏡花」（「藝文研究」第106号）など

副田賢二（そえだ けんじ）
防衛大学校人文社会科学群人間文化学科教授。専攻は日本近代文学、出版メディア研究。著書に『〈獄中〉の文学史』（笠間書院）、論文に「芥川龍之介「疑惑」論」（「国語と国文学」第75巻）など

三品理絵（みしな りえ）
武庫川女子大学文学部准教授。専攻は日本近代文学。著書に『草叢の迷宮』（ナカニシヤ出版）、共編著に『谷崎と鏡花』（おうふう）など

金子亜由美（かねこ あゆみ）
日本大学ほか非常勤講師。専攻は日本近代文学。著書に『明治期泉鏡花作品研究』（和泉書院）、共著に『明治・大正期の科学思想史』（勁草書房）など

[編集委員代表者の略歴]
一柳廣孝（いちやなぎ ひろたか）
横浜国立大学教育学部教授。専攻は日本近現代文学・文化史。著書に『催眠術の日本近代』（青弓社）、『無意識という物語』（名古屋大学出版会）など

[解題・コラムなどの著者略歴]
※以下、執筆順。
東 雅夫（ひがし まさお）
アンソロジスト、文芸評論家、怪談専門誌「幽」編集顧問。著書に『遠野物語と怪談の時代』（角川選書）、編纂書に〈文豪怪談傑作選〉シリーズ（ちくま文庫）など

鈴木 彩（すずき あや）
慶應義塾大学大学院文学研究科国文学専攻後期博士課程。専攻は日本近代文学。共著に『怪異を魅せる』（青弓社）、論文に「〈瀧の白糸〉上演史における泉鏡花「錦染瀧白糸」の位置」（「藝文研究」第104号）など

飯倉義之（いいくら よしゆき）
國學院大學文学部准教授。専攻は現代民俗論、都市民俗論。編著書に『怪異を魅せる』（青弓社）、共著に『妖怪・憑依・擬人化の文化史』（笠間書院）など

乾 英治郎（いぬい えいじろう）
立教大学ほか兼任講師。専攻は日本近代文学。著書に『評伝永井龍男』（青山ライフ出版）、共著に『怪異を魅せる』（青弓社）など

小林 敦（こばやし あつし）
東京都立大学大学院博士課程退学。専攻は日本近代文学。共著に『オカルトの惑星』（青弓社）、論文に「盲者を仮想する」（「都大論究」第40号）など

伊藤龍平（いとう りょうへい）
台湾・南台科技大学助理教授。専攻は伝承文学。著書に『江戸の俳諧説話』（翰林書房）、『ツチノコの民俗学』（青弓社）など

谷口 基（たにぐち もとい）
茨城大学人文社会科学部教授。専攻は日本近現代文学。著書に『変格探偵小説入門』（岩波書店）、『戦後変格派・山田風太郎』（青弓社）など

今井秀和（いまい ひでかず）
国際日本文化研究センター機関研究員。専攻は日本近世文学、民俗学、比較文化論。共編著に『怪異を歩く』（青弓社）、共著に『妖怪・憑依・擬人化の文化史』（笠間書院）など

［著者略歴］

清水 潤（しみず じゅん）

1970年、岐阜県生まれ。東京都立大学大学院博士課程満期取得退学。博士（文学）。首都大学東京都市教養学部助教などを務める。専攻は日本近現代文学。特に泉鏡花研究に力を注いだ。2017年3月13日に死去。共著に『進化する妖怪文化研究』（せりか書房）、『怪異を歩く』（青弓社）、論文に「鏡花文学を起点とした妖怪論の試み」（「現代民俗学研究」第7号）、「マンガ化される「高野聖」」（「論樹」第27号）など

［編者略歴］

怪異怪談研究会（かいいかいだんけんきゅうかい）

2012年に発足。近代に生じた文化規範の劇的な変化を意識しながら、江戸時代から近現代における怪異へのまなざし、怪談に集約された物語の内実を明らかにすることを目的とする。2016年には、この時点における研究会の集大成として『怪異の時空』全3巻（青弓社）を公にした。また、2017年からは「ホラー・アカデミア」と題したトークイベントを開催している

鏡花《きょうか》と妖怪《ようかい》

発行　2018年 3 月13日　第1刷
定価　3000円＋税
著者　清水 潤
編者　怪異怪談研究会
発行者　矢野恵二
発行所　株式会社青弓社
〒101-0061 東京都千代田区神田三崎町3-3-4
電話 03-3265-8548（代）
http://www.seikyusha.co.jp
印刷所　三松堂
製本所　三松堂

ISBN978-4-7872-9247-6 C0095